CALL
ME
EVIE

콜 미 에비

서울문화사

나는 잊어버렸으면 좋겠어요.

하지만, 기억이 나를 짓누르고 있어요.

죄책감 속에 남아 있는 죄처럼.

- 셰익스피어, 〈로미오와 줄리엣〉 3막 2장

본 것을 의심하는 것은 매우 기이한 경험이다. 기억을 의심하는 것도 상당히 기이한 경험이다. 어떤 기억은 진실이라는 강한 확신과 함께 떠오르는데, 실제가 아닌 기억도 그런 경우가 있기 때문이다.

- 대니얼 카너먼

1부

그림자와 열기

지난 한 달 동안 자신이 오래 살지 못할 것 같다는 생각을 얼마나 많이 했는가?

0 - 안 함 1 - 조금 함 2 - 가끔 함 3 - 많이 함 4 - 아주 많이 함

> 이후

1

초록색 구급상자가 열리면서 그 안에 있던 붕대, 안약, 실이 내장처럼 화장대 위로 흘러나왔다. 내 손에는 작고 뾰족한 가위가 들려 있었다. 눈앞에서 가위의 날이 열렸다 닫혔다를 반복했다. 그가 다가오는 소리가 들렸다. 이윽고 문이 삐걱이며 열렸다.

"세상에."

그는 손바닥으로 이마를 짚고 말했다. 나는 숨을 멈췄다.

"가위 내려놔, 케이트."

나는 가위를 싱크대 옆으로 던지고는 팔짱을 끼고 의자에 앉았다.

그의 시선이 바닥 위에 떨어진 짙은 색 머리카락 뭉텅이로 가 멈췄다.

"엉망진창이네."

그는 잠시 서 있다가 싱크대 아래로 손을 뻗어 이발기를 꺼냈다. 벽의 콘센트에 플러그를 꼽자 그의 손 안에 들린 기계가 마치 생명체라도 되는 양 부르르 진동했다.

"가만히 있어."

가슴이 욱신거렸다. 이발기가 점점 가까이 다가왔다. 그 쇠붙이가 이마로 다가오자 나는 의자에서 튀어 올랐다. 머리카락에 발이 미끄러져 문에 의지해서 몸을 가눴다.

"케이트."

이발기가 움직임을 멈췄다.

나는 달려 나가 그를 뒤로한 채 욕실 문을 세게 닫았다. 복도까지 전력으로 달려 부엌 의자 옆으로 넘어갔다. 그가 소리칠 때마다 그가 너무 가까이 있다는 사실을 깨닫는다.

"당장 거기 서!"

'절대 뛰지 마.'

하지만 너무 늦었다.

나는 현관문으로 돌진했다. 문을 잡아당겨 그 틈으로 몸을 비집고 들어갔다. 문을 닫으려 했지만 힘이 들어가 하얘진 그의 손가락이 문 가장자리를 꽉 쥐고 있었다.

이렇게 될 줄은 몰랐다. 전혀 생각지도 못했다. 온몸에 소름이 돋았다. 상체에 올려져 있던 수건이 미끄러져 콘크리트 바닥으로 떨어졌다. 있는 힘껏 주위를 둘러보았다. 소리를 지를 수도 있을 것이다. 하지만 과연 듣는 사람이 있을까?

그때 문이 열렸다. 여기서 달려간다면 도로까진 갈 수 있을까? 그 다음엔 어떻게 해야 하지?

"문에서 손 떼."

그가 차분하게 말했다.

"네가 이래봤자 상황이 악화될 뿐이야."

있는 힘을 다해 문을 부여잡으면 그의 손가락들이 문틈에 끼어 부서지고 끝이 잘리지 않을까.

"제발. 보내줘요."

이게 진짜 내 목소리인가 하는 생각이 들 정도로 처량하고 새된 목소리가 흘러나왔다. 손가락 사이로 손잡이가 미끄러져 나가고 나는 콘크리트 바닥에 쓰러졌다.

"젠장, 머리 조심해."

그가 앞으로 급히 다가와 내 머리를 손으로 받치며 말했다.

"도대체 무슨 생각으로 이러는 거야? 대체 이게 무슨 꼴이야."

내 얼굴 위로 그의 얼굴이 어른거렸다. 콘크리트의 차가운 기운이 내 몸의 열기를 빼앗아갔다.

"자, 안으로 들어가자."

"싫어요. 집에 가고 싶어요."

그는 도로를 쳐다보다가 나에게 시선을 돌렸다. 큰 안경테가 코에서 미끄러져 내려왔고, 두 볼이 빨갛다. 이는 누렇고 목소리는 낮고 비열하다.

"이렇게 어린애처럼 굴면, 나도 그에 맞게 대해야겠지."

그는 남아 있는 내 뒷머리를 잡았다. 정신이 혼미해졌다. 전기 충격이 등을 타고 내려와 척추와 엉덩이, 다리뼈에까지 전달되었다. 그는 한 손으로 머리채를 쥐고 다른 한 손을 내 옆구리에 끼운 채 나를 질질 끌고 갔다. 잡을 것을 찾아 허우적거리던 나의 한쪽 무릎이 콘크리트 바닥에 스쳐 까졌다. 그러면 안 되는 줄 알고 있었지만 비명을 지르고 말았다.

소리가 먼저 들려왔다. 찰싹하는 소리와 함께 볼에 감각이 없어졌다. 내가 올려다보자 그가 자기 손을 물끄러미 바라보았다.

"내가……"

그의 얼굴은 아직 붉으락푸르락했지만 분노가 서서히 가시고 있는 모양이었다. 그는 크게 숨을 내쉬었다.

"그만하자."

중요한 건 크기다. 내가 작아질수록 그가 나를 덜 괴롭힌다.

"잘못했어요."

마치 풍경 소리 같은 목소리였다.

"무서워서 그랬어요."

피 한 방울이 소름이 돋은 정강이를 따라 흘러내렸다. 그는 몸을 숙여 나를 들어 올려 어깨 위에 짊어졌다. 그렇게 그는 덜덜 떨고 있는 나의 약한 몸을 다시 욕실로 끌고 갔다.

"이게 어리석은 짓이란 거 알아? 이 대낮에 어디로 달아나려고 한 거야? 그들이 사방에 깔려 있다고. 지금도 우리를 보고 있을지 몰라."

나는 다시 의자에 앉았다. 이발기가 다시금 소리를 내며 돌아가기 시작했다. 문과 나 사이에 그가 섰다. 머리에 화상을 입은 것처럼 벗겨진 자국이 느껴졌다. 그는 이발기를 내 목에 댔다. 브르릉. 이발기가 쇠로 만들어진 이빨을 드러내며 내 머리카락을 집어삼킨다. 머리카락이 목을 지나 흉터가 있는 허벅지를 타고 바닥으로 떨어졌다. 그는 이발기를 손바닥에 올리고 입김을 불었다.

"머리카락이 너무 굵어."

수건으로 가려져 있는 거울을 바라보았다. 저 수건을 치울 수만 있다면 이 모든 게 실제가 아니라는 것을 알게 될 텐데. 이건 실제 상황이 아니다. 그는 다시 이발기를 켜고 머리를 바짝 깎았다. 떨어진 머리카락 한 올이 축축한 내 볼에 달라붙었다. 입 안쪽의 어금니가 얼얼했다. 턱의 힘을 빼려고 했지만 할 수가 없었다.

"가만히 있어."

우선 팔, 다음으로 다리, 다음으로 배를 진정시켰지만 가슴은 그럴 수 없었다. 동요한 가슴 속 심장이 손 안에 쥐어진 새처럼 약하게 뛰고 있기 때문이다. 심장을 멈추게 할 수 있을까? 천천히, 판막을 틀어쥐고 주먹처럼 꽉 닫을 수 있을까?

"거의 다 됐어, 그러니까 제발 가만히 좀 있어."

브르릉. 이발기가 손가락처럼 내 머리채를 쥐고 당겼다. 살이 하얗게 될 정도로 허벅지를 꽉 움켜쥐었다. 이 욕실은 우리 집의 욕실보다 더 작고 볼품없고 구식이다. 폐소공포증을 일으킬 것만 같은 집이다. 여긴 대체 어디일까?

소리를 지를 수도 있었지만 그러기에는 두통이 너무 심했다. 한 가지 생각이 고개를 든다.

'그가 나를 때렸다.'

그는 한 손을 엉덩이에 대고 한 발짝 뒤로 물러서서 나를 찬찬히 바라보았다.

"이 정도면 괜찮지 않을까요."

내 목소리는 필사적이었다.

"아니, 고르지 않아. 엉망이야. 굶주린 개처럼 보여."

힘겹게 눈을 감자 10대 소녀의 모습이 떠올랐다. 소녀는 침대 끝에 앉아 있다가 바닥으로 쓰러진다. 다리로 몸을 받치고 앉은 그녀의 콧잔등에는 주근깨가 있었다. 그녀는 민들레처럼 흐느적거리며 일어나 고개를 갸웃하고 웃는다. 이건 나를 찍은 동영상이다. 내가 여기까지 오게 된 이유가 생각났다.

나는 일어서려고 했지만 그의 손이 내 어깨를 무겁게 짓누르고 비틀었다. 나는 다시 앉아 고개를 앞으로 내밀고 눈을 감았다. 그는 얼마 남지 않은 내 머리카락을 전부 움켜쥐고 가위를 들었다.

"거의 다 끝났어. 몇 분만 더 가만히 있어."

머리카락이 주변으로 떨어져 내렸다. 나는 나의 머리를 자르는 가위로 그의 목뼈 사이에 있는 호흡기관을 찌르는 상상을 했다. 하지만 그런 생각은 재채기처럼 재빨리 나타났다 사라졌다. 이 남자를 사랑했던 때가 생각났고 그 사실에 신물이 났다.

"좀 보자."

그는 입에서 연기를 내뿜듯 말했다.

샤워기에서 흐르는 물에 피가 섞여 머리카락과 함께 흘러내려가는 것을 보았을 때의 흥분이 아직도 남아 몸을 부르르 떨었다. 천장

구석에서 다리가 긴 거미들이 아보카도 색 판을 가로질러 거미줄을 치고 있었다. 수압이 약한 샤워기는 무서운 비명 소리를 내며 물을 뿌려댔다. 이내 물은 차가워졌고 물을 잠그자 벽 안의 파이프들이 떠는 소리가 들렸다. 몸을 말리고 거울에 걸쳐진 수건을 치운 후 그 앞에 섰다. 내 모습을 처음으로 눈에 담자 보이지 않는 주먹이 내 가슴을 쿵쿵 치는 듯한 느낌이 들었다.

삭발을 하지 않으면 자신의 두개골이 어떻게 생겼는지는 절대 알 수 없을 것이다. 그리고 삭발을 한다고 해도 두개골을 덮고 있는 피부, 빛과 그림자, 흉터, 점들이 그 밑에 있는 두개골의 존재를 감춘다. 보는 것만으로는 충분하지 않다. 보인다고 해서 반드시 존재하는 것은 아니기 때문이다. 나는 내 눈을 믿지 않는다. 뇌까지 닿아 있는 끈이 묶여 있을 수도 있고, 뇌와 연결이 되어 있지 않을 수도 있고, 신경의 접합 부분이 끊겨 있을 수도 있다. 그저 내 두개골만을 볼 뿐이다. 눈을 감으니 눈물 한 방울이 흘러나왔다. 잊으려 해도 내 몸의 세포가, 내 손이 기억하고 있다. 짧게 깎은 머리를 만지며 숨을 헐떡였다. 뇌를 감싼 뼈를 둘러싼 얇은 피부는 마치 갓난아기의 분홍색 발처럼 너무 약하고 부드러웠다. 뼈의 평평한 부분과 굴곡진 부분이 느껴졌다. 하지만 그 안에는 무엇보다도 중요한 것이 들어 있다.

내가 알고 있는 인간의 두개골에 대한 지식은 그 남자로 인해 배운 것이라는 사실이 생각났다.

이전 <

2

이건 나의 가장 오래된 기억이다. 나는 포트시에 있던 예전 집의 욕실에 있었다. 아픈 엄마 대신 보모가 집에 있었다. 보모는 내 옷을 정리하고, 나를 탁아소에 데려다주고, 라즈베리 잼을 바른 토스트의 가장자리를 솜씨 좋게 잘라주기도 했다. 그녀의 이름은 엘로이즈였다. 그녀는 내가 처음으로 닮고 싶다고 생각한 여인이었다.

엘로이즈가 집에 머물다가 갑작스럽게 사라질 때까지의, 그 짧은 시간이 떠오른다. 부엌에 있던 엘로이즈 곁을 지나쳐 가던 아빠의 손이 그녀의 등을 스치던 장면이 떠오른다. 엄마가 아파 누워 있을 때면 엘로이즈가 나를 품에 안고 소파에서 책을 읽어주던 것이 떠오른다. 물론 그 욕조도 기억난다.

아빠는 결국 온수통을 교체했지만, 당시에는 온수통의 물을 다 써도 욕조의 물은 발목까지밖에 오지 않았다. 극단적인 감정, 예를 들어 분노, 환희, 비통함, 황홀, 고뇌는 호박(琥珀)과도 같다. 그 안에는 모든 기억이 담겨 있다. 나는 그때의 세세한 부분을 모두 기억한다. 엘로이즈가 수도꼭지를 잠그려고 몸을 구부릴 때 그녀의 목에 걸려 있던 황금 목걸이도, 레몬향이 나는 비누도 기억난다.

"들어가렴."

엘로이즈는 상냥하고 밝은 목소리로 말했다.

"아직 차갑고 물도 없는걸."

그녀는 얼굴을 찌푸리고 블라우스 앞섶을 펴고는 말했다.

"오래 있지 않아도 돼, 케이트."

"들어가고 싶지 않아. 너무 차갑단 말이야."

"어서. 두 팔 올리고."

엘로이즈가 내 상의를 벗긴 후 반바지를 벗길 때 나는 버티다가 무릎을 꿇으며 말했다.

"싫어."

"케이트, 이러지 마. 딱 5분이면 돼."

엘로이즈가 내 옷을 벗기고, 나를 들어 올려 물속에 넣는 바람에 소리를 질렀다.

"케이트."

엘로이즈가 올빼미처럼 고개를 기울이며 말했다.

"그만."

엘로이즈가 욕실을 나갈 때 내가 욕조 가장자리에 물을 튀기는 바람에 바닥으로 물이 흘렀다. 떨리는 몸을 진정시키려고 두 팔로 내 몸을 감쌌다. 다시 욕실로 돌아온 엘로이즈는 미끄러져 넘어지지 않으려고 세면대를 붙잡은 뒤 이를 악물고 말했다.

"물을 사방에 흩뿌려놨잖니."

"너무 추워."

"나오려고?"

"아니, 더 따뜻하게 해줘."

"뜨거운 물이 없어, 케이트. 더 따뜻하게는 못 해."

"아빠는 따뜻하게 해주는걸."

"글쎄, 나는 방법을 모르겠네."

엘로이즈가 대답했다. 그녀는 무릎을 꿇고 수건으로 젖은 타일 바닥을 닦고 있었다.

"아빠는 주전자로 물을 데워줘."

엘로이즈가 바닥에 앉은 채로 나를 올려다봤다. 나는 그녀에게 물을 튀겼다.

"더 따뜻하게 해줘! 더 따뜻하게!"

내가 소리를 지르며 떼를 쓰자 그녀가 나를 달래주었다.

"그래, 그래."

엘로이즈는 다시 욕실을 나갔다. 그녀가 커다란 쇠 주전자를 들고 욕실로 돌아오기까지는 꽤 오랜 시간이 걸린 것처럼 느껴졌다. 그녀가 걸을 때마다 주전자 주둥이에서 김이 흘러나왔다. 그녀는 욕조 옆의 나무 의자에 주전자를 내려놓았다.

"자, 케이트. 발을 치워봐. 조금씩 물을 부어줄게."

내가 가슴팍에 다리를 끌어 모으고 앉자 엘로이즈가 물을 부었다. 뜨거운 물이 내 밑으로 흘러들면서 김이 솟아났다. 물은 아주 뜨거웠지만 금세 식어버렸다. 엘로이즈는 주전자를 다시 의자에 올려놓았다.

"괜찮아졌지?"

"아직도 추워."

엘로이즈는 손으로 물의 온도를 확인했다.

"괜찮아. 이 정도면 따뜻한 거야."

그녀는 흘러내린 내 머리를 귀 뒤로 넘겨주며 말했다.

"몇 분만 그대로 앉아 있겠니? 저녁상을 차려야 하거든."

그녀는 문을 열어놓은 채로 복도를 걸어갔다. 물은 아직도 너무 차가웠다.

"엘로이즈."

돌아오는 대답은 없었다.

"엘로이즈!"

여전히 대답은 없었다.

욕조 가장자리를 잡고 일어나 주전자의 손잡이로 팔을 뻗었다. 주전자가 너무 무거운 탓에 들어 올릴 수가 없었다. 뒷걸음질 치며 겨우 주전자를 욕조 가까이 끌어왔다. 물이 안에서 출렁거렸다. 그때 주전자의 가장자리가 내 배에 닿았다. 타는 듯한 뜨거움이 나를 덮쳤다. 뒤로 넘어지는 바람에 주전자가 내 다리 위로 떨어졌다. 나는 목구멍이 찢질 듯이 비명을 질렀다. 뜨거운 물에 닿은 허벅지에 물집이 올라왔다. 나는 소리를 지르고 또 질렀다.

그러자 엘로이즈가 나타나서 눈을 휘둥그렇게 뜨고는 손으로 내 입을 막았다. 그녀가 욕조에서 나를 꺼냈지만 고통은 사라지지 않았다. 비명도 멈추지 않았다. 결코 멈출 것 같지 않았다. 몇 초, 아니,

어쩌면 몇 분, 몇 시간 동안 계속해서 울부짖었다. 나는 차가운 것과 따뜻한 것을 구별할 수 없었다. 목구멍이 찢어질 듯한 고통이 계속됐다. 이것이 내 기억의 첫 페이지다.

2부

고통에서 벗어나기

지난 한 달 동안 예기치 못한 일들로 인해 화가 나거나 겁에 질렸던 적이 얼마나 자주 있었는가?

0 - 한 번도 없다 1 - 거의 없다 2 - 가끔 있다 3 - 종종 있다 4 - 항상 그렇다

> 이후

3

그는 쿵쿵거리며 부엌을 돌아다니고 있었다. 나는 그를 짐이라고 부르기로 했다. 믹서로 비트 뿌리를 가는 소리가 집 안 가득 울려 퍼졌다. 다음으로는 당근, 그 다음에는 작은 실 같은 버섯과 브라질너트가 갈리게 될 것이다. 기계는 핏빛 음료를 거품과 함께 내뿜고 있었다. 믹서가 탁 소리를 내며 멈추자 거실에 있는 작은 라디오에서 흘러나오던 고전음악이 다시금 들려왔다. 짐은 토스트로 샌드위치를 만들고 식빵 가장자리를 자른 후 다시 대각선으로 잘라 삼각형 모양으로 만들었다. 그의 안경이 의자 위에 놓여 있었다. 나는 그 안경을 써봤지만 안경 너머로 보이는 세상이 달라지지는 않았다. 렌즈는 그저 유리일 뿐이었다.

"그래, 어서 먹어."

나는 내 몸의 반응에 놀랄 수밖에 없었다. 어찌나 게걸스럽게 샌드위치를 먹어 치우는지 마치 몇 주 동안 아무것도 먹지 않은 것 같은 모습이었다.

"기분은 어때?"

그가 물었다.

"괜찮아요."

"정말 잘하고 있어."

"제 머리는……."

나는 말하면서 그를 올려다보았다. 입술을 빨고 있는 그의 볼에 도드라진 미세한 정맥과 코의 모공까지 보일 정도로 가까이 서 있었다.

"머리는 자랄 거야."

그는 주스에 하얀 가루를 넣고 저은 후 나에게 건넸다. 나는 코를 막고 그것을 들이켰다. 흙 같고 쓴맛이 났다. 기침이 나왔다.

"잘했어. 이제 내려놔."

그는 복도에서 카메라를 가지고 와 뒤쪽 베란다 문을 열고 마당과 저 멀리 펼쳐진 만을 바라보았다.

밖으로 나가니 내 민머리에 닿는 공기가 너무 차갑고 낯설어 오한이 들었다.

"거기에 있어. 속옷만 입고."

나는 운동복 바지를 벗고 후드티의 팔을 잡아당겨 벗었다. 속옷 차림으로 색이 바랜 나무 벽 앞에 서서 그를 마주했다. 따뜻하게 하려고 양팔로 몸을 감쌌다.

"잠시만 그대로 있어. 그런 다음에 산책 가자."

그는 카메라를 들어 내 정면 사진을 찍었다. 셔터 소리가 들릴 때마다 몸이 움찔했다. 옆으로 돌면 그가 옆모습을 찍었다. 내려다보니 내 갈비뼈와 날카롭게 굴곡진 볼기뼈가 눈에 들어왔다. 마치 더 이상 나이를 먹지 않는 것 같은 기분이 들었다. 17살이 아니라 다시 어린아이가 된 것 같았다.

"됐어. 가자."

• • •

곶을 향해 올라가면서 손끝으로 머리를 만져봤다. 손바닥에 내 두개골의 감촉이 느껴졌다.

정상에 올라 가장자리 가까이로 다가갔다. 그가 긴장하는 것이 느껴졌다. 굉음과도 같은 바닷소리가 고막을 때렸다. 나는 발을 넓게 벌리고 섰다. 절벽으로 몰아치는 바람이 손처럼 다가와 나를 끌어당길 것만 같았다. 발아래로는 바위 사이에서 물이 서로 얽히며 하얗게 부서지고 있었다. 그는 숨을 죽이고 가볍게 서 있었지만 나는 그가 가까이 있다는 것을 알 수 있었다.

"자, 이제 다 봤지?"

내 뒤에 선 그가 말했다. 목소리에 두려움이 묻어 있었다.

"돌아가자. 추운 데 오래 있으면 너한테도 안 좋아."

울타리에 한 발짝 더 가까이 가서 그 너머를 내려다보았다. 저 아래로 아주 작게 보이는 사람들이 모래둔덕을 따라 서 있었다.

"가자고, 어서."

그의 목소리에 긴장감이 역력했다. 나는 다시 길을 되돌아갔다. 그의 표정은 굳어 있었고, 선명한 안경 렌즈 뒤의 눈은 피곤해 보였다. 내가 지나갈 때까지도 그의 얼굴은 굳어 있었다. 내 머리를 밀어버린 것을 후회하는 걸까?

나는 후드티 주머니를 움켜쥐고 농장을 가로질러 걸어갔다. 녹슨 철로 만들어진 헛간이 보였다. 그 문에는 누군가가 사진을 찍고 싶어할 법한 맹꽁이자물쇠가 걸려 있었다. 나는 엄지와 검지로 사각형을 만들고 눈을 감았다.

"여기는 여러 가지가 달라서 재미있네."

그가 헛간을 두고 말하는 건지, 처마에서 우리를 지켜보고 있는 파란색 부리를 가진 새를 두고 말하는 건지 알 수 없었다. 집을 생각하면 마음이 찌르르 아파왔다. 나는 볼을 깨물어 애써 아무렇지도 않은 척했다.

우리는 나무 계단을 올라 마지막 울타리를 지나쳐 길을 따라 계속 걸었다. 근처 비탈에 검은 뼈대만 남은 기울어진 차 한 대가 있었다. 집 근처에서 보던 것보다 더 무성하고 푸르른 잡초가 문손잡이까지 자라 있었다. 이 나라에는 백만 가지 다른 초록색이 존재한다. 옆에 있는 울타리만큼 길게 자란 양치류 식물을 보고 있자니 마치 작은 에메랄드빛 폭발이 일어난 것 같았다. 나뭇가지들은 넓은 잎들의 무게에 못 이겨 길 쪽으로 처져 있었고, 짐이 '풍가'라고 부르는 양치류 식물들의 이상하게 생긴 갈색 손들이 뻗어 나와 있었다. 거의 이 식물들로 경계를 이루고 있는 사유지도 있을 지경이었다.

저 멀리서 엔진 소리가 들려왔다. 나는 허벅지를 손으로 짚고 힘을 주며 경사면을 올랐다. 내 몸이 낯설게 느껴졌다. 조금만 움직여도 호흡이 가빠졌고, 딱딱한 넓적다리뼈가 바로 만져졌다. 나는 충격을 받아 그를 올려다보았다.

"그래. 고기를 좀 먹어야 해."

● ● ●

집으로 돌아와 그는 부엌으로 향했다. 나는 다시금 베란다 난간에 기대어 경사진 마당과 구부러진 만, 황혼에 빛나는 황록색 언덕을 바라보았다. 해변 근처에 있는 두 개의 가로등에 불이 켜졌다. 나는 추위에 몸을 떨면서도 길을 자세히 살폈다. 특히 가로등이 비추고 있는, 마을로 통하는 길을 주의 깊게 살폈다. 차를 타고 왔던 길을 기억하려고 애를 썼다. 돌았던 방향은 어느 쪽이었는지, 눈에 띄는 지형지물은 무엇이 있었는지를 떠올리려고 했다. 하지만 운전 시간이 너무 길었고, 약 때문에 졸려서 집으로 돌아올 즈음에는 모든 것들이 희미해진 뒤였다. 기억 속에서 탑을 떠올렸다. 전선들로 고정된 채 하늘을 향해 뻗어나간 붉은색과 하얀색의 철골 구조물이었다.

그때 블록의 모퉁이 방향에 있는 철로 만들어진 창고가 눈에 들어왔다. 지붕에는 포플러 잎사귀가 두껍게 쌓여 있었다. 나는 계단을 내려가 마당을 가로질러 그 창고로 향했다. 문은 최근에 칠해 깨끗했고 손잡이도 새것이었다. 문을 열어보려 했지만 잠겨 있었다. 다시 베란다로 돌아가자 미닫이문이 열렸다.

"감기에 걸릴 것 같아서 뜨거운 차를 끓였어."

"무슨 차인데요?"

"민들레 캐모마일차. 간에 좋아."

나는 차를 마셨다. 그러고는 욕조로 샤워기의 물이 떨어지는 소리가 들리자 웃옷을 입고 캔버스화를 신었다. 그와 함께라면 집 밖으로 나갈 수 있다. 나 혼자서도 나갈 수 있을까?

나는 문을 열고 나가 조용히 문을 닫았다. 진입로는 경사가 지고 자갈이 많아서 도로로 올라가는 데는 힘이 들었다. 우리는 이 세상 어디든 갈 수 있었는데 그가 나를 여기로 끌고 왔다.

길모퉁이에 지붕이 있는 낡은 버스 정류장이 튀어나와 있었다. 얇은 나무 판자의 갈색 칠이 벗겨져 있었다. 나를 보는 시선이 느껴져 주위를 둘러보니 그늘진 곳에 두 명의 소년과 한 명의 소녀가 앉아 있었다. 그중 한 소년이 고개를 앞으로 내밀고 눈을 가늘게 뜬 채 나를 쳐다보고 있었다. 나는 시선을 돌렸다.

"너 레즈비언이지?"

못생긴 데다 심술궂은 사내아이였다. 나는 다시 도로를 바라보았다. 그러다 지금 나의 머리가 무척이나 짧다는 사실이 떠올라 갑작스럽게 도망치고 싶다는 충동이 들었다.

그 사내아이는 손가락 사이로 혀를 내밀었다. 다른 두 아이들이 웃었다.

"꺼져, 레즈비언."

여자아이가 말했다. 그녀는 종이 가방을 입에 물고는 단숨에 빨기 시작했다.

나는 속도를 높였다. 해변 근처 언덕 아래에 도착했을 때는 다리가 더 이상 말을 듣지 않았다. 앞으로 갈 수도, 돌아갈 수도 없었기에 그저 가만히 서서 온기를 얻기 위해 팔을 손으로 쓸어내리는 수밖에 없었다. 만 주위로 난 길을 눈으로 좇았다. 얼마 떨어지지 않은 곳에 풀 냄새를 맡는 하얀 개가 있었다. 개가 뛰어다니는 모습을 보니 그 개는 왼쪽 앞다리가 없었다. 그 좁은 얼굴이 나를 돌아보았다. 검은 눈은 기름이 흘러나온 것처럼 반짝였다. 개는 고개를 틀고는 다시 구르는 듯한 특이한 걸음으로 계속 걸어갔다. 해가 지고 마을에 어둠이 깔렸다. 아주 멀리 갈 수 있다면, 고속도로까지 갈 수 있다면……. 그 다음에는?

무언가가 아스팔트 길에 부딪혔다. 돌일까? 그때 날카로운 파편이 내 뒤통수를 강타했다. 나는 몸을 앞으로 숙이고, 맞은 곳을 만져봤다. 손에 피가 묻어 나왔다. 두통이 다시 찾아와 머리를 갉아대는 것 같았다. 길 끝의 버스 정류장에 사람 그림자가 나타났다 사라졌다. 나는 거기 서서 울며 추위에 몸을 감쌌다. 왜 여기인 걸까? 어쩌다 지나간 차의 마지막 빛이 사라지고 홀로 서 있는 나에게 절망이 덮쳐왔다. 도망칠 곳은 없었다. 이곳은 공항에서 너무 멀었다.

비행기에서 내려 차에 타기 전, 짐은 나에게 작은 마름모 모양의 알약을 먹게 했다. 그 약을 먹자 바로 마음이 진정되었고, 차를 타는 동안 나는 줄곧 잠에 취해 있었다. 주유소에서 잠시 멈췄을 때 다시 깼지만 너무 졸려서 차 밖으로는 나갈 수 없었다. 나는 조수석에 앉아 밖을 살폈다. 손님들의 이상한 악센트, 짧은 모음과 격하게 끊어지는 단어. 나는 반대편 세상으로 왔다고 생각했다. 새소리도, 빛도, 모든 것들이 달랐다.

머지않아 모퉁이를 돌아온 세단 한 대가 내 옆에 와 섰다. 그는 내가 차에 올라타는 모습을 지켜보았다. 나는 마음의 준비를 했다.

“도대체 이게 뭐 하는 짓거리야?”

“저도 모르겠네요.”

“젠장.”

그는 손으로 핸들을 세게 쳤다.

“내가 뭘 어떻게 해야 하는데? 말해봐. 도대체 내가 어떻게 해야 우리가 곤란한 상황에 처했다는 걸 네가 깨달을까?”

“죄송해요.”

그의 턱이 일그러졌다. 나는 고통이 찾아오는 것을 기다렸다. 그는 시동을 걸고 조용히 길을 돌아 미끄러져 갔다.

“그냥 산책을 하고 싶었어요.”

그는 폐에 있던 공기를 모조리 내보내는 것처럼 큰 한숨을 내쉬었다.

“오늘은 그 망할 산책도 했잖아. 어떤 일이 생길지 너도 알고 있을 거고. 내가 무슨 일을 해야 하는지도 알지 않니?”

버스 정류장을 지나칠 때 보니 아이들은 가고 없었다.

• • •

모든 집들은 저마다의 특징을 가지고 있는데, 이 집은 전혀 집 같지 않다는 것이 특징이었다. 이전에 가봤던 그 어느 집과도 달랐다. 찬장 문은 어디든 잘 닫히지 않고, 창문들은 문이 닫힐 때마다 흔들리고 바람에 건물이 흔들릴 때도 같이 흔들렸다. 바깥 베란다 위에 있는 등 주위를 두 마리의 흥분한 나방이 마구 날아다니고 있었다.

"이런 식으로 사라지면 안 돼."

그는 복도를 걸어가며 말했다.

"산책을 가고 싶으면 말을 해. 내가 데리고 나가줄게. 밖이 어두워졌어."

"미안해요."

나는 같은 말을 반복했다.

"길 위에서 누가 너를 봤거나 알아봤으면 어쩌려고? 그럼 어떻게 할 거냐고."

그는 점퍼를 벗고 의자 위에 무언가를 내려놓았다. 잠금장치였다. 나는 그를 올려다봤다.

"너를 못 믿어서 그런 게 아니야. 밤에 내 마음의 평화를 얻기 위해서야."

듣고 보니 그는 잠을 못 잤는지 눈 주위가 까맸다. 그는 비행기 안에서도 잠을 자지 않았다.

"우리가 위험에 처해 있다는 걸 너는 이해를 못 하는 것 같아. 나는 너를 너 자신으로부터 보호하고 있는 거야."

그는 복도를 지나 내 방으로 향했다.

"이제부터 너는 내 허락 없이는 이 집을 나갈 수 없어. 이 방도."

그의 마음속에서 분노가 끓어오르고 있었다. 내가 도망칠지도 모른다는 두려움으로 인한 것인지 외로움으로 인한 것인지, 아니면 다른 이유로 인한 것인지 알 수가 없었다.

부엌 의자에 앉아서도 두통이 가시지 않았다. 이런 실체 없는 통증이 아니라 차라리 돌에 맞아 생긴 통증이었으면 좋았을 텐데. 나는 뒤통수의 상처를 손가락으로 눌렀다. 다시 피가 배어 나왔다. 고통은 혓바늘을 걱정하는 것처럼 중독성이 있었다.

짐이 잠금쇠를 밀었다 제자리로 해놓으며 시험하는 소리와 대팻밥을 불어 없애는 소리가 들렸다. 의자 맞은편에는 날붙이 서랍이 있었다. 서랍에서 스테이크 칼을 꺼내 주머니에 넣는 것은 일도 아니다. 그 작은 물건이 내 마음을 편안하게 만들어준다. 그는 거실로 돌아와 엉덩이에 손을 올리고 섰다.

"그런 식으로 멋대로 나가면, 상황이 더 나빠질 뿐이야. 지금은 물론 자유지만 그 자유는 일시적인 것이야. 알겠어?"

나는 고개를 끄덕였다.

"전에도 이런 일이 있었지. 하지만 이제 다시는 그렇게 떠나게 하지 않을 거야."

• • •

짐이 담요를 돌돌 말고 소파에 누워 있는 나를 발견했다. 나는 잠을 제대로 자지 못했다. 매트리스 때문일 수도 있고 잠금장치 때문일지도 모른다. 갇혀 있다는 생각이 나를 예민하게 만들었다. 그건 꿈에 더 가깝다. 침대에 누워 눈을 크게 뜨고 잠을 청했다. 그가 서성일 때마다 바닥이 삐걱였다. 잠을 못 자기는 그도 마찬가지였다.

"불을 피울게."

그는 나를 내려다보며 말했다.

"곧 따뜻해질 거야. 이제 봄이 오고 있거든."

봄. 그는 봄까지 나를 이곳에 붙잡아둘 계획이다.

짐이 땔감을 찾아 밖으로 나갔다.

텔레비전은 구석에 있었다. 낮에는 텔레비전을 볼 수 있었지만 그래도 여전히 이곳이 집처럼 느껴지지는 않았다. 모든 채널이 다 나오지도 않았다. '카다시안 따라잡기'나 '엑스 온 더 비치' 같은 프로그램도 나오지 않으니 은밀히 본다는 즐거움도 느껴지지 않았다. 몇 개의 채널만 나오는 것이 불합리하게 느껴졌다. 그는 더 이상 인터넷이나 스마트폰을 믿지 않는다. 어쨌든 나를 위해서 그런 것은 아니다. 그는 90년대의 세상에 나를 가둬놓았다.

고작 이틀밖에 지나지 않았지만 벌써 이전 생활이 그리웠다. 주스 가게도 그리웠고, 트램을 타고 시내에 나가는 것, 플라스틱 병과 쓰레기로 넘쳐나는 야라강 같은 아주 작은 것들까지도 그리웠다. 햇빛 가득한 오후면 우리는 강둑에서 노를 젓는 사람들과 빛에 색이 바랜 풀들을 바라보곤 했다. 어느 날 밤에는 윌로우와 함께 아무 생각 없이 그 강에 쇼핑카트를 깊이 밀어 넣은 적도 있었다. 어느 한 순간 파괴적인 본능에 사로잡혔다가도 바로 멀쩡하게 돌아오는 것이 너무 이상하지 않은가?

소파에서 일어나자 몸에 말고 있던 담요가 떨어졌다. 나는 부엌으로 갔다. 찻잎이 들어 있던 낡은 양철통에는 내 스무디에 넣는 하얀 가루가 들어 있다. 뚜껑을 열고 냄새를 맡아보았다. 신경을 건드리는 이상한 향이 코를 찔렀다. 그는 살이 찌게 해주는 단백질과 탄수화물을 넣었다고 했다.

"그거 내려놔."

뒷문으로 들어온 짐이 말했다. 나는 놀라 펄쩍 뛰었다. 그는 방을 가로질러 내 손에 든 양철통을 낚아챘다.

"전 그냥……."

"괜찮아. 그냥 건드리지 마. 그건 그렇고 땔감이 없어."

"아."

"몇 개 마련해올게. 우선은 주변에 떨어진 나무들을 주워다 써야지. 두통은 어때? 좀 나아졌어?"

"괜찮아요."

짐은 내 목 뒤를 부드럽게 잡고 내 이마에 입을 맞췄다. 이마에서 느껴지는 축축함을 당장 없애버리고 싶은 충동을 억누르며 몸을 뒤틀었다.

"약을 좀 줄게."

그는 뒤쪽으로 가서 서랍을 열었다.

"아니에요."

그러자 그가 올빼미처럼 목을 돌리며 물었다.

"왜?"

"괜찮아요."

그의 손에는 포장된 알약이 들려 있었다. 그는 그중에 두 알을 꺼냈다.

"그러지 말고, 이걸 먹어."

"이게 뭔데요?"

"이부프로펜이야. 두통에 잘 들어."

나는 약을 손에 들고 숨을 쉬었다. 그가 물이 든 잔을 건네자 약을 삼키고 아무것도 없는 혀를 내보였다.

"잘했어."

"언제 집에 데려다줄 거예요?"

가볍게 들리는 내 목소리가 한심하게 느껴졌다.

"무슨 일이 생길지 너도 알잖아."

그는 손을 뻗어 자신의 검지로 내 관자놀이를 부드럽게 두드렸다.

"시간이 지나면 괜찮아질 거야. 그리고 저 바깥에서 일어나는 일은……"

저 바깥이라고 하면서 그는 마당을 가리켰다.

"우리도 어쩔 도리가 없어. 하지만 살다 보면 좋아지겠지."

"알아요."

"기억나니? 이제 기억이 돌아왔어?"

앞으로 몸을 기울이는 그의 눈이 날카롭게 빛났다.

"그냥 차 안에 있던 것만 기억나요."

사실 더 많은 것이 기억난다. 핸들을 쥐던 느낌, 차가 무언가를 쳐서 나던 소리. 그리고 어둠. 내 모습과, 흥분으로 윙윙대는 내 몸.

"아주 사소한 것들만 기억나요. 그뿐이에요."

"어떤 것들?"

나는 고개를 저었다.

"많지 않아요."

눈물이 흘러내렸다.

"괜찮아. 거의 다 됐어."

"편지 보내도 돼요? 약속했잖아요."

짐이 나를 바라보았다. 그는 그 무엇도 내보내거나 들여오기를 원하지 않는다. 그는 오로지 인터넷만을 사용했다. 그마저도 네트워크를 우회하는 토르 네트워크와 VPN을 이용해서 특정 사이트만을 들어갈 뿐이었다.

"그래. 괜찮아."

● ● ●

나는 펜을 들긴 했지만 잡고 있을 수가 없었다. 방으로 들어가 침대 끝에 앉아 글을 쓰기 전에 내용을 생각했다.

그는 우리가 있는 곳을 누구에게도 알리고 싶어 하지 않아. 우선은 내가 안전하고 행복하다고 말하고 싶어. 우리는 몇 가지 이유 때문에 당분간 숨어 지내야 해. 인스타그램은 할 수 없고 메시지도 못 보내. 그가 인터넷을 못 하게 하거든.

사실 요즘 네 생각을 많이 해. 우리가 함께했던 일들이 머릿속에 떠올라.

네가 정말 그리워. 서재에 누워 음악을 들으며 보내던 오후가 그리워. 아마 언젠가는 그때로 돌아갈 수 있겠지.

나는 앉아서 편지를 조심스럽게 세 번 접어 봉투에 넣고 봉하지는 않았다.

짐이 나를 불렀다. 나는 거실로 나가 그에게 편지를 건넸다. 그는 편지를 꺼내 펼쳐 내가 쓴 글을 살폈다. 그의 벌어진 입술이 미세하게 움직였다.

"좋아."

그는 편지를 청바지 주머니에 넣었다.

"같이 나가는 길에 부쳐야겠네."

그러고는 뒤로 물러서며 문 쪽을 가리키는 몸짓을 했다.

"우리가 같이 어디를 가는데요?"

"병원."

4

차로 40분을 달려 문명 세계로 돌아왔다. 나는 교차로를 세고 고속도로 가는 길을 머릿속에 넣으며 창밖을 바라보고 있었다. 좌회전, 우회전, 계속 직진, 우회전. 머릿속에서 주문을 외듯이 반복한다. 좌회전, 우회전, 계속 직진, 우회전. 이정표가 될 만한 것들을 살펴본다. 큰 나무들이 있고, 녹슨 헛간도 보인다.

"괜찮아? 멀미 안 나니?"

그가 묻는다. 내 숨소리가 커졌다.

"괜찮아요."

마지막으로 맥도날드와 주유소를 지나자 지금이 마치 평상시인 것처럼 느껴졌다. 표지판을 보니 집처럼 보이는 작고 네모난 건물이 테푸케 경찰서였다. 지나치면서 건물을 자세히 살폈다.

병원에 도착하고 보니 이 건물도 한때는 가정집이었던 것 같았다. 의사의 이름과 갖가지 말들이 들어차 있는 푯말에는 '아로하 병원'이라고 쓰여 있었다.

안에는 여느 병원처럼 독감 포스터들이 벽에 붙어 있었다. 한쪽 구석에는 아이들의 장난감이 들어 있는 나무 상자가 있었고, 끝이 완전히 말려 올라간 잡지들이 커피 탁자에 깔려 있었다.

몇 년 전에 손질을 포기한 것 같은 머리 모양을 한 간호사가 플라스틱 팔찌를 딸각거리며 데스크에 기댔다.

"처음 오셨어요?"

"네."

짐이 어색한 미소와 함께 대답하며 엄지로 안경을 고쳐 올렸다.

간호사는 나에게 클립보드를 건넸다. 이름을 적는 칸에서 펜을 만지작거리면서 짐의 눈을 날카롭게 쳐다보니 그가 클립보드와 펜을 가져갔다. 나는 그가 옆으로 기울어진 글씨체로 빈칸을 채우는 모습을 보았다. 이름을 적는 칸에 에비 터너라 쓰고 새 주소를 적었다. 전화번호 칸에는 휴대폰에 체크한 후 자신의 새 휴대폰 번호를 썼다. 그는 접수대에 클립보드를 내고 돌아와서 한쪽 다리를 다른 쪽 다리에 접어 올린 채 자신의 휴대폰을 내려다보았다. 자리는 꽉 차 있었다. 팔에 깁스를 한 꼬마 아이가 볼이 움푹 패고 앞니 사이가 벌어진 엄마 옆에 앉아 있었다. 그 옆에 앉아 있는 노인은 같은 간격으로 헛기침을 해대며 손수건에 가래를 뱉고 있었다.

그렇게 오후가 지나갔다. 엄마와 아들이 의사와 함께 사라지고, 마침내 간호사가 또 다른 환자의 이름을 불렀다. 그 이름이 다시 불렀다. 그리고 간호사가 다가와 내 손목을 잡으며 말했다.

"에비 님이죠?"

"아 죄송합니다. 제가 딴생각을 하고 있었네요. 에비, 의사 선생님이 부르셔."

짐은 왜 나를 여기로 데려온 걸까? 마치 우물 바닥에서 사람들의 얼굴을 훔쳐보는 것 같았다. 사람들의 말소리가 들려왔고, 팔과 겨

드랑이를 잡는 그들의 손길이 느껴졌다. 그들은 나를 일으켜 세우려 했지만 움직일 수가 없었다. 나는 마치 자기로 만들어진 인형처럼 미동도 없이 굳어 있었다.

"괜찮아요, 아가씨? 물 한 잔 드릴까요?"

"괜찮아요. 조금 피곤한 것뿐이에요."

그의 말소리가 들린다. 흰 벽과 해부학 포스터와 혈압을 재는 기계가 보였다.

"의사 사이먼입니다."

회백색 의사 가운을 입은 키 큰 남자가 내 손을 잡으며 말했다. 나의 손가락을 휘감는 그의 손의 부드러운 감촉에 깜짝 놀랐다. 나는 침대에 앉아 벽에 붙어 있는 분홍색 입에서 목구멍까지 나온 사진을 바라보고 있었다. 사진의 혀는 굉장히 두꺼워 보였다. 왜 사람들은 저런 혀를 가지고 있는데도 질식하지 않는 걸까.

"한 2주 정도 계속 안 좋았어요. 섭식과 수면 장애가 좀 있었어요."

짐이 내 병력을 읊었다. 물론 가장 중요한 근본적 원인은 쏙 빼고.

"사고가 있어서 조금은 힘든 시간을 보냈죠. 조금 우울했지, 그렇지 에비?"

나는 고개를 끄덕였다.

사이먼 의사는 진지한 표정으로 고개를 끄덕이고 무언가를 적은 후 질문을 하고 차가운 것으로 내 귀를 쑤셨다. 그들은 사고, 안 좋은, 트라우마, 스트레스, 병력 같은 완곡한 단어를 쓰며 대화를 나눴다. 짐은 딱 진료를 받을 수 있을 정도만 말했다. 의사는 우리를 다른 방으로 안내했다. 거기서 간호사 한 명이 바늘을 내 팔 가운데에 꽂고 피를 뽑았다.

"그렇게 나쁘지 않았지?"

나중에 짐이 주차장을 가로질러 올 때 말했다.

"괜찮았어요."

"곧 더 좋아질 거야. 나를 믿어. 모든 게 잘 끝날 거야."

● ● ●

다음 날 아침의 공기는 차갑고 소금기를 머금고 있었다. 우리는 곶의 끝자락에 있는 사유지 해변으로 내려갔다.

우리는 색이 옅은 모래 위를 걸으며 땔감으로 쓸 나무를 주웠다. 나는 나뭇조각을 팔에 안고 농장으로 갈라지는 길을 거슬러 올라갔다. 개집 위에 바람에 마모된 뼈, 멧돼지의 엄니, 정강이뼈, 뿔들이 널려 있었다. 멍한 눈을 한 늙은 여자가 창고 문가에서 하품을 참으며 우리를 쳐다보고 있었다. 짐이 시선을 돌렸다. 아무리 그라고 해도 그 시선을 무시할 수는 없었나 보다. 나의 숨이 가빠지자 걷는 속도가 느려졌다.

"몇 가지 물어볼 게 있어."

짐이 말했다.

"뭔데요?"

"결과적으로 이 질문들은 네가 기억하고 이해하는 데 도움을 줄 거야. 알겠지?"

"네."

"대답하기 힘들면 말해."

"알았어요."

"걸으면서 하자."

우리는 집으로 다시 걸어가기 시작했다.

"그날 밤에 대해 어떤 게 기억나지?"

"글쎄요. 아침이 기억이 나요……. 탁자에서 기다리던 게 기억나요."

"아니, 그날 아침이 아니라 그 전날 밤."

"음……."

"술 마신 건 기억나?"

목이 타들어가는 느낌이 생각났다. 병을 다 비웠다.

"기억나요."

"또 다른 건?"

"긴 소파에 있었던 게 기억나요."

"그를 본 건 생각 나? 그가 엎드려 있던 걸 봤어?"

그의 모습이 보인다. 피가 퍼지는 게 보인다. 나는 눈을 감았다.

"그만. 그만해요."

내가 말했다.

"알았어."

그가 잠시 멈췄다.

"너도 알겠지만 그의 상태가 썩 좋아 보이진 않아."

가슴이 약해지는 것 같았다.

"그게 무슨 말이에요?"

그가 한숨을 내쉬었다.

"가망이 별로 없다는 말이야."

가망이라니……. 무슨 가망이 없다는 걸까? 나는 이것에 대해 다시 생각하지 않기로 했다.

"떠올리려고 하면 어떤 기분이 들어?"

"무서워요."

"그러면 기억이 난다는 말이야?"

나는 대답하지 않았다. 그에게 숨기고 싶은 것이 아니라 무슨 말을 해야 할지 몰랐기 때문이다. 마치 어떤 힘이 내 머릿속에서 무언가를 제거하려는 것 같은 느낌이다. 하지만 어떤 것이 기억이고, 어떤 것이 꿈이고, 어떤 것이 그가 내 머릿속에 심어놓은 가짜 기억인지 구별할 방법이 없었다.

우리는 길 가장자리에 세워진 울타리에 가까이 다가갔다. 양들이 방목지 저 구석에서 우리를 지켜보고 있었다. 그가 올라가서 나를 도와주려 손을 내밀었다. 질문이 이어졌다.

"끔찍한 장면이 기억처럼 갑자기 떠오르기도 해?"

"네."

"그럼 그것에 관해서 얘기해보자. 어떤 장면이 떠오르지?"

그의 말에 눈물이 조용히 내 볼을 타고 흘러내렸다. 멜버른이 생각났다. 말을 하려니 숨이 차올랐다.

"나도 몰라요."

"괜찮아. 그곳에 또 누가 있었는지 기억나?"

"아니요."

"네 기억 속에 나는 없어?"

"몰라요. 모르겠어요. 그만하면 안 돼요?"

"몇 가지만 더 물어볼게. 괜찮지? 네가 어떻게 느끼는지, 네가 뭘 겪었는지 생각해본 적 있어?"

"아니요."

"한 번도 없어?"

"한 번도 없어요."

우리는 버스 정류장을 지나쳤다. 어둠 속에 부유하는 내 눈과 마주친 하얀 눈동자들이 커지고 사나워졌다.

"네가 그날 밤의 어떤 것을 기억하는지는 모르지만 넌 그때 제정신이 아니었다는 것만은 알아둬, 알겠지?"

하지만 사실일 리가 없다. 내가 무슨 짓을 했을 리가 없다……. 나는 내가 아니라는 것만은 안다. 그가 내게 커다란 거짓말을 하고 있는데, 사소한 것들을 어떻게 진짜라고 받아들일 수 있을까?

• • •

다음 날 샤워를 하고 있을 때였다. 자동차 소리가 나더니 잠시 후 문을 두드리는 소리가 났다. 숨이 턱 막혔다. 수도꼭지를 잠그고 추위 속에 서서 손으로 가슴을 가리고 집중했다. 거미가 벽을 타고 내 눈높이까지 내려왔다. 짐이 문으로 나가고 밖에서 뭔가 무너지는 소리가 났다. 마치 산사태 소리 같았다. 시동 거는 소리가 다시금 들려왔고 차가 진입로를 나가 도로로 향하는 소리가 들렸다. 수건으로 몸을 닦고 재빨리 옷을 입고 밖으로 나가니 장작이 쌓여 있었다.

"이리 와서 좀 도와줘."

짐이 말했다. 뒤쪽 베란다 계단 밑에 땔감을 쌓아두고 있을 때 집 안에서 그의 휴대폰이 울렸다. 잠시 눈을 마주친 후 짐이 계단을 올라가 전화를 받았다. 잠시 후에 그가 난간으로 몸을 숙이고 말했다.

"가자. 결과가 나왔대."

우리는 차를 타고 출발했다. 짐은 다시 안경을 끼고 파란 야구 모자를 썼다. 겨울 해가 포물선을 그리며 물 위에 떠 있고 길 위에서는 히치하이커가 턱을 내려 추위를 견뎌내고 있었다. 그는 엄지로 우리가 가는 방향을 가리키며 오클랜드라고 적힌 두꺼운 종이를 들고 있었다. 멜버른에서는 본 적 없는 풍경이었다. 그를 지나칠 때 고개를 돌려 그 모습을 눈에 담았다. 그러자 짐이 나를 보며 말했다.

"왜 그래?"

"아무것도 아니에요."

나는 다시 도로로 시선을 던졌다.

• • •

사이먼 의사는 클립보드에 적힌 결과를 읽은 후 고개를 들고 말했다.

"혈액 검사 결과는 아주 좋습니다. 철분 결핍은 아니지만 식단에 철분을 조금만 더 추가하면 괜찮을 겁니다."

의사는 클립보드를 책상에 내려놓고 내 눈을 살펴봤다.

"특히 환자분이 겪은 일로 봐서 이런 몇 가지 조절에 관한 문제가 있는 것은 지극히 정상입니다."

나는 침을 삼켰다. 그가 내 과거에 대해 뭘 안다는 것인가?

"당분간 기분이 나아지도록 약을 처방해드리겠습니다. 매일 아침 한 알씩 드시고, 한 달 후에 다시 검사를 하지요. 졸리거나 구토 증상이 있을 때는 연락을 주세요. 그때는 다른 방법을 찾아봅시다. 그 외에는 아주 건강합니다."

"더 나빠질 가능성도 있습니까? 가족력이 있어서요."

왜 그가 우리 가족에 대해서 말하는 거지?

"그럴 수 있습니다. 하지만 그 경우는 제가 뭐라고 말씀드리기 어렵군요. 다른 사람을 소개해드리겠습니다."

짐이 인상을 쓴다.

"누구요?"

"앤 라클란 박사입니다. 심리학자로 로토이티에서 클리닉을 운영하고 있지요. 여기서 차로 30분 거리에 있어요. 거기 가시면 도움을 받으실 수 있을 겁니다."

"아, 그렇군요. 하지만 필요 없을 것 같아요."

"약은 증상만 완화시킬 수 있어요. 하지만 에비가 다른 사람에게 이야기를 하면 근본적 원인을 찾을 수 있을 겁니다."

"추천은 감사하지만 에비는 이미 따로 상담을 받고 있어요."

그는 자제심을 잃어가고 있었다.

"잘됐군요. 누구인지 물어봐도 될까요?"

짐은 웃음을 지었지만 그의 눈은 웃고 있지 않았다.

"그건 좀 곤란합니다."

"아, 네."

사이먼 의사는 펜과 메모장을 챙기며 말했다.

"혹시 모르니 앤의 번호를 드리지요."

짐은 메모지를 받아 주머니에 넣었다.

"감사합니다, 선생님."

내가 차에 있는 사이 짐이 약국에서 약을 사왔다. 거리를 내다보며 지나가는 사람들을 바라보았다. 대시보드의 시계가 가리키는 시각은 2시 19분이었다. 가죽 시트에 터치스크린 내비게이션이 장착돼 있는 새 차다. 첨단 기술은 우리가 떠나온 삶의 시금석과도 같다. 그래서인지 그런 기술을 보면 안도하게 된다. 조수석 수납함을 열었더니 자동차 매뉴얼과 서비스 번호가 담긴 플라스틱 통이 나왔다. 통을 열어 그 안에 있는 여분 열쇠의 모양을 확인했다. 그때 약국 문이 열리고 알약이 든 병을 손에 쥔 짐이 성큼성큼 걸어왔다. 나는 열쇠를 재빨리 잡아채서 주머니에 넣은 후 수납함을 서둘러 닫았다.

마케투로 향하는 직진도로를 따라 속도를 내며 달리던 중, 짐은 창문을 열어 의사가 써준 메모를 창밖으로 날려버렸다. 내 속에서 온몸을 부들부들 떨게 하는 공포가 솟구쳐 올랐다. 뇌는 잡음으로 가득해서 아무리 빨리 숨을 쉬어도 충분한 공기를 들이마실 수가 없었다.

"케이트. 괜…… 괜찮아?"

대답을 하려 했지만 가쁜 숨에 막혀 말이 나오지 않았다.

"모……르……겠어요."

위가 꼬인다. 차가 천천히 나선형으로 도는 것 같았다. 시야가 흐려지고 얼굴은 열로 화끈거렸다. 속도를 늦춰보지만 너무 늦었다. 공포감이 나를 사로잡았다. 문손잡이를 당긴 채 체중을 실어 문을 밀어보지만 열리지 않았다. 짐이 브레이크를 확 밟아 차가 방향을 틀어 아스팔트 길 위를 벗어났다. 심장이 격하게 고동쳤다. 점점 빠르게 숨을 쉬었지만 어둠이 나를 덮어버렸다. 눈을 감았다. 아무 소리도 들리지 않았다. 오로지 축축하고 떨리는 내 숨소리와 천둥 같은 내 심장소리만 가득했다.

어떤 목소리가 숨을 쉬라고 말하고 있었다. 하나, 둘, 셋, 넷, 멈추고. 하나, 둘, 뱉고. 하나, 둘, 셋, 넷, 들이마시고. 하나, 둘, 셋, 넷, 멈추고. 하나, 둘, 내쉬고. 하나, 둘, 셋, 넷.

격렬한 떨림이 잦아들기 시작한 후에야 짐이 내 머리를 감싸고 내 얼굴을 똑바로 바라보며 말을 하고 있다는 것을 깨달았다.

"나와 함께 숨을 쉬어봐. 괜찮아질 거야."

그는 나를 꼭 안고 있었지만 나는 내 몸을 지탱할 수가 없었다.

"어서, 케이트. 나를 봐."

그의 턱에서 시작해서 목까지 이르는 긁힌 상처가 보였다.

들이마시고. 하나, 둘, 셋, 넷, 멈추고. 하나, 둘, 내쉬고. 하나, 둘, 셋, 넷.

효과가 있었다. 안전벨트를 맨 몸은 심하게 떨리고 있었지만 충분한 공기를 마시고 있다는 생각이 들기 시작했다.

"차가 달리고 있을 때는 문이 열리지 않아. 안전 문제 때문에 그래. 내가 이 모델을 고른 것도 그런 이유에서지."

그 히치하이커가 생각나자 목이 메어왔다. 나는 절대 그렇게 하지 못할 것이다. 아직도 몸이 떨렸지만 모든 것이 천천히 잦아들고 다시 집중을 할 수 있게 됐다. 그의 다리가 위아래로 움직이자 주머니에 있던 알약들이 달그락거렸다.

"그 약이 도움이 될까요?"

"그래, 그럴 거야."

차들이 지나갈 때면 나는 눈을 피하면서 계속 숨을 쉬는 데 집중했다. 그리고 마을까지 길고 넓게 펼쳐진 강어귀의 반짝이는 물을 바라보았다.

"이제 좀 괜찮아?"

고개를 끄덕였다. 손가락으로 꾹 누르고 있던 탓에 허벅지가 아팠다. 차는 다시 출발해서 자갈길로 된 갓길을 미끄러져 나와 도로로 합류했다. 그는 이번에는 천천히 조심스럽게 운전했다.

"거짓말했죠?"

내가 말했다.

"너한테는 절대 거짓말 안 해."

"의사한테 거짓말했으면서. 내가 다른 사람에게 상담받고 있다고 했잖아요."

"그건 거짓말이 아니지. 나를 만나잖아."

그는 아무렇지도 않게 거짓말을 한다. 마치 진실인양 거짓을 내뱉는다.

"의사가 상담을 받으면 도움이 될 거라고 했잖아요."

"의사가 말한 사람은 너한테 도움이 안 돼, 케이트. 더 나빠지게 할 뿐이야."

• • •

거실 벽난로 가까이에 빛바랜 뉴질랜드 지도가 비스듬히 걸려 있었다. 이 집은 조용하고 움직임이 없고 안전하다. 나는 편안함이 아니라 무감각해진 공포를 느꼈다. 잠시 지도를 바라보았다. 두 개의 긴 섬이 마치 덜 익은 망고 같은 노란색과 초록색 계열의 다양한 색으로 칠해져 있었다. 마케투는 만 한가운데에 돌출되어 있다. 나는 손가락으로 해안선을 따라 내려가면서 열쇠로 거리를 가늠해봤다. 오클랜드까지 300킬로미터보다 좀 더 될 것이다. 우리가 갔던 병원이 있는 테푸케를 찾아봤다. 거기까지는 차로 30분이 걸렸지만 지도상으로는 거의 떨어져 있지 않은 거리였다. 공허함이 다시 찾아왔다. 집이 너무 멀리 있다는 사실을 깨달았기 때문이다.

아직 멜버른에 있었다면 지금은 시험을 준비하고 있었겠지. 연말 파티에 대해 이야기를 나누며 어른이 돼도 계속 연락하고 지내자고 말하고 있을 것이다. 이런 계획들이 순식간에 틀어지고, 놀란 새 떼들이 흩어지듯 삶이 파괴될 수 있다는 것을 생각하면 놀라울 뿐이다.

내가 아직 학교를 다니고 친구들을 만난다고 해도 아빠가 없다면 멜버른은 결코 이전과 같지 않을 것이다. 나는 옷장의 맨 아래쪽 서랍을 열고 서랍과 바닥 사이에 난 공간에 자동차 열쇠를 넣었다. 천천히, 조용히 문가를 바라보면서 나는 빈 서랍을 다시 밀어 넣었다.

짐은 밖에서 마지막 땔감을 쌓고 있었다. 우리는 불쏘시개를 자를 수 있는 낡은 도끼를 찾아냈다. 이제 적어도 우리 몸을 보호할 수단은 가지고 있게 된 것이다.

이전 <

5

사람들은 내가 그저 관심을 끌려고 그 짓을 했다고 말할 것이다. 사실 관심만을 위해서 그런 짓을 하는 사람은 거의 없다. 존경, 자유, 사랑, 의무, 복수 이런 것들이 더 좋은 동기가 될 수 있다. 왜 톰과 내가 그 일을 했는지 이해하기 전에 한 가지를 명심해야 한다. 내가 부러워했던 것은 관심 자체가 아니라 관심을 받는 젊은 여자들이었다. 아니, 관심을 편하게 다루고 받아들이는 모습을 갈망했다고 하는 편이 나을 것이다. 나도 그렇게 되고 싶었다. 하지만 나에게 머무는 시선이 느껴지면 나를 차단해버렸다. 사람들이 나에게서 충격적이거나 당돌한 말을 기대하거나 또래 남자애들이 그런 식으로 음흉한 농담을 던지며 내 웃음을 기대할 때면 언제나 그랬다. 나는 내 웃음소리를 극도로 싫어했다. 얼마나 부자연스러운지. 웃을 때의 입모양도 너무 싫었다. 주위의 다른 소녀들 속에서 나는 아주 조심스러웠다. 발목 두께나 이마를 덮는 두꺼운 머리카락에 대한 단 한마디의 말이라도 한 주 내내 나를 괴롭힐 수 있었다. 그토록 원했던 편함은 결코 내가 가질 수 없는 것임을 알고 있었다.

내 가장 친한 친구 윌로우는 자석 같은 사람이었다. 우선 가장 눈에 띄는 것은 일부러 신경 써서 헝클어뜨린 짙은 색 머리였다. 내 머리는 관리도 하지 않아 부스스했고, 그나마 몇 년에 한 번씩 자르는 것도 하지 않았다. 윌로우의 키는 나와 비슷했지만 내가 핼쑥하고 마른 반면 그녀는 강인하고 탄탄했다. 그녀의 초록색 눈은 고양이 같은 신비로움을 지니고 있었고, 아이라이너 광고에 나올 것만 같이 생겼다. 내 눈은 암사슴처럼 멍한 갈색이다. 윌로우는 많은 면에서 나와 달랐다. 그녀가 다니는 학교는 공립 남녀공학이었고, 아버지는 음악가였다. 나는 사립인 윈저 여학교에 다녔다. 사립 여학교라 하면 격자무늬 치마를 입고, 바이올린을 배우며, 프랑스로 여행을 가는 그런 이미지가 떠오르겠지만, 실상은 담배를 피워대고 말없는 폭식증 환자 여학생들과 구강성교에 대한 이야기로 넘쳐났다. 모두가 무리에 끼고 싶어 안달을 내고 있었고, 대략적으로 모두가 이런 일을 겪고 있었던 것 같다.

우리가 알게 된 건 1년여 전, 수영 코치를 바꾸고 집에서 더 가까운 수영장으로 옮기고 나서이다. 수영장에 다니지 않았다면 윌로우를 만날 수 없었을 것이다. 사람들은 내가 아빠처럼 운동을 잘할 것이라 생각했지만 내가 했던 과외활동은 수영이 전부였다. 아빠에게는 학교 밖 사람들과 소통을 할 수 있다고 말했지만 사실을 말하자면, 내 관심사는 남자들이었다. 특히 나의 관심은 한 남자에게 집중되어 있었다. 수영장에 다니지 않았다면 톰도 만날 수 없었을 것이다.

●●●

고등학교 2학년이 되기 전 여름의 끝자락, 나는 내 일상, 그러니까 학교가 아니라 수영장으로 돌아가려고 노력했다. 톰을 본 지 7주가 지났다. 우리는 매일같이 수영하기 전에 함께 앉아 시시덕거리곤 했다. 하지만 가장 최악의 순간에 휴일이 찾아왔다. 톰은 나에게 그런 종류의 관심을 처음으로 보여준 남자였고 내가 관심을 받고 싶어 한 최초의 남자였다.

나와 아빠는 여름 대부분을 집이 아닌 다른 곳에서 지냈다. 가끔 청소부가 청소를 하러 가는 것을 제외하면 방 다섯 개가 있는 우리 집은 비어 있었다. 아빠는 포트시 해변에 있는 집이 아니라 토키에 있는 낡은 이동식 주택에서 지내는 것을 선택했다. 아빠에게 있어 포트시의 집은 엄마의 유령이 아직도 안개처럼 떠다니는 곳일 뿐이었다. 아빠는 집을 팔 생각도 발을 들일 생각도 하지 못했다. 나에게 있어 그 집은 욕조를 상징하는 장소이자 모든 일이 일어난 곳이었다.

엄마가 아팠던 시기에 보모로 일했던 엘로이즈와 허벅지에 3도 화상을 입어 병원에 입원해서 보냈던 날들 이후 상황은 변했다. 엄마가 죽고 난 후, 아빠는 나를 키우기 위해 럭비를 그만뒀다. 아빠는 재무분석가로서 새 출발했고, 내가 고등학교에 갈 즈음에는 늦은 시간까지 일에 빠져 살았다. 그만큼 나는 혼자 시간을 보내야 했다. 아빠는 학교에 휴대폰을 가져가지 못하게 했기 때문에 휴대폰을 쓰려면 아빠가 집에 올 때까지 기다려야 했다.

나는 수영장에서 톰과 윌로우를 만날 생각에 흥분해 있었다. 첫 수업 전날 오후, 나는 현관문이 닫히기 직전에 아래층으로 달려 나갔다. 아빠가 현관에서 커프스를 빼며 눈으로 나를 찾으려 올려다보았다.

"안녕, 케이트."

아빠는 고개를 숙이고 한쪽 뺨을 내 쪽으로 돌렸다. 나는 호응하듯 그의 볼에 뽀뽀를 했다.

"학교는 어땠니?"

"좋았어요. 지금 제 휴대폰 받을 수 있어요?"

"이런, 나는 네가 사랑하는 아빠를 보려고 달려 나온 줄 알았네."

아빠는 윙크했다.

"제발요. 윌로우한테 메시지 보내고 싶어요."

"아, 윌로우에게 메시지를 보내고 싶다고?"

아빠는 눈을 깜빡이고는 말했다.

"그렇다면 서둘러야겠구나."

"아빠."

내가 고개를 앞으로 내밀자 머리카락이 얼굴로 쏟아졌다.

"그래, 그래. 곧 가져오마."

아빠는 계단을 올라갔다. 나는 아빠가 가져올 휴대폰을 기다리면서 펜촉 가까이 펜을 잡았다. 톰 모로. 최대한 단정하고 깔끔하게 그의 이름을 종이 위에 썼다. 글씨로 써진 그의 이름은 마치 실재하는 것처럼 느껴졌다. 계속해서 그 이름을 썼다. 둥글둥글한 글씨체로도 써보고, 대문자로도 써보고, 아빠의 서명처럼 휘갈긴 글씨체로도 써봤다. 내 일기는 이런저런 만남, 농담, 그에 관한 관찰로 가득 차 있었다. 나는 그를 묘사하고 그만의 독특한 행동들에 대해 생각했다.

주의 깊게 들을 때 한쪽 귀를 상대방을 향해 돌린다. 생각을 할 때면 눈을 빠르게 깜빡인다. 방을 바꾸러 가는 도중에 내 어깨에 자기 어깨를 부딪친 적이 있다.

이 페이지에는 내 마음이 담겨 있다. 이 일기를 보는 사람이면 누구든 그 사실을 알 수 있을 것이다. 나는 그것이 무엇인지 알기도 전에 그에게 끌렸다.

그는 다른 남자아이들처럼 힘들여 수영하는 것처럼 보이지 않았다. 그냥 그것을 할 뿐이었다. 그를 상상하고, 미래의 그를 상상하고, 미래의 우리를 상상했다. 비밀스런 키스를 하고 학교에서 함께 춤을 추며 친구들의 부러운 시선을 한 몸에 받는 우리. 나는 곧 15살이 되지만 여전히 이런 것들을 믿었다. 더 춥고 힘든 시기가 오기 전, 우리를 따뜻하게 해주는 젊은 시절의 불타는 이상들을.

나는 일기장을 베개 밑에 두고 아빠의 방 밖에서 기다렸다. 서랍들이 열려 있었다. 아빠의 발걸음에 마루청이 비명을 질렀다.

"아빠, 지금 받을 수 있어요?"

아빠가 나타나서 내 손에 휴대폰을 던졌다.

"저녁상에는 휴대폰을 들고 오지 말도록."

나는 침대에 누워 윌로우에게 메시지를 보냈다.

'다시 수영할 준비 됐어?'

'그래야 한다면. 여름에 예쁘게 탄 피부를 자랑하고 싶어서 안달이 난 거 알아. 비키니를 입고 나타나면 마크 코치의 머리가 터질 거야. 남자애들도 구경거리 났다고 좋아하겠지.'

나는 괜히 얼굴이 붉어졌다.

'수영을 안 하니까 조금 지루하네.'

'뭐래. 설마 톰 모로가 요즘 네 인생에 있어 가장 짜릿한 일이라고 하는 건 아니겠지?'

얼굴이 더 붉어졌다.

'톰에 대해서 누가 뭐라 했어?'

'미안, 토키에 있는 동안 무슨 일 좀 있었어? 아마 구조요원 얘기는 할 게 없겠지?'

'아빠랑 같이 있는데? 설마.'

'안타깝다. 네가 아빠보다 더 낫잖아. 네가 알고 있을진 모르겠지만 네 아빠

좀 짜증나는 스타일이야.'

'야, 이 나쁜 년아.'

인터넷상에서는 더 자신감을 갖게 된다. 디지털 세계의 케이트는 절대 얼굴이 붉어지거나 부끄러워하지 않는다.

'아 맞다, 아무래도 너 걔를 잊어야 할 것 같아. 네가 모르는 걔에 대한 일이 있거든. 그게 모든 걸 바꿔버릴 거야.'

'그게 뭔데?'

질문에 대한 답장은 오지 않았다. 그래서 저녁 식사 후에 다시 문자를 보냈다.

'윌로우, 그게 대체 뭐야? 제발 말해줘.'

'안 돼. 너를 실망시키고 싶지 않아. 너무 연연하지 마.'

아빠가 오는 소리가 들렸다. 아빠의 발소리는 불규칙했다. 그것은 그의 무릎이 좋지 않다는 징조다. 아빠가 다가와 콧등에 가로로 난 작은 흉터를 긁었다. 아빠는 그 흉터가 모반처럼 태어날 때부터 있었다고 했다. 나는 초등학교 때 한 남자애가 럭비 시합에서 아빠의 코가 부러지는 유튜브 영상을 보여줄 때까지 그 말을 믿었다. 남자애들은 내가 아빠에 대해 믿고 있던 많은 것들을 산산조각 냈다.

노크 소리가 들렸다.

"9시야, 케이트. 숙제는 했니?"

"다 했어요."

"좋아. 그럼 5분만이야."

"알겠어요. 5분만 더요."

'진짜로 뭔데? 톰이 무슨 사고라도 쳤어?'

'그가 뭘 했냐 안 했냐의 문제가 아니라 완전히 다른 문제야. 말할 수 없어.'

답장을 치고 있는데 아빠가 다시 와서는 휴대폰을 가져갔다. 나는 침대에 누워 윌로우의 메시지만 생각했다. 나는 이런 생각을 떨쳐내려고, 그저 윌로우가 과장되게 말한 것뿐이라고 여기려 했지만 어째서인지 말문이 막혀버렸다.

● ● ●

공기가 차갑던 날, 야외 수영장 스탠드 옆에서 윌로우와 샐리와 나는 따뜻하게 하려고 수건으로 몸을 감싸고 있었다. 나는 기대에 차서 다리를 흔들고 있었고, 윌로우는 수건을 롱스커트처럼 감싼 채 서 있었다. 그녀에게는 거부할 수 없는 매력이 있었고, 그녀 스스로도 그 사실을 알고 있었다. 남자들에게 있어 그녀의 단점들은 문제가 되지 않았다.

나는 수건을 둘둘 둘렀다. 내 다리에 남아 있는 화상 흉터는 옅어지긴 했지만 결코 사라진 것은 아니었다. 여름 내내 흉터에 오일을 발라 태닝을 해 잘 보이지 않게 했다. 수건은 앉으면 흉터를 가릴 수 있을 정도로 길었다. 우리는 보이고 싶지 않은 부분, 비율이 좋지 않은 부분을 가리는 작은 습관과 행동을 개발하고 있었다.

윌로우가 내 옆구리를 찔렀다. 톰이 탈의실로 활기차게 들어가는 모습이 보였다. 그는 후드티를 입고 발목까지 오는 학교 양말을 신고 있었다.

"브리즈번에서 온 한 남자애랑 채팅을 했는데. 나를 보러 오겠대. 몇 살인지 맞혀봐."

윌로우가 말했다. 그때 톰이 탈의실에서 나왔다. 갈색 머리카락이 귀까지 내려왔고 눈동자는 블랙커피처럼 짙었다.

"열여섯?"

샐리가 물었다. 톰이 우리 쪽으로 걸어오고 있는 건가?

"열여덟."

윌로우가 대답했다.

"포드를 몰고 다닌대."

톰은 나와 샐리 사이에 앉았다. 친구들의 수다가 멈췄고, 심장이 격하게 고동쳤다. 몸에 열기가 올라오는 것 같았다. 나는 허벅지를 가리려고 몸을 수그렸다.

“안녕.”

그가 말했다.

“안녕.”

나는 웃으며 말했다. 볼이 화끈거렸다.

“다들 다시 수영을 시작하니 즐거워하는 것 같네.”

그는 빈정대듯 주먹을 아래로 흔들며 말했다.

“다들 방학은 어땠어?”

“괜찮았어.”

나는 중얼거렸다. 샐리가 대답하기 전에 윌로우가 주제를 바꿨다.

“톰, 너는 연상의 여자랑 데이트할 수 있어?”

“뭐?”

“몇 살까지 돼?”

톰은 콧방귀를 뀌며 등을 곧게 폈다.

“예순다섯.”

킬킬거리는 소리에 그는 무표정한 얼굴로 대답했다.

“여자들은 남자다운 매력이 뿜어져 나오는 이 보조개를 좋아해.”

톰의 한쪽 다리가 샐리의 다른 쪽 다리에 거의 맞닿아 있었다. 고개를 드니 윌로우가 나를 보고 있었다.

“아니 진짜로, 톰, 너는 여자의 어떤 점에서 매력을 느껴?”

“왜?”

"너에 관한 소문을 들었거든. 정말인지 확인하려고."

"소문?"

그는 비웃었다.

"대답해."

윌로우가 눈을 굴리며 말했다.

"갈색 눈, 갈색 머리. 키는 커야 하지만 나보다는 크면 안 돼. 그리고 미소가 예뻐야 해."

"또 뭐가 있어?"

"글쎄. 자신을 너무 진지하게 받아들이지 않았으면 좋겠어. 농담을 이해하고 내가 좋아하는 것들을 좋아하는 사람이면 돼."

"케이트 같은 사람?"

내 볼이 불타올랐다. 그는 나에 대해 말하고 있었던 것이다. 아니, 말하자면 그렇다는 거다.

"와……"

그는 당황한 것처럼 이를 보이며 공기를 들이마셨다.

"글쎄다. 나를 당황시키는 데 도가 텄군."

"이제 그만해, 윌로우."

샐리가 드물게 목소리를 냈다.

"내가 뭐 어쨌다고. 케이트, 내가 너무 못되게 굴었니?"

내가 뭐라 말하기도 전에 마크 코치가 나타났다.

"이리들 와."

그가 말했다. 우리는 일어나서 코트를 벗듯 수건을 벗었다.

우리는 줄을 서서 다른 사람들과 함께 레인을 돌았다. 세 개 레인에 남자아이들과 여자아이들이 모여 있었다. 나는 마음을 진정시키고 리듬감 있는 호흡에 맞춰 머리를 돌리며 팔을 젓고 발을 차고, 끝에서 턴을 했다.

윌로우는 긴 몸을 쫙 펴고 물속에서 힘차게 팔을 저었다. 물속은 고요하다. 완전한 침묵은 아니지만 발을 차는 소리와 물소리가 날 뿐이다. 톰이 지나갔다. 물속에서 머리가 올라오면서 머리카락이 뒤로 달라붙었다. 물을 잡아당길 때면 그의 힘 있는 어깨와 가슴을 볼 수 있다. 얼굴은 조용한 결의에 차 있었고 코에는 은색 물방울이 흘러내렸다.

그날 밤 윌로우가 나에게 메시지를 보냈다.

'이제 내가 뭘 아느냐고 물어볼 거야?'

'네가 알려주고 싶다고 하면.'

나는 침대에 누워 휴대폰이 진동할 때마다 열어서 얼굴 가까이에 가져다 댔다.

'샐리와 톰의 공통점이 뭔지 알아?'

나는 대답을 알고 있었다. 결코 물어보면 안 되는 것이었다.

'뭔데?'

문이 열렸다.

'둘이 서로 엄청 좋아하잖아.'

나는 휴대폰 화면을 뚫어지게 쳐다봤다.

"케이트."

아빠가 엄숙하게 불렀다.

"무슨 일이냐?"

내가 올려다봤다. 아빠가 눈썹을 치켜올리고 있었다.

"아무 일도 없어요."

"그래."

아빠가 방으로 들어왔다.

"9시가 지났다."

소매 없는 운동복을 입고 있는 아빠의 어깨 위로 핏줄이 튀어나와 있었다. 아빠는 이제 막 저녁 운동을 한 참이었다.

"메시지 하나만 더 보내고요."

나는 재빨리 메시지를 쳤다.

'어떻게 알아?'

아빠는 서서 손을 내밀었다.

"이리 내."

휴대폰이 진동했다.

'샐리가 말해줬어. 둘이 연락 주고받는대. 사귀는 중이라더라.'

나는 침을 삼키고 휴대폰의 전원을 꺼 아빠의 손에 올려놓았다. 눈시울이 뜨거워졌다. 아빠가 빨리 방에서 나갔으면 했다.

"이는 닦았고?"

"네."

"그래. 그럼 잘 자렴."

아빠는 내 이마에 입을 맞추고 방을 나갔다.

● ● ●

윌로우는 다음 날 수영장에 오지 않았다. 내가 수영장 안으로 들어가니 톰과 샐리가 나란히 앉아 있었다. 나는 도저히 그 장소에 있을 수가 없어서 로비에 앉아 있었고 마크 코치가 아빠에게 전화를 해 주었다. 수영하러 온 남학생 두 명이 나를 굽어보고는 "생리 중이냐?"라고 말하며 킬킬거렸다. 나는 침을 삼키고 웃으려고 했다. 말을 하면 목소리가 갈라져 나올 것이고, 고개를 흔들면 눈물이 나올 것만 같았다.

아빠는 집으로 운전해 오면서 백미러로 나를 지켜보았다. 나는 팔로 내 눈을 가려 아빠에게 우는 모습을 보이지 않으려 했다. 내 안의 텅 빈 느낌은 몇 주간 계속됐고 그 후 일상으로 돌아갔다. 하지만 나는 수영장 가는 횟수를 줄였다. 가능하면 아예 안 가고 싶었다. 톰이 다른 사람을 택했다는 사실에 나는 그를 더 강렬히 원하게 되었다.

아빠는 내 슬픔에서 무언가 비슷한 비극적인 면을 보았을지도 모르겠다. 지금 생각하면 고통스러운 생각이다. 그 시절 나는 다시는 톰과 함께하지 못할까 두려웠다. 그게 다가올 모든 것의 시초였다.

> 이후

6

모든 사람의 마음속에는 낯선 타인이 있다. 생각지도 못했던 본능과 충동에만 반응하는 동물적인 낯선 타인. 어떤 사람들은 그 낯선 타인이 일생에 한 번 또는 두 번 자신을 지배하도록 허락한다. 자신이 통제가 되지 않고 다른 무언가에 지배당하고 있다는 사실은 나중에서야 깨달을 수 있다. 우리의 몸이 차가워지고, 정신이 돌아오고서야 깨닫게 되는 것이다. 나는 짐에게서 이것을, 낯선 타인이 짐에게 왔다가 가는 것을 보았다.

그가 내 머리를 밀어버린 지 닷새가 지났지만 내 머리는 아직도 두개골의 모습을 그대로 드러내고 있었다. 내 움푹한 볼과 턱이 만나는 지점에 짧은 머리를 따라 정맥이 도드라져 보였다. 코도 더 좁고 길어 보였다. 털모자나 짐의 야구 모자를 쓰고 헐렁한 옷을 입고 싶었지만 그렇게 입으면 짧게 깎은 머리와 눈 밑의 다크서클 때문에 아픈 남자아이처럼 보였다.

거울에 난 금은 마치 나비의 날개처럼 보였다. 짐은 내가 이발기를 던져서 금이 갔다고 말했다. 왜 그랬을까? 아마 내 모습을 보고 싶지 않아서였을 것이다. 이발기의 무게를 확인하고 온 힘을 다해 거울을 향해 던졌을 것이다.

거실에서 고전음악이 흘러나와 집 전체로 퍼져나갔다. 문을 두드리는 소리가 들려오고 얼마 지나지 않아 짐이 문을 여는 소리가 났다.

나는 부엌으로 가서 구석에서 밖을 내다보았다. 청바지에 스웨터를 입은 짐이 한 손에는 뜨거운 찻잔을 들고 다른 한 손은 엉덩이에 짚고 있었다.

"당신이 그 사촌이겠군요."

해마처럼 생긴 콧수염이 난 튼실한 남자가 말했다. 그는 짐에게 손을 내밀었다.

"테리 월래스요."

그는 양처럼 코가 납작했고, 특이한 얼굴로 웃었다. 짐은 그와 악수를 했다.

"반갑습니다, 테리 씨."

짐이 머리를 깎은 것은 유대감을 공고히 하겠다는 이유에서일까. 그게 아니면 사람들이 그를 알아보지 못하게 하려는 것일 수도 있다. 하지만 지금의 그는 위험한 사람처럼 보였다. 격투기 선수라고 해도 될 것 같았다. 짙은 머리가 착 달라붙어서 푸르스름한 빛깔을 띠고 있었다.

"우리는 주말에만 여기에 와요. 그런데 당신 사촌 드루가 전화해서는 당신이 이곳에서 지낼 거라고 하더군요. 놀라게 하려던 건 아니었습니다."

"괜찮습니다. 친근한 얼굴을 보니 좋은걸요."

"아, 이 부근이 좀 그렇죠."

테리가 엄한 표정을 지으며 말했다.

"하지만 여기만큼 낚시하기 좋은 곳도 없어요."

"낚시를 하세요?"

"두말하면 입 아프지."

그는 소리를 내어 웃으며 말했다.

"나는 낚시를 아주 좋아합니다. 사냥도 좋아하죠."

테리는 뒤꿈치를 들어 자기 쪽 울타리 너머를 돌아보았다.

"그건 내가 할 테니, 이리 와서 우리의 새로운 이웃에게 인사해."

"여기 있는 동안엔 저도 사냥을 하고 싶군요."

짐이 대답했다. 회색빛 긴 머리의 키 작은 여자가 울타리 주위를 어슬렁거렸다. 그녀는 짐과 악수하고는 어깨 너머로 나를 보았다.

"당신 아들인가 보군요?"

뒤를 돌아보는 짐의 안경 쓴 눈이 커다래졌다.

"아, 제 조카딸입니다."

"어머, 저런. 이런 결례를 저지르다니. 미안해요. 어두워서 잘 못 봤네요."

짐의 눈치를 보자 그는 작게 고개를 끄덕였다. 나는 앞으로 한 발짝 나왔다.

"안젤라예요."

그 여자가 말했다.

"에비예요."

새 이름이 아직은 익숙지 않았다.

"집에 사람이 다시 오니 좋네요."

테리가 말했다.

"지난번에 당신 친척이 집을 빌려준 작자는……"

그는 작당하듯 몸을 기울이며 말했다.

"……약간 정상이 아니었어요. 내 말뜻을 이해할지는 모르겠지만."

그는 다시 소리 내어 웃었다. 짐은 희미하게 미소를 지었다.

"학교는 방학이니?"

안젤라가 나에게 물었다.

"학교는 끝났어요. 이번이 마지막 해죠."

"아, 그렇구나."

안젤라는 눈을 빠르게 깜빡이며 물었다.

"지금 몇 살이니, 에비?"

나는 마르고 머리도 밀었다. 그녀가 나를 열셋이나 넷으로 봤다고 해도 뭐라 할 수는 없을 것이다.

"17살이요."

안젤라가 반응을 보이기 전에 짐이 테리에게 낚시에 대한 질문을 던져 관심을 분산시켰다.

마침내 테리가 말했다.

"자, 우리는 그만 가봐야겠군요."

그는 가다가 잠시 멈춰 뒤돌아보았다.

"우리 대신 이곳을 봐주시면 좋겠네요."

그는 휴대폰을 찾으러 주머니를 더듬었다.

"내 번호입니다. 예전에 몇 번 쉬러 오기는 했지만 우리는 여기 자주 오지 않아요."

나는 안으로 들어갔다. 그들의 차가 출발하는 소리가 들려왔다. 나는 편지를 쓰기 시작했다.

나는 그에게 멜버른이 그립다고 말했어. 그는 돌아가기에는 너무 이르다고 했고. 또 그들이 나를 '거칠게 다룰' 거라고도 했어. 난 그 말을 믿어. 이유는 모르지만 그의 말이 맞다는 걸 알고 있거든. 네 가족에게 내가 한 짓을 생각해봤어. 내 비밀이 새 나가지 않았다면 어떻게 됐을지 생각해본 적 있어?

또 이런 생각도 해. 네 가족이 외출하면 햇빛 아래 누워, 모든 것을 버리고 함께 도망치면 어떻게 될지에 대해 이야기했던 때를.

여기에도 스크래블(알파벳을 보드 위에 올려 단어를 만드는 보드게임 – 역자 주)이 있어. 어젯밤에는 기차, 세 형제, 인도로 가는 여행에 관한 영화를 봤어. 너도 좋아했을 거야.

나중에 이 편지를 짐에게 건넸다.

"이게 뭐야?"

"이것 좀 부쳐줄 수 있어요?"

"이 편지를 보낸다고 뭔가가 해결될 거라고 생각하는 거야?"

"나도 몰라요. 그냥…… 편지를 쓰면 기분이 나아져요. 외로움이 가신다고요."

그는 짧게 고개를 끄덕인 후 자기 책상에 가서 편지를 봉투에 넣고 봉했다. '거칠게 다룬다.' 내 몸에, 내 팔에, 내 다리에 닿는 손을 생각하니 몸이 떨렸다.

● ● ●

조용한 대낮에 우리는 언덕을 내려갔다. 나는 선글라스와 모자를 썼다. 가로수들은 풀 위로 축축한 그늘을 드리웠고 발밑으로는 서리가 부서졌다. 구불구불한 길의 한쪽에는 집들, 다른 한쪽에는 방목지가 있었다. 방목지에도 갈수록 드문드문 집들이 들어서서, 끝에 가서는 방목지가 잔디로 바뀌고 그 위에 오래되어 녹슨 자동차가 있거나 줄로 묶인 염소나 말들이 풀을 뜯고 있었다.

삐걱대는 소리가 들려 돌아보니 백발에 회색 턱수염이 난 노인이 있었다. 허리가 굽고 청바지에 색이 바랜 플란넬 셔츠를 입고 있었다. 잘 보이지 않는 눈으로 나를 발견하기 직전까지 그 노인은 진입로를 줄곧 쓸어댔다. 나는 계속해서 언덕을 내려갔다.

해변과 깨진 유리, 자갈로 가득한 주차장을 돌아왔다. 쓸려 나가는 파도를 하나씩 보았다. 검은 바위의 머리가 파도에 흔들리고, 천 개의 날카로운 이빨처럼 홍합이 늘어서 있었다.

해변 근처 풀밭에 누워 있는 사람들, 차에 기대어 우리를 지켜보는 사람들을 지나 계속 걸어갔다. 그들의 눈이 내 몸을 훑는 것이 느껴졌다. 이런 이상한 모습을 보길 원한다면 얼마든지 쳐다보든지. 곧 익숙해질 것이다. 예전의 내 모습을, 은은한 빛깔의 아이처럼 긴 머리를 아쉬워하리라고는 생각지도 않았다. 나는 수줍어한다는 것이 어떤 것인지 알고 있다고 생각했지만 실제로는 아무것도 모르고 있었다.

통명스러운 목소리가 들려왔다.

"뻣뻣하기는."

웃음소리가 이어졌지만 나는 돌아보지 않았다. 운동복을 입을 걸 그랬다. 아픈 남자아이처럼 입었어야 했다.

인간의 두개골은 평방인치당 2,100파운드(약 952킬로그램 - 역자 주)의 압력을 견딜 수 있다고 한다. 헤비급 권투선수는 평방인치당 700파운드(약 300킬로그램 - 역자 주) 이상의 힘을 가할 수 있다. 반면 노루발장도리는 인간의 두개골을 부서뜨려 열 수 있는 충분한 힘을 낼 수 있다. 상당히 높은 곳에서 떨어졌을 때도 동일한 이론이 적용된다. 비교적 부드러운 표면, 즉 젖은 모래 같은 곳에 떨어지더라도 마찬가지다. 시속 100킬로미터로 달리는 자동차에 부딪혀도 동일한 결과를 낼 수 있다.

마침내 우리는 가게에 도착했다. 가게는 마을 가장 바깥쪽에 있는 회전목마 옆에 있었다. 근처에 있는 버려진 주유소의 앞마당에는 나선형의 검은 타이어 자국이 나 있었다.

가게는 나무와 벽돌로 이루어진 정육면체 모양으로, 여기저기에 그라피티가 그려져 있었다. 창문에 가로막이 쳐져 있어서 어두웠고, 매일 밤마다 격자판을 내려 창을 가렸다. 이곳은 그야말로 만물상 같은 곳이었다. 나는 터무니없는 숫자들이 적혀 있는 가격표들을 살펴봤다. 아직 환율에 익숙하지 않았다. 점원은 멍한 미소를 지으며 자리에서 몸을 앞으로 빼 기대 있었다.

'그냥 잡지나 봐요. 쳐다보지 말고.'

나는 짐이 토마토 통조림, 콩, 빵을 장바구니에 넣고 돌아다니는 모습을 보며 생각했다. 점원은 아직도 쳐다보고 있었다. 그녀의 집요한 시선에 돌아볼 수밖에 없었다. 여자 점원은 눈썹을 치켜올리며 미소 지었다. 나는 〈어스〉 잡지를 들고 페이지를 건성으로 넘기며 잠시 그 내용에 빠져드는 상상을 했다. 짐이 내 손에서 잡지를 가져가 다시 가판대에 꽂았다.

"그냥 보는 거예요."

"안 돼."

그는 단호히 말했다. 그의 눈이 재빠르게 점원을 보고는 다시 나에게로 향했다. 그리고는 조용히 말했다.

"그냥 둬."

그는 장바구니를 들고 계산대로 걸어갔다.

"안녕하세요."

점원이 말했다.

"안녕하세요."

그가 뒷주머니에서 지갑을 꺼내며 대답했다. 점원의 후드티 깃 밖으로 축 늘어진 대리석 무늬 같은 화상 자국이 보였다. 그녀 또한 나처럼 흉터를 가지고 있는 것이다.

"당신들 어디서 왔어요?"

"호주."

"호주구나. 어쩐지 억양이 그런 것 같았어요. 브리즈번에 사촌이 살거든요. 멜버른에도 친구가 있어요."

그녀는 현금등록기에 물건 가격을 찍은 후 봉투에 넣었다.

"우리는 멜버른에서 왔어요."

짐이 지갑에서 돈을 꺼낼 때 내가 말했다. 그는 지폐를 한 장 건네며 말했다.

"아, 부칠 편지도 있어요."

그는 재킷에서 편지 봉투를 꺼냈다.

"호주로 부칠 거예요."

주소를 제대로 적었는지 확인하려 카운터에 놓인 편지의 이름과 주소를 읽어보았다.

"저런. 우표를 깜빡했네요."

"괜찮아요. 여기서 팔아요."

그녀는 등록기 밑에서 종이를 한 장 꺼내서 눈으로 쭉 훑어보고는 계산대에 번호를 입력했다. 짐은 동전을 한 움큼 쥐고는 손가락으로 정확한 금액을 세고 있었다.

여자 점원은 웃으며 계산대에 손바닥을 대고 몸을 지탱하고는 문 밖을 보려는 듯 커다란 상반신을 기울였다. 나이는 20살 정도 되었을까.

"어쨌든, 만나서 정말 반가워요. 마케투 다음에는 어디로 갈 거예요?"

짐이 문가를 바라보았다.

"여기로 이사 왔어요. 그냥 이걸로 계산해주세요."

짐은 동전을 주머니에 넣고는 지폐 한 장을 더 꺼냈다.

"저 언덕 위에 사는 건 아니죠? 지붕이 평평한 나무집, 오두막인가?"

구름이 해를 가리고 지나가면서 입구로 들어오는 빛이 어두워졌다. 짐은 숨을 길게 쉬었다.

"저희가 좀 바빠서요."

그는 고개를 돌리고는 눈빛으로 '이 여자 왜 이래?' 하고 말했다.

"'오두막'이라뇨?"

내가 물었다.

"아, 그냥 그 오래된 집을 그렇게 불러요. 예전에 거기서 사촌이 살았었어요."

여자는 우표 두 장에 침을 발라 봉투에 붙이고는 짐에게 지폐를 받고 잔돈을 건네주었다.

"케이트, 가자."

그는 자신이 만든 규칙을 어겼다. 에비라고 불러야 했다. 그는 내 손목을 잡고 문 쪽으로 끌어당겼다.

"또 봐요."

밖으로 나와 길을 건너면서 짐이 어깨 너머로 은밀한 눈길을 주었다.

"젠장."

그가 손바닥을 이마와 짧게 자른 머리에 대고 문질렀다.

"말이 잘못 튀어나왔어. 아까 그 흉터 봤어?"

"무슨 흉터요?"

그가 빈정대는 듯한 표정을 지었다. 그러자 잠시 동안 그의 얼굴이 흉해 보였다.

"저 여자 목에 흉터 있었잖아. 턱 아래까지 나 있던데, 못 봤어?"

"아, 봤어요."

우리는 해안가 옆의 길을 따라 걸었다.

"잠깐 여기서 기다려봐. 빠뜨리고 온 게 있어."

짐이 서둘러 가게 안으로 사라지고, 나는 해변을 바라보았다. 해변을 두 갈래로 가르는 어귀의 한쪽은 다른 곳으로 이어져 있었다. 가장 안쪽에 있는 오래전에 무너진 벽돌 구조물 위에는 남자아이들 몇 명이 웃통을 벗고, 추위에 떨며 팔짱을 끼고 있었다. 한 명이 몸을 동글게 말아 물로 뛰어들자 다른 아이들에게 바닷물이 튀었다. 나머지도 차례대로 한 명씩 물속으로 들어갔다. 물이 어찌나 차가울지 생각만 해도 몸이 떨렸다.

짐이 돌아오고 다시 걷기 시작했다.

"좀 더 조심했어야 했어. 네가 그 여자한테 우리가 멜버른에서 왔다고 했잖아. 이것저것 종합해서 추론하는 게 그렇게 어렵지 않을 텐데 말이야. 넌 다른 사람이 우리에 대해서 물어보면, 그러니까 우리가 누구고, 무슨 일로 여기에 왔는지 물어보면 어떻게 대답할 거야?"

"음, 잘 모르겠어요."

"그럼 이렇게 말해. 나는 네 삼촌이고 너를 돌보고 있는 사람이라고. 누군가가 더 깊이 파고들면 별로 말하고 싶지 않다고 하면 돼. 거짓말을 귀신같이 알아차리는 사람들은 대답만 듣고도 거짓말인지를 알 수 있으니까 말이야. 그러니까 아예 질문을 피하는 게 훨씬 쉽지."

"나를 왜 여기로 데리고 온 거예요?"

"또 시작이야? 제발 그만 좀 하렴."

"아니, 하지만 왜 여기냐고요."

"여긴 숨겨진 곳이야. 휴대폰 신호도 겨우 잡혀. 그러니 그들이 우리를 찾지 못할 거야."

나는 침을 삼켰다. 목구멍에 커다란 살구씨가 걸린 듯한 느낌이 들며 볼이 뜨거워졌다. 그의 말은 아직 계속되고 있었다.

"나를 영원히 여기에 숨겨둘 수는 없어요."

나는 낮고 쉰 목소리로 말했다. 짐이 눈을 가늘게 떴다. 그러고는 식료품 봉투를 바닥에 내려놓고 내 손목을 낚아채서 나를 가까이 끌어당겼다.

"나를 이렇게 몰아세우지 마."

짐은 내 팔목의 피부가 비틀어질 만큼 세게 잡고 말했다. 내가 벗어나려고 하자 더 강한 힘으로 손목을 움켜쥐었다. 그 후 주위를 둘러보고 나를 놓아주었다.

"우리 둘 모두에게 손해야. 우리는 여기 함께 갇혀 있는 거라고. 그들이 우리를 찾아내면 어떻게 될지 생각해봐."

그러고 나서 우리는 말없이 걸어왔다. 짐의 걱정 가득한 얼굴은 수척했고 잿빛이 돼 있었다.

● ● ●

다음 날 아침, 짐이 우편함을 확인해보라 해 밖으로 나갔다. 그는 뉴질랜드 은행 계좌로 새로 만든 카드가 오기를 기다리고 있었다. 트레일러를 빌리고 가재도구 같은 걸 사고 싶은 모양이었다.

우편함에는 겉이 반짝이는 우편물이 삐져나와 있었다. 가게에서 봤던 〈어스〉 잡지였다. 우표나 봉투도 없으니 누군가가 넣어둔 것일 거다. 그 외에 짐에게 온 편지도 있었다.

나는 옷 안에 잡지를 숨기고 안으로 들어가 편지를 식탁 의자에 놓고 곧장 방으로 들어왔다.

"뭐 왔어?"

짐이 베란다에서 소리쳤다. 그는 쌍안경을 손에 들고 만을 살펴보고 있었다.

"당신 앞으로 편지가 왔어요."

"다른 건 없었어?"

"없었어요."

심장이 터질 것만 같았다.

"잡지는 없었어?"

그의 목소리에 웃음이 배어 있었다.

"걱정 마, 케이트. 그건 내가 사주는 거야."

나는 가슴에 잡지를 안고 침대에 풀썩 눕고는 그 깨끗하고 새로운 냄새를 들이마셨다. 짐이 베란다를 가로질러 계단을 내려간 후 몇 분이 지나자 마당에서 규칙적으로 도끼를 찍는 소리가 들려왔다. 그 소리를 그대로 들으며 나는 도끼가 그의 뒤통수를 내려찍는 상상을 했다. 그러자 몸이 움츠러들었다. 기분이 좋지 않았다.

'침착해, 케이트.'

다른 사람을 해치고 싶은 충동이 머릿속에 자리 잡기 시작하면 그 사람은 영원히 변해버릴 것이다.

나는 코로 길게 숨을 내뱉었다. 방금 건 시험이었을까? 그는 내가 거짓말을 하는지 알아보려고 잡지를 넣어둔 것일까? 나는 그의 신뢰를 얻어야 한다. 가게의 그 여자 점원이, 나를 바라보던 그 눈빛이 떠올랐다. 나는 허벅지를 손으로 만지고 입술을 가볍게 깨물며 잡지 표지를 넘겼다.

7

짐이 말하길, 이 나라에 독이 든 것은 없다고 한다. 독사도 없고, 독거미도 없다는 것이다. 지난밤에 그가 나무 상자를 들어 올리자 쥐 한 마리가 상자 뒤에서 달려 나와 냉장고 밑으로 숨었다. 짐이 냉장고를 들어 올렸지만 쥐는 온데간데없었다. 심지어 쥐구멍도 없었다. 그는 집 뒤쪽과 찬장, 그 외에도 쥐가 숨을 만한 곳에 쥐덫을 두고 노란색 봉지에 든 쥐약을 사서 반을 냉장고 주변에 뿌렸다. 뉴질랜드에 독은 없다. 우리를 제외한다면.

그날 밤, 짐은 작업대로 쓸 책상을 찾으러 집을 나섰다. 그가 구해 온 책상은 거실 구석에 걸린 지도 밑에 놓이게 될 것이다. 자동차가 진입로를 벗어나자 나는 그가 지시한 일을 시작했다. 그 일이란 나무 바닥을 쓸고 무릎을 꿇고 걸레로 바닥을 닦는 것이었다.

부엌 벽에는 오래된 전화기가 걸려 있다. 집에 있는 누군가와 연락할 수 있는 절호의 기회, 그가 말한 것이 정말인지 확인할 수 있는 기회가 될 수 있었다. 그는 추적당할 수 있으니 인터넷을 쓰지 말라고 했다. 하지만 전화를 쓰지 말라는 말은 하지 않았다. 나는 진입로를 다시 한 번 살피고 수화기를 귀에 댔다. 그러고는 언제나 마음속에 간직하고 있는 전화번호를 눌렀다. 하지만 신호가 가지 않았다. 뉴질랜드 억양이 섞인 목소리가 내가 누른 번호는 잘못되었거나 연결이 되지 않는다며 다시 시도하라고 말했다. 호주로 전화를 걸려면 국가번호가 필요하다. 나는 전화번호부를 찾으려고 부엌의 서랍들을 뒤졌다. 온수 찬장을 열어보니 노랗게 색이 바래 구겨진 오래된 신문들이 쌓여 있었다. 그러던 중 마침내 무언가 부피가 있는 물건을 찾아냈다. 오래돼서 먼지가 끼고 색이 바랜 1998/1999년 플랜티 화이트 베이 전화번호부였다. 나는 의자에 앉아 책을 먼저 넘겨봤다.

국제전화 식별번호 00

국가별 번호

아프가니스탄 93

알바니아 355

알제리아 213

밑으로 내려가니 호주가 있었다. 나는 책에 적힌 호주 국가번호를 누르고 전화번호를 눌렀다. 신호가 갔다. 벨이 울릴 때마다 심장이 요동치는 소리가 들려왔다.

"여보세요."

여자 목소리가 들려오자 나는 깜짝 놀랐다. 움직일 수도 말할 수도 없었다. 생각할 수도 없었다.

"누구세요? 거기 있는 거 알아요."

나는 전화를 끊고 뒤로 물러서 가슴에 손을 얹고 전화가 다시 울리기를 기다렸다. 그들은 정말로 이 번호를 추적하지 못하는 걸까? 나는 두려움을 이성적으로 누그러뜨리려고 했다. 이 전화가 텔레마케터이거나 잘못 건 것일지도 모른다. 그 누구도 이 전화번호를 추적하는 수고를 들이지 않을 것이고, 설령 그렇다 해도 이 번호로 그들이 무슨 일을 할 수 있단 말인가? 방금 전의 여자는 전화를 건 것이 나라고 생각할까? 나는 전화번호부를 다시 원래 자리에 두었다. 갑자기 방 안에서 한기가 느껴졌다.

나는 땔감을 구하러 마당으로 나갔다. 그러고는 짐이 보여준 것처럼 도끼를 목구멍 높이까지 들어 올렸다. 그건 이곳의 땅 모양을 연상시켰다. 계곡들은 칼날로 자른 듯 끊겨 있고, 땅은 양치류와 덤불로 뒤덮여 있다. 빠르게 자라나는 덤불은 마당의 낡은 자전거며 부서진 울타리까지 모두 뒤덮어버린다.

나는 나뭇조각에서 얇은 불쏘시개를 떼어 작은 바구니에 담았다. 전화에 대한 것은 생각하지 않으려 노력했다. 짐이 화를 낼 것이다. 나를 때릴지도 모르지만 당장 내가 할 수 있는 일은 없었다. 처음에는 천천히 조심스럽게 내리쳤지만 점차 속도가 빨라지고 더 정확해져서 한 번에 나무를 쪼갤 수 있었다. 가끔 빗맞을 때면 도끼질을 멈추고 손목을 타고 오는 충격이 사라지기를 기다렸다.

생각이 날 듯 말 듯한 기억이 있었다. 생각이 날 것도 같은데, 명확하게 떠오르진 않았다. 나 홀로 차에 타고 있다. 머리가 어질어질하다. 자동차 바퀴는 조용히 굴러간다. 이건 기억일까, 꿈일까? 나는 무슨 짓을 한 거지?

짐은 기억이 돌아올 것이라고 했다. 갈라진 도로 사이에서 풀이 자라나듯이 말이다. 한 번에 한 가지씩 떠올라 잃어버린 그 시간들을 메워줄 것이라고. 그래서 실제로 어떻게 그 일이 벌어졌는지 기억해야 한다고 했다. 내가 명확한 기억을 되찾을 때, 우리는 계획을 짜서 움직일 수 있다고 했다. 자동차 핸들을 잡고, 차를 몰았던 것이 기억난다. 그가 말하는 대로 상상은 할 수 있었지만 기억은 나지 않았다. 나는 누구도 해치지 않았다.

안으로 들어와 바로 불을 붙일 수 있도록 불쏘시개를 정리했다. 감자가 끓어 냄비 뚜껑이 들썩였다. 나는 앉아서 빗방울이 창문에 떨어지는 것을 보며 기다렸다. 안개가 언덕 아래로 내려앉아 있었다.

무릎 위에 잡지를 올려놓고 페이지를 넘기며 연예인 사진을 보고 부자와 유명인의 사건에 대한 기사를 읽었다. 그런데 잡지를 중간쯤 넘기니 이상하게 접혀 있는 부분이 있었다. 아무래도 몇몇 페이지는 찢겨 나간 듯했다.

그때 전화가 울렸다. 부엌 벽에 걸린 전화기를 바라보았다. 속이 뒤집히는 것 같았다. 그들일지도 모른다. 누군가가 번호를 추적해서 지금 바로 우리를 찾아오는 건 아닐까. 전화는 갑작스럽게 울린 것처럼 갑작스럽게 멈췄다. 천천히 참았던 숨을 내뱉었다. 정적이 찾아왔다. 하지만 그때 다시 전화가 울리기 시작했다. 나는 걸어가서 전화기에 손을 올려놓고 소리의 진동을 느꼈다. 그리고는 수화기를 들고 가만히 듣고 있었다.

"케이트?"

나는 대답하지 않았다.

"케이트. 장난 그만해."

"짐?"

"아니, 왜 이리 늦게 받아?"

짐의 목소리는 실망으로 굳어 있었다.

"내가 전화 받는 걸 당신이 원하지 않는 것 같아서요."

전화기 너머로 그의 숨소리가 들려왔다.

"주유소에 들렀는데, 비가 쏟아지잖아. 덮을 것도 없는데."

"아, 그래서 오래 걸려요?"

나는 가스레인지 위에서 끓고 있는 감자를 보며 말했다.

"책상이 비를 맞으면 안 돼. 주유소는 문을 닫았어. 비가 잦아들 때까지 기다려야 할 것 같아. 저녁 준비는 다 됐어?"

"네."

"잘했어. 비가 잦아들면 방수포를 가지고 와야 할 것 같아. 하지만 책상을 여기에 두고 가고 싶지는 않아. 누가 가져가면 어떻게 해. 불 피울 수 있겠어?"

나는 신문지를 둘둘 말아 던졌다. 밖은 비가 그치고 집 주위에 안개가 끼어 있었다. 짐은 신문지가 빨리 불을 피울 수 있는 불쏘시개라고 했다. 그가 풍부한 야외 생활 지식을 가지고 있다는 사실을 알 수 있었다. 나는 불을 피우는 것을 돕기는 했지만 직접 해본 적은 없었다. 수천 년 동안 일궈온, 우리가 당연하게 여기는 간단한 일에도 기술이 필요하다.

그가 전에 보여준 대로 불쏘시개 조각을 원형 천막 형태로 쌓았다. 그리고 한가운데에 공 모양으로 만든 신문지를 넣었다. 성냥으로 불을 붙였는데 신문지가 너무 빨리 타서 불쏘시개로 불길이 옮겨 붙지 않았다. 계속해서 시도한 끝에 마침내 불길이 커지고 땔감의 끝에 불이 옮겨졌다. 나는 불씨 쪽으로 후 하고 입김을 불어 산소를 주입했다. 나무 불쏘시개를 더 넣고, 땔감도 더 넣었더니 불이 화르르 타올랐다.

비는 그쳤다. 나는 짐을 기다리고 있었다. 여기가 어디인지 알고는 있지만 탈출 계획을 세운다고 해도 돈도 여권도 없는 내가 뭘 할 수 있을까? 춥고 어두운 저 밖으로 나가면 얼마 버티지도 못할 것이다. 도와줄 사람이 없을까? 매서운 눈으로 나를 쏘아보는 이 지역 사람들은 절대 나를 도와주지 않을 것이다.

그때 짐이 문을 열고 들어왔다. 그 틈으로 바람이 들어와 문이 세게 닫혔다.

"빨리 와서 좀 도와줘."

크다고밖에 설명할 수 없는 책상이었다. 빌린 트레일러 뒤에 실려온 책상은 다리 끝이 동그랗게 말려 있었고, 마감은 손으로 직접 한 듯했다. 짐과 나는 같이 그 책상을 현관문까지 끌고 왔다.

"좋아. 이제 이걸 안으로 넣어야 해."

우리는 책상을 들어 낡은 수건 위에 올렸다. 짐은 뒤에서 밀고 나는 앞에서 끌었다. 그는 소매 안에서 부풀어 오른 팔로 책상 윗부분을 감싸 꽉 잡고 끌어당겨 구석에 내려놓았다.

그의 얼굴은 땀인지, 비인지 모를 액체로 젖어 있었다. 안경이 없었다면 초록색 눈과 짧은 머리만 보면 영락없는 죄수의 모습이었다. 그는 힘이 장사였다. 짐은 소파에 팔을 얹고 앉아 인상을 쓰며 손을 바라보았다.

"왜요?"

"다시 나가봐야 해."

나는 가까이 다가갔다.

"왜요? 뭐 놓고 왔어요?"

"뭔가를 친 것 같아."

그가 나를 올려다보며 말했다.

"뭘 쳤는데요?"

그의 눈에는 날카로움이 사라져 있었다. 그는 나를 지나 먼 곳을 보고 있었다.

"아이가 자전거를 타고 차 앞을 지나가고 있었는데, 커브에서 미끄러진 것 같아. 트레일러 무게도 있고 도로도 젖어 있어서 멈출 수가 없었어."

"아이를 쳤어요?"

그가 한숨을 내쉬었다.

"아니, 친 게 아니야. 아이가 날아올라 길 가장자리 둑 위로 떨어졌어."

"그래서 차를 세웠어요?"

"아니. 그러니까……"

그는 한쪽 입꼬리를 올리더니 말을 계속했다.

"멈출 수가 없었어. 브레이크를 밟았는데, 도로가 젖어서 멈추질 않았어."

익숙한 소름이 등을 타고 내려왔다. 꿈이 현실이 된 것 같았다. 차 안의 모습이 떠올랐다가 곧 사라졌다.

"어디예요?"

"언덕 아래 몇 백 미터 떨어진 곳이야."

나는 그를 바라보았다.

"바로 거기로 가려고. 아마 아무 일도 아닐 거야. 그래도 아이가 괜찮은지 확인하는 게 좋을 것 같아. 바로 차를 세우고 봤어야 했는데, 비 때문에……."

짐의 손이 떨렸다. 뺨에 자란 까칠한 수염이 더해진 탓에 그는 피곤하고 거칠어 보였지만 애써 웃음을 지었다.

"차는 멀쩡해."

그는 자리에서 일어나 문으로 향했다. 나는 그를 따라갔다.

"여기 있어."

“나도 보고 싶어요.”

“그래 봤자 좋을 건 없어. 뭔가를 떠올리게 될지도 몰라.”

그는 나가서 뒤로 문을 닫았다. 나는 책상을 수건으로 닦고 헝겊으로 다시 닦은 다음 접시를 가지고 와서 테이블에 놓았다. 그는 아내가 되기에는 너무 어린 나를 마치 부인인 것처럼 대했다.

‘본다고 해서 누가 다치는 것도 아니잖아. 그냥 보기만 할 건데.’

나는 서랍에서 스테이크 칼을 꺼내 들고 밖으로 나갔다. 차갑고 날카로운 진입로의 자갈들이 발에 닿았다. 바닷소리가 모든 소리를 집어삼켰고, 귓가에 바람이 불어왔다. 하지만 나는 발걸음을 멈추지 않았다. 아이를 치지 않았다면 운이 좋은 것이다. 무거운 자동차에 치인 아이의 뼈와 내장기관이 어떻게 될지는 불 보듯 뻔했다.

진입로 끝자락에 도착하자 길을 가는 짐이 보였다. 어둠 속에서 그는 점처럼 보였다. 가까운 방목지에서는 양들이 풀을 뜯고 있었다. 눈이 어둠에 익숙해지자 사람들 무리가 커브길 근처에 모여 있는 것이 보였다.

스테이크 칼이 내 주먹에 꽉 들어찼다. 손끝에 맥박이 느껴지고 가슴이 떨렸다. 바람이 다시 불면서 차갑고 날카로운 빗방울이 떨어졌다. 누군가가 손전등으로 길을 비췄다. 나는 길가 덤불 속에 몸을 숨겼다. 불빛에 비친 실루엣을 보니 짐이 손을 들어 눈을 가리고 있었다. 그의 목소리가 들려왔지만 무슨 말인지는 알아들을 수가 없었다. 손전등은 그에게 있었고, 그는 사람들에게 한 발 다가가 손을 내밀었다. 그 사람은 그의 악수를 받지 않았다. 그 사람은 여자였고, 나머지는 아이들이었다. 그들은 가족인 듯했다.

'제발, 짐을 화나게 하지 말아요.'

여자가 무슨 말인가를 했지만 바람 소리 때문에 들리지 않았다. 더 가까이 가야 한다. 나는 앞으로 이동했다. 나뭇잎이 바스락거렸다. 짐이 다시 말을 꺼냈다. 그는 사과를 하고 있었다. '당신이 가지고 온 해악'이란 말이 들렸다. 적어도 나는 들었다고 생각했지만 바람은 여전히 휘몰아치고 있었고 내 몸 안을 흐르는 피가 윙윙거렸다. 추위 때문에 피부는 물론이고 손, 발, 귀에도 감각이 없어졌다. 더 이상 바닷소리는 들리지 않았다.

한 아이가 티셔츠로 만든 삼각건을 두르고 있었다. 머리에서 흐르는 건 피일까? 그 아이가 짐에게 발길질을 했지만 나이 든 여인이 아이의 뒤쪽 깃을 잡아당기는 바람에 그 발은 짐의 정강이를 스치는 데 그쳤다.

추위에도 불구하고 팔 안에 밴 땀이 등 쪽으로 흘러내렸다. 짐이 다시 입을 열었지만 여기서는 웅얼거리는 소리만 들렸다. 그가 다시 한 번 손을 내밀었지만 그들은 멀뚱히 쳐다보기만 했다. 나이 든 여인은 아이를 잡고 다른 아이들에게 멀리 물러나라는 몸짓을 했다.

짐이 똑바로 곧추섰다. 저 자세를 나는 알고 있다. 그는 어깨를 굽히고 주먹을 꽉 쥐고 있었다. 잠시 동안 아무도 움직이지 않았다. 하지만 곧 그 가족은 모두 돌아서서 축축한 저녁 공기를 맞으며 언덕을 걸어 내려갔다. 나는 짐이 나를 보기 전에 집이 있는 쪽을 향해 전력으로 내달렸다.

비가 다시 내리기 시작했다. 후두두 떨어지는 빗소리가 들려오는 가운데, 멀리서 무언가 소리가 들렸다. 마치 비명 소리 같았다. 아니, 바람 소리일지도 모른다. 뒤를 돌아보니 짐이 고개를 숙인 채 걷고 있었다.

집으로 들어와 칼을 싱크대에 놓고 벽난로 가까이에 있는 매트 위에 앉아 무릎을 가슴에 모으고 팔로 감쌌다. 하지만 너무 뜨거운 나머지 계속 앉아 있을 수가 없었다. 자리에서 일어나 책상 옆에 있는 캐비닛을 열었다. 안에는 빈 서류철만 있었다. 펜대에 펜나이프를 꽂았다. 벽난로 불빛을 받은 은색 손잡이가 나에게 윙크하는 것 같았다. 오븐을 열고 저녁을 차리고 있으니 짐이 집으로 들어와 문을 닫고 걸쇠를 걸었다.

"아이가 팔을 다쳤어."

짐의 표정이 굳어 있었다. 그는 손을 펼쳐 허벅지에 대고는 의자에 앉아 몸을 앞으로 숙였다.

"크게 다쳤어요?"

내가 물었다.

"그게 중요해?"

그가 나를 쳐다보았다. 그의 인내심이 바닥나고 있었다.

"모르겠어. 충격을 받기는 했지만 죽지는 않을 거야. 애초에 비오는 날 자전거를 타면 안 되지."

"이 동네 아이예요?"

"여기 애든, 하늘에서 떨어진 애든, 그게 뭐가 중요해?"

그가 억지웃음을 지으며 말했다.

"나이 든 여자가 있었어."

그의 눈이 나에게서 불가로 옮겨졌다.

"좋은 사람들이야. 내 사과를 받아들이고 악수를 했어. 내가 할 수 있는 일은 그게 전부였어."

나는 그가 거짓말을 하고 있다는 표시를 찾기 위해 그의 얼굴을 찬찬히 봤지만 그는 입술을 굳게 닫고 거실을 나갔다.

"하지만 그 꼬마가 도로에서 뭘 했는지도 생각해보라고. 그 사람들에게도 책임이 있어. 어두운 데다가 비도 왔잖아. 정말로 바보 같아."

"맞아요."

이 말 외에는 달리 할 수 있는 말이 없었다. 나는 그가 안됐다는 생각까지 들었다.

"씻어야겠어."

짐이 돌아서며 말했다.

"저녁은 어쩌고요?"

그는 한숨을 쉬고는 대답했다.

"그다지 배가 고프지 않아. 혼자 먹어."

나는 스테이크 칼을 다시 서랍에 넣었다. 생각해보니 혼자 저녁을 먹는 건 이번이 처음이었다. 그는 저녁 내내 방에 있었다. 마치나 혼자 집에 있는 것 같았다. 하지만 잠을 자러 들어가니 그의 방문이 열리고 내 방의 문을 잠그는 소리가 들려왔다. 그러고는 그의 침실 문이 다시 한 번 닫혔다.

이전 <

8

"공기를 조금 빨아들이고 그대로 머금고 있어. 최대한 오래 폐에 공기를 모아놔."

마리화나가 손가락 사이에서 빛났다. 담배도 피워본 적이 있지만 쉽기는 그게 더 쉬웠다. 입으로 빨아들인 후 내보내기만 하면 되기 때문이다. 처음에는 별로 좋지 않았는데, 한번 해본 이후로는 이 작지만 어른 같은 행위가 주는 쾌감이 스멀스멀 흥분으로 다가왔다.

여학생들이 일탈의 길을 찾는 것처럼 나는 학교의 여러 그룹들을 전전하며 한 무리에 정착하지 않았다. 윌로우만이 나의 유일한 친구였다. 샐리와 다시 가까워지는 일은 없었다. 윌로우와 나는 수영 시간에 만났고 샐리가 다가올 때면 우리끼리만 통하는 농담을 하면서 그녀를 따돌렸다. 윌로우가 거리낌 없이 독설을 내뱉는 모습에는 놀랐다. 그녀는 눈을 치켜뜨고 냉담한 표정을 지으며 입을 일그러뜨려 날카롭고 심술궂은 말을 내뱉었다. 가끔 윌로우는 교활한 말을 하기도 했고 샐리의 말을 끊고 중간에 껴들기도 했다. 마치 자신의 목소리로 샐리의 목소리를 덮으려는 것처럼. 우리는 톰에 대한 이야기나 윌로우가 전에 말해주었던 일에 대해서 결코 입 밖에 내지 않았다. 그것 때문에 화를 내는 내 모습을 보여주고 싶지 않았다.

윌로우에게는 샐리에 대한 이야기를 쉽게 꺼낼 수 있었지만, 그것도 둘이 있을 때만 대담하게 말할 수 있었다. 샐리의 날카로운 숨소리를 듣거나 고개를 떨구는 모습을 보면 그녀의 눈을 똑바로 바라볼 수 없었다. 하지만 윌로우는 자신이 가진 권력을 즐기는 것 같았다. 타인의 약점을 이용하는 힘 말이다. 그래서 나는 윌로우가 무서웠다. 그녀의 칼끝이 결코 나에게 오는 일이 없기를 바랐다.

나는 톰과도 소원해졌다. 한편으로는 배신감이 느껴지기도 했다. 그는 모두에게 연락하겠다는 약속과 함께 수영을 그만뒀다. 무언가 떨어져 나간 듯한 기분이 들었다. 그를 다시 볼 수 없을 것 같았다. 그에게서 멀어지려 했으면서 왜 그렇게 신경을 썼을까? 그가 떠나면 좋은 일이 아닌가? 그를 더 빨리 잊을 수 있을 테니 말이다. 윌로우도 수영을 그만뒀다. 실질적으로는 몇 개월 전부터 수영을 하지 않고 있었다. 이제 나만 남았다.

다행히 윌로우는 가까이 살아서 학교가 끝나면 거의 대부분의 시간을 그녀의 집에 가서 보냈다. 하지만 아빠가 내가 윌로우의 집에 있다고 믿을 때, 우리는 완전히 다른 곳에 있기도 했다.

그날은 윌로우의 한 친구의 차고에 있었다. 연기가 내 폐 속까지 파고들어 가슴을 침범하고 목구멍을 간지럽혔다. 모두의 눈이 나를 보고 있었다. 작은 기침이 나기 시작했다. 참으려고 했지만 계속 나왔다. 나중에는 기침이 너무 심해서 눈에 눈물이 맺힐 정도였고, 가려움도 가시지 않았다. 나는 기침을 삼키려고 했지만 다른 아이들의 웃음소리에 다시 기침이 터져 나왔다.

나중에 이 냄새를 맡은 아빠에게 2주 동안 휴대폰 사용을 금지당하고 말았다.

"누가 담배를 준 거야?"

아빠의 물음에 나는 샐리를 욕했다. 아빠가 그녀를 미워했으면 했다.

우리는 뿌연 차고 안에서 싸구려 가죽 소파에 앉아 허우적거렸다. 어색함은 연기와 함께 사라졌다. 윌로우는 드럼통같이 생긴 남자아이의 무릎에 다리를 뻗고 있었다. 남자아이의 몸은 윌로우의 맨살의 감촉에 뻣뻣하게 굳어진 것 같았다. 나만 그렇게 생각하는 걸지도 모르지만 모두가 그녀를 보는 것 같았다. 나는 웃으며 입 안에서 혀를 말았다. 마리화나에 취해서 웃는 것이 훨씬 쉬웠다. 나는 머리 끈을 풀고 손가락으로 머리를 빗어 어깨 위로 늘어뜨렸다.

해가 진 뒤 집으로 걸어오면서 우리는 담배 냄새를 없애려고 탈취제를 뿌렸다. 곧장 윌로우의 방으로 가서 침대에 누웠다. 오후의 빛이 서서히 사라지고 있었다. 우리는 함께 누워 천장을 바라보며 조금씩 웃음을 터뜨렸다. 맛있는 음식 냄새가 계단을 타고 올라왔고, 입에 침이 고였다.

"밥 먹을 때 행동 잘해, 알았지? 우리 부모님은 크게 신경 쓰지 않을 테지만 그래도 엄마가 눈치챌 여지를 주지 않는 게 좋아."

우리는 내려가서 식탁에 앉았다. 내가 좀 어색하게 행동하긴 했지만 그 누구도 뭐라 할 수 없는 것 같았다. 윌로우가 포크로 완두콩을 뜨려고 했는데, 콩들이 접시에서 튕겨나가자 그녀의 얼굴에 웃음이 번졌다. 윌로우의 엄마가 헛기침을 하고, 그녀의 아빠는 레드 와인을 마셨다.

"케이트. 오늘 특히 기분이 좋아 보이는구나."

윌로우의 아빠가 말했다. 나는 그제서야 내가 웃고 있다는 것을 깨달았다.

"아, 네, 맞아요."

윌로우는 기침을 하듯 웃었다.

"다행이구나. 학교생활은 어떻니?"

"좋아요."

그때 버터를 집으려던 윌로우의 엄마가 물이 든 잔을 엎는 바람에 식탁에 쏟아진 물이 내 무릎으로 떨어졌다. 윌로우의 아빠가 눈을 흘기며 작게 고개를 흔들었다.

"잘했어요. 엄마."

윌로우가 말했다.

"미안하구나."

윌로우의 엄마가 수건을 가지러 일어나면서 나에게 말했다. 나는 다리가 미끄러지는 듯한 느낌이 들어 윌로우를 바라보았다. 윌로우의 엄마는 물을 다 닦은 뒤 내 손도 닦아주었다.

"정말 칠칠맞은 짓을 해버렸구나."

"괜찮아요."

“물이 조금 닿는다고 녹아 없어지는 건 아니지 않니, 케이트?”

윌로우의 아빠가 알아채지 못할 정도로 교묘한 윙크를 하며 말했다.

그러자 윌로우의 엄마가 얼굴을 찡그렸다. 한순간 아주 추해진 그녀의 얼굴을 보고 있자니 문득 윌로우의 부모님이 어떻게 만났는지가 궁금해졌다. 그녀의 아빠는 날씬하고, 터프한 미남이었다. 그런 반면, 그녀의 엄마는 중년의 나잇살 때문에 청바지가 꽉 끼는 펑퍼짐한 사람이었다. 하지만 그렇다곤 해도 젊었을 때는 예뻤을 것이다.

거실 텔레비전이 아직 켜져 있었다. 나는 윌로우가 최근에 했던 말이 기억났다.

‘우리 아빠가 너한테 완전 빠져버린 거 있지. 네가 오면 최고로 점잖게 굴거든.’

농담을 진지하게 파고들다 보면 그 안에 있는 한 줌의 진실을 발견할 때가 있다. 나는 그녀의 아빠를 똑바로 바라보았다. 초록색 눈동자에 속눈썹은 짙고, 볼에는 짧은 수염이 나 있었다. 나는 침을 삼켰다.

저녁을 먹은 후, 우리는 드라마를 봤고 윌로우의 아빠는 서재로 들어갔다. 사실 그 공간은 서재라고 하기보다는 스튜디오에 더 가까웠는데, 안에서 집 전체에 울려 퍼지는 기타 선율이 흘러나왔다. 얼마 후 화장실에 갔다가 나오는 길에 서재를 지나쳤다. 윌로우의 아빠가 기타를 무릎에 놓고 책상 앞에 앉아 있는 모습이 보였다. 한쪽 구석에는 피아노가 놓여 있었고, 다양한 모양과 크기의 기타가 그 옆의 선반에 놓여 있었다. 나는 그의 시선을 피하며 책장을 쳐다보았다.

그때 기타 소리가 뚝 끊겼다.

"마음껏 보렴."

윌로우의 아빠가 말했다. 나는 그를 바라보았다. 그는 귀 뒤로 색이 짙은 머리카락을 넘기고는 다시 기타를 손에 들어 익숙한 선율을 자아냈다.

"감사합니다."

나는 웃으려고 했지만 잘 되지 않았다. 내 뱃속을 간지럽히는 무언가가 있는 것 같은 느낌이었다.

거실로 와서 윌로우와 그녀의 엄마와 함께 소파에 앉아 텔레비전을 보았다. 그때쯤에는 마리화나의 기운이 사라져가고 있었다.

9시가 다 되었을 때, 두 번의 짧은 노크 소리가 들렸다. 아빠였다. 출장을 갔다가 공항에서 오는 길에 나를 데리러 들른 것이었다. 바지와 셔츠 차림인 아빠의 얼굴은 어딘지 심각해 보였다. 나는 머리를 뒤로 모아 하나로 묶은 후 자리에서 일어났다.

마리화나로 인해 느껴졌던 붕 뜬 느낌이 사라지고 흐릿한 모순적인 감정이 들어섰다. 대부분의 남자들은 우리 아빠를 경이로운 눈으로 쳐다보지만, 윌로우의 아빠는 그의 스포츠 스타로서의 명성을 별로 신경 쓰지 않았다. 아마 아빠를 알지도 못할 것이다. 그에게 있어 우리 아빠는 그저 또 다른 남자에 불과했다.

차 안에서 나오는 따듯한 바람이 손처럼 부드럽게 내 얼굴을 어루만졌다. 눈이 빨개져 있을까? 하지만 그걸 보고 싶지는 않았다. 아빠는 팔을 곧게 뻗고 주먹을 쥐듯 운전대를 꽉 잡고 운전해 나갔다. 커다란 레인지로버가 커브를 돌았다. 차에 대해 잘 알지도 못하는 돈만 많은 사람이 살 법한 차라는 생각이 들자 웃음이 튀어나올 뻔했다. 문을 지나 차고로 들어서니 젖은 흑표범처럼 어둡고 광택이 나는 벤츠가 있었다.

● ● ●

나는 그다음 주에도 수영을 빠지고 윌로우와 마리화나를 피웠다. 이번에는 윌로우의 부모님이 집에 없어서 그녀의 방 창가에 앉아 뒷마당을 내려다보며 연기를 밖으로 내뿜으며 마리화나를 태웠다.

"그냥 그만두면 안 돼?"

윌로우가 마리화나를 나에게 건네고 침대로 기어 올라가며 말했다. 나는 수영이 싫었다. 윌로우와 톰이 떠난 마당에 수영은 나에게 있어 아무런 의미도 없었다.

"안 돼. 아빠가 허락하지 않으실 거야."

"지랄. 그냥 싫다고 해."

"그래, 그래야 하는데."

하지만 물론 그게 그렇게 쉬운 일은 아니다.

"샐리는 요새 어때?"

"별일 없어. 요새는 카라랑 다니더라."

나는 마지막 마리화나를 피운 후 폐를 비우면서 창문에 대고 기침을 했다.

"카라? 13살 꼬맹이 같던데?"

"이제 막 14살이 됐긴 한데 뭐 그렇지. 샐리는 자기 나이 또래 친구를 못 사귀더라."

나는 나도 항상 혼자라는 말은 굳이 덧붙이지 않았다.

"수영장에 가고 싶어. 가자. 가서 그년을 혼내주자."

윌로우가 말했다. 나는 마리화나에 취했으면서도 불안을 느꼈다. 잡힐 염려는 없었다. 나는 아픈 걸로 돼 있었다. 윌로우가 침대에서 일어나며 말했다.

"빨리. 좋은 생각이 있어."

나는 마리화나를 창가에 비벼 끄고 정원에 버렸다. 윌로우는 배낭을 메고 아래층으로 내려갔다. 나도 그녀를 따라 방을 나가 차고로 향했다. 윌로우는 긴 의자에서 무언가를 가져와 배낭에 넣었다. 그러고는 검은색 마커 펜을 손에 들었다.

"뭐 하는 거야?"

그녀는 내 질문을 무시하고 말했다.

“가자.”

우리는 나무가 늘어선 길을 따라 걸었다. 단호하게 걸어가는 윌로우의 갈색 머리카락이 등을 타고 흘러내렸다.

가게들을 지나 길을 꺾어 수영장으로 향하자 걱정으로 몸이 오싹해졌다. 주차장에는 익숙한 차들이 있었고, 문 근처에는 자전거들이 줄지어 세워져 있었다.

“따라와.”

윌로우의 말에 나는 주저하며 물었다.

“뭘 어쩌려고 그래?”

그녀의 입에 미소가 번졌다.

“곧 알게 될 거야.”

“나는 못 들어가. 아프다고 거짓말한 게 들통나면 아빠한테 죽어.”

“안으로 안 들어갈 거야.”

윌로우는 손가락으로 머리카락을 헝클어뜨려 얼굴 앞으로 모으고는 자전거 거치대 앞에 멈춰 섰다. 그녀 앞에는 앞바퀴 살 사이에 도난 방지 열쇠가 채워져 있고 헬멧 줄이 페달 근처에 걸려 있는 하얀 자전거가 있었다. 윌로우는 그 앞을 어슬렁거리다 배낭을 열었다. 그녀의 눈은 수영장의 미닫이문에 고정되어 있었다.

“이걸 봐.”

그녀는 날카로운 펜치를 꺼내서 핸들에 연결된 여러 선들을 잘라냈다. 잘려나간 선들이 팅 하는 소리를 내며 말려 올라갔다. 나는 윌로우의 어깨를 잡았다.

“샐리가 알아챌 거야.”

윌로우가 짜증난다는 듯 나를 바라보았다.

“그냥 장난이잖아. 혼자 착한 척하지 마. 네가 톰을 좋아했다는 거 샐리도 알거든? 그러니까 화내지 말고 당한 만큼 갚아줘야지.”

나는 멈추고 있던 숨을 내뱉었다.

“알았어. 대신 서둘러.”

그녀는 다시 한 번 입구를 보고는 손을 뻗어 다른 쪽 편에 있던 모든 선들을 잘랐다. 그러고는 선들을 뽑아서 집게에 돌돌 감은 후 배낭에 넣었다.

“서둘러.”

그저 장난이었다. 우리는 아찔한 기분에 킬킬대며 도망쳤다. 희열이 느껴졌다. 샐리와 톰, 그들의 말과 행동을 생각하면 여전히 마음이 아팠다. 톰이 수영을 그만둔 이후로 한 달 동안이나 그를 보지 못했다. 샐리를 볼 때마다 그가 내가 아닌 샐리를 선택했다는 사실이 떠올랐다.

그 당시에는 우리가 했던 일들의 무게를 제대로 알지 못했다. 우리가 했던 사소한 행동이 얼마나 엄청난 결과를 몰고 오는지를 알지 못했다. 샐리의 부상은 그리 크지 않았다. 자전거를 타고 멀리 가지도 않았고, 브레이크가 듣지 않는다는 것을 알았을 때도 그렇게 빨리 달리고 있지 않았다. 그 사고를 목격한 사람에게 직접 들은 건 아니지만, 들리는 바로는 손잡이 위로 샐리의 몸이 튕겨나가 땅에 부딪쳐 손목의 작은 뼈가 부러졌다고 한다. 이랬으면 어땠을까 하고 상상하는 것은 쉽다. 예를 들어 샐리가 그 자전거를 도로에서 타고 있었다면 어땠을까? 그랬다면 땅바닥이 아니라 차에 부딪혔을 것이다. 수개월이 지난 후에 나는 묘한 만족감을, 샐리에게 조금이라도 고통을 선사했다는 일종의 권력감을 느꼈다.

> 이후

9

짐은 모든 것을 통제한다. 그게 우리가 지금 이 마을에 있는 이유다. 그는 나와 우리 둘 모두를 보호하고 있다고 말한다. 그러니 나는 그가 무슨 짓을 하고 있는지 알고 있다고 믿을 수밖에 없다. 내가 무언가를 보고 경험하는 것은 언제나 짐의 검사가 끝난 뒤이다. 가게 밖에 주차를 한 뒤 짐이 10달러 지폐를 한 장 주면서 말했다.

"버터 좀 사다줘."

나는 그의 의도를 어떻게든 파악하려고 그를 뚫어지게 쳐다봤다.

"내가요? 나 혼자서요?"

그는 웃으며 내 안전벨트를 풀어주었다.

"너도 어른이야, 케이트. 가게에서 물건 정도는 살 수 있잖아."

그는 안경을 벗어 셔츠 자락으로 렌즈를 닦기 시작했다.

"오늘 밤에 치즈 소스를 만들려면 버터가 필요해."

여기 온 지 7일 만에 처음으로 나 혼자 사람을 만나도록 허락한 것이다. 이건 또 다른 시험일까? 그 가게 점원과 일을 꾸미고 있는 것 아닐까.

나는 차에서 내려 주차장을 가로질러 갔다. 흉터가 있는 여자가 계산대에 있었다.

"안녕, 케이트. 잘 지냈어?"

여자는 나를 케이트라고 불렀다. 나는 그녀를 바라보았다. 그녀는 함박웃음을 짓고 있었다.

"네. 그런데 제 진짜 이름은 에비예요."

"에비?"

그녀는 중요한 사실을 알았다는 듯 웃으며 말했다. 볼이 화끈거렸다.

"네 삼촌이 부르는 소리를 잘못 알아들었구나. 지내는 곳은 어때? 지낼 만해?"

"좋아요."

나는 가게를 돌아다니며 말했다. 짐이 이 여자에게 자기가 삼촌이라고 말했던가? 침묵이 흐르기 전에 서둘러 말을 이었다.

"잘 적응하고 있어요. 여기는 아주 조용하더라고요."

"그렇지. 대도시에서 살다 왔으면 마케투가 이상하게 느껴질 거야. 그나저나 네 머리는 왜 그렇게 된 거야? 깔끔하게 하려고 짧게 자른 거니?"

나는 입술을 잘근잘근 씹었다.

"네."

나는 잡지 선반을 보며 말했다.

"하나 읽어봐."

그녀는 계산대 옆의 작은 의자를 발로 차며 말했다.

"안 돼요. 삼촌이 차에서 기다리고 있어요."

"네 삼촌이 그 잡지들을 엄청 사갔어. 우리 가게 최고의 손님이야."

“정말요?”

“그럼. 정말로 잡지를 좋아하나 봐.”

“맞아요. 그런 것 같네요.”

나는 인상을 쓰며 말했다.

“나는 티리아나야.”

나는 그녀와 악수한 뒤 그대로 서서 재빨리 〈주간 여성〉의 페이지를 넘겼다. 내가 무엇을 찾고 있는 것인지 스스로도 알 수 없었다. 하지만 이 속에 무언가가 있다는 것만은 확실했다.

그때 가게 밖에 경찰차가 와 섰다. 숨이 턱 막혔다. 짐도 봤을까?

후드를 눈 아래까지 내리고, 잡지로 얼굴을 가렸다. 경관 한 명이 가게로 들어왔다. 가슴에 땀이 찼다. 그는 티리아나에게 가벼운 목례를 하고는 파이가 진열된 곳으로 갔다.

나를 봤을까? 도망친다 해도 멀리는 못 갈 것이다. 티리아나가 경관이 가져온 파이를 계산하려고 급하게 일어났다. 경관은 문을 통해 밖으로 나가면서 파이를 한 입 베어 물었다. 경찰차가 떠나자 티리아나의 얼굴이 험악해졌다.

“저 양반들은 대체 왜 이 마을에 있는 거람. 골칫덩이 같으니라고.”

나는 잡지를 선반에 올려놓고 문틈으로 주차장을 내다봤다. 짐이 나에게 손을 흔드는 모습이 보였다.

“무슨 일이야? 무슨 유령이라도 본 것 같은 얼굴이네.”

“아니에요.”

목소리에서 묻어나는 공포를 숨기며 말했다.

"버터는 어디 있나요."

"냉장고 아래 뒤쪽에 있어."

나는 버터를 찾아들고 계산대로 가져갔다. 의자에 앉아 있던 티리아나가 데님 재킷을 어깨 위로 추어올렸다. 하지만 재킷의 깃도 목의 흉터를 완전히 가려주지는 못했다.

"3달러 90센트."

나는 지폐를 건넸다. 가게에서 나왔을 때 짐은 휴대폰을 귀에 대고 있었다. 내가 차로 다가가자 그의 시선이 나를 향했다. 짐은 휴대폰을 주머니에 넣고 시동을 걸었다.

"세상에. 아슬아슬했어."

심장이 쿵쿵 뛰었다.

"경찰들이 저를 찾고 있을까요?"

"그건 아닐 테지만 그럴 수도 있지. 경찰이 집에서 우리를 기다릴 수도 있으니 드라이브를 좀 하다 가자."

우리는 마을을 돌아다니다가 언덕을 올라 그 옆에 있는 해변까지 갔다. 나는 문손잡이를 잡고 숨 쉬는 데 온 신경을 집중했다. 30분 후, 해변에 도착한 뒤 해변 끝에 차를 대고 파도를 바라보았다. 짐은 이맛살을 찌푸린 채 입술을 잘근잘근 깨물고 있었다.

"만약 경찰이 집에서 우리를 기다리고 있으면 집도 물건들도 다 버리고 다른 장소로 거처를 옮겨야 해."

갈매기들이 풀 위에 앉아 해변을 내려다보고 있었다. 밀려가는 조수 속에는 그보다 많은 갈매기들이 있었다. 나는 갈매기 쪽으로 다가갔다. 처음에는 걸어갔지만 중간부터는 팔을 휘저으며 달려갔다. 갈매기들이 날아가는 소리는 마치 수많은 종이가 떨어지는 소리 같았다.

짐은 그저 말없이 바라보고 있었다. 이 해변은 마케투의 해변보다 길었고, 더 확 트여 있었다. 바다 쪽에서 불어오는 소금기 머금은 바람이 내 까까머리 위로 한기를 보내왔다.

차 한 대가 멈춰 섰다. 그 안에서 구릿빛 피부의 노부부가 내렸다. 남자는 신문지에 담은 피시앤칩스를 들고 있었다.

"안녕하슈."

그는 지나가면서 인사했다. 노부인은 그저 눈썹만 치켜올렸다. 남자는 조금 길다 싶게 우리를 보았다. 설마 이 사람도 동영상을 본 걸까?

"다른 데 가요. 빨리요."

내가 말했다. 짐이 고개를 끄덕였고, 우리는 차로 향했다. 다시 길을 돌아 구불구불한 양치류 식물들과 꼬인 가지를 늘어뜨린 짙은 색 나무들이 줄지어 늘어선 언덕을 넘어갔다. 길 양쪽에는 마치 서로에게 닿고 싶어 하는 듯이 길 쪽으로 기울어져 있는 나무들이 서 있었다. 짐은 집 근처 갓길에 차를 세우고 시동을 껐다.

"내가 집을 살펴볼 테니 너는 여기에 있어."

그는 나가서 도로로 들어섰다가 다시 돌아와 손가락으로 창문을 두드렸다. 나는 창을 내렸다.

"열쇠 줘."

나는 열쇠를 뽑아 창문 틈새로 건넸다. 짐이 그것을 받아 주머니에 넣었다.

"경찰이 우릴 기다리고 있을 것 같지는 않지만 조심해서 나쁠 건 없지."

짐은 길을 따라 걸어 올라갔다. 그가 가고 몇 분 뒤, 다른 쪽에서 한 남자가 나타났다. 온통 검은색 옷을 입은 그 남자는 내가 있는 곳으로 내려오고 있었다. 그는 눈가에 무언가를 올려 내가 있는 방향을 겨냥했다. 나는 창문을 올리려고 했지만 작동하지 않았다. 배가 불룩 나온 남자의 얼굴은 변호사처럼 가늘고 교활해 보였다.

"날씨 좋죠?"

남자가 다가오며 말했다. 뉴질랜드 억양이 아니라 어딘가 귀에 익은 억양이었다. 호주에서 온 사람이었다. 나는 그를 흘끗 보고는 웃으려고 했지만, 그의 눈에는 무언가 비열한 느낌이 서려 있었다. 그 전화 때문에 온 걸까? 그자들이 우리를 추적한 걸까? 이건 우연이 아니다.

짐이 성큼성큼 걸어서 언덕을 내려와 돌아왔을 때는 아직 그 남자가 멀리 가지 않았을 때였다.

"이상 없어."

짐은 그렇게 말하고 집까지 차를 몰았다. 집에 도착하자 짐은 버터를 식탁에 올려놓고, 가스레인지에 냄비를 올렸다. 나는 난로를 열고 신문지를 돌돌 말아 불을 피우려 했지만 나무 바구니에 땔감이 하나도 없었다. 나는 땔감을 가지러 갔다. 하지만 미닫이문 앞에서 발걸음을 멈출 수밖에 없었다. 뒷문 옆에 빨간색의 반짝이는 물체가 있었다. 보는 순간 목이 막혔다. 바로 알아볼 수 있었다. 콩 모양에 엄지손가락 마디 하나 정도 크기의 무언가. 그것은 심장이었다. 아주 작은 동물의 심장이었다.

"짐."

떨리는 목소리로 그를 불렀다. 손에 들린 바구니가 떨어졌다. 나는 집 안으로 헐레벌떡 들어갔다. 몸이 나무 바닥 위로 무너져 내렸다.

"왜 그래?"

"저기, 뒷문 옆에."

그는 허벅지에 젖은 손을 닦으며 앞으로 다가갔다.

"아니, 대체 무슨 일이야?"

눈물이 흐르고 심장이 마구 뛰었다.

"아, 저거? 이리와, 케이트. 별거 아니야."

그는 엄지와 검지로 심장을 집어서 뒷마당으로 던졌다.

"심장이었어요. 대체 누가 왜 심장을 거기에 놓고 간 걸까요?"

내가 물었다.

"개나 고양이 짓이겠지."

그는 가까이 다가와 쭈그려 앉고는 손등으로 내 볼을 쓰다듬었다. 나는 그 동물의 피가 내 피부에 스며드는 상상을 했다.

"걱정할 것 없어."

"협박일지도 몰라요. 우리가 여기 있는 걸 누군가 알고 있는 거예요."

그 심장은 누군가가 잘 보이는 곳에 두고 간 것이다. 나는 움직이는 것이 없는지 마당을 살폈다.

"말도 안 돼. 이렇게 빨리 우리를 발견할 수는 없어. 내가 그렇게 조심했는데."

그 전화가 원인인 건 아닐까.

"이 근방은 황량한 시골이야. 우리는 도시에 있는 게 아니라고. 그리고 고양이는 종종 주인에게 먹이의 일부를 선물로 주기도 해."

피가 없다. 그것이 놓였던 자리에 핏자국도 없었다. 나는 입 안에 심장이 들어 있는 상상을 했다. 혀 아래 침과 함께 피가 고이고, 뛰고 있는 따뜻한 심장을 상상했다.

"괜찮아. 괜찮아. 다 없어졌어. 이제는 없어."

'숨 쉬어.'

나는 격하게 뛰는 심장을 부여잡고 스스로에게 말한다.

'숨 쉬어.'

"가서 좀 누워 있어, 케이트. 어서. 내가 불을 피우고 저녁을 준비할게. 약도 가져다줄게."

그는 나를 일으켜 세워 소파에 뉘었다. 나는 둥글게 몸을 말았다. 고전음악이 방 안을 가득 채웠고, 빗방울이 양철지붕을 때리기 시작했다. 하늘이 어두워졌다. 요 며칠 동안 해를 보지 못했다.

"삼켜."

그가 내 입에 약을 넣고 물 한 잔을 내밀었다. 내 심장은 벌새처럼 뛰었다. 아주 사소한 일이더라도 내 불안에 불을 붙일 수 있었다. 포트시에 있는 황금빛 다리가 달린 조개 모양의 크림색 도자기 욕조. 이제 그 욕조를 상상한다.

빗방울이 굵어졌다. 구석에서 물이 떨어지는 소리가 들려왔다. 우리의 눈이 마주쳤다. 그때 또 한 번 그 소리가 들렸다. 짐은 소리가 나는 쪽으로 다가가서 혀를 찼다.

"물이 새네. 아직 구멍이 작기는 한데 그래도 막기는 해야겠어."

그날 밤 빗물이 물받이 통을 넘쳐흘러 내 방 창문 밖의 세상이 다르게 보였다. 화장실에 가고 싶어져 문을 두드리자 얼마 지나지 않아 짐이 와서 방문을 열어주었다. 화장실로 들어갈 때 거실에 놓인 냄비에 빗방울이 떨어지면서 나는 규칙적인 소리가 들려왔다.

● ● ●

다음 날, 언제든 다시 비를 퍼부을 것처럼 위협하는 듯한 두꺼운 구름이 껴 있기는 했지만 비는 그쳐 있었다. 짐은 빗물이 새는 곳을 막기 위해 지붕 위에 올라갔다. 나는 그의 책상에서 새 종이를 꺼내 글을 쓰기 시작했다.

오늘 아침, 나는 환상을 봤어. 집 복도에 서서 술을 병째 들고 마셨는데, 몸 안이 타들어가는 것 같았어. 그러더니 운전을 하고 있는 거야. 이게 정말 내 기억이라면, 짐의 말은 모두 사실이겠지. 하지만 나는 내가 아무 잘못도 하지 않았다는 것을 알고 있어.

나는 더 건강해지고 더 보기 좋아졌어. 다시 너와 함께 있고 싶어. 언젠가는 곧 그렇게 되겠지. 하지만 다시 행복하고 기분이 좋아져야 해. 잘 먹고, 걷고, 오후에는 장작을 패기도 해. 도끼를 든 내 모습을 상상이나 할 수 있겠어?

짐이 현관문 앞에서 소리치는 소리가 들렸다.

"방금 옆집 테리와 통화를 했어. 그 집 창고에 실리콘과 사다리가 있대. 그렇게 오래 걸리지는 않을 거야."

"알겠어요."

나는 편지를 다시 읽어봤다. 장작을 팬다는 것은 우리가 추운 곳에 있다는 것을 암시하고 있는 것 같았다. 하지만 우표 소인으로 우리가 어느 나라에 있는지 알 수 있지 않을까? 아마 그걸로 그 검은 옷의 남자가 우리를 찾아낸 것이리라. 순간 우리를 숨기려고 그렇게 조심했던 짐이 아무 의심 없이 편지를 보냈을까 하는 생각이 들었다. 최근에 짐이 가게에서 편지를 건네는 것을 보기는 했지만 그 편지를 진짜로 보냈다고 확신할 수는 없었다. 나는 한 줄을 추가했다.

밤에는 그가 내 방문을 잠가. 나에게 무슨 일이 벌어질지 무서워. 어떻게 해야 할지 모르겠어.

나는 봉투에 편지를 넣고 봉했다. 그의 책상에는 우표가 없었다. 분명 숨겨놓았을 것이다. 부엌의 서랍과 찬장을 뒤졌다. 우표를 찾는 동안 편지를 냉장고 위의 찬장에 올려두었다. 복도 아래쪽에 있는, 리넨 장을 열어 수건을 들추고 먼지 낀 목재 선반을 훑었다. 나는 오래되어 코팅이 벗겨진 온수통 위를 손으로 쓸어보았다. 내 손가락이 있는 곳에서 거미들이 잔뜩 튀어나오진 않을까 하는 상상을 했다. 그때 손에 무언가가 만져졌다. 벨벳 같으면서도 박제처럼 딱딱했다. 꺼내보니 쥐 한 마리가 철로 된 쥐덫에 걸려 있었다. 나는 깜짝 놀라 그것을 떨어뜨리고 가슴으로 손을 가져갔다. 그때 문이 세게 열리고 짐이 들어왔다.

"엎드려."

그가 화난 어조로 말했다.

"빌어먹을 마루에 엎드리라고."

나는 그를 바라보았다.

"당장."

나는 턱을 마룻바닥에 댔다. 심장이 마구 뛰었다. 편지는 찬장에 있으니 편지 때문에 화난 것은 아닐 것이다. 내 얼굴에서 불과 몇 센티미터 떨어진 곳에 쥐가 있었다. 그는 쭈그리고 앉아 마당을 바라보았다.

"그대로 있어."

짐은 눈을 크게 뜨고 무언가를 찾고 있었다. 그의 손에는 구겨진 종이가 있었다. 그는 부엌까지 기어가서 엄지와 검지로 블라인드를 살짝 열었다. 나는 길 쪽을 올려다봤다.

"뭐예요?"

작은 소리로 물었다.

"누군가가 우리를 찾아냈어."

이전 <

10

“이런 행사는 오로지 대중들의 충성심을 흔들어놓는 걸 목적으로 여는 거야.”

아빠는 예전 럭비팀 동료들을 만나는 공식 행사를 이렇게 표현했다. 아빠에게는 경기를 더 잘 뛰는 것 외에는 그 어떤 것도 의미가 없었다. 그러나 가끔 기분이 좋으면 이런 행사들을 목적을 위한 수단으로 여겼다. 즉, 팬들의 열광적인 지지를 유지하고, 회원을 붙잡아두어 더 많은 수익을 거둬들이고 코치와 선수들에게 더 많은 월급을 주기 위한 일이었다. 나는 보통 그런 행사에 참석하지 않았지만 다른 약속도 없었거니와 아빠는 혼자 행사에 가는 것을 좋아하지 않았다. 그래서 그는 내가 함께 가는 것을 아주 고마워했다.

아빠는 코트를 입고 멜버른 게이토스 팀의 배지를 가슴에 단 뒤 초록색 스카프를 맸다. 그의 머리는 깔끔하게 다듬어져 있었고, 행사날 아침에 면도하고 엄마가 죽기 전부터 쓰던 애프터 셰이브를 쓱쓱 바른 볼은 매끈했다.

우리는 시내 방향의 교통 체증을 피하려고 대중교통을 타기로 하고 길을 나섰다. 아빠는 흔들리는 기차 좌석에 앉아 창밖에 펼쳐진 세상을 구경했고 나는 내 휴대폰만 들여다봤다. 한 남자가 다가와서는 아빠와 악수를 하고 사진을 찍었다. 진심으로 웃는 아빠는 기차의 모든 칸을 환하게 비출 정도로 빛나지만, 사진을 찍으려고 억지웃음을 짓는 아빠는 어딘지 상처받은 것처럼 보였다.

그 남자가 가고 난 후 아빠에게 기분이 좋은지 물었다. 아빠는 웃으며 끄덕였지만 그것이 비아냥거리는 것인지 아닌지를 구분할 수가 없었다.

"정말이에요?"

"아니."

아빠는 웃음을 터뜨렸다. 엄마가 병상에 있는 동안 아빠는 완전히 경기에 몰두하는 것으로 마지막 한 해를 장식했다. 그리고 그 시기가 사람들이 기억하는 아빠의 전성기가 되었다. 그해는 아빠의 경력에 있어서 가장 신랄한 해이기도 했다. 아빠에게는 두려움이 없었다. 엄마가 죽고 무릎을 다친 아빠는 그 또한 그만의 방식으로 모습을 감췄다. 20대 후반에 은퇴한 것이다.

경기장을 둘러싼 공원은 가족들로 가득 차 있었다. 아빠에게 사진이나 사인을 요청하거나 존경한다며 악수를 청하려는 팬들을 피할 자리도 없었다. 사람들은 더 이상 그들이 기억하는 울근불근한 근육은 없지만 그 나이 대의 훌륭한 체격을 가진 남자, 달리 말하면, 지극히 보통인 남자가 된 아빠의 모습을 놀라워했다. 아빠는 이제 일반인과 다름없었다. 사진사가 나에게 아빠 옆에 서서 카메라를 보고 미소를 지어달라고 요청했다. 며칠 후 신문에 나온 사진에는 나와 내 어깨 위로 팔을 늘어뜨리고 예의 상처받은 듯한 미소를 짓고 있는 아빠가 있었다.

얼마 지나지 않아 지겨워진 나는 휴대폰을 꺼냈다. 아무 생각 없이 톰의 인스타그램으로 들어갔다. 그에게 빠져 있던 때의 습관이었다. 그가 수영장을 그만두고 난 후, 그를 직접 본 지가 거의 1년이 돼 갔다. 하지만 그의 소식은 다행히도 인스타그램을 통해 알 수 있었다. 새로운 사진이나 동영상이 있는지 봤지만 다른 사람들 사진만 게시되어 있었다. 나는 너무 두려운 나머지 어떤 게시글에도 댓글을 달지는 못했지만 언제나 '좋아요'를 누르곤 했다. 그 보답으로 톰도 내가 올린 사진에 '좋아요'를 눌러주었다. 하지만 결국 그의 SNS에 샐리와 함께 찍은 귀여운 사진들이 올라올 것은 자명한 일이었다. 그렇기에 그의 SNS를 확인하는 것은 일종의 고문과도 같았다.

톰의 인스타그램에 새로운 게시물이 올라와 있었다. 4분 전에 올린 것이다. 주위에는 경기장이 있었고, 자주색 스카프가 보였다. 높은 언덕에서 사람들을, 내 주변에 있는 사람들을 내려다보며 찍은 것이리라. 나는 뒤를 돌아서 위를 올려다봤다. 사람들의 물결이 우리를 향해 끊임없이 오고 있었다. 4분 전, 그는 저기에 있었던 것이다.

아빠는 계속해서 사인을 해주고 있었다. 나는 아빠를 불렀다.

"근처 좀 둘러보고 곧 돌아올게요."

아빠는 엄지를 치켜세워 답했다. 나는 사람들 무리를 뚫고 언덕 위로 올라갔다. 휴대폰을 통해 아래쪽의 모습을 가늠해보며 톰이 정확히 어디서 사진을 찍은 것인지 알아내려 했다. 인파가 그나마 덜한 곳을 통해서 언덕으로 올라가 사람들의 얼굴을 살폈지만 톰의 흔적은 찾을 수 없었다.

다시 인스타그램을 열었다. 그 사진은 이제 9분 전 올린 것이라 표시되었다. 사람들을 둘러봤다. 이곳은 그가 서 있던 장소 근처이긴 했지만 지금은 다른 곳에 있을지도 모른다. 많은 사람들 속에서 길을 잃은 기분이 들어 서둘러 언덕을 내려와 지나치는 얼굴을 한 명씩 확인했다. 그와 만나면 무슨 말을 해야 할까? 가슴이 쿵쾅거렸다. 톰이 이곳에 있는 것이다.

아빠가 있는 곳으로 돌아와 다시 휴대폰을 꺼냈다. 이제는 필사적이었다. 사진은 14분 전의 게시물이 됐다. 내 좋아진 판단력과 거리를 두면서 매달리는 모습을 보이지 말라던 윌로우의 조언에도 불구하고 나는 사진 밑에 댓글을 달기로 했다.

'헐, 나도 여기 있는데.'

댓글 업로드를 주저하며 내가 쓴 문장을 뚫어져라 쳐다보고 있을 때였다. 내 팔꿈치를 누군가가 가볍게 툭툭 쳤다. 뒤돌아 상대방의 눈을 올려다봤다. 톰이었다. 그동안 키가 더 큰 걸까. 갈색 머리는 뒤로 빗어 넘겼다. 눈동자는 짙었고 눈꼬리는 가늘어져 있었다. 그는 미소를 짓고 있었다. 무릎이 찢어진 검은 청바지에 하얀 긴소매 티셔츠를 입고 있었는데, 옷 아래의 어깨는 아직 수영선수같이 넓었지만 다른 곳은 이제 조금씩 살이 붙어 있었다. 그의 한쪽 어깨에는 카메라가 매여 있었다.

"안녕, 오랜만이야."

그가 말했다.

"안녕."

나는 볼이 화끈거리는 것을 느끼며 대답했다. 내가 샐리에게 한 짓을 그가 알고 있을까?

"그래. 어떻게 지냈어?"

"그럭저럭. 잘 지냈다는 뜻이야."

"그래. 우리 이렇게 어색한 사이는 아니었는데. 그지?"

그는 손가락으로 뒷머리를 빗으며 짓궂은 미소를 지었다. 나는 살짝 웃으며 고개를 저었다.

"미안. 오랜만이잖아."

"그렇지. 네가 여기 있을 줄 알았어."

그가 말했다. 자신감이 더 높아진 것 같다. 그는 하얀 이를 드러내며 말했다.

"너희 아빠를 봤거든."

톰은 아빠가 있는 쪽을 돌아보며 고개를 끄떡였다. 그도 나를 찾고 있던 걸까?

"수영 그만두고 뭐 하고 지내?"

"사진을 좀 찍고 다니지."

톰이 손바닥에 카메라를 올리고 말했다.

"학교 말고 또 뭐가 있나?"

"샐리랑은 어때? 그러니까……"

왜 이런 말이 튀어나왔는지 알 수 없었다. 얼굴이 더욱 뜨거워졌다. 웃어보려고 했지만 생각처럼 잘 되지 않았다.

"샐리?"

그가 인상을 쓰며 되물었다.

"수영장에 다니던 샐리 말하는 거야?"

그의 시선을 감당할 수가 없었다. 둘의 관계를 알았을 때 날 힘들게 했던 질투가 다시금 나를 지배할 것만 같았다.

"너희 둘이 아직 사귀는 줄 알았는데."

"사귄다고?"

톰이 어이없다는 미소를 지으며 고개를 저었다.

"하지만…… 난……"

"나랑 샐리가? 아니 샐리도 괜찮긴 하지만…… 그래도 걔랑 사귀진 않아. 그런데 누가 너한테 그렇게 말했어?"

그 말을 한 건 윌로우였다.

"나도 모르겠어."

나는 당황해서 소리 내어 웃으려고 했지만 입에서는 풍선에서 바람 빠지는 것 같은 소리만이 흘러나왔다.

"잘 따라가면 좋을 것 같아. 그러니까 여기 이……"

그는 손으로 사람들을 가리키며 말했다.

"가족들을 말이야."

"그래."

대답을 하던 중 아빠가 팬과의 대화를 끝내려고 안절부절못하는 모습이 눈에 들어왔다.

"그래, 그럼 메시지 보낼게."

톰이 말했다.

"그래. 계속 연락하고 지내면 좋을 것 같아."

"혹시 아직 남자 친구 없으면 번호 알려줄래?"

아직이라니, 무슨 말일까?

"없어."

"없다고?"

그가 눈썹을 치켜올리며 물었다.

"올해 들은 것 중 최고의 소식이야."

어떻게 반응해야 할지 알 수 없었다. 모든 것이 너무 빠르게 진행돼서 제대로 생각할 틈이 없었다.

"네 휴대폰 줘봐."

나는 주머니에서 휴대폰을 꺼내 잠금을 풀고 인스타그램을 닫은 뒤 그에게 건넸다. 그러자 그는 내 휴대폰에 뭔가를 입력했다.

"좋아. 네 휴대폰에 내 번호를 저장했어. 이제 우리가 연락을 계속 할지 안 할지는 너한테 달렸어."

"내가 연락을 안 하면 어쩌려고?"

‘저 보조개야.’

그가 웃을 때 생각했다.

“넌 할 거야. 연락이 올 때까지 1시간의 여유를 주겠어.”

“정말? 내가 그때까지 버티는지 한번 보자.”

나는 눈썹을 치켜올리며 말했다.

오래된 감정이 내 안에 휘몰아치고 손가락, 발가락, 입가까지 홍분이 번졌다. 이건 실제 상황인 것이다.

“진짜로 가야 할 것 같아. 믿기지 않겠지만 너한테 수작 걸려고 여기 온 건 아니야. 친구들을 만나고 있었거든.”

그는 걸어가면서 휴대폰을 들고는 입으로 ‘1시간’이라고 말하고 윙크했다. 톰이 간 뒤 아빠가 나를 찾았다.

“다시는 나를 홀로 두지 마, 케이트.”

아빠는 주위를 둘러보고는 농담하듯 무서운 표정을 지으며 눈을 크게 떴다.

“이 사람들은 무자비해.”

아빠는 내 눈을 바라보았다.

“왜? 무슨 일이야? 네 얼굴을 보아하니 무슨 일이 있었던 거지, 그렇지?”

“아빠 보고 웃는 거 아니에요.”

내가 말했다.

“그럼 뭔데?”

바지 주머니 안에서 휴대폰이 진동했다. 알람이 울렸다. 아빠가 주위를 둘러봤다. 나는 휴대폰을 꺼내 들었다. 그것은 알람이 아니라 알림이었다.

'톰에게 메시지를 보냈나요? 완료 표시를 하시겠습니까?'

"또 휴대폰이나 들여다보고 있구나."

아빠의 목소리에 웃음이 담겨 있었다.

"저 웃는 것 좀 봐라. 도대체 무슨 일이야?"

"아무것도 아니에요."

톰을 만난 지 정확히 1시간 후에 집으로 가는 기차에서 알림이 울렸다.

'톰에게 아직 메시지를 보내지 않았다면 지금 보내시겠습니까? 완료 표시를 하시겠습니까?'

나는 그의 연락처를 찾아 메시지를 보냈다.

'휴우. 1시간 1분. 힘들었어.'

그에게서 바로 답장이 왔다.

'아주 잘했어. 그럼 말해봐. 남자 친구와는 어떻게 된 거야?'

윌로우가 그에게 무슨 말을 한 걸까? 나는 설명을 하기보다는 장단을 맞춰보기로 했다.

‘잘 안됐어.’

‘음, 너무 기쁜걸. 내가 너 완전 좋아했었잖아.’

‘했었다고?’

몇 분 동안 기차가 덜컹거렸고, 내 온몸에 흥분이 감돌았다.

‘아니, 아직 현재진행형인 것 같아.’

> 이후

11

이상한 힘이 몸에서 솟구쳤다.

'누군가가 우리를 찾아냈어.'

나는 목구멍 부근에 단단한 나무 바닥을 느끼며 침을 삼켰다. 짐은 일어나라는 몸짓을 하고는 방을 가리켰다.

"네 방에 가 있어. 누군가 밖에서 너를 찾고 있는 것 같아."

나는 서둘러 복도를 지나 욕실에 들어가 변기에 올라서서 도로 쪽 창문을 내다봤다. 집 앞쪽의 나뭇가지 사이로 길이 보였지만 사람은 보이지 않았다. 나는 방으로 들어가 커튼을 치고 침대에 걸터앉아 팔로 몸을 감싸 안았다.

저들은 누굴까? 우리는 누구에게서 도망치는 걸까? 경찰? 언론? 인터넷의 그 남자들?

우리가 도망친 지 여드레가 지났다. 그들이 우리를 찾아냈으니, 다시 떠나야 한다. 아니면 나 혼자서 떠날 수도 있다. '메야모 에비(에비라고 합니다).' 남미로 갈 수도 있고, 일본이나 유럽으로도 갈 수 있다. '봉주르. 주마펠 에비(안녕하세요. 제 이름은 에비입니다).' 나는 짐과 모든 사람에게서 벗어날 수 있다.

짐이 방으로 들어와 내 침대에 걸터앉아 나를 가까이 끌어당겼다. 내 어깨가 그의 손길에 움츠러들었다.

"괜찮아. 그들은 사라질 거야."

내 몸에 닿는 짐의 몸은 따뜻했다. 그가 침을 삼켰다.

"좀 더 조심해야겠어. 경찰은 아니야. 어쨌든 아직은 나타나지 않았어. 다른 사람이야."

그 말은 내 안의 모든 것을 빨아들였고, 내가 결코 누릴 수 없는 인생을 생각나게 했다.

"욕실 창문으로 봤는데 아무도 없었어요."

나는 그의 말을 완전히 부정할 수 없었다. 짐의 턱이 굳어졌다. 그는 입을 거의 벌리지 않고 말했다.

"우리가 안전한 곳에 있다는 생각은 버려. 그들이 우리를 계속해서 따라올 리 없다고 생각하지 말라고. 그들이 너를 데려가게 내버려두지 않을 거야. 하지만 그렇게 하려면 네가 내 말을 잘 듣고 나를 믿어야 해."

그는 내 축축한 볼에 얼굴을 가져다 댔다.

"죄송해요."

내가 말했다. 그는 나가며 문을 닫았다. 얼마 후에 양말 신은 그의 발소리와 내 방문이 잠기는 소리가 들려왔다.

● ● ●

나는 화장실을 갈 때를 빼고는 이틀 동안 방에서 나오지 않았다. 어제는 짐이 내가 화장실에 있다고 생각하고 있는 사이에 재빨리 냉장고 위 찬장에 숨겨둔 편지를 가져오려고 했다. 하지만 편지는 없었다. 그 말은 그가 편지를 발견했다는 뜻이었다.

우리는 도망친 게 아니다. 짐은 그저 나를 숨겨두고 있는 것이다. 내 침대에 비치는 햇빛 속에 앉아서 하늘을 바라보았다. 그때 그가 가까이 다가오는 기척이 났다. 그가 무릎을 올리자 매트리스가 꾹 눌렸다. 그가 손을 내 어깨에 내려놓았고 나는 몸을 움츠렸다.

"그들이 아직 이 마을에 있을 거야. 납작 엎드린 채로 숨어서 기다리고 있을 테지. 하지만 지금은 우리도 기다릴 수 있어."

짐이 헛기침을 했다.

"주스 만들어줄게."

그가 나가고 얼마 안 있어 채소를 가는 소리가 났다. 나는 우리가 내는 소음에 민감해졌다. 누군가가 밖에서 들으면 들키게 되는 배반의 소리다. 티스푼이 유리잔에 부딪히는 소리가 들렸다. 짐이 들어와서 음료를 건넨 후 팔짱을 끼고 뒷마당을 보았다. 그의 시선을 따라가니 토끼 가족이 잔디를 뜯고 있었다. 다 큰 토끼들의 털은 비구름 같은 색이었다. 코를 막고 쓰고 흙 같은 맛이 나는 주스를 마셨다.

머리가 삐죽삐죽 자라나기 시작했다. 이 정도 길이가 되는 데 열흘 하고도 하루가 걸렸다. 예전과 같은 길이가 되려면 몇 년은 걸릴 것이다. 면도기를 쓸 수 없는 탓에 다리가 털로 뒤덮이기 시작했다. 나는 일기를 쓰고 싶었다. 내가 기억하는 것과 느끼는 것을 적고 싶었다. 하지만 이는 그저 짐에게 읽을거리만 제공할 뿐이다. 그래도 써보려고 했지만 첫 페이지를 마주하면 의욕이 사라졌다.

다시금 그 편지가 궁금해졌다. 내가 무슨 내용을 썼더라? '그가 나를 가둬둔다.' 이 문구를 분명 읽었을 것이다. 그가 편지를 보냈을 가능성은 있을까? 호주 경찰이 우리를 찾아올 수도 있을 것이다. 나는 요전의 전화처럼 아무 생각 없이 행동하면서 스스로를 위험에 빠뜨리고 있었다.

• • •

짐은 요 며칠 동안 한두 번 정도 나가서는 식료품 상자를 들고 들어오곤 했다. 그는 한마디 말도 없이 나갔다. 오로지 문이 닫히는 소리와 차가 진입로를 지나는 소리만이 그가 나갔다는 걸 알려줬다. 한 번은 내 방 창문을 통해 그가 폭이 좁은 쇠로 된 상자를 옮기는 것을 본 적이 있다. 마치 전자 기타의 케이스 같은 모양의 그 상자는 곧장 창고로 옮겨졌다.

나는 추울까 봐 타이츠에 운동복 바지, 스웨터까지 겹겹이 껴입고 침대에 걸터앉았다. 아침에 짐이 가져다준 과일 샐러드 남은 것을 먹으며 우리가 그동안 먹었던 음식에 대해 생각해봤다. 으깬 아보카도, 매콤한 샤크슈카(토마토와 달걀로 만든 중동 음식 - 역자 주), 에그베네딕트, 콘프리터. 톰의 가족과 함께 해변에서 함께 놀았던 것이 떠올라 마음이 아팠다. 비밀의 장소는 내 마음속에 있다. 이는 그 누구도 빼앗아 갈 수 없다. 나의 옛 추억들은 모두 여기에 담아놓았다.

나는 옷장 밑에서 탈출용 가방을 꺼내 열었다. '탈출 의자라고 생각해'라고 말하며 짐이 알려준 것이었다. 갑자기 떠나야 할 때 그 가방 하나만 들고 가면 되는 것이다. 나는 침대 위에서 짐을 풀었다 다시 싸고, 옷을 개고, 돈을 셌다. 그런데 가방을 다시 제자리로 놓을 때 옷장 밑 카펫이 조금 말려 올라가 있는 것을 발견했다. 손으로 그곳을 잡아당겼다. 뭔가 단단하고 사각형으로 생긴, 두께와 무게감이 있는 물건이 있었다. 오래된 책 곰팡이 냄새가 나는 그것을 꺼내 빛이 들어오는 창문 아래로 가져갔다. 그것은 여기 오기 전 공항에서 읽기 시작한 책이었다. 짐이 준 그 책은 아마 이곳에 도착했을 때 가방에서 떨어져 나온 듯했다. 모서리가 접힌 오래된 책의 페이지를 넘기던 나의 손가락이 한 페이지에서 멈췄다. 무언가 내 주의를 끌었다. 그 페이지 아래쪽 한 단어 중간에 있는 'o'자에 밑줄이 그어져 있었다. 이 글자에 왜 밑줄을 그었을까? 다른 페이지를 보았다. 하나, 둘, 셋, 넷. 네 번째 페이지에서 또 다른 것을 찾아냈다. 이번에는 'n'자에 밑줄이 있었다. 합치면 'on'. 무슨 뜻일까? 계속 찾아봤다. 다음에는 't'를 찾았고 그 다음에도 't'를 찾았다. 짐의 책상에서 펜을 가져와 손바닥에 글자를 적었다. Ontt. 계속 다음 글자를 찾았다. 'r'이다. 밑줄에는 어떤 패턴이 있었다. 다섯 페이지마다 글자에 밑줄이 있었다. 나는 처음으로 돌아가 첫 글자가 발견된 페이지 앞쪽을 살펴보고 처음 발견한 'o' 앞에 'd'가 있다는 것을 알아냈다. 책을 넘기면서 글자들을 찾아 내 손에 적었다. 나는 공포에 사로잡혔다. 목이 조여왔다. 현관문이 닫히는 소리가 들렸다. 짐이 온 것이다. 나는 손을 내려다보며 책에서 찾은 글자들을 다시 한 번 읽었다.

그를 믿지 마(Don't trust him).

12

'그를 믿지 마.'

마음의 갈피를 잡을 수 없었다. 내가 여기에 머물면 나쁜 일이 계속 생길 것이다. 그는 계속 나를 감금하고, 약을 먹이고, 바깥세상으로 나가지 못하게 막을 것이다. 누가 이 말을 썼을까? 갈비뼈 밑으로 날카로운 손톱이 파고드는 느낌이 들었다.

'숨을 쉬어. 정신 잘 차리면 여기서 탈출할 수 있어.'

나는 신경을 집중하고, '도망쳐라', '남아 있어라', '공격해라', '창밖으로 몸을 던져라' 등 머릿속에서 울려 퍼지는 온갖 목소리들을 몰아냈다. 하지만 그 많은 소리 속에서도 내가 떨쳐낼 수 없는 소리가 있었다. 그것은 바로 '그를 믿지 마'라는 목소리였다.

나는 저녁 내내 방에 있으면서 짐이 가져온 저녁을 먹지 않기로 하고 옷장 위에 쟁반을 올려놓았다. 그날 밤, 언덕 밑에서 파티를 즐기는 소리가 들려왔고 그 소리는 잠들 때까지도 계속됐다. 얼마 전 밤에는 유리잔이 깨지는 소리, 타이어가 밀리는 소리, 소곤거리는 소리가 들려와 소름이 끼쳤었다. 이런 소리가 매일 밤 들려왔는데, 짐은 이것이 나뭇가지가 마녀의 손가락처럼 창문을 두드리는 소리라고 했다. 하지만 이제는 지금까지 당연하게 받아들였던 그의 말을 더 이상 받아들일 수가 없었다.

아침에 잠에서 깬 뒤에도 경계를 늦추지 않았다. 아침 주스는 한 모금 마시고 나머지는 짐이 방을 나가면 창밖에 쏟아버렸다. 비타민과 의사가 처방해준 약은 볼 안쪽에 숨겼다가 나중에 뱉어버렸다. 무엇보다도 심각한 것이 병원 약이었다. 그 약을 먹으면 나른하고 유순해졌다. 매일 이런 일이 반복됐다. 똑같은 일상이었다. 짐은 나에게 말을 붙이고 질문을 하려 했다. 사흘 후에 그가 말했다.

"케이트, 너를 자유롭게 해주고 싶지만, 이상이 없다는 것을 확신하기 전에는 밖에 나가는 위험을 감수할 수 없어. 그렇다고 하루 종일 방에만 있으라는 말은 아니야. 거실에 나와보는 건 어때?"

나는 입을 열면 소리를 지를 것 같아서 고개만 끄덕였다.

● ● ●

집 안에서만 지낸 지 거의 2주가 지났다. 나는 짐이 막힌 물받이를 치우는 것을 도왔다. 내 창에 비를 들이치게 했던 그 물받이다. 내가 맡은 역할은 그가 사다리를 올라갈 때 잡아주는 것이었다.

"잘 잡고 있어."

짐은 나를 믿고 있었다. 그는 내가 뭐든 할 수 있다는 것을 모르는 걸까? 이것은 기회다. 사다리를 세게 밀면 그가 굴러떨어질 것이다. 저 높이에서 떨어지면 목이 부러질 수도 있다. 머릿속에 그 장면이 선명하게 그려졌다. 하지만 한편으로는 이런 생각을 하는 것이 당혹스럽기도 했다. 이곳을 탈출할 때는 되도록 폭력은 쓰지 않을 것이다.

"알겠어요."

그는 사다리 위쪽 두 번째 칸에 서서 집 쪽으로 몸을 기울인 후 사다리에서 양손을 떼고 허리띠 안에서 가지치기 가위를 꺼냈다.

"조심해."

첫 번째 가지에 가지치기 가위를 가까이 가져가며 짐이 말했다. 가지가 부드러운 소리를 내며 땅에 떨어졌다. 그는 천천히 지붕에 걸쳐진 가지를 잘라내고 축축한 잎들을 물받이에서 치웠다.

"이제 깨끗해진 것 같지?"

짐이 아래로 내려오며 말했다.

"네. 고마워요."

내가 말했다. 우리는 점심으로 치킨샐러드를 먹었다. 이번에는 너무 배가 고팠던 나머지 모조리 먹어치웠다. 오후에 짐은 다시 내 방 문을 걸어 잠갔다. 한 남자가 장작 한 더미를 놓고 갔다. 이번에는 처음 것보다 더 컸다. 진입로에 장작이 떨어지는 천둥 같은 소리가 들려왔다.

그 남자가 가자 짐은 나에게 해 지기 전까지 카트로 장작을 옮겨 계단 아래에 쌓는 작업을 도와달라 했다. 나는 왔다 갔다 하면서 한 번씩 도로를 보았다. 도로는 엎어지면 코 닿을 데에 있었지만 아무 계획 없이 도망쳐 봤자 소용이 없다. 전략을 짜야 했다.

나뭇조각을 줍던 중 거미가 내 손을 타고 올라왔다. 그 바람에 손에 들고 있던 장작이 발 위로 떨어졌다. 나는 풀밭에 쓰러져 나뭇조각이 떨어진 곳을 움켜쥐며 뜨거운 눈물을 흘렸다.

"아이고, 세상에."

짐이 장작을 내려놓고 모퉁이를 돌아오면서 말했다. 그는 내 옆에 웅크려 앉아 내 신발을 벗겼다.

"제길, 너무 아파요."

"쉬—"

그가 양말을 벗기며 말했다. 그는 몸을 숙여 멍이 든 부위에 입술을 가져다 댔다. 그러고는 양손으로 발을 잡고 문질렀다.

"어쩌다가 이렇게 됐어?"

"거미가 있었어요."

"정말? 컸어?"

"왕거미였어요."

나는 엄지와 검지를 붙여 보여주었다. 그의 입에 미소가 서렸다.

"여기에 그렇게 큰 거미는 없어, 케이트."

"진짜 봤는걸요. 손에 올라왔었다고요."

"케이트, 그거 정말 거미였어?"

나는 주먹을 쥐어보였다.

"여기가 너무 싫어요."

그 말을 내뱉으니 고통과 흥분이 차갑고 날카로운 분노로 바뀌었다.

"진정해. 괜찮아. 우리는 안전해."

나는 그가 잡고 있던 내 발을 끌어당겼다.

"우린 안전하지 않아요. 그들이 여기 있다고 했잖아요. 저를 찾아냈다면서요. 못 찾게 하겠다고 약속했으면서."

"그들이 우리를 찾았다면, 그러니까 확실히 찾았다면 지금쯤 우리를 잡아갔겠지. 그렇지 않아?"

그들. 짐은 이렇게 불렀다. 하지만 그들이 누구인지는 절대 말해주지 않았다. 사실 우리를 쫓는 사람은 없는 게 아닐까? 아니면 그가 나에게 반쪽뿐인 진실만을 말하고 있는 건 아닐까? 내가 알고 있는 것들을 생각해봤다. 누군가가 다쳤고 그 자리에 내가 있었다. 나는 차를 몰았고, 우리는 함께 도망쳤다. 그리고 지금, 나는 이곳을 벗어날 수 없다.

"케이트. 너무 깊이 생각하지 마. 내가 생각해볼게."

"슬퍼지고 싶지 않아요. 이런 감정이 너무 싫어요."

"약을 먹으면 나아질 거야. 무엇 때문에 슬픈 거야?"

그는 내가 약을 창문 밖으로 던지거나 침대 아래에 숨기거나 변기에 뱉는다는 사실을 모른다.

"저도 몰라요. 당신은 절 가둬놓잖아요. 믿어주지도 않잖아요."

그는 한숨을 쉬고는 일어나 다시 장작을 쌓기 시작했다.

"난 너를 믿어. 하지만 네 판단은 믿지 않아. 내가 왜 네가 무슨 짓을 할지에 대해서 걱정하는지, 그 이유를 너도 알고 있지 않아?"

"정신 나간 짓을 하지는 않을 거예요. 여기에 있는 동안은 평범하게 지내고 싶어요."

탈출 계획을 짜려면 자유가 필요했다. 혼자 있는 시간, 이 집과 떨어져 있는 시간이 필요했다.

쌀쌀한 공기 속에서 한 줄기 땀방울이 그의 관자놀이를 타고 흘러내렸다.

"무슨 소리야? 너는 무슨 일이든 자유로이 할 수 있어, 케이트. 그게 정말로 네가 원하는 거라면 아무도 막지 않아."

"방문은 꼬박꼬박 잠그면서 그런 말을 하는 거예요?"

실소가 터져나왔다.

"이게 감금이라고 생각되면 한번 그들한테 잡혀보든지. 그러면 진정한 감금이 무엇인지 확실히 알게 될 테니까."

"조심할게요. 아무하고도 이야기 안 하고 아무도 안 만날게요."

그는 고개를 가로저었다.

"네가 어디 있는지 모르면 너를 보호할 수 없어."

파리 한 마리가 그의 얼굴에 앉자 그는 멈춰서 손을 흔들었다.

"왜 밖으로 나가려는 거야? 왜 그냥 기다리지 못해?"

"다시 산책하고 싶어요. 그렇게 무리한 요구도 아니잖아요. 그리고 그들이 우리가 있는 곳을 모른다면서요."

그는 또 한 번 장작을 계단 아래로 가져가 쌓았다.

"여기 사람들이 모른다고 생각하지? 우리를 팔아먹지 않을 것 같지? 그 사람들이 확실히 알지는 못해도 아마 의심은 하고 있을 거야. 진상을 전부 알지는 못해도 언젠가는 너에 대한 추악한 진실을 알게 될 거야."

그가 일어섰다.

"넌 될 수 있는 한 오래 몸을 숨겨야 해."

그는 계단을 올라 집 안으로 들어갔다.

"발에 얼음찜질을 하는 게 좋을 것 같아."

● ● ●

아직도 신발을 벗을 때 멍이 든 부위에 통증이 느껴졌다. 어제 오후 내내 다리를 올리고 있었고, 얼음찜질도 했지만 여전히 부어 있었다. 내 방 창문 너머로 짐이 잔디를 가로질러 창고로 가는 모습이 보였다. 노트북을 옆구리에 끼고 고개를 숙인 그는 열쇠로 창고를 열고 들어가 문을 닫았다.

잔디는 불과 몇 미터 아래에 있다. 하지만 뛰어내리기는 힘들었다. 그때 아직 창가에 기대어져 있는 사다리가 눈에 띄었다. 손을 뻗으면 닿을 것 같았다. 저걸 타고 내려갈 수 있지 않을까.

창문을 더 활짝 열고 창고의 문을 주시했다. 그가 나를 발견한다고 해도 화장실에 가고 싶어서 그랬다고 말하면 된다. 좋은 구실을 찾기는 했어도 두려움이 가시지 않았다. 나는 창틀을 넘어 천천히 몸을 낮추고 맨발을 내렸다. 사다리의 제일 위 칸에 발을 디딘 다음 다음 칸으로 내려갔다. 밑으로 내려가는 도중 사다리가 조금 흔들려서 창문 가장자리를 꽉 붙잡았다. 천천히, 조심스럽게 사다리를 타고 내려왔다. 풀밭에 내려선 후 아무 생각도 하지 않고, 도로로 이어진 집의 측면으로 달려갔다. 심장이 미칠 듯이 뛰었다.

하얀 승용차가 집 쪽의 도로를 따라 내려가고 있어서 다른 쪽 길을 통해 언덕을 내려갔다. 버스 정류장 근처에 가자 그 안을 들여다보고 싶은 충동에 휩싸였지만 꾹 참았다. 하지만 나를 바라보는 시선을 느껴 그쪽을 돌아볼 수밖에 없었다. 대여섯 살 정도 되어 보이는 검은 단발머리 꼬마가 벤치에 앉아 있었다. 나는 걸음을 멈췄다.

"안녕."

"안녕하세요."

소녀가 대답했다. 지금쯤이면 짐이 내가 사라진 것을 발견했을 것이다. 발걸음을 재촉해야 했지만 나는 그 어린 소녀에게 이끌렸다. 내가 한 발 다가가니 소녀가 몸을 뒤로 기댔다. 그 바람에 그늘에 숨어 있던 얼굴이 환한 빛을 받아 드러났다. 아이의 코 밑에는 콧물 자국이 있었다. 울고 있지는 않았지만 뺨에 눈물이 흘렀던 자국이 있었다.

"무슨 일이니?"

"아무 일도 아니에요."

"이름이 뭐야?"

소녀가 머리를 긁적인다.

"아휘나."

"아휘나? 예쁜 이름이네."

나는 소녀가 이름을 말할 때 그 발음을 주의 깊게 들었다. 소녀가 어깨를 으쓱했다.

"언니는 이름이 뭐예요?"

"케이트."

나도 모르는 사이에 진짜 이름이 튀어나왔다. 처음엔 나 자신에게 화가 났지만, 얼마 지나지 않아 마음이 따뜻해졌다. 나의 옛 이름을 말하니 기분이 좋아졌다.

"언니가 나한테 말을 걸지 몰랐어요."

"무슨 뜻이야?"

소녀는 일어나 버스 정류장 밖으로 나가 햇빛 아래에 섰다. 소녀가 얼마나 말랐는지 알 수 있었다. 옷소매는 짧아서 팔목에 한참 못 미쳤고, 반바지 아래로 맨 무릎이 나와 있었다. 차 한 대가 지나갔지만 나는 고개를 돌리지 않았다. 얼마 후 어깨 너머로 그 차가 언덕 위에 멈춰 서는 것이 보였다. 그리고 그 안에서 검은 옷을 입은 남자가 나왔다.

"아휘나, 그게 무슨 뜻인지 말해줄 수 있니?"

아휘나는 내 맨발과 얼굴을 번갈아 보았다.

"저한테 말해줬어요."

"누가?"

마음속에 경고음이 울리고 있었다. 나는 소녀에게 더 가까이 다가갔다.

"그들이 너한테 뭐라고 했어?"

"모르는 사람과 말하지 말라고요."

"아, 그렇구나. 하지만 이제 내 이름도 알게 되었으니 모르는 사람이라고는 할 수 없지 않을까?"

나는 모자를 뒤로 젖혀 아휘나에게 얼굴을 보여줬다.

"아휘나, 무슨 일이 있었던 거야? 왜 울었던 거니?"

소녀는 땅만 바라보았다.

"화나게 했어요."

나는 힘겹게 침을 삼켰다.

"누구를?"

"아빠요. 아빠가 나한테 화가 났어요."

"그래서 아빠가 어떻게 했니?"

"나를 때렸어요. 그래서 오늘 학교를 못 갔어요."

나는 주춤했다.

"자주 때리셔?"

아휘나는 신발로 바닥을 문질렀다. 그러고는 모든 용기를 끌어낸 듯, 나를 올려다보고는 아주 작게 끄덕였다.

"어디에 살아?"

"언덕 아래요."

"언덕 아래 어디?

"집에 갈래요."

소녀가 갑자기 부끄러워하며 말하고는 빠르게 언덕을 내려가기 시작했다. 따라가서 도와줄 수도 있었지만 지금은 그저 그녀가 괜찮아지길 바라는 게 나을 것 같았다. 나는 소녀의 이름을 입 안에서 다시 음미해봤다. 아휘나. 앞 유리에 렌터카 스티커를 붙인 흰색 자동차는 여전히 갓길에 세워져 있었다.

검은 옷의 남자는 입에 담배를 물고 우리 집 진입로 근처에 서 있었다. 확실하지 않지만 며칠 전에 우리 집 근처에 있던 남자인 것 같았다. 나는 다시 모자를 푹 눌러썼다.

그 남자는 눈가에 작은 사각형 물건을 댄 채 내 쪽으로 걸어오고 있었다. 카메라 렌즈가 나를 쫓는다. 길을 내려다보며 내가 너무 많이 노출되어 있었다는 사실을 깨닫고는 바로 집 쪽으로 방향을 틀었다. 걸음을 재촉해서 진입로로 들어섰다. 심장이 쿵쾅거렸다.

창고의 문은 아직 닫혀 있었다. 사다리를 올라 창문 가장자리를 잡고 방 안으로 굴러들어갔다.

"짐!"

나는 창고를 보며 소리쳤다. 하지만 대답은 없었다. 블라인드를 치고 침대에 몸을 공처럼 말아 눕고 흔들었다. 대체 짐은 어디로 간 걸까?

"제기랄."

다음에는 더 크게, 그 다음에는 더 크게 내뱉었다. 그때 뒷문이 열렸다. 뼛속까지 얼어붙는 느낌이 잠시 동안 나를 지배했다. 그들이 나를 찾아 집 안까지 들어온 거라고 생각했다.

"케이트."

짐의 목소리였다. 걸쇠가 풀리고 문이 열리자 뛰어나가 그의 팔에 안겨 흐느꼈다. 짐이 나를 안아주었다. 어쩌면 나는 그가 안아주기를 바라고 있었던 걸지도 모르겠다. 그를 믿으면 안 되는데. 하지만 선택의 여지는 없었다.

"괜찮아. 무슨 일이야?"

그가 묻는다.

"어디에 있었어요?"

"창고. 무슨 일 있었어?"

"아니. 아무 일도 없었어요. 전……"

흐느낌에 말이 끊겼다.

"당신이 사라진 줄 알고 무서웠어요. 스스로가 무슨 생각을 하는지 모르겠어요. 밖에서 소리가 들렸어요."

심장이 따끔거렸다. 고통과 공포가 성난 파도처럼 나를 덮쳤다. 짐이 나를 꼭 안아주었다. 목이 메었다. 맹렬한 공격이 다가올 것만 같았다.

"케이트."

짐이 아주 부드러운 목소리로 말했다.

"괜찮을 거야. 내가 있잖아. 이제 날 따라 숨을 쉬어봐."

그는 손을 내 등에 대고 말했다. 우리는 잠시 그렇게 앉아 있었다. 숨을 쉴 때마다 가슴이 올라가고 내려가기를 반복했다.

모든 것이 진정되고 고요가 다시금 찾아오자 짐은 그의 목에 둘러진 내 팔을 떼어내고 일어섰다.

"케이트, 나랑 약속할 수 있어?"

"뭘요?"

"뭔가 성급하게 일을 저지르고 싶은 생각이 들 때는 잠시 멈춰서 숨을 몇 번 쉬어."

혈관 속에 남아 있는 아드레날린이 피로감을 몰고 왔다. 나는 공허한 약속의 말을 내뱉었다.

"알았어요. 약속할게요."

"창고에 있는데 네가 부르는 소리가 들렸어. 그래서 바로 온 거야. 그렇게만 하면 돼. 그냥 나를 부르면 돼."

짐이 방을 나가 복도를 지나는 소리가 들린 후, 싱크대 밑에서 연장을 꺼내는 소리가 들렸다. 나는 침대에 앉아 그의 다음 행동을 기다렸다. 그는 문가에서 전자 드릴의 배터리를 확인했다.

"나를 믿어. 그러면 나도 널 믿을게. 내가 방으로 가라고 하면 가서 나오라고 할 때까지 그대로 있어야 해. 알겠어?"

나는 고개를 끄덕였다.

"알겠다고 대답해야지."

"알겠어요."

나는 자리에서 일어나 그가 드릴로 작업하는 모습을 지켜봤다. 그는 일을 마치고 잠금장치를 식탁 의자 위에 내려놓았다.

"좋아. 이제 이건 없앨 거야. 내 선택을 후회하게 하지 마."

그는 냉장고에서 재료를 꺼내 내가 마실 주스를 만들었다. 먼저 채소를 간 다음, 과일을 갈았다.

"내가 만든 건 다 잘 먹고 있지?"

짐이 소음 속에서도 들릴 정도로 크게 소리쳤다.

"네."

내가 대답했다.

"잘했어."

그는 믹서기를 끄고 내게 유리잔을 내밀었다.

"살이 얼마나 붙었는지 볼까?"

나는 그와 함께 욕실로 가서 체중계에 올라섰다. 그는 내 어깨에 기대 체중계의 숫자를 읽고는 공책에 써넣었다.

"점점 좋아지고 있어, 케이트. 거의 4킬로그램이 늘었어. 머지않아 네가 그럴 기분이 들면 그날 밤 멜버른에서 일어난 일에 대해 더 깊게 이야기를 나눠보자."

● ● ●

잠에서 깨니 아직 밖은 어두웠다. 얼마나 잤는지는 알 수 없었지만 아직 밤이라는 것만은 알 수 있었다. 복도에는 불이 켜져 있었고, 거실에서는 목소리가 새어나왔다.

"조만간 일어날 일이에요."

중얼거리는 말소리였지만 알아들을 수는 있었다. 나는 천천히 일어나 문틈에 귀를 가져다댔다.

"내가 같이 있어요. 하지만 무슨 변화가 있습니까? 그러니까 내 말은 더 오래 걸리냐는 겁니다."

짐은 전화를 하고 있었다.

"그들은 케이트를 어떻게 할 작정입니까?"

그가 차갑게 말했다.

"그럼 뭐요? 일이 잘못되기라도 하면 내가 어떤 법적 조치를 취할 수 있는지를 묻는 겁니다."

나는 문을 열고 복도로 살금살금 다가갔다. 짐이 한숨을 쉬었다.

"케이트는 건강해요. 내가 관리하고 있어요. 문제는 머리 쪽에 있어요."

한 발짝 더 앞으로 내딛었다. 발 아래 마룻바닥에서 소리가 났다. 짐이 소리가 난 쪽을 돌아보았다. 그리고 그곳에 있는 나를 보고는 눈을 휘둥그렇게 떴다.

"내일 통화합시다. 이제 끊어야 해요……. 예. 알겠습니다. 이만."

그는 전화를 끊었다.

"케이트. 무슨 일이야? 잠이 안 와?"

"누구예요? 누구랑 통화한 거예요?"

내가 물었다.

"좀 해결할 일이 있어서. 걱정할 것 없어."

"왜 이렇게 늦게까지 깨어 있어요?"

"늦게까지?"

그는 휴대폰의 화면을 힐끔 보았다.

"점점 늦어지고 있는 것 같아요."

안경으로 가로막히지 않은 그의 차가운 시선이 나에게 꽂혔다.

"요새 잠을 못 자는 사람이 너 혼자는 아니거든."

나는 복도의 나무 벽에 몸을 기댔다.

"인터넷을 좀 쓰고 싶어요. 사람들이 무슨 말을 하는지 나도 알고 싶어요."

"안 돼."

"왜 안 된다는 거예요?"

"아직 안 돼. 안정이 되지 않았어."

눈가에 주름이 진 그의 얼굴에는 괴로운 표정이 역력했다.

"너는 무슨 일이 있었는지 기억도 못 하잖아."

"그렇긴 하지만 사람들이 뭐라고 하는지 알고 싶다고요."

그는 한숨을 쉬었다.

"네가 스스로 상황을 파악해야 해. 하지만 내가 이야기해주는 것만으로는 정보가 충분하지 않은 거지?"

뭐라 대답해야 할지 알 수 없었다. 그래서 그저 우두커니 서 있었더니 짐이 이쪽으로 오라는 손짓을 했다. 그는 노트북을 열고 비밀번호를 입력했다. 비밀번호를 누르는 손가락 놀림이 너무 재빨라 P와 E 말고 나머지는 알 수 없었다. 그는 알 수 없는 브라우저를 열어 리스트에서 도시를 골랐다. 누군가가 이 IP를 추적한다면 우리의 위치는 브라질의 상파울루로 뜰 것이다.

"내가 졌어, 케이트. 이 행동이 어떤 효과를 가져올지는 모르겠다만 사태를 더 안 좋게 할거라는 건 확실해."

그가 게시판을 클릭하니 수백 개의 게시물이 나타났다. 제목은 '케이트 베넷'이었다. 나는 의자에 앉기 전 마음을 가라앉히기 위한 심호흡을 했다. 짐이 결코 나에게 보여주지 않을 것만 같았던 화면이 내 눈앞에 있었다. 나는 그 화면을 감히 올려다볼 수 없었다.

"이건 아직 네가 감당하기엔 힘든 일이야. 그러니 굳이 이러지 않아도 돼."

짐은 내가 그것을 보지 않기를 바랐다. 하지만 그렇기 때문에 나는 봐야만 했다. 침을 삼켰다. 긴장감이 내 안에서 똬리를 틀고 있었다. 나는 숨을 내쉬고 화면을 보았다.

'이 바이러스를 우연히 만나면 그 여자한테 보낼 거야. 한 발. 그거면 충분해.'

수백 개의 '좋아요'를 받은 글이었다.

'끝내주긴 하는데 이건 완전히 미쳤잖아. 나도 얘랑 하고 싶지만 다 끝나면 수컷을 잡아먹는 사마귀처럼 이년도 나를 또 잡아먹겠지.'

'ㅋㅋ'

'정답.'

'크라우드펀딩을 해서 이년을 찾아내자. 이렇게 감쪽같이 사라졌을 리가 없잖아.'

'얘 어디에 있는지 아는 사람 없어?'

'그렇게 멀리 가지는 못했을걸. 기껏해야 시드니 정도? 숨기도 그렇게 어렵지 않아.'

'동영상 공유해줄 사람 있음? 다 삭제됐어.'

'여기 가봐. http://www.vilefile.com/share/kate-bennet-leaked 아니면 토르 네트워크가 있으면 어둠의 경로로 고화질 버전을 살 수 있어.'

몸이 떨렸다. 내장이 튀어나올 것만 같았다. 몸속이 차가운 진공상태가 됐다. 하지만 짐은 내게 보여줘도 된다 생각한 것들만 보여준 것이다.

"클릭해봐요."

"뭘?"

"그 링크를요."

나는 차분한 목소리로 대답했다.

"링크 클릭해보라고요. 보고 싶어요."

그는 노트북을 덮고 나를 두 팔로 감싸 안았다.

"가짜일 거야. 동영상은 모두 삭제했어."

짐은 내 눈을 들여다보았다. 그의 턱은 굳어 있었고, 콧구멍은 벌름거리고 있었다. 나는 큰 소리로 비명을 질렀다. 그러자 그가 손으로 내 입을 막았다.

"쉿, 이제 자라."

"싫어요!"

내가 소리쳤다.

"나한테 이래라저래라 하지 말아요. 우리 아빠도 아니잖아."

내가 바닥에 쓰러지자 그가 함께 몸을 낮춰 가라앉듯 나를 붙잡았다. 나에게는 그를 밀쳐낼 힘 따위 없었다.

"왜 점점 못되게 구는 거니. 내가 화를 내길 바라는 건 아니잖아."

그가 속삭이듯 말했다. 우리는 그렇게 있었다. 나의 가슴이, 혈관이, 모든 세포가 떨려, 힘도, 흘릴 눈물도 모두 사라져버릴 때까지.

이전 <

13

'내가 말했던가?'

이것이 2주 후 톰에게서 처음으로 받은 메시지였다. 윌로우와 다른 학교 친구들에게서도 메시지를 받았다. 톰과 나는 약 한 달 동안 메시지를 주고받았다. 그러는 사이 서로에 대한 감정은 점점 깊어졌다. 처음에는 모든 메시지의 끝에 'x'를 붙이는 것으로 시작했다. 그러다가 나를 '자기'라고 부르기 시작했다. 직접 만나지는 못했지만 그것은 별 문제가 되지 않았다. 우리는 걸어서 갈 수 있는 거리에 살고 있다는 것을 알게 되었기 때문이다. 그러니 만나는 건 시간 문제였지만, 아빠에게 휴대폰을 압수당하고 말았다.

내 침대 아래에는 술로 반쯤 채워진 플라스틱 물통이 있었다. 이 술은 복도 수납장에 있던 것을 슬쩍한 것으로, 윌로우의 아이디어였다. 처음에는 윌로우를 직접 만나러 가려고 했다. 왜 나에게 톰과 샐리가 사귄다는 거짓말을 했는지 알고 싶었지만 차마 그 말을 꺼낼 수가 없었다. 톰과 만난 일은 물론, 그 이후에 메시지를 주고받고 있다는 것은 더더욱 말할 수 없었다. 대신 윌로우는 그녀의 방 침대 밑에 숨겨둔 술을 꺼냈다. 우리는 침대에 기대 아이패드로 데이트 예능 프로그램을 보면서 술병을 주거니 받거니 하며 마셨다. 알코올이 들어가자 가슴이 간지러워지고 생각에 윤활유를 친 것 같이 느껴졌다. 우리는 필사적인 경쟁자들을 보며 킬킬거렸다. 나는 윌로우가 한 거짓말 때문에 혼란스러웠고 괴로웠다. 하지만 아직은 그 얘기를 꺼낼 용기가 없었다. 이렇게 많은 친구들을 사귄 것도 윌로우 덕분이었고, 그녀가 없었다면 어느 누구와도 만날 수 없었을 것이다. 그래도 한편으로는 톰이 다시 내 삶에 들어온 것이 기뻤다.

수납장 문이 열려 있었던 탓에 새 병의 뚜껑을 딴 사실을 아빠에게 들키고 말았다. 휴대폰을 압수당한 건 이 때문이다. 얼마 전부터 하루 종일 휴대폰을 사용할 수 있는 특권을 받아 밤늦게까지 톰과 영상통화를 하고 그가 내 옆에 있는 듯한 기분으로 잠들 수 있었는데.

이제 와서 톰을 이렇게 잃을 수는 없었다. 나는 아빠에게 휴대폰을 돌려달라고 들볶았다. 아빠 손에 있는 휴대폰을 어떻게든 되찾으려 손을 뻗으며 아빠에게 매달렸다. 나는 아빠가 포기할 때까지 계속하려고 했다. 아빠가 '이게 그렇게 좋으냐? 자, 여기 있다'라고 할 때까지. 하지만 아빠는 손에 꽉 쥐고 있던 휴대폰을 세게 던져버렸고, 휴대폰은 부엌의 대리석 바닥에 부딪혀 산산조각이 났다. 나는 급히 달려가 깨진 조각을 그러모았다. 그러다 손가락이 유리 조각에 베여 피가 났다. 다음 날 아빠는 하얀 상자를 가지고 왔다. 그 안에는 전에 쓰던 휴대폰의 최신 모델이 들어 있었다.

"2주 후에 줄게. 하지만 착하게 굴어야 해. 그리고 두 가지 조건이 있다."

아빠는 손가락을 꼽으며 말했다.

"휴대폰에 암호를 설정하지 않을 것. 그리고 술이나 그런 걸 마시고 싶을 때는 아빠에게 말할 것. 알겠니? 너도 다 컸다는 건 아빠도 알아. 하지만 해서는 안 되는 일도 있어."

2주 후, 아침 식사 시간에 아빠에게서 그 하얀 상자를 건네받았다. 유심카드를 꽂자 윌로우와 톰이 보낸 메시지들이 하나둘 도착했지만 가장 보고 싶었던 것은 역시 톰의 메시지였다.

'제길, 아빠가 휴대폰을 뺏어 갔어. 내 침대 밑에 있던 술병을 발견했지 뭐야. 미안해! 너무 보고 싶어.'

톰이 바로 답장을 보냈다.

'인스타랑 페북에 아무것도 안 올려서 무슨 일이 있나 했어. 네가 나를 찬 게 아니라는 건 알고 있었지. ;) 네가 사는 동네까지 가서 너네 집을 찾아볼까도 했는데 그건 좀 스토커 같잖아.'

톰이 집으로 찾아오지 않은 건 다행이었다. 톰이 우리 집 대문을 두드렸다면 아빠에게 뭐라 말해야 할지 난감했을 것이다. 내가 답장을 쓰기도 전에 그에게서 다음 메시지가 왔다.

'계획을 2주 전으로 되돌려야 하기는 하지만 네가 다시 나타나서 기뻐.'

'계획?'

'음, 지금쯤 너한테 데이트 신청을 하려고 했거든. 근데 조금 더 기다려야 할 것 같아.'

나는 다음 메시지를 고민했다. 그가 왜 나를 선택했는지 너무 궁금했다. 함께 수영장을 다닌 후 변한 그의 몸을 상상했다.

'정말 다행이네. 난 그렇게 빨리 데이트를 허락하지 않거든. 근데 궁금해서 그러는데 데이트 때 뭐 하려고?'

'같이 산책할까 하는데.'

내 안에서 무언가가 활짝 피어나는 듯했다. 얼굴에 미소가 떠올랐다.

'산책? 정말? 그거라면 나는 언제든 괜찮아.'

아빠가 접시 두 개를 들고 방으로 들어왔다.

"얼른 먹어. 학교 지각하겠다."

우리는 함께 식탁에 앉았다. 무릎에 둔 휴대폰에서 진동이 느껴졌다.

'이번 주 주말은 어때?'

아빠가 헛기침을 했다.

"밥 먹을 땐 휴대폰 사용 금지다. 케이트."

"죄송해요."

휴대폰을 다시 무릎에 두자 또 진동이 느껴졌다. 내가 할 수 있는 건 그저 오믈렛을 크게 떠서 빨리 먹는 것밖에 없었다.

학교 친구들은 남자 친구나 파티에 대해서 부모님에게 솔직하게 털어놓는 편이었다. 하지만 난 그럴 수 없었다. 그런 걸 아빠에게 말하는 건 조금 부끄러웠다. 아마 우리 둘뿐이어서 그럴지도 모른다. 엄마가 살아 있었다면 달랐을까? 내 가장 가까운 친척은 와가와가에 살고 계시는 할머니와 영국에 있는 리지 이모였다. 리지 이모는 5살 때 엄마 장례식 이후로 한 번도 만나지 못했지만 생일 때 가끔 스카이프로 영상통화를 하곤 했다. 엄마가 죽은 후 리지 이모는 영국에서 귀국해 한 달 동안 우리 집에 머물렀다. 아빠와 리지 이모가 이야기할 때면 서서히 목소리가 커지다가 둘 다 소리를 지르곤 했다. 나는 손으로 귀를 막고 베개 밑에 머리를 파묻었다. 그 후 이모는 영국으로 돌아갔다.

"학교에서도 휴대폰 간수 잘 해라, 케이트. 싼 게 아니니까 말이야."

"알겠어요, 아빠."

창을 통해 들어온 빛이 냉장고 위쪽을 비췄다. 날씨는 맑았다. 청명한 가을 하늘을 배경으로 솟아오른 도시 풍경이 도드라져 보였다.

기대에 부푼 나는 계단을 한 번에 두 칸씩 올라 방으로 들어가 톰이 보낸 메시지를 열었다. 그리고 답장을 보냈다.

'그래서 언제, 어디서 산책을 할 거야?'

'이번 주 토요일 시내는 어때.'

그를 본 후로 6주가 지났다. 그러니 며칠 더 지난다고 한들 무엇이 문제일까. 하지만 나는 내가 토요일이 오기를 애타게 기다릴 것을 이미 알고 있었다.

● ● ●

토요일 당일에는 바람이 세차게 불었다. 나뭇잎들이 배수로를 막아 길 곳곳에 웅덩이가 있었다. 나는 청바지에 진한 색 단화를 신고, 하얀색 상의에 검은색 코트를 입었다. 머리 끝부분은 살짝 말아 올리고 얼굴에 특히 공을 들였다. 파운데이션을 바르고, 옅은 색의 립스틱을 바른 뒤 윌로우의 아이라이너와 용돈으로 산 마스카라로 눈화장을 했다. 작정하고 꾸몄다는 느낌을 주지 않으려고 노력했다. 아빠는 계단을 내려오는 내 모습을 의심스러운 눈으로 쳐다보았다.

아빠는 시내까지 데려다주며 톰이 말한 미술관 근처에 내려주었다. 나는 윌로우와 다른 여자 친구들을 만난다고 했다. 아빠는 그저 만나는 장소가 쇼핑몰이 아니라 미술관인 점이 기쁘지 않았을까 하고 생각했다.

요가 바지를 입은 여자들, 턱수염을 잘 다듬은 남자들, 지나가는 사람들에게 동전 통을 내미는 거지들이 보이는 거리는 여느 때의 토요일처럼 붐볐다.

밖에서 보니 전시회장은 조용한 듯했다. 몇몇 사람들이 한 작품에서 다음 작품으로 걸음을 옮겨가며 감상하고 있었다. 그 사이에 톰이 있었다. 그는 창문 근처에 혼자 서서 벽에 걸린 작품을 감상하고 있었다. 나는 그의 옆으로 가서 프랑스어 억양으로 말했다.

"흠. 각도와 빛이 아주 놀랍군요."

몸을 기울이며 덧붙였다.

"더 자세히 보시면 이 작품은 인상주의에 대한 오마주라는 것을 알 수 있을 겁니다."

톰은 작품에서 눈을 떼지 않았지만 미소가 그의 눈가에 번지는 게 보였다.

"잘 아는 사람이 들어도 아무것도 모르는 사람이 하는 얘기 같지 않을 것 같아."

"내가 모른다고 누가 그래?"

톰이 나에게로 고개를 돌렸다.

"난 네가 몰랐으면 좋겠어. 안 그러면 내가 너에게 가르쳐줄 필요가 없잖아."

딱 달라붙는 검은색 청바지에 검은색 티셔츠를 입고 갈색 부츠, 칼라를 세운 짙은 색 트위드 코트 차림인 톰의 모습은 다른 10대 남자아이들 같아 보이지 않고, 인디밴드의 기타리스트 같았다. 내가 이런 옷차림을 좋아한다는 것도 이때 처음 알게 되었다.

"왔네."

"응."

"그 억양 듣기 좋더라."

톰이 말했다.

"프랑스어 수업을 듣거든."

"그럼 우리 엄마랑 말이 통하겠다. 엄마가 프랑스 분이셔."

우리는 미술관을 돌아다니며 터키 앙카라 출신의 유명한 사진작가의 작품을 감상했다. 우리는 나이 든 남자의 사진 앞에 나란히 섰다. 우리의 손은 아주 가까이 있었다. 그의 온기가 느껴졌다. 우리 피부 사이에는 열기와도 같은 것이 있었다. 나는 그의 손과 사진을 번갈아 보았다. 채도가 높은 사진 속 노인의 피부 위 주름은 마치 때가 낀 것처럼 진했고, 수천 가닥의 풀 같은 털이 피부를 뚫고 나와 있었다.

톰은 고개를 옆으로 기울이고 있었다. 무엇을 보고 있는 걸까. 그의 부모님은 그에게 진짜 카메라를 사주었고, 그의 인스타그램은 그가 찍은 수백 장의 사진들로 가득했다. 그가 찍는 사진 중에는 비행기에서 나오는 연기 꼬리가 파란 하늘을 가로지르는 모습처럼 추상적인 것들도 있었다. 그런 사진 말고는 그와 부모님이 함께 다녀온 인도나 일본, 유럽 여행의 기록이었다. 톰이 마치 내 마음을 읽은 것처럼 말했다.

"위대한 사진가들은 평범한 것에서도 아름다움을 찾아낼 수가 있어."

나는 그게 농담인 줄 알았는데 톰은 웃고 있지 않았다. 오히려 열정이 넘치는 모습이었다.

"나도 저런 사진을 찍고 싶어."

나는 전시회를 감상하는 동안 그가 내 손을 잡아주었으면 하는 바람을 담아 미소를 지었다. 우리는 가까이 서 있었고 나갈 때가 되자 그가 내 등 아래쪽에 손을 대고 문으로 안내했다. 그의 손이 등에서 떨어졌을 때, 내 몸은 열기로 굳어 있었다.

"다음은 뭐 할 거야?"

"물론 아이스크림 먹으러 가야지."

그는 어느 작은 가게로 나를 데리고 갔다. 우리는 가게 안의 창가 자리에 앉아 아이스크림을 함께 먹었다. 비는 그쳤지만 바람은 아직도 세찼다. 신문지가 고뇌하는 백조처럼 배수로에 껴 펄럭이고 있었다. 톰은 창가를 지나치는 연인들을 가리키며 우스꽝스러운 목소리로 그들의 대화를 흉내 냈다. 내가 웃으며 몸을 뒤로 젖히자 그가 휴대폰으로 사진을 찍었다.

"보여줘."

나는 여전히 그가 흉내 낸 이름 모를 연인들의 목소리에 웃으며 말했다. 톰이 휴대폰을 뒤로 감췄다.

"잘 나왔어. 너 사진 완전 잘 받는데?"

나는 아이스크림을 떠서 입에 넣고 그의 휴대폰 화면을 보려고 몸을 가까이 가져갔다. 우리의 얼굴은 뺨이 닿을 정도로 가까이 있었다. 그가 또 다른 목소리 흉내를 냈고 나는 아이스크림이 턱과 하얀 셔츠에 녹아 흐르는 것을 막으려고 입술을 꾹 다물고 있었다. 하지만 그 노력이 무색하게도 아이스크림은 결국 코로 나오고 말았다. 젠장. 그도 웃음을 터뜨렸다. 나는 손에 얼굴을 묻었다. 너무 웃은 탓에 눈가에 눈물이 맺혀 있었다.

"내가 지금까지 본 중에 제일 귀여웠어."

내 모습은 정말로 우스꽝스러웠을 것이다. 패션프루트 아이스크림이 코에서 흘러나오다니. 하지만 한편으로는 그다지 신경 쓰이지 않았다. 그가 귀엽다고 해주었기 때문이다. 모르는 사이에 그의 손이 내 손 위에 있었다. 고개를 올렸더니 그가 나를 바라보고 있었다. 그의 입술에서 눈으로 이어지는 미소가 보였다. 그가 나에게 키스를 해주기를 바랐다. 마음이 아플 정도로 원했다.

우리는 플린더스스트리트역으로 향했다. 집으로 가는 기차 안에서 톰은 내 손을 꼭 잡았다. 나는 그의 어깨에 머리를 기댔다. 톰이 바래다준 건 우리 집 골목 끝까지였다. 내가 더는 허락하지 않았다.

아빠가 보는 것이 싫었다.

"우리 정말 가까이 살고 있구나."

"그러게."

"자. 기념품 줄게."

그가 코트 주머니에서 뭔가를 꺼냈다. 앞면에 갤러리에서 봤던 노인의 사진이 있는 엽서였다. 나는 그가 엽서를 사는 것을 보지 못했다. 내내 같이 있었는데.

"고마워."

나는 엽서를 가슴에 안고 말했다.

"이거 언제 샀어?"

톰이 윙크했다. 그가 무언가를 몰래 가져왔다는 생각을 하니 짜릿했다. 그런 행동에 대해 더 심각하게 받아들여야 했지만 쿵쿵 시끄럽게 뛰는 심장 소리가 양심의 소리를 덮어버렸다.

우리의 이 첫 데이트 이후의 데이트도 비슷한 양상이었다. 아빠가 영화관이나 몰에 나를 데려다주면, 톰이 나중에 우리 집까지 바래다주고, 헤어질 때 작은 선물, 예를 들어 스노우볼, 펜, 토치 같은 것을 길모퉁이에서 주는 식이었다.

톰은 요새 생긴 새로운 취미인 열쇠고리 만들기에 대해 이렇게 말하곤 했다.

"쉬워. 마법 같아."

• • •

그다음 주 학교를 마치고 집으로 걸어오는 중이었다. 봄빛에 흐려지는 파란 하늘과 도시를 배경 삼아 내 모습을 찍으려고 잠시 발걸음을 멈췄다. 그중 한 장을 톰에게 보낼 생각이었다. 톰과 데이트를 하기 전에는 내 모습을 찍는 것이 너무도 싫었지만, 그가 내 사진을 찍거나 짧은 동영상을 촬영하는 것이 나에게 자신감을 북돋아주었다.

차 한 대가 내 옆에 와서 멈췄다. 처음에는 신경 쓰지 않고 이어폰을 귀에 꽂은 채 앞을 보며 다시 걸어갔다. 그때 차의 조수석 창문이 열렸다.

"케이트니?"

윌로우의 아빠였다. 내가 사진 찍는 걸 봤을까?

"안녕하세요."

얼굴이 빨개졌다. 머리를 귀 뒤로 넘기며 물었다.

"윌로우는 어디 있어요?"

"집에 있지. 태워줄까?"

"괜찮아요. 그렇게 안 멀어요."

"그러지 말고 어서 타."

그렇게 말하며 그는 문을 열었다. 그의 리넨 셔츠 소매 속 팔뚝 안쪽에 있는 작은 심장 모양의 검은색 문신이 보였다. 팔딱팔딱 뛰고 있는 인간의 심장이었다. 검게 타고 털로 덮인 그의 팔 외에 또 다른 곳에도 문신이 있을까 궁금했다. 나는 차에 타고 문을 닫은 후 안전 벨트를 맸다.

"감사합니다. 제가 길을 알려드릴게요."

"케이트……."

그가 웃으며 나를 보았다.

"네가 어디에 사는지는 알고 있단다."

14

톰의 엄마를 만난 날은 우리의 기념일이었다. 톰은 우리의 첫 데이트였던 9월 5일 이후로 세 번째 달의 5일을 기념일로 여겼다. 나는 그가 이런 작은 기념일을 챙기는 것이 좋았다.

우리는 '그곳'이라고 부르는 곳에서 만났다. '그곳'이란 우리가 마침내 첫 키스를 한 곳, 바로 톰의 집 길가 끝에 있는 공원 안 유칼립투스 나무 아래였다. 그 이후로 여러 번 그와 키스를 했지만 그곳을 지날 때면 언제나 마음이 따뜻해졌다. 뒤꿈치를 들고 몸을 앞으로 기울여 우리의 입술이 맞닿고, 내 손이 그의 단단한 팔을 잡던 그 순간을 언제까지고 기억할 것이다.

머리를 하나로 묶은 톰은 내게 그의 손톱을 검게 칠하게끔 했다. 손톱은 집에 갈 때면 다시 지웠다. 톰은 너무나도 잘생겼고, 세련된 데다가 몸은 탄탄한 근육질이었다. 톰은 모든 것의 사진을 찍었다. 자기 집 부엌에 놓인 덫에 걸린 잠자리부터 초등학교 공원에 버려진 묵주까지 그가 찍는 피사체는 다양했다. 톰은 아주 냉소적이지만 그만큼 진실하고 진정성이 있었다.

그의 엄마를 만나는 것은 그다지 즐거운 일은 아니었다. 신경이 곤두섰고, 배가 아팠다.

"네가 온다는 건 엄마도 알아."

그가 내 손을 잡아끌며 말했다.

"너에 대해서 다 말했어. 내 예상에 보며 베넷 씨는 아직 내 이름을 들어보지도 않은 것 같은데."

그렇다. 나는 아빠에게 아직 톰에 대한 이야기를 꺼내지 않았다.

"아빠는 나를 조금 과보호하는 경향이 있는 편이라서."

내가 변명하듯 말했다.

"조금이라고? 그 파파라치는 어떻고? 그 사람은 그야말로 전설이지."

처음에는 그 말이 무슨 뜻인지 몰랐지만 곧 그 사건이 생각났다. 10년도 더 전이었다. 병원에서 엄마를 데리고 차를 몰고 가는 아빠의 뒤를 카메라를 들고 따라다니는 사람이 있었다. 아빠는 그 남자의 멱살을 잡고 주먹을 휘두르려 했다. 하지만 마지막 순간, 주먹은 그를 비난하는 손가락으로 바뀌었고 아빠는 목에 핏대를 세우고는 이를 악물었다. 아마 많은 사람들이 아빠에 대해 연상하면 떠오르는 것이 바로 이 장면일 것이다. 아빠는 그 남자의 손에서 카메라를 빼앗고는 그를 벽에 몰아붙였다. 그리고 카메라는 길에 두고 그곳을 떠났다. 그 사진은 반 년 후에 〈더 선〉지 일면에 실렸다. 엄마가 죽은 것이다.

"그 남자는 그래도 싸."

나는 튀어오르려는 목소리와 맥박을 가라앉히며 아빠를 변호했다. 아빠를 꼭 변호해야 했던 건 아니었다. 다만 엄마를 화제로 대화가 흘러가는 것을 원치 않았고, 톰이 우리 엄마 얘기를 꺼내는 것이 싫었다. 그래서 덧붙였다.

"너도 알겠지만 아빠는 실제로는 그렇지 않아."

톰의 집은 외벽은 작고 깔끔한 하얀 물막이판 재질이었고, 지붕은 테라코타 타일로 되어 있었다. 그의 집으로 들어가는 문이 가까워오자 나는 그의 손을 놓고 풀면 허리까지 오는 긴 머리를 더 단단히 묶었다. 그리고 청바지 주머니에 손을 찔러 넣었다.

톰이 문을 열자 안에서 열기가 훅 끼쳐왔다. 그리고 풍부한 로즈메리와 마늘 향, 오븐에서 구운 양고기 냄새가 풍겨왔다. 나는 톰의 엄마의 모습을 머릿속으로 그렸다. 꽃무늬 앞치마를 두르고 붉은 립스틱을 바르고 사랑스러운 시선을 건네는 모습이 그려졌다.

완전히 흰색인 벽에 단 하나 색을 지닌 것이 있었다. 형태를 알아볼 수는 있지만 명확하게 알 수 없는 사물들을 한 가지 색으로 칠한 그림이었다. 어딘지 익숙한 것들을 마치 초점이 나간 렌즈를 통해서 보는 것 같았다. 우리는 신발을 벗어 신발장에 넣었다.

"우리 엄마한테 인사해."

나는 톰을 따라 광나는 마룻바닥을 밟으며 집 안으로 들어갔다. 바닥의 찬기가 양말을 통해 전해왔다.

"엄마."

그가 불렀다. 우리는 작은 청동 냄비들이 가스레인지 위에 걸려 있는 부엌 안으로 들어갔다.

"어머, 안녕."

톰의 엄마의 목소리는 학교 선생님 같이 청량했고, 몸가짐은 진중하고 엄격했다. 그녀는 싱크대에서 손을 씻고 있었다.

"네가 케이트구나."

"안녕하세요. 반갑습니다."

"수지라고 부르렴."

그녀는 앞치마에 손을 닦으며 말했다.

"얘가 프랑스어를 해요, 엄마."

톰은 자랑스럽게 말했다. 나는 그에게 시선을 옮겼다.

"푸부 파를레 프랑세(프랑스어를 할 줄 안다고)?"

그녀가 프랑스어로 말했다.

"위, 자프렌드 랜트멍(네, 배우고 있어요)."

"트레비엔. 프세브르(아주 좋구나. 열심히 하렴). 톰, 마 투 디 드 뚜아(톰이 언제나 네 얘기를 한단다)."

톰이 눈썹을 치켜올렸다.

"그만요, 엄마. 그 말은 나도 알아들었어요. 그건 그냥 잘난 척하는 거잖아요. 케이트, 너도 마찬가지야."

수지는 마른 행주로 그를 때리고는 다시 가스레인지 쪽으로 돌아갔다.

"아직 배우는 중이라 그렇게 잘하지는 못해요."

내가 말하자 수지가 반박했다.

"말도 안 돼. 발음이 완벽했는걸."

톰이 집을 구경시켜 주었다. 거실은 작고 텔레비전이 없었다. 한 쪽 구석은 붙박이 책장으로 채워져 있었다. 그는 비가 내리기 시작한 바깥마당을 가리키며 말했다.

"저건 채소밭이야. 그리고 저쪽 개집에는 '체'라고 하는 래브라도가 살고 있어. 체라는 이름은 혁명적 사회주의자이자 야만적인 사형집행자의 이름을 따서 붙인 거야. 너도 알다시피 사람에 따라 평가가 달라지지."

그는 다시 복도를 거쳐 부모님의 방, 욕실을 보여주었다. 그리고 엄마의 스튜디오 앞에서 발걸음을 멈췄다.

"여긴 아무도 못 들어가."

나는 그 방이 포트시의 우리 집 2층에 있던 욕실과 비슷하다고 생각했다. 그곳은 내가 결코 갈 수 없는 곳이었다.

톰은 나를 자기 방으로 안내하고 문을 닫았다. 거실 정도 크기의 방이었다. 평범한 하얀색 벽에는 포스터도, 그림도 붙어 있지 않았다. 다만 길게 이어진 줄에 대부분이 흑백인 사진들이 집게로 집혀 있었다.

"집에 텔레비전이 없는 거야?"

"눈치챘구나."

그는 침대에 털썩 앉으며 말했다.

"나이를 먹고 나니 조금 이상하게 생각되더라고. 요새 'TV 없이 살기' 같은 게 유행이라고는 하더라. 하지만 우리 부모님은 그런 게 아니야. 내가 어렸을 때부터 그랬어. 내가 사진에 빠지지 않았다면 아마 나와 관련된 물건이라고는 내 방에 있는 노트북이 유일할 거야."

"그럼 뭐 하고 놀아?"

"글쎄, 스크래블이나 하려나? 스마트폰 때문에 보드게임은 다 망했잖아."

"스크래블은 망하지 않았어."

"맞다, 너도 스크래블 좋아하지. 넌 참 믿기 힘들 정도로 완벽하단 말이야."

나는 톰이 수영을 하던 때의 사진이 있을까 하는 생각에 선반과 벽을 둘러보았지만 아무것도 없었다. 나는 줄에 걸린 사진들로 시선을 옮겼다.

톰은 손으로 뒷머리를 받치고 침대에 기대 누웠다. 나와 그의 눈이 마주치자 그가 살짝 윙크했다. 내 볼이 빨갛게 물드는 것을 느낄 수 있었다.

"네가 가장 좋아하는 사진은 뭐야?"

"내가 찍은 것 중에서?

"아니, 그냥 모든 사진 중에서."

"글쎄, 베트남 전쟁을 찍은 사진들이려나……. 그 사진 시리즈 전체가 아주 강렬해."

"어떻게 강렬한데?"

"이 사진이 퓰리처상을 받았거든. 네이팜탄 공격을 피해 달아나는 아이들을 찍은 사진이야. 그리고 처형 바로 직전의 남자를 찍은 사진도 있어. 말 그대로 머리에 총이 겨눠진 남자가 서 있는 사진이야."

"섬뜩한데."

"맞아. 그게 바로 리얼리티야."

그는 웃었다.

"세상을 있는 그대로 바라보는 게 중요해. 알지 못하면 아무것도 할 수 없어."

"그런 것 같아."

그는 자세를 고쳐 앉고는 손가락으로 내 팔을 부드럽게 쿡쿡 찔렀다.

"만약에 우리 엄마가 물어보면 내가 가장 좋아하는 작품은 앙리 카르티에 브레송의 작품이라고 대답해."

"네 카메라 봐도 돼?"

그는 침대 아래 검은 상자에서 카메라를 꺼내 나에게 주었다. 나는 그가 찍은 사진들을 보았다. 뒤틀린 가지가 회색 하늘을 향하고 있는 나무 한 그루의 모습을 찍은 사진이 수십 장이나 있었다. 그리고 피를 흘리며 죽은 새의 사진도 있었다.

"징그러워."

"아, 그거? 체가 마당에서 한 마리 겨우 잡은 거야."

그는 내 손에 들려 있던 카메라를 가져갔다. 그리고는 길고 두꺼운 렌즈를 비틀어 떼어낸 뒤 짧고 뭉툭한 렌즈로 바꿔 끼웠다.

"웃어봐."

그가 카메라를 눈에 대고 말했다. 찰칵 하는 셔터 소리가 계속해서 들려왔다. 그는 화면을 내려다봤다.

"네 사진은 정말 좋아. 렌즈에 비친 너는 아름다워."

아름다워. 그 단어가 머릿속에 맴돌았다.

"나도 보여줘."

"안 돼. 나는 원칙을 지키는 남자야. 난 나의 원석을 절대 공유하지 않아."

카메라가 톰의 등 뒤로 모습을 감췄다. 내가 카메라를 향해 손을 뻗자 그가 나를 가까이 끌어당겨 그의 위에 앉혔다.

"남자란 말이지?"

내가 놀림조로 말했다. 그는 내 손을 끌어당겨 자신의 가슴에 가져다 댔다. 그리고는 몸을 기울여 손에 입을 맞췄다.

"남자가 되고도 남지?"

내 손바닥이 그의 어깨와 팔을 쓸어내렸다. 내 몸을 더듬던 그의 손이 내 척추 아래로 향했고…….

그 이후로 톰의 집에 가는 것이 일상이 되었다. 그의 방은 우리의 안식처였다. 언젠가는 그를 우리 집으로 데려가서 아빠에게 소개해야 한다는 것은 알고 있었다. 하지만 아직은 때가 아니었다. 아직 모든 것이 새롭게 느껴지는 지금은 때가 아니었다.

3부

사건 발생

지난 한 달 동안 화가 나거나 슬프거나 무서워지는 기억을 떠올린 적이 얼마나 자주 있었는가?

0 – 전혀 없다　1 – 거의 없다　2 – 가끔 있다　3 – 자주 있다

4 – 항상 그렇다

15

접수원 응급 서비스입니다. 경찰이나 화재 신고, 구급차가 필요하신가요?

발신자 구급차 좀 불러주세요. 경찰도 와야 할 것 같아요.

접수원 알겠습니다. 성함을 알려주시겠어요?

발신자 피터 터너입니다.

접수원 어느 주소로 보낼까요?

발신자 아, 센트럴 로드에 있는 공원 근처예요. 도로 이름은 모르겠어요. 길을 걷다가 보니 누군가 쓰러져 있어서요.

접수원 센트럴 호크스번이군요.

발신자 네, 맞아요.

접수원 호크스번 공원.

발신자 네, 거기인 것 같아요.

접수원 피해자와 함께 계십니까?

발신자 네. 도로에 엎드린 채로 쓰러져 있어요. 머리 밑에 피가 있어요.

접수원 피해자를 만지셨나요?

발신자 아니요. 그냥 발견한 것뿐이에요. 서둘러주시겠어요?

접수원 피해자가 숨을 쉬는 것 같은가요?

발신자 잘 모르겠어요. 불러도 움직이지 않아요. 전혀 움직임이 없어요.

접수원 피해자의 기도가 막힌 것처럼 보입니까?

발신자 음, 아니요. 그렇지는 않아요.

접수원 구급차와 경찰이 가고 있습니다. 그들이 도착할 때까지 기다려주시겠습니까?

발신자 네. 알겠어요.

접수원 아무것도 만지지 마세요.

발신자 네, 그냥 여기 있을게요.

접수원 곧 도착할 겁니다.

> 이후

16

문이 세게 닫히는 바람에 집이 흔들렸다. 짐은 식료품 봉지를 식탁에 내려놓은 후 휴대폰을 충전기에 꽂았다. 그는 부엌의 긴 의자에 기대어 길게 숨을 내쉬고는 안경을 벗고 엄지와 검지로 눈두덩을 눌렀다. 폭풍 전야 같은 무거운 분위기가 방 안을 가득 채우고 있었다. 나는 앉아 있던 소파에서 몸을 돌렸다.

"저기요."

하지만 그는 내 쪽을 보지 않았다.

"무슨 일 있었어요?"

"아니."

그가 눈을 번쩍 뜨고는 안경을 다시 꼈다. 나는 더 가까이 다가갔다.

"내가 또 무슨 짓을 한 거예요?"

짐이 나를 쳐다봤다. 그의 얼굴은 그새 삭아 있었다. 지난 3주 동안 그의 입과 턱에는 주름이 생겼다. 그는 곧 시선을 돌렸다.

"아니, 너 때문이 아니야. 앞 유리가 깨져서 그래."

그는 싱크대로 가서 손을 씻고 한숨을 쉬었다.

"사고 났어요?"

내가 물었다.

"아니, 아니. 그런 게 아니야."

짐이 인상을 쓰며 말했다. 내가 칠판에 적힌 방정식이라도 되는 양, 집중하면 풀 수 있다고 생각하는 그런 문제를 보듯이 나를 바라보았다. 관자놀이에 그의 맥이 뛰는 것이 보였다.

"그냥 우리 일이 더 쉬웠으면 좋겠다는 생각이 들었던 것뿐이야. 다른 건 없어."

나는 창밖의 언덕으로 시선을 옮겼다. 하루 종일 풀밭이 축축하고 곳곳에 서리가 껴 있고, 한낮에도 창문이 뿌옇게 흐려지는 때는 1년 중 이때가 유일하겠지? 나무 중에는 연한 초록색을 띠고 가늘고 얇은 가지들을 늘어뜨리고 있는 것도 있었다. 그때 뒤쪽 부엌에서 냄비 하나가 떨어졌다.

"아, 제발."

찬장 문이 큰 소리를 내며 닫혔다.

"이 접시들은 대체 왜 나와 있는 거야? 케이트? 이 망할 접시들 좀 치워봐."

"밖에서 무슨 일이 있었던 거예요?"

이제는 걱정이 됐다.

"이럴 때마다 무섭다고요. 밖에서 누구 만났어요?"

그는 고개를 저었다. 그에게서 분노가 열처럼 발산됐다.

"너한테 그게 왜 중요한데?"

나는 그를 마주보았다.

"저한테 사실대로 말해주지 않으니까요."

그가 내 팔을 잡았다. 화가 나서 눈물이 나왔다.

"저도 17살이에요. 애가 아니라고요."

"아, 그렇지. 네가 얼마나 어른인지 나에게 몸소 보여줬지. 그렇지 않아? 아니면 우리가 왜 이곳으로 왔겠어?"

내 눈물을 처음 본 것처럼 그는 혀를 찼다.

"울지 마, 알겠어? 우는 것 좀 그만둬."

"전에는 나를 성인처럼 대했잖아요."

"그래, 그랬지."

그는 이를 악물고 대답했다.

"오늘 왜 이래요? 왜 이렇게 화가 났어요?"

"저 아래 강어귀에서 애들이 나에게 돌을 던졌어. 여덟아홉 살 정도 되어 보이는 애들이 돌을 던지더라고. 그래서 그냥 화가 났어. 내가 차를 세웠는데 도망가지도 않더라. 경찰을 부르고 싶었지."

"제가 좀 봐도 돼요?"

그는 인상을 썼지만 안 된다고는 하지 않았다. 나는 밖으로 나가 차의 깨진 앞 유리를 살펴봤다. 그때 길가에서 목소리가 들려와 현관문 쪽을 돌아보았다. 부엌에는 아무도 없었다. 나는 천천히 진입로로 다가갔다.

길가에 한 남자가 말을 타고 가면서 다른 한 마리를 밧줄로 끌고 가고 있었다. 겨울인데도 얼굴이 검게 그을렸고 곱슬머리에 폴라플리스 상의를 입고 있었다. 남자가 내 쪽을 돌아보았다. 나는 당장이라도 진입로로 되돌아갈 태세를 취했다. 잘 보니, 소년 셋이 그 남자를 따라가고 있었다. 그중 한 명이 나를 가리키며 다른 두 사람을 팔꿈치로 쳤다.

"야."

가장 키가 작은 소년이 하이에나 같은 미소를 지으며 말했다.

"너 남자냐, 여자냐?"

"하하하."

다른 아이들이 웃었다. 소년들 중 하나는 팔걸이 붕대를 하고 있었다. 나는 눈을 내리깔며 집이 있는 쪽으로 뒷걸음질했다.

"뭐? 뭐라고 하는지 안 들리는데. 여기서 사냐?"

나는 침만 삼켰다.

"야 인마. 장난치지 마."

말을 탄 남자가 아이들 옆으로 다가와 무서운 눈으로 그들을 쏘아보았다. 나는 계속 눈을 피했지만 그들이 우편함을 지날 때까지도 곁눈질로 그들의 모습을 좇았다. 그중 한 명이 나를 줄곧 쳐다보았다. 마치 협박을 하는 것처럼 느껴졌다.

"백인들은 모두 저렇게 붙어 있더라. 그렇지 형?"

또 다른 소년이 말했다.

"듣고 보니 그렇네."

그들은 어린 아이들이지만 두려움이 없어 보였다.

"안녕."

말을 탄 남자가 진입로 끝을 지나면서 말했다. 이제 보니 그 남자는 나보다 고작 두세 살 정도 많아 보였다.

"애들은 별로 위험하지 않으니 걱정하지 마."

"고마워요."

나는 내 뒤통수에 날아온 돌을 생각하며 대답했다. 그 뒤 진입로를 돌아 집 안으로 들어갔다.

짐은 소파에 다리를 올려놓고 한 손에 와인 잔을 들고 있었다. 텔레비전은 꺼져 있었고 어딘지 귀에 익은 고전음악이 스피커에서 흘러나왔다. 이제 보니 집 전화기는 아예 사라져 있었다. 나는 그에게 다가갔다.

"왜 그들을 쫓아가지 않았어요?"

"누구?"

"돌 던진 아이들이요."

"그다지 좋은 생각은 아니잖아."

그는 와인을 한 모금 마셨다.

"만약 내가 그 애들을 잡았다면 무슨 짓을 했을지 생각해보라고."

17

그날 밤, 창문을 통해 밖을 바라보았다. 창고의 문 밑으로 빛이 새나오고 있었다. 이 늦은 시간에 짐은 저 안에서 무엇을 하고 있을까? 나는 잠옷 차림으로 밖으로 나갔다. 마당을 가로질러 가, 문가에 귀를 대보았다. 짐이 노트북 키보드를 두드리는 소리가 들려왔다. 나는 그 소리를 한동안 듣고 있었다. 짐이 한숨을 내쉬었고 의자가 삐걱댔다. 지금이면 뛰어서 도망갈 수도 있을 것이다. 하지만 이 추위 속에서 얼마나 멀리 갈 수 있겠는가? 짐은 내 방만 확인하면 내가 없어진 걸 알 수 있을 것이다. 만약 그러면 무슨 일이 벌어질까? 그의 목소리가 들려왔다. 철문 안에서 그가 말을 하고 있었다. 알아들을 수 있는 건 단어 몇 마디뿐이었다.

"……이건 제 휴대폰 번호입니다. ……그 애가 듣고 있었어요. 그래서……"

그때 문이 갑자기 열려 밤의 어둠 속으로 빛이 뛰어들었다. 나는 창고 구석의 차가운 철에 몸을 기대어 숨었다. 담즙이 목구멍으로 올라오면서 갑자기 한기가 온몸으로 퍼졌다. 나는 꼼짝도 하지 않았지만 심장은 미친 듯 쿵쿵 뛰었다.

"이제 좀 괜찮은가요? 잘 들려요?"

그가 말했다.

"무슨 소식이 있는지 궁금해서요……. 연결이 좋지 않다고 해서……. 그가 가망이 없다고, 그렇게 말한 거 맞습니까?"

그는 숨을 내쉬었다.

"여기는 수신이 잘 안 돼요. 더 좋은 장소를 찾아볼게요."

그는 집 측면으로 난 도로로 걸어가며 말했다. 나는 그제야 숨을 내쉬었다. 아슬아슬했다. 계단을 헐레벌떡 뛰어 올라갔다. 발밑의 풀이 얼음같이 차가웠다. 너무 추워서 턱이 덜덜 떨렸다. 집 안으로 들어가 뒷문을 살살 닫고 조심스럽게 복도를 지나 내 방으로 들어왔다. 침대에 누워 몸에 온기가 퍼지는 걸 기다리며 짐이 한 말을 생각했다.

'그가 가망이 없다.'

아침에 누군가가 자동차 앞 유리에 스프레이 물감으로 '꺼져'라고 써놓고 간 것을 발견했다. 짐은 그저 혀를 찬 후, 별일 아닌 것처럼 창고에서 작은 칼을 가지고 와서 물감을 벗겨냈다. 마치 거실 등이 나갔거나, 내가 물주전자를 엎었거나, 불을 꺼뜨리는 것 같은 아주 사소한 일인 것처럼. 빨간 스프레이 물감을 다 벗겨낸 뒤 오후에는 시내로 나갔다.

"어디로 가는 거예요?"

"타우랑가. 점심 먹으러 가."

차가 소리 없이 달리는 동안 나는 앞 유리를 살펴보았다. 거의 다 벗겨지긴 했지만 아직 얼룩이 조금 남아 있었다. 이곳은 사방이 콘크리트로 가득 차 있고 차들이 가다 서다 하며 연기를 내뿜는 멜버른과는 다르다. 길옆의 에메랄드빛 방목지에는 양들이 고개를 숙이고 있었다. 짐은 계속해서 백미러를 보며 인상을 찌푸리고 마을을 한 바퀴 더 돌았다. 누군가 우리를 따라온다고 생각하는 걸까?

그는 1시간 정도 마케투를 벗어나 모든 것을 잊고 함께 시간을 보내기를 원하는 것이다. 서로의 벗이 되어 다시 행복해지기를 원하는 것이다. 우리는 해안가를 따라 40분 정도 더 달려 마침내 바다가 보이는 카페에 왔다.

짐은 그 카페에서 '멜버른 음식'을 판다고 했다. 그는 이것이 나에게 위안이 될 거라고 생각한 것 같았다. 하지만 내가 정말 그리워하는 것은 으깬 아보카도 같은 게 아니었다.

"예전처럼 너랑 나, 둘이서 제대로 된 점심을 먹자."

모던한 분위기의 카페에는 사람이 거의 없었다. 우리는 밖에 놓인 테이블에 잠시 말없이 앉아 있었다. 지나가는 차 소리와 커피 머신 돌아가는 소리가 사라지니 마음을 진정시켜주는 바닷소리가 들려왔다.

예쁘장한 직원이 미소를 지으며 물을 따르고 식기를 세팅했다. 나는 라테를 주문했다. 그러자 짐이 눈썹을 찌푸리고는 몸을 앞으로 조금 내밀며 말했다.

"2시가 거의 다 됐는데, 정말로 카페인을 섭취하려고?"

"그러려고요."

"너는 이미 화학약품을 많이 먹었어, 에비. 카페인은 먹을 필요 없어. 잠을 못 잘 거야. 차라리 허브티 같은 걸 마시면 어때?"

나는 대답하지 않았다. 직원이 다시 지나가자 짐이 그녀의 팔을 건드렸다. 그러자 직원이 돌아보며 웃었다. 분명 짐에게 매력을 느끼는 것이리라. 그녀의 머리카락을 바라보았다. 손을 뻗으면 잡을 수도 있었다. 하지만 그래서 뭘 어쩌겠는가? 이 남자가 밤이면 나를 가두고, 거짓말을 하고, 나를 아프게 한다고 직원에게 말할 것인가? 아무리 그녀가 내 말을 믿는다고 해도, 그녀가 할 수 있는 일이라고는 경찰을 부르는 게 전부일 것이다.

"아직 주문이 안 들어갔나요? 라테는 취소해야 할 것 같은데요."

"그럼요."

직원은 대답한 뒤 나를 보고 다시 말했다.

"그럼 다른 걸 주문하시겠어요?"

"핫초코 주세요."

내가 말했다.

"알겠습니다."

그녀가 자리를 뜨자 나는 말문을 열었다.

"내가 커피를 마시고 싶으면 마시는 거예요. 당신이 이렇게 모든 것을 통제할 수는 없어요."

그의 표정은 마치 인형의 그것처럼 공허했다.

"그건 네가 정하는 게 아니야."

주문한 핫초코가 나오자 나는 그것을 밀어냈다.

"젠장, 커피가 뭐가 그리 중요하다는 거야?"

짐이 몸을 앞으로 기울이고 낮은 목소리로 쏘아붙였다. 하지만 나는 그의 말을 듣고 싶지 않았다.

"이 모든 게 끝난 후에 저 직원이 뉴스에 나온 네 얼굴을 보고 그 망할 음료에 화를 냈던 그 소녀라는 걸 기억하면 어쩌려고? 그 다음은 감옥행이야. 다음번에 또 이런 짓을 하려거든 잘 생각해봐야 할 거야."

우리 근처에 앉은 나이 든 여자 두 명이 마치 꽥꽥대는 거위처럼 큰 소리로 떠들다가 나를 흘끔 보고는 목소리를 낮췄다.

성큼성큼 걸어가는 직원의 뒷모습을 짐이 눈으로 좇았다. 그는 더 어린 여자들을 좋아한다. 그가 고개를 돌리고는 내 손을 한 번 가볍게 쳤다. 그러고는 턱을 괴고 생각에 잠겼다.

"세계 어디든 갈 수 있다면 어디로 갈 거야?"

그가 묻자 나는 주저 없이 대답했다.

"멜버른."

그러자 그는 실망한 목소리로 말했다.

"새롭게 시작할 수 있는 곳은 어때? 널 아는 사람이 아무도 없는 곳 말이야."

"모르겠어요."

"세계의 반대편은 어때?"

우리에게는 그런 선택권이 있었다. 우리는 어디든 갈 수 있었건만 그는 나를 마케투로 끌고 왔다. 버스 정류장에 있던 어린 소녀, 아휘나가 생각났다. 그 아이에게는 선택권이 없다. 마취약이 뼛속 깊이까지 침투한 것처럼 몸이 무거워졌다.

"아니, 여기를 떠날 수 있다면 멜버른의 집에 가고 싶어요."

"멜버른에는 아무것도 남아 있지 않아, 에비. 모르겠어?"

다시 나이 든 여자들 쪽을 바라보다가 그들과 눈이 마주쳤다. 커피 잔에 그녀들이 바른 자주색 립스틱 얼룩이 묻어 있었다. 그 동영상이 아직 세상에 나돌고 있을 텐데. 저 사람들이 날 알아볼까?

직원이 짐이 시킨 샌드위치와 내가 시킨 에그베네딕트를 가지고 왔지만 나는 거의 손을 대지 않았다. 그저 커피를 마시고 싶었다. 이전 세상에서 맛보았던 맛을 다시 느끼고 싶었다.

"……암일지도 몰라. 유행이잖아."

나이 든 여자들 중 한 명이 그렇게 말하고는 우리에게도 들릴 만큼 큰 소리로 웃었다. 다른 한 명이 천천히 시선을 내게 돌렸다. 내가 손바닥을 탁자 위로 움직이자 물이 든 잔이 넘어져 바닥으로 떨어졌다.

"제기랄. 조심해."

짐이 말했다.

나는 그들의 얼굴을 쳐다보았다. 그들은 혐오스럽다는 듯한 시선을 주고받았다. 두 사람 모두 나를 볼 때까지 강렬한 눈빛으로 그 둘을 쏘아보았다. 한 명이 신경질적으로 웃었다. 직원이 서둘러 와서 바닥을 치웠다.

"죄송합니다."

짐은 나를 책망하는 표정으로 말했다.

"제가 팔꿈치로 쳤지 뭡니까."

그는 시선을 나이 든 여자들 쪽으로 돌렸다. 나는 고개를 돌려서 그들에게 흉터를 보여주었다. 오른쪽 귀 위쪽에 있는 1인치 정도 되는 긴 흉터였다. 그 위로는 머리가 절대 자라지 않았다. 그는 시선을 거두고 나를 보고 숨을 내쉬며 천천히 눈을 깜빡였다. 그러고는 내가 진정될 때까지 내 손목을 어루만졌다.

• • •

우리는 버려진 서핑 클럽을 지나쳤다. 주차장에는 한 무리의 사람들이 모여 있었다. 적어도 스무 명은 되어 보이는, 스케이트보드와 럭비공을 가진 아이들과 갈색 맥주병을 든 다양한 연령대의 어른들이 서 있었다. 피크닉 공간 근처 풀밭에서는 그릴에 바비큐를 굽는 연기가 피어오르고 있었다. 차의 열린 문과 트렁크에서는 음악이 흘러나왔다. 마을에 사는 모든 사람이 모인 것만 같았다. 가게 점원 티리아나도 있었다. 검은색 울프컷 머리를 한 남자의 어깨에 앉아 있는 아휘나도 있었다. 티리아나와 아휘나 둘 다 우리가 지나가는 모습을 보았다.

과속방지턱을 넘을 때 자동차 바닥이 긁혔다. 때마침 모든 사람이 우리 쪽으로 고개를 돌렸다.

'주의를 끌지 말아요, 짐.'

사람들 사이에 침묵이 내려앉았다. 두꺼운 짙은 색 머리에 얼굴에 바랜 초록색 문신을 한 남자가 바라보고 있었다. 그는 옆에 있는 남자의 가슴을 치며 우리를 가리켰다. 두려움이 일었다. 짐도 눈치챘을까 싶어 흘끗 보니, 그는 핸들을 꽉 잡고 있었다.

•••

다음 날 아침에 짐은 나가고 없었다. 나는 혹시나 또 다른 비밀이 있는 건 아닐까 하는 생각에 공항에서 보던 책을 펼쳤다. 그런데 어느새 그 내용에 빠져들어 정신을 차리고 보니 벌써 60페이지를 읽고 있었다. 밑줄 친 글자는 더 이상 없었지만 가장자리에 글귀가 써 있었다. 화가 나서 꾹꾹 눌러쓴 글씨였다.

죽음만이 유일한 탈출구.

숨소리가 점점 커졌다. '그를 믿지 마'라는 말과 지금 이 문장. 이것은 협박일까? 그가 이 책을 찾아내서 이 말을 써놓았는지도 모른다. 도망치려는 나에게 경고를 하려는 것일 거다. 도망치면 죽는다고 말하고 싶은 걸까? 글귀의 필체는 내 필체와 비슷했다. 특히 T가 내 필체와 비슷해 보였다. 더 많은 실마리가 있을 것 같았지만 계속 읽는 것이 무서워졌다. 또 무엇을 찾게 될지 생각하니 손이 떨렸다. 나는 오래되고 먼지 낀, 페이지가 누렇게 변한 책을 거칠게 덮어 침대 밑으로 밀어 넣었다.

부엌의 긴 의자 위에는 짐이 놓고 간 씨앗이 담긴 주머니가 있었다.

약을 먹지 않은 지 열흘이 다 되어가고 있었다. 우선 두통이 사라졌고, 이전보다 건강해진 듯한, 정신이 맑아진 듯한 기분이 들었다. 도망칠 수 있는 때가, 진실을 찾기 위해 멜버른으로 돌아갈 수 있는 때가 온 것 같았다. 죽음만이 유일한 탈출구. 이 말은 마치 목 뒤에 닿은 차가운 손과도 같았다. 죽음은 내 유일한 탈출구가 아니다. 나는 탈출할 수 있다. 나는 탈출해야만 한다.

정원으로 나가 당근 씨앗을 부드러운 흙에 뿌렸다. 짐이 돌아왔을 때 내 손에는 씨앗 몇 개만이 남아 있었다.

"케이트. 와서 이것 좀 봐."

그는 진심으로 웃고 있었다.

"뭔데요?"

그가 따라오라고 손짓했다. 나는 손바닥으로 땅을 몇 번 두드린 후, 계단을 올라갔다. 짐은 부엌을 지나 현관문을 통해 밖으로 나가 진입로로 나를 데려갔다. 눈으로 확인하기도 전에 소리가 먼저 들렸다. 견인봉에 묶여 있는 검은 개 한 마리가 흥분한 듯 낮게 낑낑거리는 소리를 내고 있었다. 꼬리를 흔드는 개의 열린 입 사이에는 평평한 분홍색 혀가 옆으로 축 늘어져 있었다.

"집에 온 걸 환영해, 친구."

짐은 줄을 풀며 말했다. 개는 꼬리를 흔들며 나에게 달려와서는 발 냄새를 맡고 주위를 빙글빙글 돌았다. 손을 뻗어 쓰다듬자 나에게 달려들어 손을 핥고는 다시 진입로로 뛰어갔다 돌아왔다. 입은 항상 웃음을 짓는 듯이 활짝 벌어져 있었다. 한순간이었지만 나는⋯⋯ 행복했다. 이 기분이 무엇인지 너무 오래 잊고 있었다.

"이름 제가 지어도 돼요?"

"이미 이름이 있어."

짐이 손으로 개의 귀 뒤쪽을 긁으며 말했다.

"이름은 보야."

"보."

내가 따라 불렀다.

"스태포드셔 불 테리어 종이야. 경비견으로 많이 쓰이는 종이지."

하지만 보는 너무 귀여워서 누군가를 겁주는 역할은 할 수 없을 것 같았다.

보는 한동안 이것저것 탐색하고, 냄새를 맡고, 핥으며 시간을 보냈다. 그러고 난 뒤 뒷문 근처 햇빛이 드는 곳에 배를 깔고 누웠다.

"우리가 기르는 거예요?"

내가 물었다.

"말하자면 그렇지. 하지만 적응을 못하면 다시 돌려보내야 해."

개를 키운다는 것은 여기서 영원히 머문다는 뜻일까?

짐은 사각형 양털 담요를 깔아 보의 잠자리를 마련했다. 그리고 개 비스킷 가방을 싱크대 밑에 두고 침대는 거실 구석의 미닫이문 근처에 놓았다.

그날 밤 저녁을 먹은 보는 자기 침대에 누워 침울한 눈으로 나를 바라보았다.

"이리 와."

나는 보를 달랬다. 보는 일어나서 기지개를 켜고 돌아다녔다. 보의 눈 아래쪽 털을 긁어주었더니 그 아래에 있는 뼈가 느껴졌다.

"원한다면 먹이를 줘도 돼."

짐이 책상에 앉아서 말했다.

"한 국자만 퍼줘."

자루에서 비스킷을 떠서 그릇에 부어주자 보는 코를 박고 그것을 먹었다. 다 먹고 난 뒤 보는 소파로 돌아와 나를 올려다보았다.

"소파에 올라오게 해도 돼요?"

"당연하지."

보의 등을 손으로 긁어주는 동안 짐은 책상에서 고개를 돌려 언제나 하던 질문을 했다.

"멜버른 하면 무슨 생각이 떠올라?"

나는 인간의 두개골이 갈라지는 소리를 떠올렸다.

“학교랑 집이요.”

“그 차를 운전했을 때, 누구를 봤는지 기억해?”

“기억나지 않아요.”

부엌으로 온 보가 싱크대 밑의 찬장 안으로 머리를 들이밀었다. 짐은 보를 끌어내며 찬장을 닫았다.

“여기는 언제나 닫아둬야 해. 보가 이 자루에 가까이 가지 못하게 말이야.”

“더 조심할게요.”

“좋아.”

그러고는 계속 질문했다.

“그날 밤 내가 길에서 뭘 하고 있었지?”

“당신은 달려오고 있었어요.”

“내가 무엇을 들고 있었어?”

나는 기억에 집중하기 위해 눈을 감았다.

“모르겠어요.”

“좋아. 오늘은 일찍 가서 자렴.”

나는 이를 닦고 방으로 갔다.

‘그를 믿지 마. 죽음만이 유일한 탈출구.’

나는 책을 펼쳤지만 얼마 읽지 못하고 곯아떨어졌다.

18

익숙한 꿈을 꾸었다. 운전을 하다가 누군가를 치는 꿈이었다. 이번에는 그 누군가가 톰이었다. 내가 다가가서 웃음을 터뜨리면 그가 손가락을 구부려 나를 지목했다. 차에 치여 붕 뜬 그의 몸이 송전선 위까지 날아가서 연석 위로 떨어졌다. 그의 두개골이 갈라져 반숙 달걀 같은 내용물이 보였다. 그때 개가 짖는 소리에 꿈에서 깼다.

나는 비틀거리며 일어나 힘겹게 숨을 쉬었다. 엔진 속에서 들려오는 느슨해진 나사 소리처럼 가슴에서 소리가 났다. 아까 그건 보가 짖는 소리였을까?

집 안은 조용했다. 하지만 낮게 짖는 소리가 들렸다. 커튼을 젖혀 달빛이 비치는 잔디 너머 언덕 아래 있는 바다를 보니 정신이 맑아지고 힘이 솟았다. 이 마을 전체, 그리고 검은 옷을 입은 남자는 잠에 빠져 있을 것이다. 탐험을 하고 싶었다. 사다리는 아직 밖에 있었다. 창문을 여니 차가운 공기가 들어왔다. 창틀에 올라가 앉은 후 몸을 돌려 다리 한쪽을 나무 사다리 쪽으로 뻗고 차례로 내려갔다.

사다리를 내려오니 풀이 얼어 있어 발이 얼얼했다. 잠옷 반바지와 위에 입은 얇은 상의는 나의 온몸을 훑고 지나가는 바람 앞에서는 무용지물이었다. 주위를 둘러보았다. 달그림자가 진 잔디밭, 총총하게 떠 있는 별, 멀리 수평선 쪽으로 펼쳐진 언덕이 있었다. 이 경이로운 밤은 오롯이 나의 것이었다.

집 옆으로 걸어가던 중 나뭇잎이 바스락대는 소리와 이름 모를 동물들이 나무와 풀 속에서 움직이는 소리가 들려왔다. 밤이 되니 바닷소리도 더 크고 웅장하게 느껴졌다. 길가로 나오니 다리가 세 개밖에 없는 흰 개가 있었다. 처음 혼자 언덕을 내려갔을 때 해변 근처에서 보았던 그 개였다. 달빛 아래에 선 개는 마치 유령처럼 보였다. 나를 기다리고 있었던 것일까. 나와 개는 잠시 동안 그 자리에 그대로 있었다. 그러고는 다시 몸을 돌려 길을 갔다. 그 기괴한 몸짓에 나는 매료되었다.

추위에 몸이 부르르 떨렸다. 후드티와 운동복 바지를 입고 올 걸 그랬다며 후회했다. 내가 멈춰 서자 개는 다시 고개를 흔들었다.

'어서 와. 네게 보여줄 게 있어'라고 말하는 것 같았다. 마을 쪽을 보니 그림자 서린 잔디와 흐릿한 방목지만 있었다. 페인트칠이 갈라진 오두막 한 채도 보였다. 더 최근에 지어진 휴가용 주택들은 커튼이 쳐져 있고 모두 비어 있었다.

나는 해동되는 고기 같은 맨발로 도로를 걸어갔다. 대체 나는 지금 저 개를 추격하고 있는 걸까, 따라가고 있는 걸까. 언덕 밑 해변 근처에 다다르자 개가 달리기 시작했다. 나도 걸음을 재촉했다. 개는 서핑 클럽 근처 주차장에 자리를 잡고 앉았다.

하나뿐인 주차장 가로등 밑에 시동이 걸려 있는 빨간색 스테이션 왜건이 서 있었다. 그 안에는 두 사람이 타고 있었다. 나는 나무 아래로 몸을 숨겼다. 바람이 불 때마다 나무 그림자는 마치 폐가 숨 쉬는 것처럼 길어졌다 짧아졌다.

'나는 뛸 수 있어. 뛰어서 돌아갈 수 있어.'

하지만 내가 무언가 결단을 내리기도 전에 조수석 문이 열렸다. 꼼짝 없이 갇힌 것이다. 지금 뛰면 들킬 것이고 그대로 있으면 붙잡힐 것이다. 한 남자가 나오자 개가 일어나 나에게 달려왔다.

'안 돼. 저리 가.'

나는 저리 가라는 몸짓을 했다. 그 남자는 고개를 기울이고 병을 벌컥벌컥 들이켰다. 개는 방향을 바꿔 그 남자에게 달려갔고, 남자는 개를 발로 차려고 했다. 하지만 개가 남자의 발이 닫기 전에 피했고, 차 안에 있던 다른 남자가 웃음을 터뜨렸다.

그 남자는 주차장 한가운데에서 비틀거리며 서 있었다. 내 몸은 마치 나무에 못 박힌 듯 미동도 없었다. 아주 작은 몸짓도 그의 주의를 끌지 모른다.

"몇 시야, 친구?"

목소리가 물었다. 웅얼거리는 대답이 들려왔다. 잠시 후 차 문이 열렸다 닫히는 소리가 났다. 차는 천천히 방향을 틀었고, 그 바람에 전조등이 나를 비췄다.

턱이 달그락거렸다. 많은 사람들은 턱뼈나 두개골이 인간의 몸에서 가장 강한 뼈라고 생각한다. 하지만 그렇지 않다. 가장 밀도가 높은 뼈는 귀 근처의 관자놀이 뼈라고 한다. 하지만 물론 충격을 많이 받으면 이 단단한 뼈에도 금이 가고, 갈라지고, 쪼개질 것이다.

전조등이 천천히 바다를 지나 도로 쪽을 밝혔다. 그 차가 지나갈 때 두려운 시선으로 창밖을 바라보고 있는 남자가 나의 눈에 들어왔다. 그것은 톰이었다. 운전자는 톰이었다. 나는 숨어 있던 곳에서 나와 차를 뒤쫓았다. 그때 발부리가 날카로운 돌에 걸리고 말았다. 차는 이미 언덕을 올라가고 있었다. 그래도 팔을 흔들며 계속 달려갔다.

"이봐요! 멈춰요! 기다려!"

나는 소리를 질렀다.

미등의 불빛이 점점 작아지다 마침내 사라졌다. 나는 무릎을 짚고 공기를 들이마셨다. 심장이 미칠 듯이 뛰었다.

'톰이야. 나를 찾으러 온 거야.'

하지만 그 생각은 바로 사라졌다. 톰은 운전을 못한다. 그것은 단순히 잘하느냐 못하느냐의 문제가 아니었다. 톰은 이곳에 있을 수가 없다. 불가능한 일이다. 정말로 나 자신이 제정신이 아닌 것 같았다. 짐이 계속 진실을 말했던 걸까? 나는 현실을 대면하기에는 너무 약했고, 내가 입은 상처는 너무도 깊었다. 올려다보니 집 근처에 불이 켜져 있는 것이 보였다. 커튼이 움직였다. 누군가가 나를 지켜보고 있었다. 나는 집으로 향했다.

개는 해안가 돌을 따라 기어가는 검은 밤의 유령이었다. 달빛은 밝았고, 반투명한 구름 사이로 별들이 모습을 드러냈다. 집에 도착해 사다리를 타고 올라와 창문을 넘어 방으로 들어올 때까지도 나의 심장은 터질 듯이 뛰고 있었다.

19

잠에서 깨니 전날 밤의 기억이 되살아났다. 모래파리에게 물린 발목을 긁으며 생각했다. 나는 톰을 봤다. 하지만 낮이 되니 알 것 같았다. 나는 톰을 본 게 아니다. 그건 짐이 경고했던 환영의 하나였던 것이다.

차 안에 앉아 있는 톰을 본다는 건 말도 안 되는 일이다. 나는 아직 극복하지 못한 것이다. 짐이 그날 밤에 일어난 모든 일을 말해줄 리가 없고 그를 믿어서도 안 된다. 거기에는 단순히 내가 차를 운전한 것 이상의 무언가가 있다. 그는 항상 그가 거기에 있었는지, 그가 손에 무엇을 들고 있었는지 기억하냐고 묻는다. 내가 생각하는 진실과 그가 말해준 것 사이의 회색 영역에 진실이 숨어 있으며, 그것은 멜버른에 있다.

아침을 먹고 이를 닦는데, 욕실이 어딘지 달라 보였다. 세면대 옆을 보니 치약, 비누, 짐의 면도 크림만 놓여 있고, 그의 면도기가 사라져 있었다. 찬장을 열고 구급약 상자를 꺼내보니 그 안에 있던 가위도 사라져 있었다. 부엌에 있던 스테이크 칼도 사라졌다. 짐은 책상에 앉아 돌아보지 않았지만 연필꽂이에 있던 그의 편지칼이 사라진 것을 알 수 있었다. 집에 있던 전화기와 마찬가지였다. 짐은 한마디 말도 없이 이 물건들을 없애버린 것이다. 어제는 있었던 것이 오늘은 사라지고 없었다. 아니, 어쩌면 내가 정말로 미쳐버린 것인지도 모른다.

산책을 하면 머리를 비울 수 있을 것 같았다. 문가로 향하던 중 부엌에 매여 있는 보에게 다가가니 보가 낑낑거리기 시작했다. 컴퓨터를 하던 짐이 몸을 돌렸다.

"보. 침대로 돌아가."

그는 엄하게 말했다. 보는 그의 말을 따랐지만 그 앉은 자세는 어딘지 어색하게 경계하는 듯했다. 만약 내가 그랬다면 보의 흥분을 가라앉히기 위해 누군가가 그를 데리고 산책을 나갔어야 했을 것이다. 내가 다시 문 쪽으로 다가가니 보가 짖었다.

"제기랄. 저놈의 개 때문에 집중이 안 돼."

"산책을 시켜야 해요."

내가 말했다.

"그럴 시간 없어. 우리가 지낼 곳을 찾아봐야 해. 이곳 말고 다른 곳 말이야. 이 집이 네 정신 상태가 호전되는 데 도움이 되는지도 모르겠고."

"내 정신 상태요?"

"처음에는 좋아지는 것 같았거든. 환경을 바꿔보면 도움이 될 것 같아. 더 외진 곳으로 가는 거야. 네 불안감이…… 점점 커지고 있어."

여기보다 더 외진 곳으로 간다는 말인가? 더 외진 곳이란 내가 발견될 가능성이 더 적은 곳을 의미한다. 그러니 안심해야 했지만 그렇지가 않았다.

"어디로요?"

"그렇게 멀진 않아. 적당한 곳을 못 찾으면 여기에 있을 거야. 그저 우리가 고를 수 있는 선택지를 확인하고 싶은 것뿐이야."

"보랑 같이 산책 나가도 돼요?"

보가 미친 듯이 짖어댔다. 자기 침대 주위를 돌다가 멈춰 서서 나를 쳐다보기도 했다.

"그 말 하지 마, 케이트. 네가 산책이란 말을 꺼내면 보가 흥분한단 말이야."

짐이 피곤하다는 듯이 말했다. 보는 얼마간 더 짖다가 문가로 달려가 그 옆에 앉아 기대에 찬 눈으로 나를 바라보았다.

"그냥 길 따라 걸어갔다 올게요. 우리가 자주 걷는 그 길 말이에요."

"좋아. 하지만 조심해야 해."

나는 짐이 건넨 하얗고 두꺼운 열쇠고리에 끼워진 집 열쇠를 주머니에 넣었다. 그리고 그는 나의 산책 코스를 알려주었다. 방목지를 가로질러 자갈길과 흙길을 가는, 사람들과 마주치지 않을 법한 경로였다.

진입로를 올라가는 중, 보가 목줄을 세게 당겼다. 도로에 다다라 보의 목줄을 풀려고 했을 때 차 소리가 들려왔다. 그 소리에 보가 갑자기 뛰어나가서는 갈림길 앞에서 돌아 전력으로 달려왔다.

보가 다시 뛰어나가더니 이번에는 모퉁이를 돌아 가버렸다. 나도 속도를 올렸다. 버스 정류장을 지나 짐이 자전거 탄 사내아이를 칠

뻔했던 곳을 지날 때는 한기가 느껴졌다.

"보."

모퉁이를 돌면서 초조하게 보를 불렀다.

"이리 와, 보."

조금 떨어진 곳에 보가 있었다. 하지만 혼자가 아니었다. 배기바지에 야구 모자를 쓰고 후드티를 입은 소년들이 보를 둘러싸고 있었다. 그들은 보의 등을 긁거나 머리를 쓰다듬고 있었다. 보는 완전히 긴장을 풀고 있는 것 같았다. 나는 가던 길을 멈췄다. 그들은 약 30미터 정도 떨어져 있었지만 아주 가깝게 느껴졌다. 저들은 대체 보에게 무슨 짓을 하려는 걸까?

나를 알아보았는지 세 명의 고개가 동시에 내게로 향했다. 짙은 색 눈동자들이 내게 고정되었다. 소년들은 모두 11살에서 12살 정도 되어보였다. 충분히 잔인해질 수 있는 나이이다. 여기서는 그들의 표정을 알 수가 없었지만 나는 목줄 손잡이를 꽉 잡고는 내 엉덩이를 부드럽게 두드렸다.

'이리 오렴, 보.'

보는 움직이지 않은 채 더욱 주의 깊게 낯선 소년들을 바라보았다. 하지만 그 소년들은 이제 나를 보고 있었다. 그때 마침내 보가 나에게 쏜살같이 달려왔다. 나는 앉아서 보의 목에 목줄을 채우고는 일어나서 보를 집 쪽으로 끌었다. 몇 걸음을 내딛은 뒤 결국 내달리기 시작했다. 뒤돌아보지도 않고 그저 뛰었다. 나는 보의 목줄을 풀지도 않고 집 안으로 들어갔다.

"무슨 일이야?"

짐이 물었다.

"아무 일도 아니에요. 그냥 더 걷고 싶지 않았던 것뿐이에요."

"우리가 지낼 곳을 알아보는 것 때문에 사람을 만나러 나가야 해. 얼마나 걸릴지는 모르겠지만 나중에 같이 나가자. 운동을 하면 좋아, 케이트."

"그렇겠죠."

"점심으로 수프라도 데워 먹어."

나는 수프를 불에 올려놓고 방으로 들어와 침대에 앉아 책을 펼쳐 들었다. 이것을 찾은 뒤부터 지금까지 겨우 70페이지밖에 못 읽었다. 내 마음이 책에 집중하는 것을 거부하고 있기 때문이다. 글들이 미간과 뇌 어딘가로 증발해버리는 것 같았다. 나는 다시 한 번 톰을 봤다고 생각했던 어젯밤에 대해 생각했다. 멜버른에서의 그날 밤이 생각났다. 나는 짧은 기억의 단편을 한 가닥으로 연결하기 위해 애를 썼다.

책 중간쯤에 조금 삐져나온 페이지가 있었다. 밖으로 빼보니 책 페이지가 아니라 사진이었다. 한쪽 구석이 찢겨진 색 바랜 사진 속에는 요람에 누워 있는 아기가 있었다. 입을 벌리고 살찐 불가사리 같은 손을 들고 있는 그 아기는 나였다.

사진을 뒤집어보았다. 구석에 내 이름과 날짜가 써 있었고, 그 밑에는 이렇게 써 있었다.

결코 네게 상처를 주려고 했던 게 아니야.

나는 본능적으로 문을 흘끔 보고 다시 글로 시선을 옮겼다. 이번 손 글씨는 더 깔끔했다. 이번에도 t자의 필체를 알아볼 수 있었다. 비교를 하고자 글씨를 써보았다. 그리고 사진을 다시 뒤집어 나의 작고 납작한 코와 천사 같은 얼굴을 응시했다.

"수프 다 됐어, 케이트. 불 꺼도 되겠지?"

그가 부엌에서 말했다.

"네."

"나 지금 나간다. 나중에 보자."

문이 열렸다 닫히는 소리가 난 뒤 옷장으로 가서 탈출 가방을 집어 들었다. 시동 거는 소리가 나더니 차가 진입로를 빠르게 빠져나가며 그가 탄 차의 소리가 점점 멀어졌다.

나는 짐의 방으로 가서 이불을 들춰보고, 침대 밑과 서랍을 뒤지며 여권을 찾았다. 설마 짐이 우리 여권을 항상 가지고 다니는 건 아니겠지? 결국 이 문제는 공항에서 해결하기로 마음먹었다. 좌절감에 소리를 질러버릴 것만 같아 복도로 나갔다. 벽난로 근처의 골판지 상자를 찢어 그 위에 짐의 책상에 있던 검은색 마커를 들고 나와 대문자로 '오클랜드'라고 썼다.

보의 그릇에 먹이를 붓고 머리를 쓰다듬자 보가 옆에 앉아 내 얼굴을 핥았다.

"착하게 있어. 알았지?"

나는 마음을 진정시키기 위해 숨을 크게 쉬고 집을 뒤로했다. 다행히 해변으로 내려가는 도중 그 소년들과는 마주치지 않았다. 마을 근처에 가자 예전에 들렀던 그 가게가 보였다. 그러자 수프를 먹지 않은 것이 생각났다. 뭔가 요기할 것을 사야 했다.

가게에 들어가니 다른 손님을 응대하고 있던 티리아나가 내 쪽을 돌아보며 눈썹을 치켜올려 아는 체를 했다.

티리아나가 응대하던, 그을린 피부에 짧은 수염이 난 볼에 곱슬거리는 금발 머리의 손님은 어딘가 낯익었다.

"안녕, 에비. 아이소랑은 만난 적 있나?"

"안녕."

그 남자의 옆얼굴을 보니 그가 말을 타던 그 남자라는 것을 깨달았다.

"안녕, 에비. 저 언덕 위에 살고 있지?"

"맞아."

내가 대답했다.

"멋진걸. 어쨌든 이렇게 만나서 반가워. 티리가 너에 대해서 다 말해줬어."

티리아나가 나에 대해 말했다는 것인가?

"나도 만나서 반가워."

"아이들이 괴롭힌 거 미안해. 하지만 여기가 그렇게 나쁜 곳은 아니야. 여기서 지내는 건 어때?"

나에겐 이렇게 수다를 떨 시간이 없었다.

"괜찮아. 고마워. 그런데 미안하지만 조금 급한 일이 있어서. 몇 가지 필요한 게 있거든."

"어디 가는 거야?"

티리아나가 내 등에 멘 배낭을 보며 물었다.

"어디 좀 가요. 그렇게 오래는 아니고…… 그냥 하루 이틀 정도 나가 있을 거예요."

티리아나는 내 어깨 너머로 주차장을 살펴보았다.

"네 삼촌은 어딨니?"

아이소가 나를 바라봤다.

"삼촌이요? 아, 차를 타고 오고 있어요."

"정말?"

그녀는 의심스러운 표정을 지었다.

"그럼 여기서 기다리면 되겠네."

"아니, 괜찮아요."

나는 가게 뒤쪽으로 걸어가면서 말했다.

"삼촌이랑 어디서 만나기로 했는데? 지금 마을 밖으로 갈 건데, 원한다면 태워줄게."

아이소가 말했다.

"아, 고마워. 하지만 삼촌한테 길 위쪽에서 보자고 했거든."

나는 냉장고에 있던 콜라 한 병과 선반에 있던 과자 한 봉지를 가져와 배낭에서 현금을 조금 꺼냈다.

"아냐, 에비. 이건 그냥 줄게."

나는 티리아나의 눈을 쳐다봤다.

"정말요?"

"그래. 하지만 가기 전에 잠깐 나랑 앉아 있어."

아이소는 자기가 산 물병의 마개를 따고 입술로 가져갔다. 그는 물을 마실 때도 나에게서 눈을 떼지 않았다.

"고마워요. 하지만 삼촌이 기다리고 있어서 지금 가는 게 좋을 것 같아요."

나는 옆구리 안쪽에 끼고 있는 골판지를 그녀가 눈치챌까 두려웠다.

"정말 반가웠어, 에비. 앞으로는 더 자주 보자."

아이소가 말했다. 티리아나가 가까이 다가오자 나는 방어하기 위해 손을 들어올렸다. 하지만 그 전에 그녀의 팔이 나를 감싸 안았다. 그녀의 팔 안에서 나는 몸을 꼼지락댔다.

"긴장 풀어, 아가씨. 그냥 안아주는 거야."

그러고는 그녀가 덧붙였다.

"잘 들어. 동네 아이들이 못된 짓을 했다고 들었어. 그 애들한테 한 소리 했으니 이제 괜찮을 거야."

심술 맞고 못생긴 얼굴로 돌을 던지고, 자동차 유리창에 스프레이 물감으로 욕을 써놓은 아이들을 생각하자니 그 말을 도저히 믿을 수가 없었다. 그렇지만 그녀의 팔을 뿌리치지 않고 그대로 있었다.

"이제 정말 가야 해요."

그러자 그녀는 나를 놓아주고 뒤로 물러났다.

"그래. 또 보자."

내가 문으로 향하자 그녀가 인상을 썼다. 문턱에서 잠시 멈춰서 뒤를 돌아 말했다.

"아휘나라는 여자애 있잖아요. 걔 아빠가 걔를 때리는 것 같아요. 누군가 도와줘야 해요."

"그래, 나도 알고 있어. 하지만 제삼자가 해줄 수 있는 일은 많지 않단다."

"경찰은요?"

"그 사람들이 신경이라도 쓸 것 같아? 내가 확신컨대 경찰이 끼어들면 상황이 더 나빠질 거야."

나는 가게를 나왔다. 그녀는 여전히 나를 보면서 전화기를 들고 말을 하고 있었다. 그녀의 목소리는 낮고 다급해 보였다. 아이소는 자기 휴대폰을 들여다보고 있었다.

나는 다시 교차로로 걸어갔다. 기억하는 대로 좌회전, 우회전, 직진, 우회전을 했다. 자갈이 깔린 갓길이 미끄럽긴 했지만 그의 차가 보이면 얼른 숨을 수 있게 준비해야 했다.

곧 칠이 벗겨지고 창문에 이끼가 껴 있는 집들이 사라지고 방목지가 나타났다. 가까운 곳에 풀을 뜯는 양들이 있었다. 바람이 파도처럼 나를 치고 갔지만 계속해서 걸은 덕분에 몸에 열이 났고, 목적의식과 에너지가 충만해 있었다. 가끔씩 가축을 실은 차들이 지나가면서 동물의 배설물을 떨어뜨렸다. 잠시 동안 철창 안에서 밖을 내다보는 겁먹은 눈을 바라봤다.

언덕을 오르내리고, 길게 뻗은 길을 따라 2시간 정도 걸은 끝에 마침내 고속도로에 도착했다. 발에 감각이 없었지만 가슴은 두근거렸다. 해냈다. 탈출이 이렇게 쉬울 줄이야. 생각보다 훨씬 쉬웠다. 멜버른에 도착했을 때를 상상해봤다. 다들 놀라겠지. 하지만 곧 톰과 나, 우리가 한 짓이 담긴 동영상이 생각났다. 누가 그걸 봤을까? 그리고 그 전에 해결해야 할 일이 있었다. 공항에서 긴급 여권을 만드는 일이다. 그들이 내 말을 믿어줄까? 길을 잃었다는 내 말을 믿어줄까? 어쩌면 경찰이 멜버른에서 나를 기다리고 있을지도 모른다.

나는 골판지를 들고 엄지를 내밀었다.

차들은 멈추지 않았다. 먹구름이 끼고 천둥이 쳤다. 공기는 차갑고 축축했다. 언덕에 낀 안개 때문에 머지않아 주위가 보이지 않게 되었다. 전조등 불빛만이 지나가는 차의 존재를 알려주었다. 비가 내리기 시작했다. 처음에는 가볍게 내리더니 빗방울이 점차 굵어졌다. 얼마 가지 않아 내 몸은 흠뻑 젖어 추위에 덜덜 떨기 시작했다. 트럭 한 대가 이제는 흐물흐물해진 골판지에 물을 한바탕 뿌리고 지나갔다. 나는 계속해서 엄지를 치켜세우며 목적지를 적은 골판지를 배 앞에 가져다 댔다. 시간대를 잘못 골랐던 걸까? 잘못된 선택이었던 걸까? 이런 생각이 들었지만 머릿속에서 몰아냈다. 의심할 여유는 없다. 나는 지금 여기에 있다. 포기할 수 없다. 하지만 불안이 조금씩 내 마음을 갉아먹고 있었다.

차들은 계속 나를 지나쳐 갔다.

'제발 멈춰요. 제발.'

그럼에도 불구하고 차들은 지나쳐 갔다. 나는 추워서 고개를 숙이고, 양손으로 팔을 감싸 안았다. 그때 뒤에서 경적 소리가 들려왔다. 돌아보니 도로 위쪽에 세워진 차 한 대의 빨간 미등이 내 쪽으로 다가오고 있었다. 차는 후진하고 있었다. 차를 향해 달려가자 등 뒤에 멘 배낭이 등뼈를 치며 흔들렸다. 안도감이 온몸으로 퍼져나갔고, 그 무게에 못 이겨 쓰러져버릴 것만 같았다. 조수석 창이 내려가고 운전수의 모습이 나타났다. 금회색 머리를 뒤로 낮게 묶은 여자였다. 차 안의 공기에서 옅은 담배 냄새가 풍겨왔다.

"더 젖기 전에 어서 타."

내가 문을 열고 자리에 털썩 앉자 연석에 서 있던 차가 달리기 시작했다. 나의 온몸에서 물이 줄줄 흘러내렸다.

"저 때문에 차가 젖어서 죄송해요."

여자는 처음에는 내 말에 대답하지 않았다. 문이 잠기는 소리가 들려왔다. 여자는 나에게 고개를 돌리고 미소를 지으며 말했다.

"그래, 네가 에비구나."

이전 <

20

초인종 소리에 거울을 볼 새도 없이 침대에서 뛰쳐나왔다. 머리는 너무 꽉 묶었고 톰을 위해, 그리고 아빠가 보기에 과하지 않을 정도로 살짝 화장을 했다. 아빠와 있을 때는 조금 다르게 행동한다는 사실을, 내 진짜 모습을 톰이 알게 되면 어쩌지 싶었다.

나는 재빨리 계단을 내려갔다. 문에 누구보다 빨리 도착한 나에게 아빠는 부엌에서 나와 어서 문을 열라고 손짓했다. 전 주에 있던 운전 수업 때 아빠가 톰을 저녁 식사에 초대하라고 한 것이다.

"네게 남자 친구가 생기는 날이 올 거라고 예상은 하고 있었다. 다행히도 네가 엄마를 닮아서 말이야."

아빠가 말했다. 서랍장 위에 놓은, 기념일 선물로 받은 꽃을 보고 짐작했던 것이리라.

"무슨 얘길 하시는 거예요?"

"나도 네 남자 친구를 만나보고 싶구나."

나는 계기판을 손가락으로 만졌다. 아빠는 화가 났거나 짜증을 내는 것은 아니었다. 하지만 목소리가 뭔가 걸렸다. 말로 표현할 수가 없는 무언가가 있었다.

"톰 말이다. 이름이 톰 맞지, 케이트? 같이 수영하지 않았니?"

노크 소리가 다시 들렸다. 나는 문손잡이를 돌렸다.

무릎이 찢어지지 않은 검은색 청바지에 색이 옅은 격자무늬 셔츠를 입고 머리는 단정하게 뒤로 넘긴 모습이었다.

"안녕."

배가 부글거리고 터질 것 같은 느낌이 들었다. 나는 조용히 덧붙였다.

"미안. 조금 어색하지?"

"와. 뭔가 궁전 같다."

그가 안으로 들어오며 말했다. 잠시 후, 아빠가 성큼성큼 걸어와 손을 내밀었다.

"아빠, 톰이에요."

"안녕."

아빠는 톰과 악수하며 말했다.

"이제서야 뵙네요."

톰은 목에 뭔가가 걸린 듯한 목소리로 말했다. 그는 꼿꼿이 서서 기타줄 마냥 팽팽하게 가슴을 쫙 펴고 있었지만 목은 빨갛게 달아올라 있었다.

아빠도 마찬가지로 어딘지 뻣뻣했고 과도하게 격식을 차리고 있었다. 아빠가 말했다.

"환영한다."

내가 평소에 아주 잘 알고 있는 두 사람이 갑자기 이상하게 행동하는 것을 보니 기분이 묘했다. 내가 바라는 건 그저 아빠가 톰을 마음에 들어하는 것뿐이었다.

"거실로 가자. 곧 저녁 준비가 다 될 거야."

아빠는 맥주를 가져와서 톰에게 권하고 나에게는 와인 한 잔 하겠냐고 물었다. 아빠가 우리를 어린아이처럼 대하지 않은 것이 기뻤다.

톰과 나는 소파에 나란히 앉았다. 우리 사이의 거리는 허벅지가 맞닿을 정도로 가까웠다. 나는 쑥스러운 나머지 자리를 조금 옮겼다.

긴장이 조금 풀린 톰이 아빠에게 질문을 하기 시작했다.

"그럼 이제 은퇴하신 거예요?"

"아니. 완전히 은퇴한 건 아니야. 럭비를 그만두기는 했지만 일은 아직 하고 있으니까 말이야. 너는 어떠냐, 톰? 미래에 대한 계획은 있고?"

톰은 자리를 조금 옮겼다.

"전 사진작가가 되고 싶어요."

나는 마치 내가 없는 것처럼 대화를 하는 두 사람을 지켜봤다. 둘은 대화를 하고 있기는 했지만 여전히 침묵이 차오르는 물처럼 방 안을 메우고 있었다.

"음악 좀 틀게요."

나는 만난 지 4개월 된 기념으로 톰이 만들어준 플레이리스트를 틀었다.

"이 쓰레기 같은 음악은 뭐냐, 케이트?"

아빠의 말에 톰이 얼굴을 붉혔다.

"이건 제가 즐겨 듣는 음악이에요. 얼마나 좋은데요."

아빠는 톰을 보며 눈썹을 치켜올렸다.

저녁 식사 때의 대화는 톰이 이끌어나갔다. 질문을 하고 대답에 맞춰 또 질문을 하기도 했다. 아빠는 그가 럭비를 할 줄 아는지 물었다.

"네, 조금은요. 하지만 스포츠는 그다지 좋아하지 않는 편입니다. 이종 종합격투기 대회를 보는 건 좋아해요."

아빠의 웃음 뒤에는 약간의 짜증이 묻어났다.

"사각 우리 안에서 남자들이 서로를 죽이려고 안달하는 그걸 말하는 게냐? 톰, 너는 그걸 스포츠라고 여긴단 말이지?"

"글쎄요."

톰은 잠시 나를 보더니 다시 아빠를 보고는 말했다. 그는 조금 당황한 것 같았다.

"그게 진짜 스포츠라고 생각한다는 게 아니라 스포츠를 그다지 좋아하지 않는다는 걸 말씀드리고 싶었어요."

"그럼 운동은 하지 않는 거냐?"

"네. 운동은 좋아하지 않아서요."

톰은 작게 웃으며 대답했다.

"안타깝구나. 몸이 정말 좋은데 말이다."

아빠는 잠시 접시를 보더니 고개를 들어 톰의 얼굴을 찬찬히 살폈다. 톰은 샐러드를 더느라 아빠의 시선을 알아채지 못했다.

저녁 식사에 쓴 그릇의 설거지는 아빠가 했다. 톰이 하겠다고 했지만 아빠는 그를 부엌에서 몰아냈다.

"아니다. 너희 둘이 할 일을 하거라."

나는 톰에게 처음으로 내 방을 보여주었다. 물론 방문은 열어놓은 채였다. 우리는 가까이 기대서서 손깍지를 꼈다. 나는 문을 보며 그에게 가볍게 키스했다.

"아빠가 네 휴대폰 압수한 거 기억나? 저분이 그런 일을 하는 건 상상도 못 하겠어. 정말 좋은 분이신걸."

"맞아."

"나를 좋아하시는 것 같아. 알 수 있어."

"그래. 너 정말 대단해."

'아니야. 그렇지 않아.'

"그 대단한 보머 베넷과 허물없이 이야기하다니."

톰은 벽에 있는 사진을 보며 방 안을 돌아다녔다. 서랍장 위에 조심스럽게 진열해놓은 작은 장신구들과 조개껍데기들을 손으로 만져보기도 했다. 그가 아트 갤러리에서 훔쳐온 엽서, 카페에서 가져온 소금 그릇, 피츠로이의 한 가게에서 가져온 작은 크리스탈 요요 등. 기념으로 훔쳐온 이 물건들은 아주 특별했다. 톰이 나를 위해 훔친 것이기 때문이다. 그는 나를 위해서 위험을 감수했다. 그렇지 않으면 아무 의미가 없을 이 물건에는 추억이 담겨 있었다.

나는 서랍장에 다른 기념품들도 올려놓았다. 작은 자유의 여신상은 내가 아기였을 때, 아빠가 뉴욕 여행을 갔다가 사온 것이다. 엄마의 결혼반지는 은 목걸이에 걸려 있다. 아기 때 엄마 팔에 안긴 내 사진도 있었다.

"아니, 정말로 네 아빠는 좋은 분인 것 같아. 왜 그렇게 나를 소개하는 데 시간을 들였는지 모르겠어."

나는 문을 조금 더 닫았다. 내가 그 얘기를 하고 싶지 않다는 것을 알아챈 톰이 미소를 지으며 내 볼을 손으로 감싼 후 나에게 키스했다. 내 가슴이 그의 가슴과 맞닿자 타는 듯한 열기가 느껴졌다. 그의 손이 나의 등에서부터 허리를 훑고 내려와 청바지의 버클을 풀었다.

"안 돼, 톰."

나는 그의 가슴을 손으로 가볍게 밀어냈다. 그러자 그는 내 손목을 잡고 재채기를 참는 듯한 소리를 냈다. 내 손목을 꽉 잡은 그의 엄지손가락이 살갗을 파고들어 통증이 느껴졌다.

"아빠가 아래층에 있어."

"알았어."

그가 눈에 아직 열기를 머금은 채 말했다. 그러다가 갑자기 웃음을 터뜨렸다.

"진정해, 케이트. 아무 짓도 안 할 거야. 우리는 아직 준비가 안 됐잖아, 기억하지?"

그것은 내가 했던 말이었다. 우리는 사귄 지 5달이 되었고 우리 둘 다 16살이었다. 그는 여러 현명한 주장을 펼쳤지만 여전히 아직은 때가 아닌 것 같았다.

마치 내 잘못인 것처럼, 그래서 다르게 행동해야 하는 것 같아 기분이 좋지 않았다. 톰 같은 남자들은 이런 식으로 여자들의 마음을 얻는다. 양보하고 굽힘으로써 자신들의 미덥지 못한 면을 가리는 것이다. 나는 그의 몸에 나의 몸을 기대고 그의 입술에 부드럽게 키스했다. 톰의 집에 갔던 어느 날이 생각났다. 그가 부엌에 있을 때 그의 노트북을 본 적이 있었다. 벌거벗은 몸들이 화면을 가득 채우고 있었고, 스피커에서는 과장된 교성과 신음소리가 흘러나왔다. 많은 남자들이 포르노를 좋아한다고 알고는 있었지만 그걸 보기 전까지는 톰만은 다를 거라고 생각하고 있었다. 나는 호기심에 못 이겨 그것을 몇 초간 바라보았다.

그날 오후, 우리는 처음으로 싸웠다. 톰은 내가 그것을 본 사실에 당황했고, 자신이 당황했다는 사실에 화를 냈다. 그는 다시는 자기 물건에 손대지 말라고 했다. 내가 또 그러면 우리는 끝이라고 말했다. 나는 울음을 터뜨렸지만 그는 사과하지 않았다. 결국 우리는 이 일을 잊고 다시는 이때의 일을 입 밖으로 꺼내지 않았다.

"곧 하게 될 거야."

나는 톰에게 말했다.

• • •

그 주 후반에 윌로우가 메시지를 보냈다.

'우리 만난 지 진짜로 한 달 된 거 같은데 우리 집에 놀러 올 수 있어?'

나는 잠시 생각했다. 윌로우는 언제나 친구가 많았다. 내 친구들은 모두 기본적으로 처음에는 윌로우의 친구였다. 톰만이 오롯이 처음부터 나와 사귄 친구다. 요새 윌로우와 자주 만나지 않은 이유는 톰 때문이었다. 윌로우가 톰에 대한 거짓말을 했다는 그 사실 때문이었다.

'완전 한 달 동안 안 본 건 아니지만 우리가 좀 뜸하긴 했지. 조만간 만날까?'

'우리? 아니, 케이트, 네가 날 피한 거잖아. 하지만 지금 바로 오면 용서해 줄게. 얘깃거리가 고파.'

나는 학교가 끝나고 집으로 오는 길에 윌로우의 집에 들렀다. 우리는 거실에 누워 텔레비전을 봤다. 시선이 느껴져 어깨 너머로 돌아보니 윌로우의 아빠가 우리를 보고 있었다. 아니, 실제로는 보고 있지 않았을 수도 있다. 아이패드를 보다가 나와 동시에 시선을 돌렸을지도 모른다. 어쨌든 잠시 동안 우리의 눈이 마주쳤다.

윌로우가 톰에 대해 몇 가지 질문을 해 나는 다시금 주의를 그녀에게 돌렸다. 우리는 조용히 이야기했지만 윌로우의 아빠가 우리의 이야기를 듣고 있다는 것을 알 수 있었다. 나는 그에게 나의 성숙함과 내게 남자 친구가 있다는 사실을 알리는 게 기뻤다. 어느새 대화

주제가 섹스로 넘어가면서 윌로우와 나는 방으로 들어갔다.

"우린 아직 때를 기다리고 있어."

내가 말했다.

"그래."

윌로우가 눈썹을 꿈틀거리며 말했다.

"왜? 보통 그렇잖아. 조만간 하겠지."

"글쎄. 기다리는 게 무슨 의미가 있어. 톰이랑 결혼할 것도 아니잖아."

"왜 그렇게 말해?"

내가 그런 것에 동경을 품고 있다는 것을 윌로우에게 알리고 싶지 않았다. 하지만 내 목소리에 묻어나는 짜증을 숨기는 것은 쉽지 않았다.

"진정해. 그런 뜻이 아니야. 통계적으로 그렇다는 거야. 나는 지금까지 네 명이랑 해봤어."

"와. 너답다."

나의 말 뒤에는 침묵이 이어졌고 들려오는 소리는 오로지 숨소리뿐이었다.

윌로우가 침을 삼키고 말했다.

"그래서 내가 창녀 같니? 그렇게 생각하는 거야?"

"아니야."

하지만 나는 그녀의 눈을 볼 수가 없었다. 윌로우는 분노에 찬 웃음을 터뜨렸다.

"이해를 못하는구나. 넌 전혀 모르고 있어. 너는 그저 10분 만난 남자와 함께하기 위해서 나와 네 모든 친구들에게 등을 돌렸어."

"너도 노력하지 않았잖아. 그리고 톰과는 5개월이나 됐어."

"달수도 세는구나."

"인정해. 너는 우리가 만나는 걸 원하지 않았다고. 처음부터 우리 관계를 망치려고 했잖아."

"무슨 소리야?"

윌로우는 눈을 부릅뜨고 으르렁거리듯 입술을 비틀며 말했다.

한순간 내가 잘못 생각했다는 생각에 마음이 가라앉았지만 그녀가 보낸 메시지를 생각했다. 내 휴대폰에는 아직 지우지 않은 그 문자가 남아 있었다.

'둘이 서로 엄청 좋아하잖아.'

"톰한테는 나한테 남자 친구가 있다고 하고, 나한테는 톰이 샐리하고 사귄다고 했잖아."

"좋아. 우선 첫째로, 샐리가 말하기를 톰이 메시지를 보냈다고 해서 너한테 그렇게 말한 거야. 왜냐하면 진정한 친구는 그렇게 하니까. 나는 샐리가 거짓말한 줄 몰랐어. 둘째로, 나는 톰에게 네가 남자 친구가 있다고 말한 적 없어. 톰이 거짓말했거나 어떻게 된 일인지 기억을 못하는 걸 거야."

윌로우는 얼굴로 내려온 머리를 쓸어 넘겼다.

"어쨌든 오래 못 갈 거야. 나를 믿어."

의심이 씻긴 듯 사라졌다.

윌로우는 평소처럼 문제를 일으키고 있는 것이다. 그녀는 드라마를 사랑했고, 언제나 아픈 부분을 찌를 준비가 돼 있었다. 그녀는 주머니에 든 압정처럼 그런 교활한 말들을 준비하고 다녔다.

21

거대한 구름이 몰려와 해를 가려 코발트빛 바다가 회색으로 물들었다. 높은 파도가 몰려와 해변을 때리고 갔다. 내게 있어 해변은 언제나 매력적인 장소였다. 아빠와 함께했던 토키에서의 시간과 비키니를 입은 엄마가 나를 안고 포트시의 집 근처 얕은 해변에 데리고 갔던 때의 추억이 있기 때문이었다. 그것은 내 어릴 적의, 아주 행복했던 기억이다. 기억 속의 하늘은 언제나 파랗고 엄마는 언제나 웃고 있다. 해변은 그야말로 마법의 장소였다.

하지만 지금 나는 우리 가족이 아닌 톰의 가족과 해변에 와 있다. 톰과 나는 밀려오는 파도에 맞춰 다이빙을 했다. 처음에는 물이 차가웠지만 일단 들어가니 따뜻하게 느껴졌다. 바다는 내 발목을 붙잡고 큰 너울과 함께 나를 떠밀었다. 바닷속으로 다이빙한 톰이 그의 어깨 위로 나를 들어 올렸다. 그가 나를 끌고 파도를 넘자 나도 모르게 '꺅' 하고 소리를 질렀다. 소금물이 코로 들어왔다.

물에서 나온 후에는 그의 부모님 옆에 수건을 깔고 앉아 책을 읽었다. 어느새 우리는 서로에게 고개를 기울이고 있었고, 톰은 우리 사진을 찍어 인스타그램에 올렸다. 또 다른 사진이 새 소식 폴더에 올라갈 것이다.

잠시 후 톰이 일어나 해변가를 걷기 시작했다. 그러다가 몸을 굽혀 사진의 피사체를 찾아 모래를 살펴보았다.

“자외선 차단제를 듬뿍 발라야 한단다. 너 같은 피부는 잘 타거든.”

내 옆에 누워 있던 수지가 말했다.

‘나 같은 피부?’

나는 주근깨가 있는 창백한 나의 배를 보았다. 그보다 더 아래로 허벅지를 덮고 있는 분홍색 흉터가 보였다. 톰은 내 다리에 난 흉터에 입을 맞추곤 했다. 그 흉터를 사랑한다고 속삭였다. 그 말은 아마 사실일 것이다. 그는 흉터를 보기 싫은 것이 아닌 다른 것으로 봐준 유일한 사람일 것이다. 둘만 있을 때면, 톰은 내 사진을 찍었다. 나는 그때까지 나에게 성적인 매력이 있다고 느꼈던 적이 없었다.

나는 일어나서 해변을 따라 걸었다. 모래사장에는 사람이 별로 없었다. 나는 해변 끝까지 걸어가보고 싶었다. 가는 길에 좋은 사진 거리가 될 것 같아 톰에게 주려고 떠내려온 나뭇조각들을 줍기도 했다. 얼마 안 가 모래 위로 무언가가 뛰어오는 소리가 들렸다. 돌아보니 개 한 마리가 나에게 뛰어올라 모래가 묻은 발바닥으로 내 허벅지에 자국을 남겼다. 바닷물에 긴 털이 젖은 골든리트리버가 내 손에 든 나뭇조각을 보고 있었다.

“미안합니다.”

말소리에 고개를 들어보니 수영복 차림의 남자가 뛰어오고 있었다. 겉보기로는 나보다 2살 정도 많은 것 같았다.

“아, 괜찮아요. 제 나뭇조각을 갖고 싶은가 봐요.”

“이리 와.”

남자는 그렇게 말했지만 개는 그대로 앉아 내가 나뭇조각을 던지기를 기다리고 있었다.

"나뭇조각을 던져도 될까요?"

내가 물었다.

"그럼요."

조각을 멀리 던지자 개가 쫓아 달려갔다. 돌아보니 톰이 나를 보고 있었다. 나는 허벅지에 묻은 모래를 털고 그에게 걸어갔다.

"무슨 일이야?"

내가 돌아오자 톰이 물었다.

"뭐가?"

"저 식스 팩 남자는 누구야?"

"식스 팩?"

"저기 있는 근육질 남자 말이야."

그가 손가락으로 가리켰다. 그러자 내 볼에 온기가 퍼져나갔다.

"아, 저 남자? 저 사람 개가 나한테 달려들었었거든."

그는 잠시 의심스러운 눈초리로 날 보더니 웃음을 지었다.

"키스해주면 괜찮아질까?"

• • •

그날 밤 우리는 바비큐를 먹고, 덤불숲에서 들려오는 웃음물총새 울음소리를 배경음악 삼아 스크래블 게임을 했다. 톰과 나는 방이 달랐지만 잘 자라는 인사를 나눈 후 같은 침대에 누울 것이라는 걸 알고 있었다. 곧 문이 열리고 톰이 내 옆으로 다가왔다. 그가 어둠 속에서 웃고 있는 것이 느껴졌다. 나는 웃으며 몸을 돌리고 그의 뺨에 입을 맞췄다.

"언젠가 학교를 그만두고 여기로 이사 오자. 너는 물고기를 잡고 나는 정원에 채소를 가득 심는 거야."

"그럼 네 새 남자 친구와 더 가까워질 수 있겠네?"

"무슨 말이야?"

"신경 쓰지 마."

"아니 설마 지금 해변에서 만난 그 남자를 말하는 거야?"

"뭐? 아니야."

"질투하는 거야?"

나는 그를 놀리며 다시 키스하고 내 손을 그의 따뜻한 가슴에 얹었다.

"농담한 거야, 케이트."

"네가 질투심 많은 남자인지 몰랐어."

나는 그를 올라타고 말했다.

"내가 너만 좋아해서 다행이야."

그는 나를 다시 끌어 내렸다. 그가 나에게 어떤 존재인지 보여주고 싶었고, 윌로우가 내 머릿속에 심으려 했던 의심의 싹을 잘라버리고 싶었다. 우리의 몸은 더욱 밀착했고, 마치 물속에 빠진 것처럼 서로를 강하게 붙잡았다.

"케이트."

그가 어둠 속에서 말했다.

"나…… 나 너를 사랑하는 것 같아."

나도 정말로 사랑한다고 대답하고 싶었지만 말이 입 밖으로 나오지 않았다. 그의 몸이 화가 나서인지 당황해서인지 모르지만 굳어지는 것이 느껴졌다. 그날은, 그날의 저녁은 이때까지 완벽에 가까웠다.

"그럼 증명해봐."

나는 마침내 그 말을 하고 얼굴을 그에게 가까이 가져갔다.

> 이후

22

"누, 누구세요? 어떻게 제 이름을 알고 계시죠?"

햇빛에 탄 얼굴을 보고 나이를 가늠하기는 힘들었지만 눈가가 어둡지 않은 걸로 봐서는 그렇게 나이가 많지는 않은 것 같았다. 차는 길가에서 낮게 소리를 내고 있었다.

"도우려고 온 거야."

그녀는 즐거운 듯이 웃으며 말했다.

"오클랜드로 데려다주실 수 있어요?"

"오클랜드?"

그녀는 웃으며 고개를 저었다.

"오늘은 안 된단다, 얘야."

내가 조금 전까지, 오랫동안 서 있었던 곳을 보며 물었다.

"어디로 가는 거예요?"

긴장한 나머지 목소리가 떨렸다.

"오클랜드는 왜 가려는 거니?"

그녀가 물었다. 나는 그 질문에 대답하지 않고 앞을 바라보기만 했다.

"어디 이상한 곳으로 데려가려는 게 아니야. 그냥 네가 비를 맞고 죽을 것 같아서 태워준 거야."

"제 이름은 어떻게 아셨어요?"

그녀는 나를 보며 다시 웃었다.

"내 아들, 아이소가 네가 마을을 나가는 걸 봤다고 하더구나. 나는 도나라고 한단다."

아무래도 아이소는 짐에 대한 이야기까지는 하지 않은 것 같았다. 내 골판지를 보고 내가 히치하이킹을 할 거라고 아이소와 티리아나가 알게 된 것이다. 아니면 짐도 이 여자를 알고 있는 걸까?

"여기를 떠날 거예요."

내가 말했다.

"에비. 네가 어디로 가든 상관은 없는데, 적어도 비가 그칠 때까지 기다리면 안 되겠니?"

"그 사람 알아요? 짐을 알고 있나요?"

그녀의 표정은 읽을 수가 없었다. 그녀는 길가로 고개를 돌리고 재채기를 한 후에 창을 조금 열어 침을 뱉었다.

"짐? 네 삼촌인가 보구나. 만나본 적은 없지만 본 적은 있지."

그녀는 다시 창을 올렸다.

"외지인이 나타나면 사람들은 의식을 하기 마련이란다. 알겠니?"

그녀는 유턴을 해서 내가 걸어온 방향으로 차를 돌렸다.

"내릴래요."

"에비. 이 날씨에는 위험해. 나중에 내려줄게. 아니면 잠시 차를 세우고 비가 그칠 때까지 차 안에서 기다리는 건 어때. 이렇게 작고 마른 너를 이 빗속에 세워둘 수는 없어."

나는 그녀를 보았다. 작은 빗방울이 차 지붕 위에서 춤을 추고 있었다. 차 안의 작은 스피커에서는 60년대 음악이 흘러나오고 있었다.

"우리 집으로 데려가서 불 앞에 너를 앉혀서 몸을 덥히고, 네 옷도 좀 말려야겠어."

"그거 아세요?"

내가 물었다.

"뭘 말이니?"

"제가 누군지 아세요? 사람들이 제가 무슨 짓을 저질렀다고 생각하는지 아세요?"

그녀의 표정에서는 그 어떤 놀람이나 혼란도 보이지 않았다. 그저 슬픔만이 느껴질 뿐이었다. 하지만 슬픔은 곧 웃음으로 바뀌었고, 그녀가 눈을 반짝이며 물었다.

"네가 무슨 짓을 했는데?"

발작적인 웃음이 이어졌다.

"내가 너를 무서워해야 하는 것처럼 행동하고 있구나."

무슨 뜻일까? 짐이 나를 통제하는 것을 그녀가 도와주고 있는 건 아닐까? 그녀의 집으로 가겠다고 한 것은 아니었지만 반대하기에는 이미 너무 늦은 상황이었다. 차가 속도를 높이자 숨이 가빠졌다. 충분한 공기를 들이마시지 못해 시야가 흐려졌다.

도나는 차의 속도를 낮추고 걱정스러운 눈으로 나를 보았다.

"왜 그러니? 괜찮아?"

나는 손잡이를 잡고 돌렸다. 문이 열리고 곧바로 내 몸이 굴러떨어졌다. 자갈이 망치처럼 나를 때렸다. 나는 계속해서 굴렀다. 입고 있던 옷이 여기저기에 걸리고 찢어졌다. 차가 빗길에 미끄러지면서 돌이 날아왔다. 팔꿈치가 아팠다. 혼자 일어서기 전에 도나가 나를 일으켜 세워 팔로 감싸 안았다.

"괜찮아, 에비. 괜찮단다. 내가 잡아줄게. 왜 그러니, 얘야? 뭐가 그렇게 무서운 거야?"

"집에 가야 해요."

"집에 데려다줄게. 괜찮아."

"우리 집은 멜버른에 있어요."

도나의 눈이 빛났고 입꼬리는 슬픈 듯 밑으로 처졌다. 그녀는 떨고 있었다. 정신을 차려보니 도나가 나를 조수석으로 데려가고 있었다. 자리에 앉자 그녀는 자갈길 위에 쪼그려 앉아 내 눈을 들여다보며 내 손을 잡았다. 트럭 한 대가 지나가니 내가 탄 차가 흔들렸다.

"내가 안전하고 따뜻한 곳으로 데려가줄게. 연락하고 싶은 사람 있어? 네 삼촌한테 연락할래?"

"아니요."

"음. 나는 너를 도와주려고 하는 거야. 그럼 집까지 태워다주련?"

나는 고개를 저으며 울기 시작했다.

"괜찮아."

그녀는 문을 닫고 차의 보닛 쪽으로 돌아가 운전석에 앉았다.

"네가 결정할 때까지 잠시 여기에 앉아 있자."

도나는 히터를 틀고 라디오를 켰다. 히터 바람이 내 볼의 눈물을 말려주었다. 라디오에서 흘러나오는 여자 목소리가 노래 제목이 '미풍'이라고 알려주었다. 나는 도나에게 말했다.

"그냥 천천히 가주세요."

"좋아."

그녀는 고개를 갸우뚱했다.

"집에서 무슨 일 있었니? 하고 싶은 얘기가 있으면 하렴."

그들은 어디든 따라올 것이다.

"아니요. 그냥 오클랜드에 가야 해요. 그게 다예요."

"우선 네 몸을 녹이고 옷을 말리자꾸나. 그런데 에비는 에블린의 줄임말이니?"

왜 이런 걸 물어보는 걸까? 그러는 사이 차는 도로를 미끄러져 나갔다.

"그냥 에비라고 불러주세요."

우리는 곧 마케투로 돌아왔다. 피시앤칩스 가게 옆에 차를 세우고 안개 속에서 바다를 바라보았다. 앞 유리 와이퍼에서 위잉 하는 소리가 났다.

"그래, 넌 언덕 위에서 살지?"

"네."

나는 팔꿈치를 움켜잡았다. 길가에서 굴렀을 때의 통증이 아직 남아 있었다.

"주소가 어떻게 되니?"

"몰라요."

거기로 돌아갈 수는 없었다. 짐을 마주할 자신이 없었다.

"우리 집으로 가서 준비가 되면 집에 데려다줄게."

그녀는 어귀를 돌아 내가 가보지 않았던 길로 차를 몰았다. 방목지에 있던 염소 한 마리가 고개를 들어 지나가는 우리를 쳐다봤다. 차가 높이 올라가니 주위에 전원의 풍경이 펼쳐졌다. 나는 우리 집이 있는 언덕의 맞은편에 와 있었다. 얼마 안 있어 도나가 차를 세우고 빗속으로 걸어 나가 철사로 기둥에 고정되어 있던 문을 열었다. 그러고는 다시 차로 돌아와 한적한 진입로로 들어섰다.

"어서 와."

그녀는 옅은 색의 작은 집 옆에 차를 주차시키고 말했다.

그 집의 마당은 평평하고 잔디가 무성하게 자라 있었으며 조화들이 곳곳에 심어져 있었다. 그 외에도 도자기 조각상과 오래된 녹슨 그네가 있었다. 정문에 달려 있는 풍경에서 딸랑 하는 소리가 났다.

도나가 열어준 현관문을 통해 집 안으로 들어가자 뒤에서 문이 쾅 소리를 내며 닫혔다. 집 내부는 좁고 어두웠다. 벽은 나무판으로 되어 있었고, 복도를 따라 노란 꽃무늬 벽지 위에 여러 장의 사진이 줄지어 핀으로 꽂혀 있었다. 나는 아이소의 어릴 적 사진 앞에서 발

길을 멈췄다. 사진 속 아이소는 아마 그가 나이가 들면 그렇게 될 것 같은, 그의 것보다 더 크고 튼튼한 손을 잡고 있었다. 아마도 그의 아빠의 손일 것이다. 그 사진을 보고 있자니 아빠 생각이 났다. 아빠가 너무 그리웠다.

또 다른 사진에서 그는 카메라를 향해 물고기 한 마리를 들고 있었다. 엄마와 함께 찍은 사진도 있었다. 한 식당에서 웃고 있는 사진이었는데, 그녀는 지금보다 젊어 보였고, 조금 더 통통한 모습이었다. 또 다른 사진으로 시선을 옮겼다. 카메라에서 멀리 떨어져 있는 아이소가 옆구리에 서핑보드를 낀 채 말을 타고 있었다.

"예나 지금이나 잘생겼지."

아이소가 복도에서 다가오며 말했다. 그는 눈을 감고 활짝 웃으며 앞니 빠진 모습을 자랑스럽게 뽐내는 사진을 가리켰다.

"에비에게 수건 좀 가져다주고, 목욕물도 받아줘."

도나가 말했다.

"전 괜찮아요."

"지금 넌 심각한 저체온증이야. 차에서 떨어졌으니 뼈도 아플 거야."

"떨어졌다고? 세상에, 엄마. 이 불쌍한 애한테 무슨 짓을 한 거야?"

"아, 걱정 마렴. 살짝 정신을 잃었을 뿐이야."

그녀는 나를 보고 말했다.

"이것 봐. 사시나무 떨듯 떨고 있잖아. 네 옷을 주렴. 세탁기에 돌려서 말려야겠다."

"우리 삼촌……"

그녀가 내 말을 끊었다.

"물에 빠져 죽다 살아나온 생쥐 같은 모습의 널 데려다주면 네 삼촌이 나를 잡아 죽이려 들 거야."

도나는 그렇게 말하더니 다시 그 발작하는 듯한 웃음을 터뜨렸다. 아이소도 하얀 이를 드러내며 웃었지만 나는 웃을 수가 없었다.

"걱정 마. 집까지 안전하게 데려다줄게. 삼촌 걱정을 할 거였으면 애초에 그렇게 혼자 나가면 안 됐지."

그의 말 속에는 가시가 있었다.

"이쪽으로 오렴."

도나가 앞서가며 말했다. 그녀를 뒤따라가며 거실을 보았다. 활활 타오르는 난롯가에 꼬리가 있어야 할 부분이 뭉툭한 고양이 한 마리가 누워 있었다. 수프 냄새로 가득한 좁은 복도를 지나 부엌으로 들어갔다. 가스레인지 위에는 냄비와 팬이 걸려 있었고 냉장고에는 자석과 스티커들이 잔뜩 붙어 있었다. 물소리가 들려왔다. 욕조에서 나는 소리 같았다. 나는 욕조에서 목욕을 할 수가 없었다. 어릴 때부터 그랬다.

"욕조에는 안 들어갈 거예요. 하고 싶지 않아요."

그녀는 의자에 기대어 말했다.

"그럼 샤워만 할래?"

나는 변명을 생각했다.

"체스터!"

그녀는 혀를 차면서 통에 든 고기를 빈 접시에 부었다. 고양이가 방울 소리를 내며 뛰어 들어왔다.

"아이소."

도나가 불렀다.

"목욕물은 필요 없어. 에비는 샤워만 할 거야."

아이소가 부엌에 들어와 나에게 수건을 건넸다.

내장이 배배 꼬이는 듯한 느낌이 들었다. 뭔가가 잘못됐다. 만약 이들이 경찰이 도착할 때까지 기다리고 있는 거라면 어떡하지? 아니, 더 안 좋은 일이 일어나면 어떡하지?

"잘 모르겠어요……."

도나는 내 말을 끊고 말했다.

"바보 같은 소리 마, 에비. 샤워가 끝날 때면 옷도 거의 다 마를 거야. 그러고 난 다음 집에 데려다줄게."

아이소가 욕실로 안내해주었고 나는 그곳에 들어가 문을 잠갔다. 발톱 모양의 다리가 달린 욕조에 반 정도 물이 차 있었고, 뿌연 유리창에는 김이 서려 있었다. 구석에서는 촛불이 깜박거렸다. 옷을 벗자마자 노크 소리가 들려와 수건으로 몸을 감싸고 문을 열었다. 아이소의 엄마였다. 그녀가 들어와 내 젖은 옷을 챙겼다.

"이 옷은 가져갈게. 차 한 잔 마시겠니? 수프라도 줄까?"

"괜찮아요. 감사합니다. 이미 충분히 도와주셨는걸요."

그리고 문이 닫혔다. 이제 몸에 걸칠 옷도 없었다. 밖에서 엄마와 아들이 대화를 주고받는 소리가 들렸다.

나는 물이 뜨거워질 때까지 기다렸다. 뜨거운 물을 끼얹으니 기분이 좋았다. 물이 내 배를 덥히고, 허벅지의 분홍색 흉터를 지나 다리로 흘러내렸다. 벌써 시퍼렇게 된 팔꿈치의 멍을 만지니 통증이 일었다.

향초에서 묘한 향이 풍겼다. 물을 뚝뚝 흘리며 샤워기에서 나와 몸을 앞으로 기대 물을 털어냈다. 나는 분명히 도망쳤다. 하지만 나는 아직 마케투에 있었다. 아마 도나가 나를 다시 데려다줄 것이다. 그러면 다시 히치하이킹을 할 수 있을 터이다. 하지만 빠르게 달리는 차 안에서 느꼈던 공포가 나를 짓눌렀다. 내가 과연 모르는 사람의 차에 다시 탈 수 있을까? 그때 갑자기 한 기억이 떠올랐다. 기억 속에서 나는 운전을 하고 있었다. 그리고 다음 순간에는 밖에 나와 있었다. 누군가가 누워 있었고, 그 머리 주위에는 피가 흥건했다. 이 기억 속에서 짐은 손에 무언가를 들고 있었다.

'그를 믿지 마.'

갑자기 목이 메었다. 나는 다시 뜨거운 물속으로 들어갔다. 그리고 그와 거의 동시에 불이 꺼졌다. 어둠이 깔리고 밖에서 천둥이 쳤다. 심장이 크게 뛰었고 숨이 가빠졌다.

"무슨 일이에요?"

나는 소리쳤다. 아주 연약해서 불쌍하기까지 한 목소리로.

"무슨 일이에요?"

"괜찮니?"

"불이…… 앞이 보이지 않아요."

"전기가 나갔어."

바람 소리가 거셌다. 복도에서 문을 두드리는 소리가 났다. 나는 샤워기를 잠그고 수건을 두른 채 밖으로 나갔다.

방 안은 어둠으로 가득 차 있었다. 칠흑 같은 암흑 속에서 오로지 서리 낀 창문만 빛나고 있었다. 밤이 깊어지면서 폭풍도 거세졌다. 두려움이 엄습해왔다. 나는 문을 열고 뒷걸음질 쳤다. 아이소의 엄마가 얼굴 가까이 촛불을 들고 서 있었다.

"전기가 나가는 바람에 건조기를 쓸 수가 없구나. 지금은 이 옷을 입고 있으렴."

그녀가 회색 점퍼와 군청색 바지를 나에게 건넸다. 무언가가 내 발을 건드렸다. 뒤로 물러나며 내려다보니 고양이었다. 나는 고양이를 저 멀리 차버리고 싶은 욕구를 억눌렀다.

"저리 가, 체스터."

고양이는 몸을 배배 꼬며 도나의 다리에 몸을 문질렀다.

"이제 가야겠어요."

내가 말했다. 그녀의 표정이 일순간 변했다가 다시 원래 표정으로 돌아왔다.

"그래야지. 이제 이 옷을 입으렴."

나는 그녀가 나갈 때까지 기다렸다가 문을 닫고 바지와 점퍼를 입었다. 문을 여니 그녀가 또다시 복도에서 기다리고 있었다.

진입로 길을 따라 차가 돌 위를 지나가는 소리가 들렸다. 그녀는 고개를 문으로 돌리더니 다시 부엌으로 시선을 돌렸다.

"여기서 기다리고 있으렴."

그녀는 아주 빠른 몸놀림으로 복도를 지나 문을 열고 밖으로 나가서 문을 반 정도 닫았다. 목소리가 들려왔지만 누구인지 알 수 없었다.

나는 거실로 갔다. 아이소는 없었다. 가방을 어깨에 메고 욕실을 지나 복도를 조심조심 걸어갔다. 부엌 뒤의 세탁실 근처에 뒷문이 있었다. 건조기는 아직도 축축한 옷들로 가득했다. 나는 가방에 옷들을 구겨 넣고 뒷문으로 달려갔다.

밖으로 나와 어디로 갈지 생각도 않고 달리기 시작했다. 담장을 뛰어넘어 도로로 나왔다. 근처 방목지에서 땅을 파던 플란넬 셔츠를 입은 남자가 내가 지나가자 고개를 들었다. 그의 눈에는 내가 미치광이 같은 눈매에 맨발로 나다니는 유령으로 비춰질지도 모르겠다. 나는 뒤돌아보지 않았다. 자갈길을 달리고 또 달렸다.

23

집 안의 불은 꺼져 있었다. 짐의 차도 보이지 않았다. 앞문을 열어보았다. 이제 이 집에는 돌아오지 않을 거라 생각해서 열쇠를 부엌 의자에 놓고 잠그지 않은 채로 나왔기 때문에 문은 그냥 열렸다.

안으로 들어가자 거실 어두운 구석에서 보가 맹렬히 짖다가 환영한다는 표시로 나에게 뛰어들었다. 맨발로 뛰어온 탓에 발은 흙투성이가 되어 있었고 감각이 없었다. 방들을 살펴보니 짐이 집에 돌아온 것 같지는 않았다. 나는 젖은 옷을 내 방 커튼레일에 걸고 거실로 돌아와 불을 피웠다. 아이소의 엄마가 빌려준 옷을 벗고 서랍에서 내 옷을 꺼내 갈아입은 후, 재빨리 짐의 방에 들어가 침대를 정리하고 물건들을 제자리로 돌려놨다.

보에게 밥을 주고 방에 들어와 침대에 올라가 이불을 턱까지 끌어당겼다. 읽고 있던 책은 여전히 탁자 옆에 놓여 있었다.

'그를 믿지 마.'

밖에는 거센 폭풍이 몰아치고 있었다.

나는 우리가 도착했던 날 그가 말해준 것을 믿는다. 공항에서 차를 타고 오는 길에 그는 내 모습을 바꾸고, 사람들이 나를 알아볼 수 없도록 무슨 일이든 하겠다고 했다.

'케이트, 가장 중요한 건 숨어서 아무도 모르게 지내는 거야.'

그래서 내가 가위로 머리카락을 마구 자른 것이다. 하지만 그렇다고 해서 이렇게까지 다 밀어버릴 필요는 없었다. 그는 자기도 모르게 마음속으로 내 행동에 대한 벌을 주고 싶었던 것이다. 그는 평소처럼 자신의 행동을 정당화하려고 그럴듯한 논리를 펼 것이다. 그는 자신의 거짓말을 숨기기 위해서 말의 미묘한 차이도 찾아내려 할 것이다.

●●●

시간이 얼마나 지난 걸까. 어두컴컴한 내 방에서 잠이 깼다. 전등 스위치를 켰지만 불이 들어오지 않았다. 폭풍은 가라앉았지만 전기는 들어오지 않은 것 같았다. 커튼을 젖히니 파란 저녁 하늘이 보였다. 책의 내용을 확인할 수 있을 만큼 밝았기에 다른 메시지가 있나 싶어 책을 천천히 끝까지 넘겨보았다. 하지만 특별한 것은 찾지 못했다. 이번에는 일기장을 펼쳐 들었다. 곳곳에 빠진 이처럼 찢겨진 페이지들이 있었다. 화가 나서 그랬는지 여백 페이지에 써진 글씨에는 구멍이 뚫려 있었다. 하나는 잉크로 쓴, 하나는 들여쓰기를 한 두 쌍의 글이 적혀 있었다. 휘갈겨 쓴 기울어진 글씨가 페이지를 메우고 있었다. 모든 단어에 분노가 담겨 있었다.

그가 나를 배신했다. 내 인생을 망쳤다. 나는 다시는 그를 믿지 않을 것이다.

나는 일기장을 침대 밑으로 던지고, 창문 너머 마을을 바라보았다. 구름을 뚫고 나온 밝은 별 아래 반짝이는 바다가 보였다.

조용히 방을 나와 복도를 지나 거실로 갔다. 노트북이 책상 위에 있는 걸 보니 짐이 돌아온 모양이었다. 나는 서서 귀를 기울였다. 그의 방 안에서 깊게 잠든 사람의 숨소리가 들렸다. 나는 미닫이문으로 가서 차가운 유리에 코가 닿아 눌려질 만큼 가까이 서서 밤의 장막이 드리워진 밖을 바라보았다.

이제껏 심한 외로움을 느꼈던 적은 없었다. 언제나 의지할 수 있는 톰이 곁에 있었다. 톰의 가족이 생각났다. 그들은 톰에 대해서 어떻게 생각하고 있을까? 그리고 나에 대해서는 어떻게 생각할까? 그들의 삶은 지금은 달라졌을까? 나는 그들 모두가 계속 나아가고 있다고 상상한다. 떠나올 때 그대로의 모습으로 사는 사람은 없다. 사람들은 계속 변화하면서 살아간다. 윌로우도 어떻게 지내는지 궁금했다.

짐의 책상 위에 있는 노트북을 열었다. 화면이 켜지자 작은 사각형 속 짐의 얼굴이 나를 바라보았다. 비밀번호 없이는 더 이상 나아갈 수가 없었다. 비밀번호는 분명 대문자와 특수문자가 뒤섞인 복잡한 것일 거다. 게시판에 접속했던 밤에 슬쩍 본 비밀번호에 대문자 P와 E가 들어갔던 건 기억이 나지만 그것 이외에 어떤 글자가 들어갈지는 감조차 오지 않았다. 비밀번호를 치던 그의 손 모양을 생각해봤다. 책상 위 무언가가 컴퓨터의 불빛을 받아 반짝거리며 내 눈길을 끌었다. 그것은 짐의 일기였다. 나는 오늘 날짜를 펴봤다. 거실은 쌀쌀했지만 내 셔츠는 땀에 흥건히 젖어 있었다. 일부러 이 일기장을 여기에 둔 걸까? 아니면 실수일까? 나는 일기의 첫 부분을 읽었다. 짧은 토막 메모 같기도 하고 암호 같기도 했다.

8월 22일 수요일

사생활 침해. 폴에게 이메일 보내기

트라우마 인지행동치료

분노로 실신 / 간헐적 분노조절장애

믿을 만한 방어기제?

나는 페이지를 넘기며 날짜를 살폈다. 그의 일기에는 장작 패기나 채소 심기같이 우리가 한 일들이 적혀 있었고 딱히 이상한 것은 없었다. 나는 우리가 호주를 떠났던 그 주로 페이지를 넘겼다.

뇌에 트라우마를 일으킬 수 있는 것들, 세 부분에 금이 간 두개골,

쇄골 주위와 오른쪽 어깨의 멍

차 사고

기절 (약 안 함 / 술 안 함)

공격

1일 차 의심스러운 기절을 보도하는 미디어. 2일 차 폭행. 차가 관련됨.

벤츠 차 안에/위에 벽돌 가루? 피가 튀었을까? DNA

현장, 전화 기록, 카메라와 케이트의 연결 방법?

나는 책상을 살펴보았다. 발밑에 있던 노트북 가방을 노트북 불빛로 비추어 열었다. 안에는 편지 몇 개, 종이 뭉치, 펜이 들어 있었고, 중요한 것은 없었다. 그러던 중 뭔가를 찾았다. 손으로 짧게 쓴 편지였다. 아래쪽을 살펴보니 이 편지를 보낸 것은 톰이었다.

케이트에게,

아직도 네가 화가 나 있고 두려워한다는 거 알아. 그리고 어느 누구도 만나고 싶어 하지 않는 것도 알아. 하지만 걱정이 돼. 지난번에 봤을 때 네가 아주 심하게 화를 냈잖아. 나는 이 모든 사태에 대해서 너와 이야기를 나누고 싶어. 그리고 너를 돕고 싶어. 우리 둘 모두 곤란한 처지지만 그렇게 눈 감고 이 일이 지나가기만을 바라면 안 될 것 같아.

전화를 받거나 메시지를 보내줘. 아니면 적어도 온라인상에서라도 괜찮다는 표시를 해줘. 네가 걱정돼.

톰

이 편지는 어디서 난 걸까? 짐은 지금까지 이 편지를 숨겨온 걸까? 왜 그는 편지를 바로 보여주지 않았을까? 그때 밖에서 소리가 나 소스라치게 놀랐다. 유리가 깨지는 소리였을까? 보가 짖기 시작했고, 짐의 방문이 열리는 소리가 났다. 나는 편지를 서둘러 그의 가방에 구겨 넣었다.

"젠장."

그가 중얼거렸다. 나는 의자에서 미끄러져 내려가 책상 아래로 몸을 웅크려 숨었다. 공포가 나의 온몸을 휘감았다. 복도를 걸어오는 발소리가 들리고, 희미한 불빛 아래서 그가 손에 뭔가를 들고 부엌을 지나는 것이 보였다. 전등의 스위치를 눌렀지만 작동이 되지 않았다. 그가 서랍을 열었다가 닫았다. 아무래도 손전등을 찾은 것 같았다. 그는 문을 향해 불빛을 쏘았다. 그의 다른 손에 들린 물건을 보고 나는 숨을 삼켰다. 총열이 길고, 개머리판이 두꺼운 총이었다.

그때 보가 나에게로 다가왔다.

'저리 가.'

"침대로 가."

짐은 내 앞을 가로막고 있는 보에게 말했다. 이 개는 자신이 나를 보호하고 있다는 것을 알고 있을까? 나는 손으로 팔을 꽉 움켜잡고 숨을 멈췄다. 앞문이 살짝 열렸다. 그는 안개 속으로 전등을 비췄다.

"개처럼 그렇게 나무 덤불 속에 숨을 거요?"

그의 목소리가 조용한 가운데 울려 퍼졌다. 하지만 대답은 없었다. 들려오는 건 오로지 내 심장 소리뿐이었다.

"이리 나와. 당장."

그의 목소리가 점점 커졌다. 지금이면 들키지 않고 방으로 갈 수 있다. 나는 컴퓨터 의자를 뒤로 살살 밀고 책상 밑에서 기어 나왔다.

'그들이 짐을 잡아가면 어떡하지? 그들이 짐을 다치게 하면 어떡하지?'

나는 복도로 달려갔다.

"나를 그냥 내버려둬. 이제 그만해."

내가 방문을 열어두었던가? 나는 방문을 조용히 닫고 숨을 멈췄다. 그의 목소리가 여전히 들려왔다. 일정하지 않은 중얼대는 소리가 들려왔다. 다른 사람의 목소리일까? 아니면 그의 목소리일까?

낮게 빵 하고 울려 퍼지는 총소리가 난 뒤 또 한 번의 총성이 들려왔다.

"다시는 오지 마."

그가 소리쳤다. 쓰레기통을 바로 세우는 소리. 그건 쓰레기통이 넘어지는 소리 같았다.

나는 어둠 속에 누워 눈을 뜨고 현관문 소리를 기다렸다. 마침내 현관문이 열리고 닫히는 소리가 들려왔고, 걸쇠를 거는 소리와 도어체인이 달그락거리는 소리가 들려왔다. 복도에서 그의 발소리가 났다. 두 가지 생각이 나의 머릿속을 어지럽혔다. 첫째, 그는 톰의 편지를 나에게서 감췄다. 둘째, 그는 총을 가지고 있다.

● ● ●

아침에 일어나니 어제 도나의 차에서 굴러떨어져 다친 팔꿈치가 쑤셨다. 짐은 튄 피와 DNA에 대해 일기에 적었고, 나와 그 장면을 연결할 방법을 고심하고 있었다. 그는 톰이 보낸 편지도 갖고 있다. 증거가 차곡차곡 쌓여가고 있었다. 그를 믿을 수 없었다. 그는 나와 게임을 하고 있는 것이다.

아침을 먹을 때 부엌을 돌아다니는 그의 모습을 마주할 자신이 없었다. 굳게 다문 입도 제대로 바라볼 수가 없었다. 문 옆에 도끼 한 자루가 기대어져 있었다. 분명 전날에는 없었던 물건이다. 여전히 전화며 날카로운 물건은 코빼기도 보이지 않았다. 아침을 다 먹은 뒤 소매를 걷고 설거지를 했다. 그때 갑자기 날카로운 가시처럼 한 가지 사실이 나의 뇌리를 찔렀다.

'그에겐 총이 있어.'

짐은 자기 책상으로 걸어갔다.

"케이트. 이리 와봐."

그는 내가 도망치려 했다는 사실을 알고 있는 걸까? 아니면 내가 염탐한 것을 알고 있을까?

나는 조심히 걸어갔다.

"무슨 일인데요?"

"오늘은 기분이 좀 어때?"

"괜찮아요."

나는 억지로 웃음을 지었다.

“매일 대답이 다르네. 어쨌든 오늘은 기분이 괜찮다는 거지?”

“네, 괘…… 괜찮아요.”

미소를 유지하려 애썼다. 그가 고개를 끄덕이더니 내 팔을 보았다.

“젠장. 팔꿈치는 왜 그래?”

자줏빛 멍이 퍼져 있었다. 나는 소매를 끌어 내렸다.

“샤워하고 나오다가 미끄러졌어요.”

그는 입술을 깨물며 턱을 손가락으로 두드렸다. 그리곤 마치 구멍이라도 뚫을 기세로 나를 주시했다.

“정말 그랬어? 샤워하다 나오면서 다친 거야?”

“네. 매트도 안 깔고 젖은 타일을 조심성 없이 밟았지 뭐예요. 바보 같네요.”

“그래. 다음부터는 조심해.”

그는 다가와서 내 이마에 키스했다. 몸이 굳었지만 그를 밀쳐내지는 않았다.

“그들이 우리를 찾아냈어. 하지만 한 명이야. 그 정도는 내가 처리할 수 있을 것 같아.”

“어떻게 알아요? 너무 확신하는 거 아니에요?”

“그를 봤으니까.”

“누구요?”

다급하게 물었다.

“누군데요?”

"아무도 아냐. 젠장, 케이트. 이래서 내가 말을 안 한 거야. 나를 믿으라고. 그 남자는 문제가 되지 않아. 곧 사라질 테니까. 하지만 그동안은 너도 각별히 조심해야 해. 가능한 한 집 밖으로 나가지 마. 그리고 모르는 사람과 절대 말하지도 말고."

"알겠어요. 그럼 우린 안전한 거예요?"

"물론이지. 다른 사람은 몰라도 너는 내가 안전하게 지킬 거야."

짐이 이제 한 발 물러서서 내 팔을 잡았다.

"케이트, 다른 할 말이 있어."

"뭐, 뭔데요?"

나는 충격이 덮쳐올 것에 대한 대비를 했다.

"어젯밤에……"

그가 침을 삼켰다.

"그들이 생명 유지 장치를 껐어."

내 안에서 블랙홀이 열렸다. 나는 그에게로 쓰러졌다.

아침 내내, 그리고 오후까지도 계속 울었다. 짐은 나를 위로해주지 못했다. 그도 그럴 것이 슬픔이 지나간 자리에는 분노가, 그를 향한 분노가 자리 잡았기 때문이다.

소파에 누워 담요를 몸에 둘둘 감쌌다. 보의 옆에서 나는 울음을 그쳤다.

'그를 믿지 마.'

짐이 또 거짓말을 했을 수도 있다. 그는 내가 살인을 했다고 믿게 하려는 것이다. 창밖의 만을 바라보고 있던 그가 내게 다가와 소파 끄트머리에 앉았다.

“기분은 좀 괜찮아? 언젠가는 벌어질 일이라는 걸 알고 있었잖아. 그렇지?”

나는 고개를 끄덕였다.

“지금은 괜찮아요. 그냥 좀 충격을 받았던 것뿐이에요.”

“착하구나.”

그는 다시 밖으로 시선을 돌렸다. 안개가 걷혀 날씨는 맑았다.

“네가 그럴 기분이 아니라는 건 잘 알지만, 삽을 들고 채소밭을 일구는 건 어때. 몸을 움직이는 게 도움이 될 거야.”

“그럴지도 모르겠네요.”

내가 대답했다.

“좋아. 좀 이따 올게. 필요한 게 있으면 문을 두드리기만 하면 돼.”

그는 다른 말 없이 일어나서 뒷문을 열고 마당을 가로질러 창고 안으로 사라졌다.

열쇠는 서랍 아래 틈새에 있다. 운전만 할 줄 안다면 어디든 갈 수 있을 것이다. 렌터카는 벤츠와 그렇게 많이 다르지 않다. 하지만 다음에 탈출할 때는 더 준비를 해야 할 것이다. 여권도 준비하고 충분한 돈도 마련하고 현실적인 계획을 세워야 한다.

짐이 창고에 들어간 후 그의 방을 다시 뒤지기 시작했다. 서랍을 열어 조심스럽게 그의 속옷과 양말을 들어 올리고, 셔츠와 바지를 살펴보고 다시 제자리에 놓았다. 그리고 옷장 속 셔츠를 털어보기도 하고 신발 사이를 더듬어보기도 했다. 방을 뒤지던 중 뒷문이 열리는 소리가 들려왔다. 침대 밑에는 아무것도 없었다. 침대 옆 탁자 위에 있는 책을 훑어보았다.《선택의 심리학》,《어려움을 겪는 청소년을 이해하고 돕는 방법》,《인지 행동 치료》,《억압된 기억에 대한 신화》라는 책이 보였다. 그중에《빠르고 느리게 생각하기》란 책을 펴 몇 쪽을 넘겨보았지만 내용을 이해할 수 없었다. 두꺼운 학술서적 가운데 비교적 얇은 책이 있었다.《거짓 기억 유도하기 : 기억의 오류에 대하여》라는 책이었다. 유일하게 책갈피가 끼워져 있는 책이었다. 그가 읽고 있던 책이 분명했다. 그 책을 가져와 내 침대 밑에 숨겼다. 그러고는 창고를 한 번 더 흘낏 본 다음 짐의 방을 다시 뒤지기 시작했다. 하지만 그의 방에는 아무것도 없었다. 총도, 현금이나 신용카드도, 내 여권조차 없었다.

침대보를 바로 한 뒤 셔츠를 옷장 가운데에 다시 넣고 마당으로 내려와 삽을 들고 땅을 파기 시작했다.

고통, 반복, 숨 쉬기로 이루어진 땅 파기는 일종의 명상과 같다. 그것은 마음을 풀어주는 작업이다. 사각형 모양으로 계속 흙을 파헤치는 내 모습을 보가 베란다에서 지켜보고 있었다. 엄지손가락 아래에 물집이 생기고, 굳은살이 터져서 손바닥 주름 사이로 피가 고였다.

여기에 온 이후 있었던 일들을 생각해봤다. 돌을 던진 아이들, 세 발 달린 개. 차로 남자아이를 칠 뻔했던 짐, 검은 옷을 입은 남자, 나를 곁눈질로 보던 아이소의 엄마. 그리고 이보다 더 전에 있었던 일들도 생각했다. 톰에게 반했던 일, 샐리에게 상처를 주었던 일, 아빠와 톰의 부모님이 만났던 일. 윌로우 집에서 오후를 보냈던 일, 그리고 그 동영상…….

새로 생긴 물집이 터지고 물이 새어나왔다. 손에 감각이 없어졌고, 등과 어깨가 욱신거렸다. 아드레날린이 뿜어져 나왔다. 화가 나고 몸이 떨렸다.

'그들이 생명 유지 장치를 껐어.'

케이트, 집중해서 떠올리는 거야. 전조등에 모습이 비쳤다. 남자였다. 한 남자가 차가 있는 곳으로 달려들었다. 그 남자는 넘어지고 머리를 연석에 부딪혔다. 그의 몸이 튀어 올라…… 아니. 이건 내가 만들어낸 상상일 뿐이다. 어쨌든 짐에게 책임이 있는 것은 분명하다. 그걸 증명할 방법이 필요하다.

짐이 왔을 때는 피로 때문에 근육이 아팠지만 기분은 좋았다.

"여기서 뭐 하고 있는 거야?"

"땅을 팠어요."

"중간에 그만했어야지."

나는 어깨를 으쓱했다. 이 일에는 어딘지 모를 중독성이 있었다. 나는 다시금 삽을 들었다. 그러자 짐이 재빨리 삽을 낚아채며 말했다.

"이제 그만해."

"그들은 내가 그를 죽였다고 생각하죠?"

짐이 고개를 떨궜다.

"아, 케이트……."

"무슨 일이 있었는지 확실히 말해줘요. 감당할 수 있어요. 내가 죽였다고 생각하는 거예요?"

"아, 젠장. 뭘 기억하는 거야? 네 잘못이 아니야. 그것만은 알아둬."

"하지만 사실이잖아요. 그들이 우리를 쫓아오는 이유는 당신이 내가 그 일을 저질렀다고 믿게 해서 그런 거잖아요."

내가 한 말이라고 믿기 힘든 신랄한 비난의 말들이 내 입에서 쏟아져 나왔다. 우리가 서로를 노려보고 있던 때였다. 문을 두드리는 소리가 나고 덩달아 보가 짖기 시작했다. 누군가가 온 것이다. 그는 집을 향해 고개를 끄덕였고 나는 재빨리 계단을 올라가 내 방으로 들어갔다. 들어가자마자 눈물이 핑 돌았다. 그때 현관문이 열렸다.

"누구세요?"

"안녕하세요. 별일 없으시죠?"

"괜찮습니다. 무슨 일로 오셨나요?"

조용히 묻는다.

"에비를 만나고 싶어서요. 집에 있어요?"

"에비요?"

"네."

방문자는 아이소였다. 짐과 아이소는 서로 어색하게 인사를 주고받았다.

'제기랄. 제발 말하지 마. 내가 도망쳤다고 말하지 말아줘.'

"에비라."

짐은 이름을 반복해서 되뇌더니 한동안 아무 말도 하지 않았다.

"아, 밖에서 얘기할까요? 괜찮겠죠?"

문은 닫혔지만 나는 살금살금 복도를 지나 벽에 귀를 댔다. 하지만 밖에서 말하는 소리는 거의 들리지 않아서 그들이 무슨 이야기를 하는지는 알 수가 없었다.

'그들은 나를 살인자라고 생각하고 있다. 세상 사람들은 내가 사람을 죽였다고 생각한다.'

둘은 아직도 밖에서 이야기 중이었다. 5분, 아니 그보다 더 지났을 것이다. 나에 대해서 어떤 이야기를 하고 있을까? 마침내 문이 열리고 짐이 그 자리에 서서 나를 바라보았다. 그리고는 눈썹을 치켜올리며 말했다.

"네 친구야?"

나는 관심 없는 척 어깨를 으쓱했다.

"화를 내는 게 아니야, 케이트."

이제 그는 이를 드러내며 웃기까지 했다. 그럼에도 그 모습을 보니 조금은 정상처럼 느껴졌다. 그는 구급상자를 가져와 조심스럽게 손의 물집을 닦고 반창고를 붙여주었다.

"너 요새 행동이 조금 별나더라. 약은 잘 먹고 있는 거지?"

나는 팔뚝으로 짧은 머리카락이 난 머리통을 긁었다. 그는 무엇을 알고 있을까?

"잘 먹고 있어요."

"정말이지, 케이트? 거짓말하면 안 돼."

나는 고개를 끄덕였다.

"정말이에요."

• • •

그날 오후 우리는 곶까지 함께 산책했다. 보는 군데군데 자라난 잔디에 코를 대고 킁킁거리다가 종종 멈춰서 울타리와 전봇대에 대고 다리를 올리기도 했다.

돌아오는 길에 해변에서 올라오는 두 명의 아이들과 마주쳤다. 아이들의 손에는 홍합이 가득 담긴 비닐봉지가 들려 있었다. 그중 나이가 많아 보이는 소년이 얼굴을 조금 찡그렸지만 아무 말 없이 지나쳐갔다. 그런데 어린 쪽 아이가 내게 말을 걸어왔다.

"안녕, 케이트."

뒤돌아보니 그 아이는 아휘나였다. 그녀의 오른쪽 눈은 멍이 들어 있었다. 그녀는 작게 고개를 끄덕이고는 계속 걸어갔다.

다시 몸을 돌리자 짐이 걸음을 멈추고 나를 보고 있었다.

"케이트."

그는 꼬마들에게서 시선을 떼지 않고 조용히 말했다.

"저 아이가 너를 케이트라고 불렀어."

나는 무시하고 계속 걸었지만 그가 내 손목을 낚아챘다.

"쟤가 어떻게 네 이름을 알지?"

"어쩌다 보니 말하게 됐어요."

"언제?"

"몰라요. 일주일 전인가?"

그는 입술을 굳게 다물고 고개를 저었다.

"이런 빌어먹을. 생각 좀 하고 살 수는 없어, 케이트? 나는 이 난관을 빠져나오려고 갖은 애를 쓰는데, 너는 이렇게 아무렇게나 행동하는 거야?"

"쟤는 그냥 어린애예요."

"어린애들은 아무 말이나 다 떠벌리고 다녀, 케이트. 네가 잘 모르는 것 같아서 하는 말이야. 쟤가 혹시라도 자기 부모에게 네 진짜 이름을 말하면 어쩌려고? 그러다가 왜 네가 본인을 에비라고 하는지 궁금해하기라도 하면 어쩔 건데?"

"미안해요."

그는 한숨을 쉬고는 화를 거두었다. 우리는 다시 걷기 시작했다.

"그 아이 눈 봤어?"

그가 물었다. 나는 아무 말도 하지 않았지만 그 멍이 어떻게 생겼는지는 알고 있다. 그 아이의 아빠가 한 짓이다. 내가 도망칠 때, 아휘나도 함께 데리고 갈 수 있을까?

"누군가 그 애를 때리는 거예요."

내가 말했다. 집에 도착하자 짐이 담장에 쳐놓은 철사 사이를 벌려 내가 안으로 들어갈 수 있게 해주었다.

"아무래도 케이트 네 말이 맞는 것 같아."

"누군가가 도와줘야 할까요?"

내가 말했다.

"우리가 상관할 일이 아니야."

"하지만……"

"됐어, 케이트. 더 이상 듣고 싶지 않아. 내 유일한 걱정은 너를 안전하게 지키는 거야. 그리고 그게 너의 유일한 관심사여야 하기도 해. 누군가가 죽었어. 이 사실이 그냥 사라질 것 같아?"

그는 잠시 현관문에 멈춰 섰다.

"쉿."

짐이 갑작스럽게 경계 태세를 취했다. 줄에 묶인 보가 낑낑거렸다. 짐이 밀자 문이 끽 하는 소리를 내며 열렸다. 그는 손으로 나에게 그 자리에 가만히 있으라는 신호를 보냈다. 그는 신발을 벗고 조용히 집 안으로 들어가 문 옆에 세워놓은 도끼를 들었다. 그가 돌아다니는 소리, 문을 열고 방을 확인하는 소리가 들려왔다. 처음 듣는 목소리가 나거나 싸우는 소리가 날까 싶었는데 아무 소리도 들리지 않았다. 잠시 후 짐이 돌아왔다.

"뭐예요?"

내가 물었다.

"문이 열려 있었어. 그리고……"

그가 말을 멈췄다.

"여기 이것 좀 봐."

그는 부엌 바닥에 난 자국을 가리켰다. 발자국 두세 개가 찍혀 있었다. 아이소의 집에서 도망쳐 와서 진흙이 잔뜩 묻은 맨발로 들어왔을 때 생긴 것일까?

"나갈 때 문 잠그지 않았어? 우리가 나갈 때 문을 안 잠갔나?"

"몰라요."

그는 붉으락푸르락해진 얼굴로 이를 악물며 말했다.

"네가 제일 마지막에 나왔잖아, 케이트. 기억 좀 해봐."

나는 항변하고 싶었다. 가장 마지막에 나온 사람은 내가 아니고 당신이라고. 문을 잠그지 않고 나온 사람은 바로 당신이라고.

"네 물건 중에 없어진 건 없는지 한번 봐봐."

그의 신경이 날카롭게 곤두서 있었다. 조만간 버럭 화를 낼 태세였다.

'미친 사람은 누구일까, 나일까, 짐일까?'

내 방은 똑같아 보였지만 아무도 들어오지 않았다고 장담할 수는 없었다. 바닥은 깨끗했고 침대도 정리돼 있었다. 책도 침대 옆 탁자에 그대로 올려져 있었다. 나는 표시된 페이지를 펼쳤다가 다시 닫았다. 누가 이 메시지를 보낸 걸까? '죽음만이 유일한 탈출구. 결코 네게 상처를 주려고 했던 게 아니야.' 나는 침대에 누워 천장을 보았다. 이 책은 비행기 안에서 읽으라고 짐이 공항에서 준 것이다. 하지만 그전에 어디선가 본 기억이 있다. 아마 아빠의 서재였을 것이다. 그런데 이 책이 이 집 옷장에서 다시금 발견된 것이다. 이것은 분명 짐이 보낸 메시지일 것이다. 자신을 나타내려고 한 것이다. 짐은 나에게 무엇인가를 말하려 하는 것이다.

짐이 거실에서 전화를 거는 소리가 들려왔고 얼마 후 그가 내 방에 들어왔다.

"좋은 소식이야."

나는 고개를 돌려 그를 쳐다보았다.

"옆집에 사는 테리 씨에게 전화해서 우리 집에 누가 침입한 것 같아서 걱정이라고 했거든. 그랬더니 아마 전에 이곳에 살던 작자일 거라고 하더라고. 전에도 이런 짓을 한 것 같아. 치매가 있어서 자기가 이제 여기 살지 않는다는 것도 잊은 것 같아. 열쇠도 아직 갖고 있대."

그가 다시 나가자 나는 속삭였다.

"그를 믿지 마."

• • •

2시간 후에 자물쇠 수리공이 왔다. 나는 작업이 끝날 때까지 방에 있다가 그가 떠난 후에 부엌으로 나왔다. 새 열쇠 꾸러미가 의자 위에 놓여 있었다. 짐은 하얀 열쇠고리에 열쇠 꾸러미를 끼웠다. 의자 위에는 똑같이 생긴 하얀 상자들이 놓여 있었다.

"이것들은 다 뭐예요?"

내가 물었다.

"방범 카메라야."

"카메라?"

나는 상자 하나를 들었다.

"카메라가 왜 필요해요?"

"너를 안전하게 지키기 위해서 설치하는 거야. 여기 있는 이 녀석이랑 조합하면……"

그는 양모 침대에서 자고 있는 보를 보며 고개를 끄덕이고 말을 이었다.

"경비원보다 더 나을 거야."

그는 내 손에 있던 상자를 가져갔다.

"카메라는 24시간 내내 근무하거든. 최신식이야. 밤에도 기능하고, 동작 감지 기능도 있고, 무선이지. 내 휴대폰이랑 연결시키면 집에서 일어나는 일을 정확하게 볼 수 있어. 내가 나가 있을 때도 말이야."

"어디에 설치하려고요?"

그는 상자를 열고 검은색 튜브를 꺼냈다.

"설치하고 나서 보여줄게."

나는 진입로 끝에서 보았던 검은 옷을 입은 남자를 생각했다.

"우리를 찾아낸 남자는 어떻게 됐어요?"

"걱정 마. 내가 처리하고 있어. 사진이 몇 장 있는데 아무래도 그 자가 보낸 것 같아. 하지만 곧 모든 게 정리될 거야."

"사진이요?"

그는 고개를 젓기만 했다.

"걱정 마. 정말 별일 아니야."

"그럼 다른 사람들도 우리가 어디 있는지 알아요?"

"지금까지는 그자 한 명인 것 같아. 하지만 그자가 우리를 발견했으면 다른 사람들도 곧 발견하겠지. 시간문제야. 그러니 만반의 준비를 해야지."

짐은 저녁이 될 때까지 드릴로 구멍을 뚫으며 카메라를 설치하고 나는 내가 판 흙을 치웠다. 붕대를 감은 손이 아직도 따끔거렸지만 장갑을 낀 덕에 참을 만했다. 일할 때도 카메라의 시선이 느껴졌다. 뒷마당에 온 짐이 그의 휴대폰 화면을 쳐다보았다.

"볼래?"

"네."

나는 삽을 내려놓고 장갑을 벗고 그의 옆으로 다가갔다. 짐이 카메라를 전환했다. 처음에는 진입로를 올려다보는 화면이 나왔다. 그가 화면을 터치하자 마당에서 고개를 숙이고 그의 휴대폰을 쳐다보고 있는 우리들의 모습이 나타났다.

"잘 봐."

그렇게 말하고 짐이 손을 카메라 쪽으로 들자 화면 속 남자도 똑같이 움직였다.

세 번째 카메라는 거실에 있었다. 부엌과 현관문 앞을 볼 수 있는 각도였다. 마지막 화면에는 아직 정리하지 않은 내 침대와 바닥에서 구겨진 채 뒹구는 잠옷 바지, 그리고 열린 방문이 비춰졌다.

"이건 내 방이잖아요."

나는 그를 올려다봤다.

"조심해서 나쁠 건 없지."

그는 주머니에 휴대폰을 넣으며 말했다. 그리고는 집을 향해 걸음을 옮겼다.

이전 <

24

"병 돌리기 게임 어때?"

톰의 친구인 릭의 제안이었다. 릭은 여드름투성이에 티셔츠 위로 배가 불룩 튀어나와 있었다.

"재미대가리 없어."

윌로우가 휴대폰을 쳐다보며 고개를 들지도 않고 대꾸했다. 그녀는 컵을 들어 한 모금 마셨다.

"톰, 얘가 네 친구 중에 최고인 애야? 아무래도 다른 애들 좀 찾아야 할 것 같은데. 그치, 조디?"

릭은 상처받은 모양이었다.

"음악을 좀 틀게."

나는 윌로우의 기분을 바꾸려고 말했다. 이 모임을 주선한 건 윌로우였다. 이는 톰과 나와 함께 어울리려는 그녀 나름의 화해 방식이었다.

"그래 틀어."

그녀가 대답했다. 나는 일어나서 휴대폰을 방구석에 있는 스피커에 연결했다.

"엘우드에서 열리는 파티에 가는 건 어때?"

조디가 말했다.

"엘우드까지 어떻게 가?"

앤드루는 그렇게 묻고 와인을 마셨다. 그러고는 병을 가져다 또 한잔 따랐다.

"걸어가면 돼. 30분 정도 걸릴 거야."

윌로우가 말했다.

"뛰어가시려고? 30분 안에 가려면 그래야 할 것 같은데."

"이 바보 천치."

"윌로우, 거기 가는 데 30분도 더 걸려."

내가 말했다. 그녀는 나를 사나운 눈으로 쏘아봤다. 윌로우는 손가락으로 자기 휴대폰 화면을 터치했다.

"구글에서 찾아보니 걸어서 38분 걸린대."

"그게 무슨 30분이냐."

"닥쳐, 톰. 구글은 맨날 실제보다 시간이 더 걸린다고 한단 말이야."

그러자 톰이 말했다.

"나 그거 무슨 파티인지 알아. 운동부 애들 파티지? 고릴라 같은 애들이 가득 모여서 다른 애들 오줌이나 마시는 파티지."

"다 그런 건 아니야."

조디가 말했다. 톰이 비꼬듯 말했다.

"모두가 서로의 오줌을 마시는 건 아니라는 거야? 조금 안심이 되네."

나를 비롯한 모두가 웃음을 터뜨렸다. 하지만 윌로우만은 웃지 않고 나를 보고 있었다.

"그래서 뭘 제안하고 싶은 건데? 말해봐 톰. 너는 파티를 많이 가 봤을 테니."

윌로우가 말했다.

"투표로 정하는 건 어때?"

조디가 제안했다.

"말도 안 돼. 지루한 걸 원하는 톰은 여기 밤새 앉아 있고 싶어 할 걸. 왜냐하면 톰은 케이트가 재미 보는 걸 싫어하니까 말이야. 그리고 케이트는 톰이 말하는 거라면 뭐든 할 거고."

윌로우는 계속 말했다.

"그러니 저 둘은 안 가는 쪽에 투표할 거야."

"나는 투표하는 것에 반대하는 쪽에 투표할 거야."

톰이 말했다. 윌로우는 고개를 들고 그에게 중지를 치켜세웠다. 톰은 눈동자를 굴리고는 말했다.

"좋아. 거수로 결정하자. 이 파티에 가고 싶은 사람?"

나와 톰을 포함한 모두가 손을 들었다.

"그럼 결정됐네."

톰은 능글맞은 웃음을 지으며 윌로우에게 말했다.

"뭘 그렇게 걱정했던 거야?"

우리는 길을 따라 달리는 차들의 불빛에서 술병을 감추며 와인을 병째로 마시며 걸어갔다. 담배를 피우며 걷던 조디는 다 피운 꽁초를 길거리에 던졌다. 남자아이들은 뒤를 따라오면서 축구 이야기를 하고 있었다. 윌로우는 와인을 길게 들이켜고는 말했다.

"다시는 이 허접쓰레기들을 우리 집으로 데리고 오지 마."

"톰한테 친구들을 데리고 오라고 한 건 너잖아. 그리고 쟤네들은 허접쓰레기가 아니야."

그녀가 코웃음을 쳤다.

"케이트, 너무 감싸주는 거 아니니?"

술기운에 감각이 둔해지면서 무언가 풀어진 듯한 느낌이 들었다.

"너는 그냥 질투하는 거야. 아무도 너를 원하지 않아서 질투하는 거라고. 너같이 쉬운 애를 왜 애써 꼬시겠어?"

"어머 세상에. 뭐 이런 년이 다 있어."

조디가 말했다.

"상관 마."

나는 윌로우가 퉁퉁 부은 입술로 딱딱한 미소를 짓는 것을 보며 말했다. 나는 뒤처져 오는 내내 남자아이들과 이야기를 하면서 와인을 계속 마셨다.

쿵쿵거리는 파티장의 베이스 소리가 들려오고 길가에 쓰러진 사람들이 보일 무렵에는 우리 모두 취해 있었다.

아는 사람은 없었지만 윌로우는 자연스럽게 어울렸다. 그녀는 긴 다리를 가늘게 보이게끔 해주는 검은색 청바지를 입었고, 짙은 머리카락을 헝클어뜨리고 눈가에는 두꺼운 스모키 화장을 했다. 그녀는 큰 소리로 말하면서 사람들의 시선을 끌었다. 그녀는 나를 톰에게 맡기고, 우리가 지나쳐온 첫 번째 남자들 무리 속에 조디를 남겨 둔 채 사라졌다. 그들은 문가에 모여서 번갈아가며 맥주를 들이붓고 건배를 했다. 윌로우는 안으로 들어가서는 한 번도 뒤돌아보지 않았다.

파티는 정말이지 정신없었다. 윌로우는 재빨리 진짜 턱수염을 기른 한 남자를 찾아냈고, 곧 둘은 복도 한가운데서 서로의 얼굴에 매달렸다. 톰과 나는 뒷마당에 쓰러졌지만 곧 부엌 냉장고에서 맥주를 가져왔다. 한 남자가 내 손에 들려 있던 맥주를 가져가 마개를 따려고 했지만 톰이 병을 낚아채 마개를 비틀었다. 요새 톰이 질투하는 모습을 보여주곤 했지만 그건 그가 나를 좋아하기 때문이었다.

마당에서 학교 친구인 타라를 만났다. 금발 머리를 뒤로 묶은 그녀의 얼굴은 술기운이 올라와 붉게 상기되어 있었다.

"케이트!"

그녀는 소리를 지르며 팔을 내 목에 둘렀다.

"어머나, 여기는 어쩐 일이니?"

나는 한마디도 제대로 하지 못한 채 어느새 타라와 함께 다시 안으로 들어가 몸을 흔들며 춤을 추고 있었다. 하지만 똑바로 서 있기도 힘들었다.

"한잔 쭉 들이켜."

그녀는 큰 음악 소리 때문에 소리를 질렀다. 그때 갑자기 컵 하나가 손에 쥐어졌고 우리는 그것을 들이켰다. 목구멍이 타는 것 같았다.

다리에 차가운 공기가 밀려오는 느낌을 받아 내려다보니 내 옷이 휘날리고 있었다. 누군가가 치맛자락을 올린 것이다. 모두가 나를 쳐다봤다.

"그 흉터를 모두에게 보여줘. 징그러워라."

뒤를 돌아보니 윌로우가 교활한 웃음을 짓고 있었다.

나는 숨을 헐떡거리며 치맛단을 두 손으로 잡아 내렸다. 윌로우의 얼굴을 올려다봤다. 그녀의 얼굴에 후회하는 기색은 전혀 없었다. 나를 바라보는 방 안의 눈들에게 시선을 돌렸다. 누군가가 휴대폰을 들고 나를 찍었다. 윌로우는 모두에게 내 흉터를 보여주고 나를 당황하게 하고 싶었던 것이다. 나는 컵을 들어 올려 안에 있던 것을 윌로우의 얼굴에 쏟아버렸다. 하지만 그녀의 웃음은 끊이지 않았다. 다른 사람들도 따라 웃었다. 윌로우의 얼굴은 젖어 있지 않았다. 컵은 비어 있었던 것이다. 뜨거운 눈물이 차올랐다.

"저런!"

그녀가 나에게 다가와서 말했다. 그때 톰의 팔이 내 허리를 감아 끌어당겼다.

"못된 년! 재수 없어!"

윌로우는 다른 사람들에게 어깨를 으쓱하며 주위를 둘러보았다. 바보 같은 미소가 얼굴에 번져 있었다.

술기운이 파도처럼 밀려왔다. 나는 이 방 저 방을 비틀거리며 돌아다녔다. 톰이 나를 너무 가까이 잡아당기는 바람에 넘어지고 말았다. 일어나려고 했는데 갑자기 붕 뜬 느낌이 들었다. 누군가 내 팔과 다리를 잡아서 들어 올린 것 같았다. 우리는 밖으로 나왔다. 우리 위에서 가로등 불빛이 흔들리고 있었다. 알 수 없는 손들이 내가 설 수 있게 도와주었다.

'그 흉터를 모두에게 보여줘.'

숨을 가쁘게 내쉬었다. 다시 들어가서 그녀의 머리채를 붙잡고 싶었지만 톰이 나를 꼭 붙들고 있었다. 우리는 불안정하게 거리를 걸어갔다. 그때 택시가 한 대 왔다.

"토하지는 않을 거예요."

톰의 목소리다.

택시는 어느덧 공원 근처에 우리를 내려주었다. '그곳'이었다.

"멀쩡한 것처럼 행동하고 조용히 해야 해. 알겠어? 술 취한 모습을 보면 엄마가 우리를 죽이려고 할 거야."

톰은 내 팔을 잡고 일으켜 세웠지만 그도 자기 발에 걸려 넘어졌다. 우리는 웃음을 터뜨리고 서로의 이마를 맞댔다. 그가 나를 빙글 돌리는 바람에 내 손이 그의 손에서 미끄러지듯 떨어졌다. 그리고 나는 풀밭에 살짝 넘어졌다. 그가 나를 다시 일으켜 세웠을 때는 몇 시간이 지난 듯한 느낌이 들었지만 실제로는 고작 몇 분 지났을 것이다. 술기운이 가시고 있는지 걸음걸이가 제대로 돌아오기 시작했다.

"아빠."

나는 혀꼬부랑 발음으로 말했다.

"네 아빠가 왜?"

"아빠는 내가 윌로우네 집에 있다고 알고 계시거든. 그 망할 계집애가 너무 싫어."

이제는 사그라지고 있는 분노가 나의 내면 깊숙한 곳에서 올라오는 무언가 차갑고 날카로운 감정으로 변하고 있었다.

"우리 집에 있으면 돼."

"있잖아, 톰?"

"응?"

나는 눈물이 차오르는 것을 느꼈다. 모두가 내 흉터를 보고야 말았다.

"내 흉터 징그럽지?"

"아니야, 케이트. 네 흉터는 아름다워. 네 다른 부분처럼."

"그 계집애가 너무 미워."

"윌로우는 없어도 돼. 너한테는 나만 있으면 돼. 난 언제나 네 곁에 있을 거야."

우리는 비틀거리며 길을 걸었다. 그의 집에 가까워졌다. 그가 나를 그의 방으로 끌어들였다. 탁자 램프가 소리 없이 켜졌다.

"사랑해."

처음으로 그에게 사랑한다고 말했다. 술기운이었는지 감사의 마음이었는지 잘은 모르지만 그 순간만큼은 진심이었다.

"톰, 사랑해. 나를 지켜줘서 고마워."

방 한가운데에서 바지를 벗던 톰이 동요한 듯 말했다.

"정말? 진짜야?"

"너야말로 진짜지? 내 흉터가 정말 아름답다고 생각하는 거지?"

나는 지금은 옷으로 가려져 있는 내 몸을 내려다보았다. 그는 나를 부드럽게 바라보며 말했다.

"진짜야. 진심이야."

"걔가 모두에게 보여줬어."

톰은 바지를 벗고 다시 똑바로 섰다.

"다른 사람이 어떻게 생각하든 무슨 상관이야? 중요한 건 네가 어떻게 생각하느냐야."

"그리고 네가 어떻게 생각하는지도 중요하지."

"내 생각은 알잖아, 케이트."

그가 다가와서 손으로 내 볼을 감쌌다.

"내 눈에 비친 네 모습을 보여줄 수 있다면, 네가 의심하지 않을 텐데."

그때 나는 깨달았다. 그것이 가능하다는 것을. 그의 눈에 비친 나의 모습을 볼 수 있는 방법이 있다는 것을.

'렌즈에 비친 너는 아름다워.'

그의 집에 처음 왔을 때 그가 말하지 않았던가?

"나를 찍어줘."

내가 말하자 톰이 눈을 찌푸리며 말했다.

"뭐라고?"

"카메라 어디 있어? 날 찍어줘."

"케이트……."

나는 침대 밑에서 검은 상자를 꺼내 그에게 건넸다.

"네 눈에 비친 내 모습을 보여줘."

나는 그에게 속삭였다. 그리고 깊은 숨을 쉬며 눈을 감고 옷을 머리 위로 잡아당겼다.

침묵이 흘렀다. 셔터 소리가 한 번, 그리고 또 한 번 들려왔다. 나는 침대에 누워 팔다리를 쭉 폈다. 셔터 소리가 나고 멈췄다. 겨우 용기를 내어 톰을 보니 그는 눈썹을 찡그리고 집중하고 있었다.

"이리 와."

그가 말했다.

"왜?"

"보면 알 거야."

나는 침대에서 내려와 방 한가운데에 있는 톰에게 가, 그가 보여주는 화면 속 내 모습을 보았다. 다리를 꼬고, 돌리고, 쭉 편 모습을 찍은 동영상이 내 눈앞에서 재생되었다. 화면 속 세계지도와도 같은 내 흉터는 마치 나에게만 있는 문신인 것처럼 나를 특별하게 만들어주었다. 어쩌면 내 흉터는 정말로 아름다운 것일지도 모른다는 생각이 들었다.

"이제 알겠지? 아름다운 케이트. 이 모든 게 내 거야."

욕망이 솟구쳐 올랐다.

"다시 한 번 찍어줘."

나는 고개를 앞으로 내밀어 그의 입술에 내 입술을 포갰다.

"하지만 이번에는 너도 동영상에 나왔으면 좋겠어."

카메라가 나의, 우리의 모습을 오랫동안 담을수록 기분이 더 좋았다. 그가 카메라를 들고 있는 동안에는 자신감이 올라갔다. 행복감이 차올랐다. 카메라는 내 인생에 있어 가장 은밀하고 가장 완벽한 순간을 기록해나갔다.

하지만 그때의 나는 몰랐다. 무언가가 바뀌고 있다는 사실을. 정점을 찍은 우리에게 남은 것은 아래로 추락하는 것밖에 없다는 사실을.

> 이후

25

아침에 눈을 뜨고 제일 먼저 보인 것은 구석에 설치된 카메라였다. 내가 자는 모습을 본 걸까? 그는 분명 내가 도망치려 했다는 것을 알고 있을 것이다. 이 카메라는 내 안전을 위한 것이 아니라 나를 감시하기 위한 것이다. 그는 책이 없어진 것을 눈치채지 못했거나 알았다고 해도 별로 신경 쓰지 않는 것이다. 이제 나에게는 책 두 권과 일기장이 있다. 요새 기억을 끄집어내려고 일기를 조금 더 자주 쓰고는 있지만 내용은 온통 엄마에 대한 것과 내 인생에서 고통스러웠던 날들에 대한 것뿐이었다. 어떤 것들은 기억에 상처를 내고, 어떤 상처들은 깊어진다.

마당에서 일을 한 덕에 몸이 좋아지고 있었다. 이전에 나른하고 졸릴 때와 메뉴는 똑같았지만 너무 배고팠던 나머지 으깬 감자 한 덩이와 닭 가슴살 하나를 전부 먹어치웠다. 짐은 내 몸무게를 쟀다. 체중계의 바늘이 가리키는 숫자가 또 늘어나 있었다. 이곳에 온 지는 24일이 지났고 날씨는 조금씩 따뜻해지고 있었다. 나는 튼튼해지는 반면, 짐의 상태는 점점 안 좋아지고 있는 것 같았다. 그는 매일 밤 늦게까지 깨어 있었다. 창고에서 보내는 시간이 많아졌고, 마시는 와인의 양도 늘었다. 어젯밤에는 부엌 의자에 앉아 불쑥 말을 꺼내기도 했다.

"나는 매일 네가 죽는 상상을 해. 그걸 생각해봐."

짐이 카메라로 나를 감시한다는 두려움에 그의 방에서 몰래 가져온 책을 읽을 엄두가 나지 않았다. 카메라가 비추지 못하는 침대 옆 바닥에 앉는다면 책을 읽을 수 있을 것이다. 나는 침대 밑에서 책을 꺼내 던졌다. 침대를 돌아가 바닥에 앉아 책을 무릎에 올렸다. 접힌 페이지를 펴 밑줄이 쳐진 부분부터 읽기 시작했다.

> 시간과 관점에 따라 기억은 변화할 뿐만 아니라 기억의 변화 자체가 유도될 수 있다.

나는 다음 밑줄 쳐진 부분도 읽어 내려갔다.

> 또 다른 연구는 암시의 힘을 잘 보여준다. 직접 말하기보다 질문을 하는 소크라테스의 문답법을 차용하여 과학자들은 두 집단의 기억을 시험해보았다.

그는 왜 이 문장들에 밑줄을 쳤을까? 그때 문이 열렸다. 나는 책을 침대 밑으로 밀어 넣었다.

"케이트. 그 밑에서 뭐 하고 있어?"

짐이 문가에서 말했다.

"그냥 앉아 있어요."

그가 눈을 찌푸리며 의심에 찬 눈초리를 보냈다.

"주스 다 됐어."

카메라의 감시에서 벗어나야 한다.

"알았어요."

나는 그를 따라 부엌으로 갔다.

"오늘은 다리도 조금 풀 겸 산책 가고 싶어요."

내가 말했다. 나는 코를 막고 주스 잔에 있는 걸 전부 마셨다. 그러고는 기침을 하고 다시 말했다.

"이번 주 내내 밖에 못 나갔잖아요. 나 혼자 나가도 돼요."

짐의 얼굴에는 어떠한 표정도 없었다.

"어디로 가려고?"

"해변이요. 조심할게요."

"해변까지만 가는 거야?"

"네."

꿈인지 기억인지 모를 것을 생각하느라 잠시 멈칫했다. 꿈의 내용이 실제 일어난 일이라면 나는 왜 운전을 하고 있었던 걸까? 밑줄이 쳐진 문구들이 생각났다. 그가 내 기억을 조작한 거라면? 그가 나에게 무슨 짓을 하고 있는지 알아내야 한다.

"그날 밤에 내가 왜 운전을 했는지 말해줄 수 있어요?"

"음, 동영상이 있었어. 기억나지? 그가 널 찍은 동영상 말이야."

"기억나요. 맞아요."

나는 잠시 생각하다 말을 이었다.

"하지만…… 이젠 당신도 나를 찍고 있잖아요. 게다가 옷도 제대로 입지 않은 내 사진도 찍었잖아요."

그는 손으로 입을 가리고 헛기침을 하며 목을 풀었다.

"그거랑 이건 달라. 난 우리가 잡혔을 때를 대비해서 사진을 찍은 거야. 네가 얼마나 말랐는지, 얼마나……"

그는 마치 말로 표현하려고 애를 쓰는 것처럼 잠시 말을 끊었다가 이었다.

"……네가 그 일 이후로 얼마나 변했는지를 보여주려고 그런 거야. 그리고 이 카메라는 너를 보호하려고 하는 거야. 난 널 해치지 않아."

"그 동영상…… 아직도 돌아다녀요?"

"아니. 이제 모두 사라졌어."

"하지만 어딘가에 있을 거라고 했잖아요."

"내가 잘못 알았어. 모두 사라졌어."

"알겠어요. 그럼 해변까지 산책 갔다 와도 되는 거죠?"

그는 한숨을 쉬었다.

"개를 데리고 가."

나는 부엌에서 비닐봉지를 가지고 방으로 와 점퍼와 일기장, 책 두 권을 가방에 넣었다. 막 나가려는데 짐이 나를 불러 세웠다.

"잠시만, 케이트. 팔 들어봐."

"왜요?"

"확인할 게 있어."

나는 팔을 올렸다. 그는 내 몸을 더듬더니 가방에 손을 넣어 내용

물을 확인했다.

"이건 뭐야?"

그가 인상을 쓰며 말했다.

"제 일기장이랑 읽고 있는 책이에요."

"읽는 책이 세 권이나 된다고?"

그는 가방을 가져가서 안을 들여다보더니 내 일기장을 꺼냈다. 나의 온몸이 긴장으로 뻣뻣하게 굳어버렸다. 다음으로 그는 책을 꺼냈다.

"네가 이 책을 읽고 있다고?"

나는 침을 삼키고 고개를 끄덕였다. 마지막으로 자기 책을 발견한 짐은 얼굴을 더욱 찌푸리며 말했다.

"내 방에 들어왔었군."

"새로운 책을 읽고 싶어서요."

그는 목에 핏대를 세우고 말했다.

"내 방에는 절대 들어가지 마."

"미안해요. 전 그냥……"

"절대 들어가지 마."

나는 미안하다는 표정을 지었다.

"해변으로 산책 가도 돼요?"

그는 그대로 서서 내 얼굴을 바라보고는 복도를 가리켰다. 나는 그의 동작에 움찔했다.

"가기 전에 그 책을 제자리에 갖다 놓고 이걸 가져가."

그가 준 것은 열쇠였다.

해변까지는 금방이었다. 나는 벤치에 앉아 바위와 모래를 바라보았다. 파도 위로 뾰족하게 올라온 검은 바위들이 보였다. 더 큰 너울이 오기를 기다리며 서핑을 즐기는 사람들도 있었다.

보는 기둥 옆에 줄이 묶인 채 앉아서 갈매기를 보고 있었다. 나는 일기장을 펼쳤다. 뒤쪽에 빈 페이지가 있었지만 펜촉은 허공을 맴돌 뿐이었다. 결국 나는 글을 쓸 수가 없었다. 대신 내가 멜버른에서 썼던 글을 읽기로 했다. 거기에는 항간에 떠도는 나에 관한 끔찍한 소문이 가져다준 분노와 두려움이 담겨 있었다. 나는 일기장을 덮어 벤치 위에 올려놓았다. 안에서 분노가 솟구쳐 올라왔다.

'그 흉터를 모두에게 보여줘.'

바람이 불어와 페이지 몇 장이 바람에 휘날렸다. 책을 꺼냈지만 집중이 되지 않았다. 짐이 밑줄 친 문장들에 대해 생각하며 보를 바라보았다.

'암시의 힘, 기억의 변화 자체가 유도될 수 있다.'

그가 했던 모든 말, 암시했던 모든 것이 조작일 수도 있다. 모든 일이 나와 아무 연관이 없을 가능성도 있다. 내 꿈과 기억이 조작된 것일 수 있는 것이다. 그날 밤, 나는 그곳에 있지 않았을지도 모른다.

그때 누군가가 내 일기장을 내 쪽으로 치우고 그 자리에 앉았다. 나는 깜짝 놀랐다.

"안녕, 오랜만이야."

아이소였다. 그는 페인트로 얼룩진 반바지에 찢어진 티셔츠를 입고 끈이 풀린 워크부츠를 신고 있었다. 그가 손에 든 파이를 한 입 베어 물자 손가락 사이로 고기 조각이 흘러내렸다. 그의 집에서 도망쳐 나왔던 그날 밤이 생각났다.

"안녕, 아이소."

그는 내 무릎에 둔 책을 보고는 말했다.

"재미있어 보이네."

"아, 음. 그래. 재미있어지려고 해."

주위를 살펴 짐이 근처에 있는지 확인했다. 주차장 저 끝에 회색 승용차가 보였다. 그의 차 같기도 했지만 확실치 않았다.

"책을 많이 읽는구나."

그가 말했다.

"아니, 그렇지는 않아."

그가 마지막 파이 조각을 보에게 던져주자 보가 공중으로 뛰어올라 그것을 낚아챘다.

"소란을 떨거나 하려고 한 건 아니고, 그냥 네가 침울해 보였어. 너는 만날 때마다 힘든 일을 겪고 있는 것처럼 보여."

그는 내 대답을 기다리는 것처럼 기대에 찬 표정을 지었다.

"미안. 난 괜찮아. 정말이야."

"주말에는 여기서 할 일이 별로 없어. 하지만 우리 중 몇은 사냥을 가거나 서핑을 하기도 해. 아니면 내가 말을 태워줄 수도 있어."

"그거 좋네."

나는 바다에서 그에게로 시선을 옮기며 말했다.

"계속 여기에서 살았어?"

"응."

그가 대답했다.

"멀리 떠나고 싶다고 생각한 적은 없어?"

"아마도 없는 것 같아. 호주 광산에서 일하는 친구들도 많지만 난 그래야 할 필요성을 못 느끼겠어. 여긴 천국이야. 먹을 수 있는 해산물도 지천에 널려 있고, 공기도 맑고 수백만 달러짜리 경관도 있어. 저 부서지는 파도도 멋있고. 가끔 더 먼 곳에 있는 해변에 가고 싶은 생각도 드는데 엄마를 두고 떠나고 싶진 않아. 말이 나와서 말인데, 가끔 강하게 밀어붙일 때가 있기는 해도 우리 엄마가 그렇게 무섭지는 않지?"

아이소는 파이를 쌌던 종이를 손으로 쥐어 구겼다.

"네 엄마는 좋은 분이셔."

"그날은 왜 그냥 사라진 거야?"

볼이 달아올랐다.

"가야만 했어."

"에비, 왜 히치하이킹을 한 거야?"

아이소는 인상을 썼다. 그의 금빛 눈썹이 파란 눈 아래로 내려와 있었다.

"하루만이라도 이곳을 떠나고 싶었어."

그는 어깨를 으쓱했다.

"그래, 그건 이해해. 엄마가 그러는데, 너 오클랜드에 가고 싶어 했다며."

나는 그럴듯한 변명을 생각하고 있었다.

"다음 주에 내가 거기 갈지도 모르거든. 큰 도시나 그런 데에서 쇼핑을 하고 싶었던 거야?"

나는 다시금 손에 든 책으로 시선을 떨군 후 고개를 들어 그의 눈을 보았다. 본능적으로 그는 믿을 수 있는 사람이라 느꼈다.

"지난번에 우리 집에 왔을 때 우리 삼촌 만났다는 거 알아."

"그래. 좋은 분이더라."

"그렇지 않아, 아이소. 삼촌은 절대로 좋은 사람이 아니야."

"무슨 말이야?"

"내 말은, 삼촌은 내가 떠나려 했다는 사실을 몰라. 내 생각엔…… 삼촌이 우리를 감시하고 있는 것 같아."

아이소는 불편한 듯 안절부절못했다.

"그, 어, 그러니까 삼촌은 너를 지키려는 거야. 삼촌을 경계하는 게 좋은 것 같지는 않아."

"우리 집에 왔을 때, 네 엄마가 나를 태워줬다고 말했어? 내가 여기를 떠나려고 했다고 말했어?"

그는 어깨 너머를 살폈다.

"아니, 나는 그냥 네 신발을 주려고 간 거야. 네가 우리 집에 왔다고는 말했지만 엄마가 히치하이킹하는 너를 태워줬다는 말은 절대 안 했어."

그는 나를 뚫어지게 쳐다봤다.

"괜찮아, 에비?"

그를 믿어도 되는 걸까? 아이소를 믿으려는 마음에 의심이 가기 시작했다. 나는 일기장은 그대로 둔 채 책을 가방에 넣었다.

"괜찮아. 우리 삼촌이 조금 과하기는 하지."

"맞아. 삼촌들은 항상 그렇더라고. 하지만 이곳을 벗어나는 건 좋다고 생각해. 그리고 히치하이킹보다 아는 사람이 태워주는 게 훨씬 안전해. 여기 사람들은 대부분 친절하긴 하지만 어디든 이상한 놈들 한두 명쯤은 있으니까 말이야."

바닷바람이 불어와 볼을 어루만지고 내 머리의 열기를 식혀주었다. 주차장의 회색 승용차는 사라지고 없었다.

"아이소. 부탁 하나 해도 돼?"

"물론이지."

"왜 그런지는 모르겠지만 우리 집으로 편지가 배달되지 않는 것 같아. 그래서 말인데. 너희 집 주소로 편지를 받아도 될까?"

"당연히 되지."

나는 일기장의 빈 페이지를 펼쳐 아이소에게 건넸다. 그는 주소를 적었다.

"뭔가 오면 알려줘. 아니면 내가 직접 가서 너랑 같이 확인해도 되고. 그래, 그게 낫겠다."

"눈 크게 뜨고 지켜볼게, 에비."

나는 편지가 오면 케이트 베넷이 아니라 에비 앞으로 온다는 것을 상기시켰다.

"고마워, 아이소."

나는 몸을 돌려 언덕 위의 나무와 집들을 바라보았다. 저 멀리 위로 우리 집 뒤쪽 베란다가 보이는 것 같았다. 아마 빛이 굴절된 것이거나 미닫이문의 유리에 빛이 반사된 것일지도 모르지만 여기서 보니 마치 짐이 거기에 서서 눈에 뭔가를 대고 우리를 지켜보는 것처럼 보였다.

"가야겠어."

내가 말했다.

"그래. 만나서 반가웠어, 에비. 조만간 또 보자. 나 어디 있는지 알지?"

나는 가게로 가는 길에 걸어가면서 짐이 오기 전에 메모를 했다.

네가 정말 날 걱정한다면, 나를 도와줘야 해. 그가 나를 가둬놓고, 뉴질랜드에서 못 나가게 하고 있어. 우리는 마케투라고 하는 곳에 있어. 그가 말하기를, 내가 호주로 가면 아주 오랫동안 감옥에 갇혀 있게 될 거래. 하지만 그는 나에게 거짓말을 했어. 그는 변했어. 더 이상 예전의 그가 아니야. 그를 믿지 말았어야 했어. 그는 내가 나 자신을 살인자라고 여기게끔 조종하고 있어. 하지만 나는 살인자가 아니야. 내 말을 믿어줘. 나는 아니야.

편지는 아래 주소로 보내줘. 거기 상황을 알려줘. 내가 집에 가도 될까? 경찰이 정말로 나를 쫓고 있는 거야?

정말로 무슨 일이 벌어지고 있는 건지 너무 걱정돼. 우리가 서로에게 상처를 주었던 그 어떤 일보다 심각해. 그는 점점 강압적으로 변하고 있어. 그리고 답장은 케이트가 아니라 '에비' 앞으로 보내줘.

케이트

티리아나 대신 한 소년이 가게의 계산대를 지키고 있었다. 나는 우표와 봉투를 사서 내가 아주 잘 아는 주소를 앞면에 적어 건넸다. 내 편지는 목적지로 가고 있다. 내가 진실을 알게 될 날이 머지않아 찾아올 것이다.

● ● ●

부엌에 가니 주전자가 불 위에 올려져 있었다. 그는 의자에 있던 자기 휴대폰을 주머니에 넣었다.

"날씨는 어때?"

그가 물었다.

"좋아요. 기온이 낮아지기 시작했어요."

끓기 시작한 주전자 주둥이에서 김이 뿜어져 나오고 있었다. 그는 주전자를 들어 인스턴트커피가 담긴 컵에 물을 붓고 스푼으로 저었다. 나는 소파에 앉아 텔레비전을 켰다.

"네가 그런 짓을 했다는 게 믿기지 않아."

"무슨 짓이요?"

"내 방에서 물건을 가져갔잖아."

내 가방에서 그 책을 발견한 이후 계속 그 생각만 하고 있었나 보다.

"미안해요. 그냥 뭔가 다른 걸 읽고 싶었어요. 그렇게 신경 쓸 거라고는 생각 못 했어요."

"나는 너를 믿어야 한단 말이야. 오늘 밤 어디 좀 가야 하니까 말이지."

"뭐라고요?"

"어디 나간다고. 내일이나 모레 돌아올 거야."

어디 나갈 거라니, 설마 속임수일까?

"어디 가는데요?"

"그렇게 먼 곳은 아니야."

짜증이 가라앉은 것 같았다.

"하루 종일 네 마음대로 해도 돼. 너를 성인으로 대해달라고 했잖아."

"나 혼자 있는 거예요?"

탈출할 절호의 기회가 도래한 것이다.

그는 나를 보며 손바닥을 의자에 내려놓았다.

"그래도 이젠 카메라가 있으니까. 넌 안전할 거야."

● ● ●

나는 오후 내내 방에서 탈출 용품을 점검하고 머릿속으로 계획을 짰다. 여권, 현금 등 가져갈 수 있는 것을 모조리 챙기고 고속도로까지 다시 걸어가서 히치하이킹으로 차를 탄 뒤 최대한 멀리까지 이동한다. 밑줄 쳐진 말들을 되새겨보았다. 확실하다. 진작 알아차렸어야 했다. 그는 진실을 감추고 있다. 그는 나에게 잘못된 사실을, 내가 진실이라고 착각할 만한 기억을 심기 위해 나를 격리시킨 것이다. 그가 전화를 받는 소리가 들렸다. 그가 내뱉은 건 딱 두 마디였다.

"2분이요. 좋아요."

나는 기대하며 방에서 기다렸다. 차가 멈추는 소리가 들린 것 같았다. 현관문이 열리고 닫혔다. 누가 도착했나? 아니면 짐이 나간 걸까?

나는 뒷문으로 달려갔다. 계단을 내려가 카메라는 무시하고 집 옆쪽으로 갔다. 짐은 진입로 끝으로 가고 있었다. 희미한 불빛 아래서 있는 또 다른 남자의 어두운 형상이 보였다. 그 남자는 전에 이곳에서 보았던 검은 옷을 입은 남자였다. 그가 짐에게 손을 내밀자 둘은 악수했다.

"뭐 하는 거지?"

짐이 그에게 뭔가를 건넸다. 짐은 이 남자를 알고 있는 걸까? 저들이 교환하고 있는 것은 무엇일까? 돈? 내 사진? 아니면 다른 것일까? 몸이 떨렸다. 짐은 다시 집으로 돌아오고 있었다. 나는 급히 집 안으로 들어왔다. 무서운 건지, 화가 난 건지 아니면 두 감정이 한데 섞여 나타난 건지는 알 수 없었지만 피가 거꾸로 솟는 것 같았다. 그가 모든 것을 조정하고 있는 것이다.

침대에 앉아 있는데, 짐이 나를 불렀다.

"저녁 다 됐어."

접시 위에는 김이 모락모락 나는 파이가 있었고 짐은 머그잔에 와인을 따라 마시고 있었다.

"중요한 서류는 내가 가지고 갈 거야, 케이트. 하지만 냉장고는 꽉 채워놨으니 집 밖으로 나가야 될 일은 없을 거야."

심장이 미친 듯이 뛰었다. 중요한 서류, 그것은 분명 내 여권을 말하는 것이리라. 그는 틀림없이 내 여권을 챙겼을 것이다. 신용카드와 여권, 이 두 개만 있으면 탈출이 훨씬 쉬울 것이다. 내 탈출용 가방에는 소량의 현금이 들어 있었지만 충분한 금액은 아니었다.

"다시 한 번 너를 믿을 수 있었으면 좋겠어."

그는 파이를 포크로 찍으며 말했다.

"아, 네, 고마워요."

그는 포크를 입으로 가져가다 멈췄다.

"무슨 일이 생겨도 네가 만반의 준비를 하고 있으면 좋겠어. 이 일만 잘 넘기면 너는 무엇이든 할 수 있고, 무엇이든 될 수 있다는 걸 알아둬. 알겠어?"

나는 음식에 포크를 찔러 넣었다.

"무슨 뜻이에요?"

"힘든 시간이지. 하지만 모든 것이, 무슨 일이 있었는지가 네 머릿속에서 뚜렷해질 거야. 몸도 건강해질 거고. 결국 너도 모든 것을 기억해낼 거야."

하지만 내가 기억하는 것은 실제로는 없었던 일이지 않은가. 전부 짐이 나에게 주입시킨 것이지 않은가.

"모두가 내가 한 짓을 알게 되면 어떻게 해요? 어디를 가든 그 사실이 나를 따라다닐 거예요."

그는 포크로 나를 가리켰다.

"네가 무슨 짓을 했는데?"

"그를 다치게 했잖아요. 그렇죠?"

나는 그를 기쁘게 하기 위해 거짓말을 했다. 그는 파이를 씹어 삼켰다.

"나한테는 모든 걸 사실대로 말해야 해, 케이트. 우리는 중요한 선택의 기로에 와 있고, 네 대답에 따라 다음 일이 결정될 거야. 내일 결정을 해야 하니까 말해봐. 네가 정말로 그렇게 기억하고 있는 거야? 아니면 그냥 나를 떠보려고 말한 거야?"

"제가 그렇게 기억하는 거예요."

"그럼 뭐로 그를 다치게 했지?"

"차요."

내가 말했다.

"그래. 내가 앞좌석에 앉아 있었어, 뒷좌석에 앉아 있었어?"

그를 믿지 마.

"당신은 차에 없었어요. 당신은 이미 거기에 와 있었기 때문에 차에 없었어요."

내가 말했다. 그의 눈 안에서 불꽃이 화르륵 타올랐다. 그는 코를 킁킁대며 식사를 계속했다. 내가 그를 궁지에 몰아넣은 것이다. 그는 부정하지 않았다.

"넌 첫날부터 나를 속였어."

짐이 접시가 튀어 오를 정도로 주먹으로 식탁을 세게 내리쳤다. 그는 천천히 칼을 들어 그 칼로 나를 가리켰다.

"바보 같이 굴지 마. 현실을 받아들여야 해."

"벌써 받아들였다고요. 무슨 일이 있었는지 정확하게 알아요. 그러니까 제발 절 그냥 집에 데려다줘요."

"그래?"

그는 조소하듯 대답했다.

"받아들였다고?"

"네."

그는 포크와 나이프를 내려놓고 팔꿈치를 식탁에 올렸다.

"내 말은 하나도 믿지 않는구나, 그렇지? 난 네가 무슨 생각하는지 다 알아."

그가 식탁 앞으로 몸을 기울이고 내 손목을 낚아챘다.

"네가 무슨 수를 부리기 전에 내가 너를 치료할 거야. 알아듣겠어? 내가 너를 고칠 거라고. 그것부터 믿는 게 좋을 거야."

그는 내 손목을 내려놓고 다시 음식을 먹기 시작했다. 그의 엄지가 파고들었던 곳이 아팠다.

나는 내 접시에 담긴 음식을 내려다보았다. 그렇다면 대체 길가에 있던 남자는 무엇인가? 그에게 물어보는 것이 무서웠다. 내가 얼마나 많이 알고 있는지 그가 알게 되면 어떤 짓을 할지가 두려웠다.

"미안해요. 그냥 혼란스러워서 그랬어요."

"내가 없어도 규칙은 변함없어. 그리고 그 규칙을 깬 대가는 훨씬 클 거야. 부득이한 일이 아니면 절대로 집 밖으로 나서지 마. 누구에게든 문 열어주지 말고. 먹지 말아야 할 것들은 먹지 마. 자해하거나 다른 사람을 다치게 하지 말고. 내 휴대폰에 연결된 카메라로 너를 지켜볼 거야. 단축번호로 경찰을 부를 수 있어, 케이트. 이번에도 일을 개판으로 만들면 내가 직접 경찰을 부를 거야. 알겠어?"

"그 남자는 누구예요? 전에 누가 우리가 여기 있는 걸 알아냈다고 그랬잖아요."

내가 물었다. 짐은 한숨을 쉬었다.

"그 사람은 취재 기자였어. 사진을 찍어서 팔곤 하지. 그 사람은 우리에 대해서 캐내려고 했어. 하지만 이제 사라질 거야. 내가 처리했거든."

또 거짓말을 하고 있다. 그는 그 남자에게 돈을 주고 나에게 겁을 주라고 시킨 것이다. 나를 가둬놓기 위해서.

"봐도 돼요? 인터넷에 있는 사진들을 보여줘요."

"지금은 안 돼. 아직은 네가 이해 못할 것들이 있어. 그러니까 그냥 나를 믿어."

그는 자리에서 일어나 싱크대에 접시를 두었다. 그러고는 용기 안에 있던 칼들을 모아 상자에 넣어 창고로 가지고 갔다. 다시 와서 방에 들어가 노트북 가방을 어깨에 메고 작은 여행용 가방을 끌고 나왔다.

"내가 없는 동안 네 방문을 잠가야 할까?"

"아니, 잘할게요."

"약속할 수 있어?"

"어디도 안 갈 거예요. 그냥 정원에서 일만 할게요."

"밤에도, 어디 나갈 때도 꼭 문을 잠가야 해. 아무한테도 문 열어주지 말고. 제일 중요한 건 네 안전이야. 얌전히 있어야 해, 케이트.

보도 잘 보살펴줘. 밥도 잘 주고. 어쩔 수 없이 집을 나가야 하면 도로와 마을에서 멀리 떨어져서 가."

그는 카메라를 보고 고개를 끄덕였다.

"지켜보고 있을 거야. 열쇠 항상 챙겨 다니고."

"걱정하지 말아요. 괜찮을 거예요."

그는 비니를 쓰고 다시 식탁으로 왔다.

"자, 작별의 키스를 해줘."

나는 일어서서 그를 안았다. 나를 꽉 껴안자 그의 등 근육이 팽팽해지는 게 느껴졌다. 그리고 나는 그에게 키스했다. 하지만 그가 고개를 돌리는 바람에 입술은 그의 입 가장자리에 닿고 말았다.

"가기 전에 네가 약 먹는 걸 봐야겠어. 괜찮지?"

그는 주머니에서 병을 꺼내 뚜껑을 연 뒤 손바닥에 대고 두어 번 톡톡 쳤다.

"입 벌려."

그가 내 혀에 알약을 올렸다. 이번에는 그것을 삼켰다. 그는 손가락을 내 입에 넣고 볼과 혀 밑쪽을 훑었다.

"잘했어."

그는 두 알을 더 꺼내서 의자에 올려놓고 말했다.

"이건 내일 먹어."

"알았어요."

"가기 전에 한 가지 더."

짐은 주머니에서 휴대폰을 꺼냈다. 아주 얇은 유리와 알루미늄이 결합된 물체. 나도 모르게 몸을 기울여 그의 손에서 그것을, 디지털 세계로 가는 문을 낚아채고 싶은 유혹이 들었다. 하지만 그는 내 휴대폰을 자기 주머니에 넣고 문으로 걸어갔다.

"돌아오면 줄게. 알겠지? 내가 나가면 문을 잠가."

그는 그렇게 가버렸다. 이제 집에는 나 혼자뿐이었다. 밤이 다가오고 있었다. 약 기운 때문일까. 모든 것이 느릿느릿 지나가는 것만 같았다.

• • •

밤에는 바람이 불어 창틀이 흔들리더니 곧 폭풍이 몰아쳤다. 비가 집을 후려치듯이 퍼부었다. 바람이 창을 때리고, 오래된 구조물에 금이 갔다. 처음에는 짖어대던 보도 나중에는 낑낑거리는 소리를 낼 뿐이었다. 번개가 번쩍거리더니 바로 이어 쿵 하고 천둥소리가 울려 퍼졌다. 폭풍우 소리일 테지만 마치 말이 울부짖는 소리가 들려온 것 같았다. 나는 소파 밑에 앉아 보의 등에 손을 얹었다. 보는 떨고 있었다. 폭풍이 마을 전체를 후려치고 있었다. 이 콩알만 한 땅이 바다로 떠내려갈지도 모른다. 어딘가에서 파도가 끊임없이 몰아치고 있다. 파도는 언제나 해변을 때린다. 한 파도가 밀려가면 다른 파도가 밀려오고 그 위로 비가 내린다. 두 파도 사이에 언제나 함박웃음을 지으며 언덕 위의 나무 상자 속의 소녀의 얼굴을 비웃는 어두운 존재가 있었다. 유리창을 두드리는 소리가 크게 났다. 나뭇가지가 내는 소리 치고는 너무 컸다. 하지만 밖을 내다볼 엄두가 나지 않았다. 돌이나 주먹으로 치는 걸 수도 있으니까. 나는 보를 향해 말했다.

"이리 와, 보. 오늘 밤은 나랑 같이 자자."

이전 <

26

욕실 문은 꿈쩍도 하지 않았다. 철벅철벅하고 누군가가 속을 게워내는 소리가 났다. 나는 밖으로 나가 치맛자락을 허리까지 올린 채 뒷마당의 덤불숲 옆에 쭈그려 앉았다. 톰이 집으로 돌아가려는 나를 발견했다. 쿵쾅거리는 음악 소리가 들려왔다. 그는 내 손을 잡고 나를 이끌었다. 톰은 파티에서 나를 옆에 데리고 다니는 것을 좋아했다. 반면에 싫어하는 것은 모르는 사람들, 특히 남자들이 나에게 말을 거는 것이었다.

그의 친구 릭은 경찰에 대해서 말하고 있었는데, 음악 소리 때문에 소리를 지르며 말했다.

"경찰은 자기 일을 하는 것뿐이야."

톰의 친구인 여자아이 한 명이 파티를 가는 도중 공공장소에서 소변을 봐서 체포되어 기소된 것에 대한 이야기였다. 나는 톰의 귀에 대고 말했다.

"금방 올게."

나는 이 소음에서 벗어나고 싶어서 앞마당으로 향했다. 사람들은 거실에서 춤을 추고 있었고, 어떤 이들은 둘러앉아 카드를 들고 술게임을 하고 있었다.

그런 곳에 그냥 서 있는 것도 어딘지 어색했다. 전에 한번 본 적이 있는 여자애를 발견하고 그녀에게 담배가 있는지 물었다. 윌로우도 파티에 와 있었지만 나는 그녀를 최대한 피해다녔다. 엘우드 파티 다음 날 아침에 그녀에게서 다섯 통의 메시지가 와 있었다. 미안하다, 자기가 너무 심했다, 다시는 그렇게 마시지 않겠다, 나에게 그렇게 상처를 준 게 후회된다는 내용이었다. 나는 답장도 보내지 않고 그것들을 삭제해버렸다. 그녀는 이제까지 나와 톰 사이가 멀어지게 하려고 했고, 떨어뜨려놓으려고 했다. 이제 몇 개월이 지난 지금은 그런 연락조차도 끊겼다.

담배를 가지고 있던 여자아이가 안으로 들어가는 바람에 나는 어둠 속에 남자들 무리와 함께 남겨지게 됐다. 이럴 때는 윌로우가 그리웠다. 그녀가 있었다면 뭔가 아이러니하고, 웃긴 말을 해서 어색한 분위기를 깨버렸을 것이다. 윌로우라면 내게 쏠린 남자들의 관심을 거두어갈 수 있었을 것이다. 하지만 이제 윌로우는 없다. 그녀가 한 짓을 다시금 떠올리고는 다시는 어울리지 않겠다고 결심했다.

남자들은 말이 없었다. 그들 중 몇 명은 맥주병을 입에 대고 나를 곁눈질로 힐끔힐끔 보았다. 안에서 새어 나오는 음악은 뒷문이 열리고 닫힐 때면 소리가 더 커졌다.

"음악 진짜 쓰레기 같네."

한 남자가 말하자 모두가 웃었다. 그들은 나보다 나이가 많았다. 청소년은 아니지만 성인도 아닌, 그 사이에 어중간하게 껴 있는 남자들을 보는 데는 이골이 나 있었다. 그들은 클럽을 갈 만한 나이였지만 여전히 주말에는 고등학교 파티에 왔다.

술기운 탓에 그들의 말을 알아들을 수 없었다. 나는 그저 비틀거리며 담배를 피우며 서 있었다. 밤의 장막이 걷혀가고 있었다. 안으로 들어가 톰에게 키스를 하고 이곳에서 나가자고 할까 했다.

"여긴 예쁜 애들이 많잖아. 무슨 말인지 알지?"

그들 중 한 명이 말했다. 나는 더 자세히 들으려고 몸을 기울이다가 넘어지고 말았다. 춤을 춰서 그런지 다리도 아팠다. 낮은 웃음소리가 들렸다.

"쟤는 어때?"

또 다른 목소리가 물었다.

"사방에 깔렸어. 맘에 드는 애 골라."

두 명이 더 크게 웃으며 나를 본 후 서로 눈을 마주쳤다. 그들의 시선은 굶주린 개의 그것과 같았다. 까까머리에 딱 붙는 티셔츠를 입은 제일 키 작은 남자가 나에게 손을 내밀었다. 내가 그의 손을 잡자 그는 앞으로 몸을 숙였다. 그리고 내 손가락이 그의 입술에 닿았다. 그의 친구들은 그의 대담함에 킬킬댔다.

"아가씨 이름이 뭐야?"

"케이트."

나는 이름을 말하고는 손을 뒤로 돌려 담배를 꺼냈다. 그들이 불편했지만 내색을 하고 싶지는 않았다. 만약 지금 그냥 걸어서 나간다면 얼마나 바보 같아 보일까.

"케이트구나. 이름 예쁘네."

그는 뭔가 달콤한 것을 음미하듯 말했다.

"담배 더 있어, 케이트?"

"아니."

내가 말했다.

"끊으려고?"

"아니."

"아, 그럼 자기 돈으로는 절대 안 사고 항상 술집에 가서 남자 담배를 빌리는 타입이구나?"

그는 친구들을 보며 눈썹을 치켜올렸다.

"걱정하지 마. 그냥 장난친 거야."

그가 조금 더 가까이 다가왔다. 나는 마지막 개비를 꺼내 잔디 위로 던지고 발로 밟았다.

"그래서 이다음에는 어떻게 할 거야? 갈 거야?"

"아니. 이제 집에 갈 거야."

남자가 내 뒤쪽으로 시선을 던졌다. 집 안에서 다시금 음악 소리가 났고 곧이어 발소리가 들렸다. 그리고 얼마 지나지 않아 어깨 위에 톰의 근육질 팔이 놓였다. 술을 진탕 마셔 인사불성이 된 톰이 내게 기대는 바람에 그의 체중 대부분이 내게 실렸다.

"무슨 일이야, 케이트?"

톰이 혀꼬부랑 소리로 말했다.

"어이, 친구."

키 작은 남자가 말했다.

"나는 딘이라고 해."

그가 손을 내밀자 톰이 그 손을 보며 눈을 찌푸렸다. 도로 쪽에서 차의 경적 소리가 들려왔고 집 안에서는 웃음소리가 났다. 우리 주위에 있던 남자들의 말소리가 뚝 끊겼다. 마침내 톰은 남자의 손을 잡고 다부지게 흔들었다.

"네 여자 친구냐?"

"그거 어떻게 생겼냐?"

다른 사람들이 몸을 떨었다.

"톰. 괜찮아. 진정해."

내가 말했다.

"진정하라고 말하지 마."

"네 여자 친구 말 들어, 톰. 다치기 전에 진정해."

그가 다시 긴장하는 게 느껴졌다.

"난 괜찮으니까 제발 진정해."

내가 말했다. 그는 내 어깨에 두었던 팔을 내렸다. 그리고 잠시 혼란스러워 하다가 이내 다시 화가 난 표정을 지었다.

"왜 여기에 나와서 이런 머저리들이랑 얘기를 하고 있는 거야?"

"누가 머저리래?"

남자들 중 한 명이 말했다. 보이지 않는 전류로 가득 찬 듯한 험악한 분위기가 흘렀다. 딘은 소리 없이 활짝 웃더니 그가 들고 있던 빈

병을 떨어뜨렸다. 병은 소리를 내며 부드럽게 잔디 위로 떨어졌다. 그는 톰의 키와 덩치를 보고도 그를 전혀 무서워하지 않았다.

"그냥 말 몇 마디 나눈 것뿐이야."

"그냥 말 몇 마디라."

톰의 목소리가 커졌다.

"톰. 그러지 마."

내가 말했다. 내 목소리에 절박함이 묻어나는 게 싫었다. 나에게 말 걸지 말라고 다른 사람들에게 명령할 수 없다는 사실을 그는 왜 모를까? 질투하는 그의 모습이 얼마나 보기 싫은지 모르는 걸까? 그 모습을 내가 얼마나 싫어하는지 정말로 모를까?

"여기에 남자는 널렸어. 맨날 흰밥만 먹어서 질리면…… 알지?"

딘이었다. 그는 나에게 말하고 있었다.

톰은 내게서 눈을 떼지 않았다. 그 시선에는 당황과 분노가 깃들어 있었다.

"일을 크게 만들지 마, 제발."

"닥쳐, 케이트."

딘은 맥주를 새로 꺼내 길게 한 모금 마시고는 입맛을 다시며 말했다.

"톰, 누가 안 그러디? 너 정말 무례하다고 말이야."

그는 여전히 웃고 있었다. 우리 뒤에서 수군대는 소리가 점점 더 커져갔다.

"톰, 병신 같은 짓 하지 말고 저리 가자."

내가 말했다. 톰은 나를 보고 험악한 표정을 짓더니 딘을 쏘아보았다.

"이년 가져."

톰이 큰 소리로 잔혹한 말을 내뱉고는 나를 딘 쪽으로 떠밀었다.

"넌 이 쓰레기 같은 놈한테나 맞는 년이야."

그가 나에게 말했다. 울고 싶었다. 눈가에 눈물이 차올랐다.

"소름 끼치는 새끼들."

톰은 그렇게 말하고 가버렸다. 그리고 조금 더 큰 목소리로 말했다.

"지 또래 여자는 찾지도 못하는 것들이."

딘이 나를 지나쳐 갔다.

"저거 뭐냐? 저게 바로 거친 남자인지 하는 거냐?"

톰의 학교 친구들이 밖으로 나왔고, 내 주위에서 싸우는 소리가 커졌다. 하지만 나는 알아채지 못했다. 나는 재빨리 안으로 들어가는 톰을 보고 있었다.

"저리 꺼져. 지금 당장."

누군가가 그 나이 많은 남자들에게 말했다. 싸움이 시작됐다. 밀치고, 잡아채고, 살갗이 뜯겨나갔다. 나는 그 한복판에 있었다.

여자들이 비명을 질렀다. 누군가 내 등에 부딪히는 바람에 나는 앞으로 넘어졌다. 그리고 잠시 후, 맥주병이 내 머리에 부딪혀 산산조각 나고 말았다.

> 이후

27

아침에 커튼을 열고 처음으로 시야에 들어온 것은 바다였다. 여기서는 바다가 마냥 잔잔한 것처럼 보이지만 해변에 직접 가서 보면 아마 큰 파도가 잡아먹을 듯이 어귀를 때리고 있을 것이다. 평소보다 서핑을 즐기는 사람들이 더 많았다. 오늘은 토요일, 사람들이 몰려드는 주말이었다. 폭풍우의 잔해가 곳곳에 널려 있었다. 비바람이 휩쓸고 간 마당에는 나뭇잎과 부러진 가지들이 넘쳐났다.

나는 옷을 입고 곧바로 마당으로 나갔다. 어제 내가 작업했던 정원의 화단에는 물이 넘쳐흐르고 있었다. 이제 막 싹을 틔우려던 초록색 새싹들은 뿌리째 뽑혀 쓰러져 있었다. 토마토를 키우려고 울타리에 달아놓은 격자 대는 날아가버렸다. 보는 집 옆에 세워놓은 사다리 아랫부분에 코를 대고 킁킁거리고 있었다.

"왜 그래, 보?"

무슨 일인지 보려고 걸어가니 신발에서 찍찍 하는 소리가 났다.

보의 코끝에는 흠뻑 젖은 공작비둘기가 있었다. 비둘기의 다리는 꺾여 있었고 깃털은 서로 뒤엉켜 있었다. 머리는 익사한 아이처럼 뒤로 젖혀져 있었다. 어젯밤에 유리창에 부딪힌 것이리라. 나는 삽으로 젖은 흙을 파냈다. 사각형 모양으로 파낸 구멍에 새의 다리와 몸통을 넣고, 흙을 덮었다.

마당에 있는 카메라를 의식해서 보를 데리고 천천히 걸어 뒤쪽으로 갔다. 창고 문은 열리지 않았다. 흔들어봤지만 꿈쩍도 하지 않았다. 삽 머리로 문을 내리치고 뒤를 돌아 나에게 항의하는 것처럼 보이는 카메라를 올려다보았다. 문은 여전히 그대로다. 대체 짐은 이 안에 뭘 숨기고 있는 것일까?

그는 착하게 굴면 내 휴대폰을 돌려준다고 했다. 그를 진심으로 믿고 싶었다. 내 휴대폰만 있으면 인터넷에 접속해서 마침내 진실을 알게 될 것이다. 물론 온라인 세계에도 위험은 있다. 세간에 자신의 섹스 동영상이 돌아다니는 그 느낌이 어떤지 아는가? 동영상을 본 모두가 내 몸의 모든 부분을 보게 되는 것이며, 내 다리에 있는 그 흉터가 얼마나 넓게 퍼져 있는지도 알게 되는 것이다. 그런데도 내가 할 수 있는 일은 아무것도 없었다. 짐의 말대로 일단 인터넷에 퍼지면 언제 어디에서든 그 동영상은 존재할 것이다. 인터넷은 어디든 있으니까. 내가 인터넷 없이 살게 되리라고는 생각도 못했다. 하지만 그렇게 생각한 건 모두 짐이 날 여기에 끌고 오기 전의 일이다.

여기 오기 전에는 모든 것이 달랐다. 나에게는 톰도, 윌로우도, 아빠도 있었다. 내가 가진 모든 것을 잃었다는 생각에 빠졌다.

엄지손톱을 물어뜯으며 이제 어떻게 할지 생각했다. 이렇게 좋은 기회는 다시없을 것이다. 나는 방으로 급히 들어갔다. 지난번 히치하이킹 때 얼마나 추웠는지를 떠올리고는 탈출 가방에 옷가지를 더 쑤셔 넣었다. 지금 짐이 카메라를 보고 있을까? 나는 가방을 방에 두고 나왔다.

해변의 날씨를 확인하기 위해 현관문을 열었다. 진입로 입구 옆에 하얀 세단이 서 있었고 안에서 드럼통같이 생긴 카메라 렌즈가 나와 나를 향하고 있었다. 나는 문을 세게 닫고 잠갔다. 검은 옷을 입은 그 남자다. 틀림없다. 그가 아직 여기에 있는 것이다.

물론 짐은 내가 집을 떠날 것을 대비해서 대책을 세워두었을 것이다. 감시하는 사람 하나 없이 나를 혼자 두고 어디를 갈 사람이 아니다. 저 남자는 기자가 아니라 경호원이다. 나를 아무 데도 못 가게 하려고 짐이 돈을 주고 고용한 공범자다. 대체 짐은 어떻게 저 남자를 믿는 걸까? 저 남자는 내가 집에 혼자 있다는 것을 알고 있을 텐데…….

그때 들려온 문을 두드리는 소리에 소스라치게 놀랐다.

보가 침대에서 일어나 짖어댔다. 문으로 내달리더니 문에 몸을 던지며 발톱으로 긁어댔다. 심장이 쿵쾅거렸다. 누구인지는 알 수 없었지만 밖에 있는 사람이 문손잡이를 잡고 문을 열려 하는 소리가 들려왔다. 하지만 이내 문이 잠겼다는 것을 깨달은 듯 도로 쪽으로 멀어지는 발소리가 났다.

처음에는 틀림없이 그 남자라고 생각했다. 하지만 다시 생각해보니 그는 내가 여기 있는 걸 알고 있다. 그러면 왜 문을 두드린 걸까? 부엌 창문을 통해 밖을 엿봤다. 아무도 없었다. 그 사람은 가고 없었다.

나는 재빨리 점심을 먹고 보에게도 먹이를 준 후 짐에게 보여주기 위해 카메라 앞에서 약을 먹었다. 그리고 바로 화장실로 가서 변기에 그것을 뱉었다. 비는 그쳤으니 그 남자가 밖에 없다면 다시 고속도로까지 뛰어가면 된다. 길가에 차가 있는지 확인하려 문을 열었는데 도어매트 위에 뭔가가 있었다. 주유소 영수증 뒷면에 적은 메모였다.

안녕, 에비. 안타깝게 못 만났네! 말을 타고 가다가 네가 말을 보고 싶어 할지 궁금했거든. 아니면 시간 날 때 바비큐 파티를 함께 해도 좋고. 좋은 소식도 있고. 엄마가 너를 다시 보고 싶다고 하셔. 그러니 잠깐 들러주면 좋겠어.

아이소

'좋은 소식'이라니. 맥박이 빠르게 뛰었다. 집에서 편지가 온 걸까? 아이소에게 가봐야 한다. 검은 옷을 입은 남자는 없었다. 나는 글을 커다랗게 써서 부엌 카메라 앞에 비췄다.

보가 산책을 너무 가고 싶어 해요. 오래 걸리지 않을 거예요. 조심할게요.

나는 흥분한 보에게 목줄을 채우고 현관문을 나가 진입로로 향했다. 보는 풀 냄새를 맡으며 나를 끌어당겼다. 도로로 나와 언덕을 내려갔다. 어디선가 차 문이 열렸다 닫히는 소리가 들렸다.

"케이트."

누군가가 나를 케이트라고 불렀다. 나는 뒤돌아보았다. 목에 카메라를 건 검은 옷의 남자가 휴대폰을 들고 빠르게 내 쪽으로 다가왔다. 대체 어디에서 튀어나온 거지?

"진정해, 케이트."

남자가 말했다. 그는 나를 에비가 아니라 케이트라고 불렀다. 호주 억양이었다.

나는 달리기 시작했다. 보도 나를 앞서 쏜살같이 달려나갔다. 차의 시동을 거는 소리가 뒤에서 들리더니 곧 차가 나를 지나 연석에 멈춰 길을 막았다. 남자가 차에서 내렸다.

"케이트, 제발 멈춰. 잠시 이야기를 하고 싶어서 그래."

보가 몸을 낮추며 으르렁거렸다.

"케이트, 네가 그를 죽인 거야?"

나도 모르게 그를 보았다. 그때 길옆에서 갑작스럽게 무언가가 움직였다. 누군가가 우리 집 담장을 넘은 것이었다. 한 명이 넘고 또 한 명이 뒤따라 넘었다. 나에게 돌을 던졌던 소년들이었다.

"네 이야기를 전해줄게. 모두에게 진실을 알려줘. 사람들은 알고 싶어 해."

"손대지 마, 개 같은 놈아."

키가 가장 큰 소년이 남자를 차 쪽으로 세게 밀쳤다. 남자가 나를 보았다.

"이게 무슨 짓이야?"

나는 그의 시선을 피하려고 고개를 숙이고 보와 함께 언덕을 내려갔다.

"이건 폭력이야. 내게 손대지 마."

뭔가가 땅에 부딪히는 소리가 났다. 아마도 그의 휴대폰이 떨어진 것이리라.

"경찰을 부를 거야."

"불러보시지. 우리가 겁먹을 것 같아? 저리 꺼져."

"부모님은 어디 계시냐?"

나는 떨리는 가슴을 부여잡고 계속해서 걸었다. 다시 출발한 차가 나를 빠르게 지나쳤다. 소년들이 언덕을 내려오는 소리를 들으며 마음의 준비를 했다. 그들은 돌을 던졌지만 차는 이미 지나간 지 오래였다.

"이봐, 아가씨."

그들이 불렀지만 나는 발걸음을 멈추지 않았다.

"어이, 아가씨, 괜찮아?"

누군가가 내 어깨를 잡았다. 나는 몸을 웅크렸다. 지금은 머리가 조금 길었지만, 머리가 더 짧았을 때 나에게 했던 욕들을 그들은 기억하고 있을까. 보는 뒤를 돌아 자기 머리를 쓰다듬는 소년에게 뛰어들었다.

"여기, 아까 떨어뜨린 거."

나는 그의 손에서 열쇠를 받아 들었다. 마주친 그의 눈은 따스했다. 하지만 그가 뱉은 모든 말들이 머릿속에서 떠나지 않았다.

“다음에는 그냥 그 새끼한테 꺼지라고 말해. 재수 없는 백인 새끼.”

그는 마치 레몬을 씹은 것처럼 얼굴을 찡그렸다.

“고마워. 그렇게 할게.”

내가 말했다. 보는 떠나기 싫은 듯 소년들에게 애정의 표시를 했다.

‘배신자.’

나는 보를 끌고 아이소의 집에 다다랐다.

‘케이트, 네가 그를 죽인 거야?’

나에게 겁을 주고 죄책감을 느끼게 하라며 짐이 그에게 돈을 줬을지도 모른다. 짐의 책에서 과학자들이 말하기를, 기억을 조작하려면 직접 말하지 말고 질문을 하라고 했다.

아이소의 집 가까이에 왔을 때, 잠시 길가에 멈춰 서서 몸과 마음을 진정시켰다.

‘네가 그를 죽인 거야?’

아이소의 집 대문으로 들어가 진입로의 진흙길을 걸어갔다. 집 가까이 가도 인기척이 느껴지지 않았다.

“어이.”

옹벽 뒤에 있는 채소밭에서 아이소의 목소리가 들려왔다.

“에비야?”

“안녕. 메모 남긴 거 봤어.”

보가 목줄을 끌어당겼다. 몸을 굽혀 풀어주자 보는 땅에 코를 대고 킁킁거리며 앞으로 내달렸다. 아이소는 쭈그려 앉아 보의 귀 뒤를 긁어주었고 보는 그의 얼굴을 핥아댔다.

"좋은 소식이 있다며? 나한테 편지가 온 거야?"

그의 안색이 변했다.

"아니. 주말에는 편지 배달을 안 해. 그리고 편지 보낸 지 얼마 안 됐잖아."

아이소가 인상을 쓰며 말했다. 하루 이상 걸릴 것은 당연한 일이었다. 왜 바보같이 희망을 가졌을까? 그는 모종삽을 휙 던지고 화제를 바꾸었다.

"엄마가 돌아오시기를 기다리고 있는 중이야. 그러면 말을 타고 산책하자."

"음, 그럼 좋은 소식이란 게 뭐야?"

내가 물었다.

"오클랜드 가고 싶다고 하지 않았어? 내가 월요일에 그쪽으로 갈 일이 있거든. 원한다면 태워줄게."

이틀 후다. 그러면 된다. 이틀만 기다리면 내가 아는 사람, 공황장애가 오면 차를 세우고 도와줄 누군가의 차를 얻어 탈 수 있는 것이다. 나는 미소 지었다.

"고마워, 아이소. 정말 좋은 소식이야."

"괜찮다면 월요일에 점심 먹고 네 집으로 갈게."

"아니. 태우러 오지 마. 여기서 만나자."

그가 어깨를 으쓱했다.

"그것도 괜찮지. 그럼 오늘은 탈 거야?"

"타다니?"

"말 말이야. 엄마의 안장을 쓰면 될 거야. 너한테도 나쁘지 않을 거라고 생각했는데. 어때?"

그는 머리를 긁적이며 자신감 없이 말했다.

나한테 나쁘지 않다니. 내가 차 안에서 공황 장애를 일으켰던 사실을 엄마로부터 들은 것이 분명하다.

"글쎄, 이전에 말을 타본 적이 없어서. 어렸을 때 두어 번 정도 탄 게 전부야."

"헬멧 쓰고 조심하면 돼."

이제 그는 주저하는 듯한 모습이었다.

"절대 안전할 거야. 엄마의 늙은 말이 초보자가 타기에 딱이거든."

"재밌겠다."

내가 말했다.

"좋았어."

아이소는 손으로 흙을 털어내고, 주머니에서 휴대폰을 꺼내 메시지를 보냈다. 지금 그에게 잠깐 휴대폰을 쓸 수 있는지 물어볼 수도 있다. 하지만 짐은 무엇이든 추적당할 수 있다고 했다. 그는 오로지 특별한 브라우저와 암호화된 토르 네트워크만 썼다. 내가 외부 세계와 접촉하려 했던 시도는 이전에 건 전화가 유일했다. 검은 옷을 입은 남자가 나를 찾아낸 것은 내 잘못일까?

"엄마한테 확인해보자. 엄마가 어디 계신지 보고."

우리는 정원에서 일하면서 잡담을 나눴다.

"엄마는 아직 대답이 없으셔?"

내가 물었다. 나를 쳐다보는 그의 눈에 죄책감이 깃들어 있었다.

"응, 아직이네."

곧 아이소 엄마의 차가 진입로로 들어왔다. 그녀가 차에서 내리자 아이소는 나에게 타라고 몸짓했다.

"안녕, 또 보는구나, 에비."

"안녕하세요."

"우리 말 탈 거예요, 엄마. 좀 이따 올게요."

"그래, 나중에 보자꾸나."

"보를 여기 마당에 잠시 둬도 될까요?"

"괜찮을 거야."

아이소는 그렇게 말하고는 이번에는 엄마에게 말했다.

"얘 좀 잘 돌봐주세요."

그리고 차는 출발했다. 마케투에서 멀리 떨어지지 않은 길을 달렸다. 전에 와본 적이 없는 길이었다. 아스팔트 길이 자갈길이 되었지만 아이소는 속력을 줄이지 않았다. 바퀴가 자갈을 튕겨냈고 그에 따라 차도 흔들렸다. 곧 농장에 도착했다. 텅 빈 두 방목장 사이로 난 진흙길로 들어가니 길 끝에 목조 창고가 있었다. 근처에 솟은 굴뚝이 마치 하늘을 가리키는 손가락처럼 보였다. 한때 사람이 살았을 법한 집들이 수는 그리 많지 않았지만 남아 있었다.

창고 근처에 말 세 마리가 있었다. 두 마리는 회색이었고, 한 마리는 암갈색이었다. 회색 말 중에 작은 쪽은 아이소의 집에 걸려 있던 사진에도 나와 있던 말이었다.

아이소는 창고에서 말을 타는 데 필요한 장비들을 챙겨 나왔다. 울타리 위에 안장과 내게 줄 헬멧을 올려놓고 고삐 하나를 나에게 건네주었다.

"이렇게 하는 거야."

그는 말하면서 자신의 몸 뒤로 고삐를 감췄다. 나는 그를 따라 하면서 푸른 방목지를 가로질러 출발했다.

"말들은 순해?"

내가 물었다.

"그럼. 아주 순해."

그는 건초더미에 손을 뻗어 풀을 뽑아 들고 말을 향해 걸어갔다. 말들은 아이소가 걸어오는 모습을 호기심에 찬 눈빛으로 바라보았다. 갈색 말이 제일 먼저 앞으로 나왔다.

한낮의 태양 아래 아이소의 팔에 도드라진 핏줄과 근육이 보였다. 그는 러닝셔츠 차림에 머리카락은 올려 묶고 있었다. 그의 머리 주변에는 굵은 곱슬머리가 흘러내려와 있었다. 그는 손가락으로 고삐의 쇠 부분을 만지작거렸다.

"몇 살이야?"

내가 물었다.

"스물. 왜?"

그가 대답한다.

"글쎄. 그보다 더 먹은 줄 알았어."

그는 웃으며 돌아봤다.

"고마워."

기분이 좋아지려 했지만 무언가가 걸렸다. 짐이 와서 물어보면 대답을 해야 한다. 카메라로 감시를 하고 있을 짐은 지금 내가 어디에 있는지 궁금해 할까? 짐은 어디에 간 걸까? 비상 상황도 아닌데 내가 집을 나가서 화가 났을까?

갈색 말은 아이소의 손에 코를 대고 냄새를 맡았다. 그러고는 입술을 배죽거리더니 풀을 뜯었다. 아이소는 고삐를 말의 머리 위로 올리고, 손가락을 눈과 코 사이의 평평한 곳까지 내렸다.

"착하지."

그는 충직한 짐승의 목을 사랑스러운 듯 쓰다듬은 후 창고 옆으로 끌고 가 길게 이어진 난간에 묶었다. 나는 다른 두 마리 말이 다가와 나를 둘러쌀 때까지 가만히 서 있었다. 내 숨소리가 컸던 걸까. 아니면 나의 공포감이 커지고 있다는 걸 알아차린 걸까. 아이소가 내 쪽으로 걸어오고 있었다. 그는 내 고삐를 들고 재빨리 손을 올려 더 큰 회색 말의 목을 끌었다. 그러고는 나에게 줄을 건넸다.

말은 내 뒤를 바짝 따르고 있었다. 나는 계속 뒤를 돌아보았다. 말이 내 위로 뛰어 오를까 걱정이 되었다. 하지만 말은 유순하게 앞을 보고 있었다. 내 숨도 잦아들었다.

아이소가 안장을 말 위에 폈다. 내가 탈 말의 이름은 크래커라고 했다. 크래커의 등은 나무 그루터기처럼 안정적이고 유연해서 안심이 되었다. 아이소는 안장을 채우고 나서는 말을 묶지도 않았다. 나는 헬멧을 썼다. 턱 끈을 조였는데도 헐거운 것 같았다. 머리카락이 들어갈 자리가 비어서 그럴 것이다.

"좋아. 승마는 자전거 타는 거랑 비슷하지만 그것보다 훨씬 쉬워."

그는 고삐를 가리켰다.

"이쪽으로 당기면 얘가 왼쪽으로 갈 거야. 반대쪽으로 당기면 오른쪽으로 갈 거고. 속도를 늦추려면 고삐를 뒤로 당겨. 빨리 달리게 하려면 발꿈치로 얘의 몸 양쪽을 차면 돼. 쉽지?"

"알았어. 일단 가만히 있게 해줘."

내가 말했다.

"괜찮을 거야."

그는 몸을 웅크리고 내가 타고 올라갈 수 있게 손으로 받쳐주었다.

"내 어깨를 잡아도 돼."

그의 말대로 나는 그의 어깨를 잡았다. 탄탄한 근육의 감촉이 느껴졌다. 그의 손 위에 발을 올려놓자 그가 일어나 나를 들어 올렸다.

"다리를 올려."

말을 타고 몇 걸음 천천히 앞으로 나아갔다. 맥박이 요동쳤다. 어렸을 적, 망아지를 탔을 때는 느낄 수 없던 기분이었다. 옛날보다 훨씬 더 높은 곳에서 세상을 내려다보는 듯한 느낌이 들었다.

"괜찮아."

아이소가 굴레를 잡고 말했다. 안장은 내 밑에 안착돼 있었다.

"고삐를 당겨."

그의 말대로 고삐를 당기자 말이 멈췄다. 아이소는 등자에 한쪽 발을 올리고 말의 넓은 등을 가로질러 반대쪽 다리를 내렸다. 그는 진흙길을 따라 도로 쪽으로 우리를 안내했다. 내 엉덩이 아래에서 크래커의 등이 움직였다. 길이 어느덧 자갈길로 바뀌고 더 가니 아스팔트 길이 되었다. 아이소는 한 곳을 가리켰다. 어렸을 때 그곳에서 지나가던 차가 말을 타고 가던 그에게 경적을 울렸던 곳이라고 했다. 그 바람에 말이 놀라 도로에 고꾸라져 쇄골이 부러졌다고 했다. 그 이야기는 내 안에서 커지는 공포를 오히려 더 부채질할 뿐이었다. 대부분 창을 까맣게 칠하고 소음기에서 우렁찬 소리를 내며 지나가는 차들에게 아이소는 매번 손을 들고 고개를 끄덕하며 인사했다.

까맣게 타버린 집이 나왔다. 검은 소금못이 썩어가는 물막이 판에 고여 있었고 한쪽 벽은 무너져 내부가 고스란히 보였다. 지붕은 콘크리트 위로 내려앉아 있었다. 내벽은 모두 빨간색 낙서로 가득

했다.

"티리의 옛날 집이야."

그가 말했다. 나는 그곳을 지나치며 그 집을 바라보았다.

"무슨 일이 있었던 거야? 불이 났어?"

내가 물었다.

"응. 그 불이 많은 사람들의 인생을 바꿔놨어."

아이소는 마치 내 다음 질문을 기대했다는 듯이 계속 말했다.

"우리 아버지도 저기서 죽었어."

우리는 죽음과 정면으로 마주하기 전까지는 그것을 진정으로 이해하지 못한다. 처음에는 마치 전혀 모르는 곳에서 일어나는 전쟁처럼 낯설게 느껴진다. 하지만 그것과 대면하게 되면, 삶에 대해서 그리고 땅에 묻혀 썩어가는 육체에 대해서 생각하는 것이다. 그리고는 모두가 그다음에는 무엇이 있는지 알고 싶어 한다. 나는 다른 사람보다 일찍 죽음과 대면했다. 가끔 엄마가 죽지 않았다면 내 인생이 얼마나 달라졌을까 생각해보곤 한다. 아이소도 나와 똑같다는 것을 알게 되었다. 아마 그래서 내가 그를 실제보다 나이가 더 들었을 거라고 생각했던 것이리라. 편부모 아래에서 자란 아이는 남보다 두 배는 빠르게 성장하는 법이다.

"아빠는 구급의료대원이었는데, 차를 타고 집으로 오다가 불이 난 걸 본 거야. 11살 때부터 엄마가 혼자 나를 키우셨지."

"정말 미안해, 아이소."

"네 잘못이 아니잖아. 아마 이 일 때문에 티리와 내가 그렇게 친하게 지내는 걸 거야."

그녀의 쇄골에서 목까지 이어진 흉터가 떠올랐다.

"너희 아빠가 티리를 구한 거야?"

"응. 하지만 그녀의 동생은 구하지 못했어. 아빠가 서둘러 들어갔지만 둘 다 나오지 못했지."

우리는 말없이 말을 타고 나아갔다. 들려오는 소리라고는 말발굽 소리와 저 멀리서 들려오는 파도 소리뿐이었다. 왼편으로 하얀 칠이 벗겨져 나무가 그대로 드러난 헛간이 나타났다. 창과 문이 활짝 열려 있어 마치 소리 지르고 있는 얼굴의 눈과 입 같았다.

"한번은 저기서 목매달려 죽어 있는 양을 발견했어. 누군가가 방목지에서 끌고 와서 매단 게 틀림없어. 고기를 얻으려고 매달아 죽이는 사람들도 있지만, 그저 재미로 죽이는 아이들도 있거든."

지나가는 차 안에서 또다시 톰의 얼굴이 보였다. 말을 꺼내려 했지만 목이 꽉 막혀 나오지 않았다. 몸이 떨렸다. 나는 숨 쉬는 데 집중했다.

우리는 내리막길로 꺾어져 갔다. 헬멧이 두피 위에 까칠까칠하게 자란 내 머리카락을 할퀴었다. 길가에는 수많은 양치류 식물이 줄지어 자라나 있었다. 강어귀와 평평한 반도의 풍경이 펼쳐지고 도로 옆 갓길이 사라졌다. 그 때문에 아스팔트 도로 가장자리에 한 줄로 서서 가야 했다. 다행히 내려갈 때는 차가 한두 대만 지나갔다.

평평한 길이 나오자 아스팔트 길을 빠져나와 해변의 야영장으로 들어갔다. 우리의 머리 위에서 갈매기가 맴돌았다.

우리는 모래밭 위에 있었다. 이곳에서는 굳이 고삐를 당기거나 하지 않아도 되었다. 크래커가 마치 어디를 가는지 잘 알고 있는 듯이 움직였기 때문이다.

"아이소."

다시 한 번, 머리로 생각하기에 앞서 그를 믿어도 된다는 느낌이 들었다. 어쩌면 내가 믿을 수 있는 유일한 사람일지도 모른다. 그를 내 편으로 만들고, 나의 탈출 계획을 짐에게 누설하지 않도록 해야 한다.

"비밀 지킬 수 있어?"

"무슨 비밀?"

그가 주위를 경계하며 말했다.

"약속해. 아무에게도 말하지 않겠다고."

그는 고개를 나에게 돌리고 손으로 해를 가렸다.

"내가 이 일에 관여해도 되는지 잘 모르겠어."

"무슨 일?"

그는 조금 얼굴을 찡그렸다.

"그게, 네 삼촌이 너를 잘 살펴보라고 했거든. 네가 위험한 일을 하지 않도록."

"뭐라고?"

"그런데 너는 하고 싶은 일은 어떻게든 할 것 같아서, 이렇게 말하는 거야."

"내가 자해하는 게 아니야. 나를 다치게 하는 건 그라고!"

나는 성급하게 그를 믿으려 했던 자신이 원망스러웠다. 아이소는 인상을 썼다.

"몇 살이야, 에비?"

"열일곱."

"그래. 자세한 내막은 모르겠지만 너희 삼촌이 너를 정말 걱정하고 있고, 그저 널 돌봐주고 싶은 마음이라는 인상을 받았어. 하지만 만약 실제로는 그렇지 않은 거라면 그렇지 않다고 말해야 해."

짐은 아이소의 생각을 꿰고 있었다.

"네가 우리 집에 왔을 때 삼촌이 뭐라고 했어?"

"말했잖아, 에비. 더 이상 말하면 안 될 것 같다고."

아이소는 확실히 불편해 보였고, 인상도 더 구겨져 있었다.

"어서, 이쪽으로 올라가."

그가 말했다. 우리는 경사진 계단을 올랐다. 아이소가 앞으로 기대자 그의 말이 숨을 내쉬었다. 그러고는 재빨리 주차장의 흙을 밟으며 올라갔다.

"머리 쪽으로 몸을 기대고 발꿈치로 차는 거야."

아이소가 소리 질렀다. 내가 말의 갈비뼈를 발로 차자 말이 앞으로 요동쳤다.

우리는 주차장을 가로질러 경사진 도로를 올라가기 시작했다. 마케투로 다시 돌아가고 있는 것이다. 길 위쪽에는 두 명의 나이 든 여자들이 앉아 있었고 조금 떨어진 곳에 아이들 몇 명이 오래된 헛간에 묘기자전거를 기대어놓고 기다리고 있었다. 헛간의 녹슨 양철 지붕은 오래된 종이책 표지처럼 끝이 말려 있었다.

"제발 우리 삼촌이 뭐라고 했는지 말해줘, 아이소. 네가 얘기했다고 절대 말하지 않을게."

"내용이 아니라 말하는 태도를 보니 내가 관여하면 위험할 것 같았어."

"위험해? 어떻게 위험한데?"

나는 화가 나서 다그쳤다.

"나도 모르지. 그건 그렇고 나랑 오클랜드에 가고 싶으면 데리고 갈게. 물론 너희 삼촌이 허락한다는 전제하에서 말이야."

"나는 호주로 돌아가야 해, 아이소."

나는 절실하게 말했다.

"나를 사랑하고, 나를 아껴주는 사람들이 있는 집으로 돌아가야 한다고. 그래서 오클랜드로 가야 하는 거야. 돈은 구할 수 있어. 돈이라면 줄게."

"돈이 문제가 아니야, 에비."

아이소는 말없이 자신의 손을 바라보았다. 그러고는 무언가 생각난 듯 불쑥 그의 주머니를 툭툭 쳤다.

"젠장."

그가 말했다.

"왜?"

"별일 아니야. 휴대폰을 차에 두고 왔어."

"기다리는 전화라도 있어?"

"그런 게 아니야. 에비, 그냥 삼촌한테 집에 데려다 달라고 하면 안 될까?"

나는 터져 나오는 눈물을 막으려고 애를 쓰며 고개를 끄덕였다.

"휴가를 간다고 해놓고는 이곳으로 데리고 온 거야."

나는 망설였다. 그가 짐에게 바로 고하지 않고, 경찰에도 가지 않을 정도만 얘기해야 했다.

"밤에는 나가지도 못하게 해. 그리고 집에서 무슨 일이 있었는지에 대해 거짓말을 했어. 사람들이 나를 찾으려고 한다면서 나를 가두고……"

나는 말을 멈췄다. 이것은 위험하다. 너무도 진실에 가까운 말이다.

"그는 우리가 사람들의 이목을 끌지 않기를 바라고 있어. 내가 부탁하는 건 그저 오클랜드로 갈 때 나를 같이 데리고 가달라는 것뿐이야. 내 말이 사실이라고 맹세할 수 있어. 그는 조금씩 내 자유를 앗아가고 있어. 나도 이제 다 컸는데."

"세상에, 어떻게 그럴 수 있지? 경찰에 알리면 되잖아. 내가 같이 가줄게."

"안 돼."

내 계획이 얼마나 빨리 역효과를 낳을 수 있는지를 깨달으며 말했다.

"왜 안 돼?"

"그건……"

숨을 깊이 들이쉬고 천천히 내쉬었다.

"이유는 말할 수 없어. 하지만 경찰을 끌어들이면 안 돼."

"음. 대체 무슨 말이 하고 싶은 거야, 에비?"

그는 헛기침을 하고 말했다. 나는 다시 말하지 않았다. 그에게 진실, 혹은 내가 진실이라고 믿는 것을 얘기하면 그가 혼자 조사를 할지도 모른다. 그러면 그는 짐의 편에 설 수도 있고 경찰에 바로 신고할 수도 있다. 나를 믿게 하면 그가 나를 오클랜드까지 데려다줄 것이다. 그에게 전부 말할 필요는 없다. 그냥 필요한 정도만 얘기하면 된다.

우리는 말없이 길을 따라갔다. 마구간에 돌아와 아이소는 말에서 내린 후 내가 크래커에서 내려오는 걸 도와주었다. 그는 내가 안장에서 미끄러져 내려오자 내 엉덩이를 받쳐 풀 위에 앉도록 했다. 우리는 아주 가까웠다. 그의 팔을 붙잡고 있었지만 아이소는 이내 고개를 돌렸다. 그는 허벅지 앞쪽에 손바닥을 문지르더니 재빨리 크래커의 고삐를 잡고 두 마리의 말을 방목지로 데리고 갔다. 나는 아랫입술을 아픔이 느껴질 정도로 깨물었다. 얼마나 오래 말을 탄 걸까? 적어도 2시간은 탔으려나?

장비를 정리한 후, 우리는 차에 탔다. 시동을 걸기 전, 아이소는 조수석 수납함을 열고 충전기와 휴대폰을 꺼냈다. 잠시 전화를 써도 되는지 물어보고 싶은 마음이 간절했지만 구글 검색을 한 번이라도 하는 순간에는 모든 노력이 헛수고가 될 거라고 한 짐의 말이 떠올랐다.

아이소는 대문 앞에서 차의 시동을 켠 채 밖으로 나가 문을 열었다. 가운데 계기판에 지갑이 놓여 있었다. 그는 돌아와서 문을 통과한 후 다시 내려서 문을 닫으러 나갔다. 그가 나간 사이에 지갑을 열어보니 화려한 색의 카드가 있었다. 커피 도장이 찍힌 쿠폰이었다. 운전면허증도 있었다. 그가 다가오고 있었다. 신용카드를 찾았다.

'망설이지 마.'

나는 카드를 주머니에 넣고, 그가 오기 전에 지갑을 원래 있던 곳으로 던졌다.

"내 알 바는 아니지만, 에비, 네 삼촌이 너에게 해를 가하면 너도 가만있으면 안 돼. 경찰 말고 다른 선택지도 있어. 청소년 가정 센터도 있잖아."

그가 직접 말하지는 않았지만 나는 그 속에 '네 말이 사실이라면 경찰서로 가는 사람이 있겠어?'라는 숨은 뜻이 있다는 것을 알아챘다.

그는 운전대를 한 손으로 잡고 자갈길로 차를 몰고 갔다.

"무엇 때문에 네가 망설이는지 모르겠어."

나도 언제나 스스로에게 같은 질문을 한다. 일부는 짐 때문이기도 하다. 내가 틀렸을 수도 있다. 짐이 나에게 진실을 말하고 있고 그래서 내가 예전의 생활로 돌아갈 수 없다면, 나는 분명 경찰에게 갈 수 없는 것이다.

"아니야, 괜찮아."

"바비큐는 같이 할 거야?"

"응. 할게."

● ● ●

진입로에 나타난 아이소의 차를 본 보가 멍멍 짖으며 마당을 이리저리 뛰어다녔다. 내가 차에서 내려 다가가자, 흥분한 보가 뛰어와 내 손을 핥았다.

나는 보를 마당에 두고 안으로 들어갔다. 다시 한 번 복도 벽에 늘어선 사진 쪽으로 다가갔다. 아이소가 물고기를 들고 있는 사진도 있었고, 아빠의 손을 잡고 있는 사진도 있었다. 그리고 지난번에는 못 보고 지나쳤던 사진도 있었다. 사진 속 어린 아이소의 옆에 그보다 더 어려 보이는 소년이 있었다. 심장이 멎는 것만 같았다. 이 사진을 어디선가 본 적이 있었다. 여기가 아닌 다른 곳에서. 틀림없었다. 그 소년은 톰이었다.

"에비."

아이소가 복도 끝에서 불렀다.

"뭐 해?"

나는 톰의 얼굴을, 주근깨가 덮인 활짝 웃는 그의 얼굴을 다시금 보았다. 분명 톰이다. 알고 있었다. 하지만 동시에 그럴 리가 없다는 사실도 알고 있었다. 있을 수 없는 일이다.

"아이소."

나는 목소리를 진정시키며 말했다.

"얘는 누구야?"

그가 복도로 와서 몸을 기울여 사진을 보았다.

"그건 스탄이야. 와이히에 사는 사촌."

그리고는 내 뒤를 지나 부엌으로 갔다. 나는 그를 따라갔다. 아이소는 부엌에서 칼로 소시지를 자르고 있었다. 나를 올려다보는 그의 파란 눈에 호기심이 깃들어 있었다.

"말 타는 건 어땠어? 식은 죽 먹기였지?"

"재미있었어. 태워줘서 고마워."

그는 휴대폰을 확인했다.

"엄마가 가게에서 샐러드거리를 사고 있대. 뭐 먹고 싶은 거 있으면 말해. 내가 엄마한테 말할 테니까."

고개를 들어 반바지와 민소매 운동복을 입고 있는 날씬하지만 탄탄한 그의 모습을 보니 내가 무언가를 강요하고 있는 느낌이 들었다. 히치하이킹을 하려 했던 그 이상한 날이 갑자기 떠올랐다. 그의 엄마가 나를 태우러 왔고, 내가 에비라는 사실도 이미 알고 있었다. 아이소의 엄마는 또 무엇을 알고 있을까?

"내가 껴도 괜찮겠어?"

"물론이지. 나중에 사람들이 더 올 거야."

아이소는 찬장에서 은박지를 꺼냈다.

"다른 사람들?"

"응, 친구들 몇 명."

"아, 알겠어."

지금 여기서 떠날 수도 있었지만 검은 옷을 입은 남자가 아직도 어딘가에 도사리고 있다.

"넌 정말 운이 좋아, 케이트. 내 유명한 도미구이는 매일 나오는 게 아니거든. 이른 아침에 막 잡은 거야."

나는 아이소의 말에 반응하려고 노력했다. 그는 내게 있어 가장 친구에 가까운 사람이었다.

"기대되네."

"그런데 왜 너희, 음……"

그는 잠시 말을 멈추고 뒤통수를 긁적이며 말을 이었다.

"……너희 삼촌은 마을 밖으로 나간 거야?"

나는 집 열쇠를 손에 쥐었다. 긴장했을 때 나오는 버릇이었다. 나는 그를 빤히 쳐다보았다.

"어떻게 알았어?"

"뭐?"

그의 시선은 은박지에 고정돼 있었다.

"그걸 어떻게 알았냐고. 삼촌이 외출했다는 걸 어떻게 안 거야? 난 말한 적 없는데."

그가 나를 바라보았다.

"티리아나가 말해줬어. 네 삼촌이 마을 밖으로 가는 걸 봤다고."

정말이지 거짓말이 서투르다. 그의 동공은 흔들리고 있었고 아랫입술을 잘근잘근 깨물고 있었다.

"그래?"

짐은 어젯밤 늦게 떠났다. 티리아나가 그 모습을 볼 수 있을 리가 없다. 아이소는 침을 삼키고 왼쪽 귀 뒤편을 문질렀다.

"응. 티리가 말해줬어."

그때 현관문이 삐걱거리며 열렸다.

"안녕."

도나의 목소리였다.

"집에 있니?"

"부엌에 있어요."

도나는 미소를 지으며 복도를 지나 우리에게 다가왔다. 나는 억지로 웃음을 지었다.

"안녕, 에비."

그녀는 나에게 인사하고 샐러드거리가 든 봉투를 들어 올리며 아이소에게 말했다.

"이거 사왔단다. 모자라지 않아야 할 텐데 말이지. 마당에서 토마토 몇 개 따서 샐러드에 넣으면 될 것 같아."

"다시 뵙게 돼서 반가워요."

"나도 반갑구나, 에비."

그녀는 코를 찡그리며 웃었다.

"말 타는 건 어땠니?"

"재미있었어요."

"그래, 잘됐구나."

나는 아이소를 따라 베란다 아래 뒷마당으로 나왔다. 이곳이 바비큐를 할 장소였다. 플라스틱 의자에 앉아 그가 그릴을 닦는 모습을 바라보고 있었더니 보가 다가와서 머리를 내 무릎에 기대었다.

어깨 너머로 펼쳐진 잔디밭 풍경은 우리가 어디에 있는지를 잠시 잊게 해주었다. 여기에서는 정말 낙원이 있다고 믿을 수 있을 것만 같았다. 우리 집처럼 높은 데에 있지는 않지만 저 멀리 만까지 보였다. 짙푸른 바다에 하얀 파도가 부서졌다. 마당 구석에는 키 작은 나무 한 그루가 가지를 넓게 펼치며 자라고 있었다. 앉기에 좋아 보였다.

아이소가 그릴 위에 도미와 소시지를 올렸다. 그리고 냉장고에서 꺼낸 양고기 봉지를 열고 고기를 집게로 집어 그릴 위에 올렸다.

그 나무가 있는 쪽으로 걸어가니 보가 따라왔다. 나는 제일 낮은 가지 위에 앉아서 더 위에 있는 가지에 다리를 뻗었다. 그렇게 앉아 만을 바라보았다.

"에비."

아이소가 주저하면서 나를 불러 그가 있는 쪽을 돌아보았다. 그는 집게를 들고 바비큐 그릴에서 조금 떨어져 있었다.

"너…… 그 위 괜찮아?"

"바로 내려갈 거야."

월요일. 월요일이면 아이소와 함께 떠날 수 있다. 물론 짐의 지시를 받은 아이소가 나를 다른 곳으로 보내려는 술수일지도 모른다. 하지만 달리 선택권이 있을까?

아이소의 친구들이 도착했다. 아이소의 또래로 나보다 한두 살 많아 보이는 남자 두 명과 여자 한 명이었다. 나는 나무에서 내려와 그들과 합류했다.

그들은 각자 스티브, 아나루, 리아라고 소개했다. 스티브가 하얀 플라스틱 의자를 세 개 더 끌고 왔다.

"뭐 좀 마실래, 에비?"

아나루가 권했다. 그는 잠수복을 어깨에 걸치고 있었다.

"괜찮아."

그는 자기와 리아가 마실 맥주를 따고는 빨랫줄에 잠수복을 널었다.

"여기 얼마나 머물 생각이야, 에비?"

리아가 물었다.

"아, 지금은 여기서 살고 있어."

"멋지다. 우리는 푸케히나 근처에 살아. 여기서 20분 정도 가면 나와."

아나루가 말했다. 여기 온 지 어언 한 달, 처음으로 정상에 가깝다는 느낌을 받았다.

아이소는 아직 그릴 위의 소시지를 뒤집고 있었고, 도나는 샐러드 그릇을 나무 탁자에 세팅하기 시작했다. 문이 열렸다 닫히는 소리가 나더니 티리아나가 집 모퉁이를 돌아 나타났다. 보가 달려가 그녀를 맞이했다. 비록 목에는 분홍색 흉터가 있지만 초록색 눈동자에 검은 머리의 티리아나는 아름다웠다. 나는 내 후드의 소맷부리를 꽉 움켜쥐었다.

보는 여분의 소시지를 들고 있는 티리아나의 발꿈치에 코를 들이대고 킁킁거렸다.

"미안, 늦어버렸네. 가게를 봐줄 사람을 구할 수가 없었어."

"괜찮아. 마음껏 마셔."

티리아나는 짐빔을 유리잔에 따르고 그 위에 콜라를 붓고는 내 옆에 앉았다.

"안녕, 에비. 오늘 말 탔다며. 아이소가 나한테 메시지했어. 아주 능숙했다던데."

나는 얼굴을 붉혔다.

"능숙했는지는 잘 모르겠어요. 정말 무서웠거든요."

티리아나는 한 손으로 담배를 쥐고, 다른 한 손으로는 보의 머리를 쓰다듬었다. 하지만 보는 그녀는 물론 다른 사람은 본체만체했다. 그의 시선은 오로지 아나루만을 향해 있었다. 그가 그릴에서 소시지를 하나 집어 빵 사이에 끼워 먹고 있었던 것이다.

"어서 먹자."

아이소가 고기를 탁자 위에 놓으며 말했다. 우리는 각자 접시를 들고 음식을 덜었다. 나는 샐러드와 양고기 한 점을 덜었다. 배가 그다지 고프지 않았다.

아이소는 마지막에 자기 접시를 채우고 앉아 맥주 한 병을 따서 길게 한 모금 들이킨 후 이끼 색으로 물든 언덕 뒤로 저물어가는 태양을 보았다. 다른 이들도 고개를 돌려 아이소의 시선이 향한 곳을 보았다. 우리는 잠시 말없이 광경을 바라보았다.

"나쁘진 않네."

아나루가 말했다.

"정말 예쁘다."

내가 말했다.

그때 아이소가 휴대폰을 꺼냈다.

"말 나온 김에 이것 좀 봐봐."

그는 휴대폰을 우리에게 돌렸다.

"와아."

우리 중 한 명이 소리쳤다. 사람들의 시선이 나를 향했다. 티리아나가 건네준 휴대폰 화면 속에는 구름 사이로 저물어가는 태양빛을 받은 내 실루엣이 있었다. 나무에 다리를 올리고 앉아 있는 나의 저 아래로 만이 보였다. 튼튼한 다리와 짧은 머리, 헐렁한 후드티 때문에 마치 남자처럼 보였다. 나는 휴대폰에서 사진을 지우고 아이소에게 건넸다.

"내 사진 찍지 마."

나는 그와 눈을 마주치며 조용히 말했다. 잠시 동안 정적이 흘렀다.

태양 빛이 타고 남은 석탄처럼 언덕 너머로 기울고 있었다. 땅거미가 지기 시작했다. 아이소가 화로를 켜는 중, 뒷문이 닫히는 소리에 우리 모두 그쪽을 돌아보았다. 짧은 머리에 쌀쌀맞은 회색 눈의 한 남자가 어슬렁어슬렁 오고 있었다. 그의 손에는 맥주 두 병이 들려 있었다.

"믹."

아이소가 불렀다.

"어서 와요. 다들 누군지 알죠? 아, 얘는 에비예요."

그 남자는 악수를 하며 눈을 가늘게 뜨고 몸을 숙여 나를 자세히 뜯어봤다.

"오호페에 다니나?"

그가 물었다. 오호페가 대체 뭘까?

“저요?”

“그래, 어느 학교에 다니지?”

“아, 전 멜버른에서 왔어요.”

내가 대답했다.

“멀리서도 왔네. 그것도 아주 큰 도시에서.”

그는 고개를 저은 후 접시를 가져왔다.

“그나저나 어디서 널 본 적이 있는 것 같은데. 틀림없이 전에 만났던 것 같아.”

나는 자리를 옮겨 시선을 떨구고는 바닥에 자라난 풀을 내려다보았다.

‘그들이 너를 찾아낼 거야.’

내 옷장 바닥에 있는 탈출 가방이 멀리 떨어져 있는 것 같이 느껴졌다. 나는 절대 톰과 내가 했던 행동에서 도망치지 못할 것이다. 짐은 뾰족한 물건과 내 몸을 지키는 데 쓸 수 있는 모든 것을 가지고 가버렸다. 하지만 도끼는 아직 그대로 집에 있었다. 화로에서는 열기가 뿜어져 나왔지만, 갑작스럽게 한기가 느껴져서 팔을 감쌌다.

“음, 글쎄요. 전 여기 온 지 얼마 안 됐어요.”

볼이 타오르는 것 같았다.

“전에는 머리가 길었지?”

두려움이 등줄기를 타고 올라왔다.

“아니요. 항상 짧았어요.”

마케투에 와서 몇 시간 만에 머리를 밀었다. 4주 전의 일이었다.

그의 기다란 분홍색 코 끝에 수염이 송송 나 있었다.

"그럼 다른 사람인가 보군. 그런데 정말 똑같이 생기긴 했네."

그는 고개를 숙였지만 그가 교활한 미소를 짓는 것을 나는 놓치지 않았다.

"여기저기 돌아다니시잖아요."

무리의 한 명이 말했다.

"그런데 왜 멜버른을 떠나온 거야?"

믹이 다시 내게 말을 걸었다. 모두가 아무 말도 하지 않았다. 나는 그를 향해 얼굴을 찌푸렸다. 그는 양고기 조각을 가져가 물어뜯었다.

"변화를 주고 싶어서요."

그는 입 안에 든 걸 삼키지도 않고 말을 이었다.

"뭐, 변화?"

저들이 내 심장 소리를 들을 수 있을까? 목에서 팔딱팔딱 뛰는 핏줄을 보면 어떡하지?

나는 천천히 숨을 들이쉬고 내쉬었다. 믹은 그의 휴대폰을 들여다보고 있었다.

내 접시에는 아직 음식이 남아 있었지만 배 속에서 불안감이 올라와 무언가를 입에 댈 수 없었다. 다른 사람들은 웃고 떠들면서 서로에게 장난치고 있었다. 아이소는 빈 접시를 무릎에 놓고 그가 앉아 있는 하얀 플라스틱 의자를 뒤로 흔들었다.

도나는 손을 부지런히 움직여 마리화나를 말고 있었다. 나는 접시를 내려놓고 도망갈 궁리를 했지만, 발밑에 있는 보와 함께 가만히 그 자리에 있었다. 아이소가 소시지 반쪽을 던지자 보가 공중에서 그것을 낚아챘다. 믹은 아직도 휴대폰만 들여다보며 입술을 일그러뜨려 교활한 웃음을 지었다.

"나도 그거 갖고 싶었는데."

아이소가 내가 만지작거리던 열쇠고리에 손을 대며 말했다.

"하지만 너무 비싸더라고."

"뭐가?"

그는 내 손에서 열쇠를 가져가 엄지와 검지로 열쇠고리를 들어 올렸다. 잘 보니 고리의 한 부분이 약간 더 두꺼웠다.

"이거 말이야."

"그게 뭔데?"

믹이 휴대폰을 주머니에 넣으며 말했다. 아이소가 내 열쇠를 그에게 던졌다.

"경로추적 장치 칩이 들어 있어. 휴대폰이랑 연결하면 갖가지 세팅을 할 수가 있거든. 서핑보드에 탔을 때 패들링으로 얼마나 가는지, 파도 속에서 얼마나 빨리 움직이는지 알고 싶어서 이걸 서핑보드에 달아볼까 하는 생각에 알아봤거든. 어떤 사람은 차에 두기도 하더라고. 그렇게 하면 도난당했을 때 추적할 수 있어. 그런 물건이야. 아주 편리한 물건이지."

가슴이 철렁 내려앉았다. 짐이 또다시 나보다 한 발 앞서 있었던 것이다.

"화장실 좀 갔다 올게."

숨이 턱 막혔다. 속에서 뭔가가 부글부글 올라왔다. 늦기 전에 화장실에 도착해 변기로 달려가 머리를 박고 토했다. 게워내고 나니 몸에서 힘이 빠지고 쇼크로 인한 발작이 나를 덮쳤다.

욕지기가 가라앉자 얼굴에 찬물을 끼얹었다. 밖으로 나갈 수가 없었다. 이대로 도망갈까 했지만 보를 두고 갈 수는 없었다. 게다가 내 열쇠도 그 남자가 가지고 있었다.

자리로 돌아오니 믹의 무릎 위에 보가 올라가 있었다. 그는 내가 자리에 다시 앉는 것을 지켜보았다.

"제 열쇠 주시겠어요?"

혀가 꼬였다. 나는 눈을 깜빡였다.

"뭐?"

"제 열쇠요."

"내가 그걸 어디에 뒀더라?"

믹은 주머니를 더듬었다.

"어디에 떨어뜨렸나."

"어서 돌려주세요."

목소리를 가다듬으며 말했다.

"아. 여기 있네."

그는 주머니에서 열쇠를 꺼내 나에게 던지고는 계속해서 보를 쓰다듬었다.

"무슨 일이야, 에비? 안색이 안 좋은데."

도나가 일어나 말했다. 마리화나의 톡 쏘는 냄새가 났다. 그녀가 내 등에 손을 대자 피부가 수축하면서 어깻죽지가 올라갔다. 그녀의 눈은 반쯤 감겨 있었다.

누군가가 내 손에 물이 든 잔을 쥐어주었다. 나는 잔을 받아들고 한 모금 마셨다. 언제나처럼 짐이 옳았다. 집에 있었어야 했다. 여기에 오지 말았어야 했다. 주위에 퍼진 마리화나 냄새를 조금 들이마시며 이것이 내 공포를 잠재워주기를 바랐다.

나는 비틀거리며 일어섰다. 모두의 시선이 나를 향했다. 그들의 눈에는 무언가가 담겨 있었다. 마당에서 목줄을 찾아와 보에게 그것을 다시 채웠다.

"가야 할 것 같아요. 집에 가서 좀 누워 있어야 할 것 같아요."

"태워줄까?"

또 믹이다. 이 남자는 알고 있는 것이다. 나는 고개를 저었다.

"안 태워다 줘도 괜찮겠니?"

도나가 물었다.

"괜찮아요. 이리와, 보."

"또 만나자꾸나."

"월요일에 어떻게 할지 알려줘."

아이소가 말했다. 나는 그를 돌아봤다. 그의 눈에 깃든 감정을 이해해보려 했다. 눈썹이 위로 향했다. 친절하고 정직한 얼굴이다.

"그래."

내가 말했다. 그들의 시야에서 벗어나자마자 발걸음을 재촉했다. 넘어질 뻔할 정도로 서둘렀다. 나는 진입로까지 올라갔다. 오로지 달빛에 의존해 길을 나아갔다. 해변 근처 아이소의 집에서 이어진 도로 아래쪽으로 오니 가로등 불빛이 길을 비추고 있었다. 손에 든 열쇠를 꽉 움켜쥐었다. 짐은 내가 어디 있는지 언제나 알고 있다. 지금도 지도 위에 점으로 표시된 나를 보고 있을지도 모른다.

집으로 이어진 언덕을 올라갔다. 처음 여기 왔을 때보다 경사로를 올라가는 게 훨씬 수월해졌다. 나는 나날이 건강해지고 튼튼해지고 있었다. 하지만 여전히 속은 불안감으로 타들어갔고, 손과 얼굴로는 한기가 스멀스멀 올라왔다. 빠르게 발걸음을 옮기며 톰의 집 근처에 있는 공원의 '그곳'을 생각했다. 아빠는 톰이 없을 때 밤에 걸어서 귀가할 때는 길을 돌아서 오라고 했다. 아빠는 어떻게 위험에서 벗어나야 하는지를 정확하게 알고 있었던 것이다.

"공원을 가로질러 오지 마. 여자애 혼자서 걸어오기에는 너무 위험해."

아빠의 경고는 어둠 속에서 기다리는 성인 남자의 모습을 연상케 했다. 그곳에서 사건이 일어난 적이 있다. 밤에 술을 마신 축구선수들과 10대 소녀 사이에 일어난 사건이었다. CCTV도 보안요원도 없었다. 소녀는 축구선수들과 반대되는 주장을 했다. 나는 공원을 가로질러 간 적이 많았다. 항상 잰걸음으로 그곳을 가로질러 갈 때면 심장이 쿵쿵 방망이질을 해댔다. 절대로 뒤를 돌아보지 않았다. 나는 어둠 속에서 언덕을 오르며 그때를 생각했다. 뒤에서 차 한 대가 다가왔지만 나는 돌아보지 않았다. 차가 천천히 속도를 줄이며 옆으로 다가왔다. 창밖을 쳐다보는 시선이 느껴졌다. 그러더니 차는 결국 모퉁이를 돌아 사라졌다.

믹이 교활한 웃음을 지으며 모두에게 휴대폰을 보여주는 장면을 상상했다. 그는 분명 나와 톰의 동영상을 본 것이다. 머지않아 마을 사람 모두가 그것을 알게 되리라.

폐로 밀려들어가는 거친 공기 소리와 쿵쿵거리는 심장의 고동 소리를 듣는다. 집으로 들어와 주저앉으니 보가 나를 껴안아주는 것처럼 뛰어올랐다. 마치 내게 이렇게 말하는 것 같았다.

'괜찮아질 거야.'

28

한밤중에 무언가 긁어대는 소리가 났다. 지붕에서 나는 소리였다. 나뭇가지가 지붕 밑부분에 부딪히고 있었다. 집 안이 조용한 탓에 그 소리가 더 크게 들렸다. 그러더니 문을 두드리는 소리가 들렸다. 심장이 입 밖으로 튀어나오는 줄 알았다. 보가 짖어댔다.

나는 정적 속에서 숨을 참고 기다렸다. 문을 세게 두드리는 소리가 두 번 더 집 안으로 울려 퍼졌다.

"아무도 없어요?"

누군가가 외쳤다. 보가 더 크게 짖어댔다.

"아무도 없어요? 에비, 안에 있어?"

여자 목소리였다. 나는 조용히 침대에서 내려왔다. 말을 타서 그런지 허벅지가 아팠다. 불을 켜지 않고 현관문으로 다가갔다. 추위로 몸이 떨렸다.

부엌에 가서 블라인드를 조금 올려 밖을 엿봤다.

짙은 머리에 쌍꺼풀 진 눈, 창백한 눈초리의 구부정하게 선 사람이 현관문 앞에 있었다. 눈이 마주쳤다. 나는 그 자리에서 그대로 굳어버렸다. 손이 떨리고 관자놀이로 피가 몰렸다. 그 형체가 웃음을 지었다.

"에비."

술을 마신 탓에 목소리가 쉬어 있었다.

"무슨 일이에요?"

내가 새된 목소리로 물었다. 여자가 무언가를 들어 올렸다.

"나야."

여자가 너무도 큰 목소리로 말했다.

"티리아나?"

"문 좀 열어봐. 밖에 엄청 춥단 말이야. 남은 음식 싸왔어."

보가 내 다리를 밀어붙이는 와중에 문을 열었다. 문 건너편에 서 있는 건 역시나 티리아나였다.

"왜 이렇게 문 여는 데 오래 걸렸어?"

"누군지 몰라서요."

"그래, 괜찮아."

티리아나가 킁킁대며 말했다. 방 안에 술 냄새가 확 퍼졌다. 아이소의 집에서 지금까지 술을 마셨던 것이리라. 그녀는 비닐봉지를 들어 올렸다.

"소시지랑 도미를 좀 가져왔어. 오늘 저녁에 많이 못 먹었잖아."

"고마워요. 하지만 그렇게까지 배가 고픈 게 아니어서요."

그녀의 얼굴에 실망의 빛이 떠올랐다.

"그럼 아침에 데워 먹어."

그녀는 나에게 비닐봉지를 건넸다.

"제가 여기 사는 건 어떻게 알았어요?"

내가 물었다. 그녀는 고개를 갸우뚱 기울이고는 말했다.

"가게 왔을 때 네가 말했잖아. 오두막에 산다고. 기억 안 나?"

그녀는 웃으며 문가에서 집 안을 둘러봤다.

"요새 조금 달라진 모양이네."

나는 오븐을 힐끗 돌아보았다.

"자정이 다 돼가요."

짐이 여기에 있었다면, 총을 들고 있는 짐이 이곳에 있었다면 무슨 일이 일어났을까?

"아, 토요일 저녁이면 이른 시간이지. 들어가도 돼?"

"지금 자다가 깼어요."

그녀는 고개를 끄덕이고는 볼을 불룩하게 부풀렸다.

"알겠어. 더 이상 괴롭히지 않을게. 그냥 안부 인사나 할 겸 온 거야. 아이소가 그러더라고. 지금 너희 삼촌이 마을 밖에 나가 있다고. 그래서 친구가 필요하지 않을까 싶었어."

"짐이 마을 밖에 나가 있다고 아이소가 그랬다고요?"

속이 뒤집히는 것만 같았다. 아이소와 티리아나 둘 중 한 명이 거짓말을 하고 있는 것이다.

티리아나가 앞으로 한 걸음 다가왔다. 내 손가락이 문 뒤에 있는 도끼를 쥐고 싶어 안달이 나 있었다. 무의식적으로 도끼 쪽으로 가까이 가고 있었다.

"이만 가주셨으면 좋겠어요."

보가 내 옆에서 긴장하고 있었다.

"티리아나, 제발요."

티리아나는 나와 보를 번갈아 보며 잠시 그렇게 서 있었다.

"알았어."

그녀의 표정의 어두워졌다.

"네가 그렇게 바란다면."

그녀는 돌아서서 불안정한 걸음걸이로 떠나갔다.

나는 문을 닫고 잠근 후 부엌으로 가서 그녀가 사라진 진입로를 보았다. 그녀는 뒤를 돌아 집을 다시 한 번 보고 걸어갔다.

● ● ●

다음 날 이른 아침에 잠에서 깨어났다. 어젯밤에는 칠흑 같은 어둠 속에서 보를 안고 누워 두려움에 떨었다. 잠을 제대로 잘 수 있을지조차 알 수 없을 정도로 무서웠다.

보에게 밥을 주고 현관문을 조금 열어 도로 쪽을 내다봤다. 해변가의 날씨는 맑았다. 진입로로 가서 우편함을 확인했다. 거기에는 아무 내용 없이 사진만 있는 네모난 종이 한 장이 들어 있었다. 사진 속에는 내 얼굴이 있었다. 아직은 긴 짙은 갈색 머리가 어깨까지 내려와 있었다. 암갈색 눈동자는 술에 취한 듯 초연해 보였다. 나의 마른 몸은 실오라기 하나 걸치지 않았다. 섹스 동영상의 한 장면이다. 누가 이걸 여기에 놓고 갔는지 짐작이 갔다. 아이소의 친구 믹이다.

그는 분명 나를 알아봤다. 그리고 그가 이 사진을 찾았다는 건 다음에 무엇을 찾아야 하는지도 알고 있다는 뜻이다. 내 진짜 이름도 알고 있을 것이다. 짐이 이 문제를 해결하기야 하겠지만, 나는 그를 믿을 수가 없었다. 나는 그의 입에서 나오는 그 어떤 것도 믿을 수 없었다.

도로를 이리저리 살폈다. 처음에는 아무도 없는 줄 알았는데, 곧 버스 정류장에서 작은 머리가 쑥 삐져나왔다. 아휘나였다.

내가 가까이 걸어가자 그녀가 고개를 뒤로 뺐다.

"안녕, 아휘나. 잘 지냈어?"

나는 웅크리고 앉아 아휘나와 눈높이를 맞췄다. 그녀의 갈색 눈이 나의 눈에 고정되었다.

"잘 지냈어요."

아휘나가 대답했다. 오늘은 일요일이라 학교를 가지 않는다.

"이렇게 일찍 여기서 뭐 하고 있어?"

그녀는 리본처럼 가는 몸을 비틀면서 어깨를 으쓱했다.

"저기, 아휘나, 우리 집 우편함에 누가 뭐 넣는 거 봤어?"

"언제요?"

"몰라. 네가 여기 있을 때 누가 뭘 넣지는 않았어?"

그녀는 고개를 저었다.

"집에 가야겠어요."

"아니. 가지 않아도 돼. 아빠가 널 때리잖아."

아이는 머뭇거리는 것 같았다.

"네 아빠가 다시는 널 못 때리게 할 수 있다고 하면 어떻게 할래?"

아이들도 상황은 파악할 수 있을 것이다. 하지만 아휘나의 얼굴색이 변했다. 내 마음이 가라앉을 만큼 회의적인 표정이었다.

"정말이야."

내가 말했다.

"아빠가 너를 다시는 때리지 못하게 내가 도와줄 수 있어."

나는 공원에서 그녀를 어깨에 태우고 있던 남자를 기억했다. 그녀의 얼굴에 나타난 표정은 기쁨이었을까, 공포였을까?

"우리 집 구경할래?"

소녀는 내 뒤의 도로를 보았다.

"우리 집에 갈래요."

"부끄러워하지 마, 아휘나."

"그런 거 아니에요. 그냥 집에 가고 싶어서 그래요."

"우리 집에 개도 있어. 볼래? 아주 귀여워."

"아니요."

"우리 집 개 안 보고 싶어? 이름은 보야. 내가 따뜻한 코코아도 타주고, 보도 쓰다듬게 해줄게."

그녀는 아랫입술을 깨물었다. 나는 격려하는 듯한 미소를 지으며 말했다.

"아니면, 내가 어부바 해줄까?"

아휘나는 아무 말도 하지 않았다.

"어서, 아휘나."

나는 그녀에게 등을 보이며 말했다.

"업혀."

소녀는 순순히 의자 위로 올라가 팔을 내 어깨에 둘렀다. 나는 그녀의 다리를 잡고, 엉덩이에 힘을 주며 일어났다. 아휘나가 내 목 아래쪽에 머리를 기댔다.

"어디로 가는 거예요?"

그녀가 목을 꼭 잡으며 물었다.

"보를 만나러 가는 거야."

나는 진입로로 들어갔다. 문가에서 문을 열려고 한쪽 팔을 떼니 그녀가 꼼지락거렸다.

"꼭 잡아."

나는 집 안으로 들어가 아휘나를 의자에 앉혔다. 보는 내 다리에 몸을 문지른 후 아휘나의 무릎에 머리를 기댔다. 아휘나는 기쁨의 탄성을 터뜨렸다.

주머니에 든 사진이 생각났다. 난롯가에 있던 성냥갑을 가지고 욕실에 가서 사진의 가장자리에 불을 붙여 손에 닿지 않게 기울였다. 사진이 타오르기 시작했다. 아휘나의 웃음소리가 들려왔다. 거의 다 타버린 사진을 떨어뜨리고 재와 함께 싱크대에 넣은 뒤 물을 틀었다. 카메라가 우리, 나와 아휘나를 비추고 있을 것이다. 집이 뭐라고 할까?

톰의 카메라를 올려다보았었다. 취하긴 했지만 무슨 일이 일어나고 있는지 알고 있었고, 톰을 믿었다. 모두가 얘기하듯 나는 너무 순진하고, 어리석었다. 나는 렌즈의 시선을 너무도 갈망하고 있었다. 톰의 시선. 힘과 흥분이 밀려오는 그 느낌. 톰의 눈은 거울이 비추지 못하는 것을, 나의 아름다운 모습을 보여주었다. 그가 찍은 것은 나를 해방시켜주었지만 그와 함께 크나큰 고통을 안겨주었다. 분노가 치밀어 올랐다.

"좋아."

나는 거실에 와서 말했다.

"따뜻한 코코아 마실 시간이야."

보는 자기 침대에 가서 털썩 주저앉았다. 나는 주전자를 가스레인지 위에 올리고 숟가락으로 코코아 가루를 떠 머그잔 두 개에 넣었다. 아휘나는 의자에 앉아 내 모습을 보고 있었다.

"언니 머리는 왜 그래요?"

그녀가 물었다.

"내 머리?"

"네. 왜 그렇게 짧아요?"

"자른 거야."

"왜요?"

"변화가 필요했거든."

"엄마랑 아빠가 언니랑 말하지 말랬어요."

나는 목소리를 가다듬으며 상처 받은 내색을 하지 않으려 노력했다. 몸을 돌려 아휘나를 보면서 손을 허리에 올렸다.

"왜?"

그녀는 어깨를 으쓱하고 바닥을 내려다보며 아랫입술을 비죽 내밀었다.

"왜?"

조금 날카로운 목소리로 다시금 물었다.

"왜냐하면……"

"왜냐하면?"

"언니가 미친 여자래요. 나를 다치게 할지 모른다고 했어요."

나는 몸을 앞으로 내밀어 내 얼굴을 아휘나의 얼굴에 가까이 가져갔다. 주전자가 뒤에서 삑삑거리는 소리를 냈다.

"아휘나, 그건 거짓말이야. 나는 너를 해치지 않아."

주전자의 비명 소리를 뒤로하고 말했다.

"그리고 나는 미치지 않았어, 알았지? 그렇게 전해줄래?"

나는 불을 끄고 주전자를 내렸다. 뜨거운 물을 부으니 머그잔에서 김이 올라왔다. 뜨겁게 끓는 물이 피부 위로 쏟아지는 장면이 머릿속에 그려졌다.

우유를 넣어 완성한 코코아를 아휘나에게 건네주었다. 그리고 그녀 옆에 앉았다. 아휘나는 머그잔에 후후 입김을 불며 조심스럽게 입가로 가져갔다.

“여기를 떠나고 싶지 않니? 나랑 같이 갈래? 네가 안전하고 행복하게 지낼 수 있는 곳으로 가는 거야.”

내가 아휘나를 데리고 무엇을 할 수 있을까? 내가 일을 구하고, 아휘나는 우리가 정착한 곳의 학교에 다니면 될 것이다. 내가 아이를 잘 키울 수 있을까? 아빠 생각이 났다. 아빠는 홀로 나를 키웠다. 마음이 아팠다. 아빠가 너무도 보고 싶다. 집이 그립다.

아휘나는 인상을 썼다.

“이제 집에 갈래요.”

아휘나는 머그잔을 의자에 내려놓았다. 그녀의 눈에는 눈물이 고여 있었다.

“조심해, 아휘나. 뜨거워.”

“집에 보내줘요!”

“집에 간다고?”

아휘나는 의자에서 내려와 문으로 달려갔다. 나는 자리에서 일어나 아휘나가 문손잡이를 잡기 전에 문에 손을 대고 섰다. 문가에 있는 도끼를 본 걸까? 그래서 무서워하는 것일 거다.

“잠깐만. 왜 가려는 거야?”

그녀는 두려운 얼굴로 올려다봤다.

“제발 보내주세요.”

“코코아도 다 안 마셨잖아.”

"마시고 싶지 않아요."

나는 뒤로 물러나 두 손을 들고 항복했다는 표시를 했다.

"그래. 잘 가."

나는 문을 열었다.

"무서워하지 않아도 돼, 아휘나."

그녀는 재빨리 나가 진입로까지 달려갔다.

나는 코코아를 싱크대에 버리고 설거지를 했다. 짐이 다시 이 집에 돌아왔을 때 내가 떠나고 없는 걸 알면 아마 분노할 것이다.

청소를 했다. 의자를 닦고, 쓰레기를 버렸다. 빨랫감에서 잔돈이라도 찾으려고 주머니를 뒤졌다. 어제 내가 입었던 청바지 주머니 안에 무언가 평평하고 딱딱한 것이 들어 있었다. 아이소의 신용카드였다. 나는 카드를 탈출 가방 깊숙이 넣었다.

● ● ●

막 식사를 끝냈을 때 집 밖에서 차를 세우는 소리가 났다. 문 뒤에 자리를 잡았다. 검은 옷을 입은 남자이거나 아휘나의 부모님일지도 모른다. 어젯밤에 만난 아이소의 친구일 수도 있다. 열쇠 돌아가는 소리가 나고 이윽고 문이 열렸다. 긴장되는 순간이었다.

"나 왔어."

짐이었다.

"케이트. 어디 있어?"

"아, 왔어요?"

그가 펄쩍 뛰었다.

"젠장, 케이트."

짐은 내 어깨에 걸쳐 있는 도끼를 보고는 손을 뻗어 도끼를 낚아채 벽에 세워두었다.

"도끼 들고 숨어서 뭐 하고 있어? 무슨 일이야?"

"아무것도 아니에요. 그냥 무서워서요."

그는 팔을 벌려 나를 안아주었다. 애프터쉐이브 냄새가 풍겨왔다. 그저 이틀 동안 집을 비웠을 뿐인데 마치 몇 주가 지난 것 같은 기분이었다.

"여행은 어땠어요?"

"괜찮았어."

"무슨 일로 간 거예요?"

그의 몸이 굳어지면서 한 발 물러섰다. 그는 내 눈을 바라보며 말했다.

"내가 집에 무사히 왔다는 거. 그게 중요한 거야."

집? 지금 여기가 집이라는 건가?

"어디에 갔다 왔는지 말해요."

그는 내 말을 무시하고 도끼를 들었다.

"도끼는 밖에 두자, 케이트."

그는 뒷문으로 나가 땔감 옆에 도끼를 두고 다시 안으로 들어왔다.

"어디에 갔던 거예요?"

목소리가 떨리지 않게 애쓰며 말했다.

"톰과 관련된 일이죠?"

그의 볼이 조금 빨개지면서 표정이 바뀌었다. 그는 손으로 얼굴을 감쌌다.

"뭐 하고 온 거냐고요?"

내가 물었다.

"그만해, 케이트. 그런 투로 나에게 말하지 말라고. 그리고 내가 아니라 네가 무슨 짓을 했는지가 중요해. 보를 데리고 산책 간다는 메모는 봤어. 너는 하루 종일 밖에 나가 있었지……."

그는 잠시 말을 멈추었다가 다시 이었다.

"그리고 오늘은 어린 여자아이를 집 안으로 들였지. 도대체 무슨 생각이야?"

그는 또 무엇을 알고 있을까? 아이소가 내일 오클랜드에 나를 데리고 갈 것을 알고 있을까?

"그 아이는 제 친구예요. 제 도움이 필요하다고요."

"제발, 케이트. 순진하게 굴지 마. 너는 그 애를 여기에 가둔 거라고. 내가 다 봤어."

"당신이야말로 나를 이 집에 가둬놓고 있잖아요."

낮게 깐 목소리로 내가 말했다. 목이 분노로 굳어졌다.

"내가 두고 간 약 먹었어? 제대로 먹은 거야?"

"시끄러워요!"

나는 귀를 막으며 말했다.

"그런 약 필요 없어요. 나한테 약 먹일 생각하지 말아요. 그런 약 필요 없으니까."

"왜 그래, 케이트. 그 약을 끊으면 안 돼."

좌절감이 곧 분노로 바뀌었다.

"왜 그렇게 멀리까지 나갔는지 말해요. 뭘 한 거예요? 말하라고!"

그가 나를 보았다. 그의 눈은 진지했고 주먹을 꽉 쥐고 있었다.

"지금은 그 이야기를 하기에 적당한 때가 아니야."

"당신이 너무 미워요."

방으로 달려가는 나에게 그가 총알처럼 다가왔다. 그는 내 손목을 잡고 나를 돌려 세웠다. 그는 내 팔에서 눈으로 시선을 옮겼다.

"미워, 미워요! 당신이 싫어, 정말 싫어! 모든 것을, 내 인생을 송두리째 버리고 떠나게 했어."

짐이 뒤로 물러섰다.

"케이트, 그만해."

그가 말했다.

"당신이 미워."

나는 나 자신을 세게 때렸다. 주먹을 꽉 쥐고 또다시 옆머리를 때렸다.

짐이 내 팔을 움켜잡았다.

"그만해, 케이트. 제발 그만하라고."

그의 손에서 벗어나려고 발버둥 쳤지만 날 움켜쥔 그의 힘이 너무도 셌다. 나는 그의 어깨를 물었다.

"젠장!"

그는 비명을 지르며 나를 밀쳤다. 그의 얼굴은 분노로 벌겋게 달아올라 있었다.

"모든 게 다 너를 위해서였어. 모든 게! 네가 톰과 그 거지 같은 짓거리를 하기 전까지 우리는 행복했다고."

그의 눈을 직시할 수가 없었다. 내 손은 여전히 주먹을 쥐고 있었지만 나를 때려서 그를 벌주려는 충동은 사라졌다.

"너는 아직도 어린애야. 넌 네가 다 컸다고 생각하지? 하, 어림도 없지. 너는 더 커야 해. 우리에겐 시간이 얼마 남아 있지 않아. 곧 모든 게 끝이 날 텐데 너는 아직 아프잖아."

그가 침착하게 말하려고 노력하는 것이 느껴졌다.

"너는 거짓말을 했어. 진실을 받아들이기가 힘겨워서 말을 만들어낸 거야. 넌 내가 나 자신이 무슨 일을 하고 있는지 아는 것 같지? 천만에."

그는 고개를 저었다.

"나도 모르겠다고."

그는 내 눈을 보며 말했다.

"그는 죽었어, 케이트. 그 사실을 받아들여야 우리가 앞으로 나아갈 수 있어."

"거짓말."

그는 눈을 가늘게 떴다.

"내가 왜 거짓말을 하겠어?"

그가 믿지 못하겠다는 목소리로 말했다.

"기억난다고 했잖아. 자, 케이트. 생각해봐. 톰이 다쳤던 그날 밤. 내가 손에 뭘 들고 있었지?"

"그는 살아 있어요."

내가 말했다.

"그가 살아 있으니까, 그러니까 당신이 나를 여기에 가둬두는 거잖아요. 당신이 원하는 건 내가 나 스스로를 살인자라고 여기게끔 만드는 거잖아요."

나도 모르는 사이 내가 웃고 있다는 걸 깨달았다. 그는 고개를 천천히 저으며 무서운 무언가를 보듯이 나를 바라보았다.

"이런, 맙소사. 점점 나빠지고 있었다니. 아. 전혀 나아지질 않았잖아."

그러고는 중얼거렸다.

"내가 무슨 짓을 한 거지?"

'점점 나빠지고 있었다니.'

그의 이성적인 말투 뒤에는 진정한 의도가 숨어 있다. 나는 그것이 무엇인지 알고 있다. 모든 게 내 착각이라고 여기게끔 만드려는 것이다.

● ● ●

늦은 아침을 먹은 뒤 짐은 자기가 지켜보는 앞에서 약을 먹으라고 했다. 약이 또 하나 늘어나 있었다. 파란색 마름모 모양의 알약이었다. 그는 검지로 내 입 안을 훑으며 약을 삼켰는지 확인했다. 그 손가락을 물어뜯고 싶은 내 마음을 알고나 있을까?

"누워서 책이나 좀 읽어. 천천히 쉬면서 여유를 가져."

나는 파란 약이 어떤 약인지 안다. 나를 잠에 취하게 하는 약이다. 그래서 나는 깨어 있으려고 계속 방을 돌아다녔다. 아침나절부터 그는 나를 재우고 싶어 하는 것이다. 하지만 그가 원하는 대로 되게 하지 않을 것이다.

곧 짐이 통화하는 소리가 들렸다. 처음에는 낮고 침울한 목소리였다가 말다툼을 하는 것처럼 목소리가 커졌다. 그 바람에 대화의 일부를 들을 수 있었다.

"얼마가 들어도 상관없어요. 당신이 걱정하지 않을 만큼의 돈은 마련할 수 있어요. 곧 그녀는 혼자가 될 겁니다."

그의 목소리가 떨렸다.

"당신을 만날 수는 없어요. 너무 늦을 거예요. 당신이 그녀를 데리러 오면……”

짐의 목소리는 다시 낮게 중얼거리는 소리로 변했고 곧 전화가 끊겼다. 그가 올라오는 소리가 들렸다. 나는 이불을 덮고 누워 숨을 참고 모든 소리를 죽였다.

29

"너에게 이야기할 게 있어."

이른 오후, 따뜻한 거실로 들어갔을 때 짐이 말했다. 그는 잠을 제대로 못 잤는지 눈이 부어 있었고 눈가가 빨갰다. 장작불이 활활 타오르고 있었다. 그는 자신이 앉은 소파 옆자리를 톡톡 두드렸다.

"진작 말했어야 했는데, 네가 아직 준비가 안 됐다고 생각했어. 그리고 모든 것을 조사한 후에, 나는 네가 점점 좋아지는 줄 알았어. 그래서 모든 것을 직면할 준비가 됐다고 착각했던 거야. 하지만 이제 깨달았어. 네게 진실을 말해주는 게 최선이라는 걸."

그는 나와 눈을 마주쳤다.

"난 그저 우리가 오래오래 행복하게 살기를 바랐어. 그리고 만약에 이를 위해 네가 잠깐의 지옥을 경험해야 하는 것이라면, 그럴 가치가 있다고 생각했지. 하지만 그렇다고 해서 네가 경솔한 행동을 할 위험을 감수할 수는 없었어, 케이트."

나는 대답하지 않았다. 내가 이 남자를 정말 사랑했던 것 같다는 생각에 구역질이 났다. 우리 사이에 침묵이 무겁게 내려앉았다. 나는 '경솔한 행동'의 가능성이 있는 지점을 생각해봤다. 윌로우가 그 저급한 말을 했을 때, 톰과 내가 찍은 동영상이 인터넷에 돌아다니는 것을 알았을 때였다. 톰이 했던 말이 생각났다.

'그 자식 죽여버릴 거야.'

나는 그 말을 남자아이들이 흔히 거들먹거리며 말하는 정도로 치부했다.

'그 자식 죽여버릴 거야.'

"네가 도움을 받을 수 있도록 조치해놨어. 하지만 네가 이 나라를 떠나기 전에 네가 정확히 무얼 기억하고 있는지, 그걸 알아야겠어."

그는 고개를 앞으로 숙였다. 그리고는 내 손을 잡았다.

"그건 사고였어, 케이트. 네가 어떻게 기억을 하건 간에 그것이 사고였다는 것만 기억해. 그저 그를 겁주려던 거였어."

속이 답답했다. 눈물이 핑 돌았다.

"뭘 기억하고 있지, 케이트?"

"그를 본 게 기억나요. 그리고 당신도요."

"나?"

"그래요."

"내가 뭘 하고 있었는데?"

"당신 손에 뭔가가 있었어요."

나는 침을 삼켰다.

"뭔가를 들고 있었어요."

그는 아주 작게 고개를 끄덕였다.

"그 외에는?"

"그게 다예요."

"정말 아무것도 기억 안 나, 케이트? 진짜 아무 기억 안 나는 거

맞지?"

짐이 애원하는 말투로 말했다. 눈에 절박함이 묻어났다.

둔기에 의한 두개골 외상은 뒤틀리고 깨지고, 두드리는 힘, 즉 비관통성 손상으로 정의된다. 예를 들면 총상은 관통상이다. 골프채나 삽으로 내려치는 것은 해당되지 않는다.

짐이 계속 말하고 있었지만 나는 그를 보고만 있었다. 그의 말을 듣고 싶지 않았다.

"그 당시에 네가 거기 있었다는 걸 그들이 알아."

"그들이 나를 잡아 가둘까요?"

"아니, 케이트. 그 사람들에게 나와 함께 있었다고 말하면 돼. 항상 같이 있었다고. 그렇게 기억한다고 해야 해. 알겠어?"

"알았어요."

내 목소리는 거의 들리지 않았다.

"그들이 잘 시간에 나랑 무엇을 하고 있었는지 묻겠지만 그 질문에는 내가 대답할게."

"알겠어요."

"네가 망가지는 위험을 감수할 수는 없어. 너는 건강해져야 해. 그리고 준비를 해야 해."

'그를 믿지 마.'

"여기에 있는 사람들은 어때요? 누가 알고 있어요?"

"아니, 그런 사람은 없어. 누가 뭐라고 했어?"

우편함에 있던 사진이 생각났다. 바비큐 때 있었던 일도 생각났다. 아휘나가 한 말도 생각났다. 미친 여자.

"아뇨, 그냥……"

나는 숨을 길게 쉬었다.

"……그 남자가 어제 여기 왔었어요."

"알아. 걱정하지 마. 곧 그렇게 걱정하지 않아도 될 거야."

그가 말했다. 그는 이를 악문 채 숨을 들이쉬고는 일어나서 나갔다.

그가 어떤 일을 계획하고 있는지는 모르지만 머지않아 알게 될 것이다. 그는 나를 자신의 알리바이를 증언해줄 믿을 만한 목격자로 만들고 싶어 하지만 계속 곁에 두기에는 너무 위험이 크다고 생각한 것이다. 그는 자기를 보호하고 싶은 것이다. 내가 동조하지 않으면 어떤 일이 생기는 걸까? 그리고 그다음에는 어떻게 될까?

● ● ●

짐이 창고로 가고 나서 나는 침대에 누워 '그를 믿지 마'로 귀결되는 단어들을 보고 있었다. 온종일 방에 틀어박혀 지낼 수는 없다. 내 여권을 찾아야 한다. 그리고 아이소를 만나 탈출 계획을 짜야 한다. 비행기를 예약하고 사건의 진상을 알려면 인터넷이 필요했다. 인터넷은 추적당하긴 하겠지만 짐은 우리의 시간이 얼마 안 남았다고 분명하게 얘기했다. 누군가가 우리를 추적해 이곳에 나타날 때면 그가 계획한 일도 모두 끝나 있을 것이다. 가랑비가 내리기 시작했다.

탈출을 하려면 카메라를 꺼야 한다. 적어도 내 방과 마당에 있는 카메라는 제거해야 한다. 짐은 창고에 처박혀서 무슨 짓을 하고 있을까? 뭘 하는지는 몰라도 나에게 감추고 싶은 일인 건 알 수 있었다.

나는 사다리를 타고 밖으로 나가 마당을 비추는 카메라로 갔다. 새가 와서 카메라를 가렸다거나 하는, 무언가 자연스러운 상황을 만들어 화면을 잘 안 보이게 해야 한다. 주위를 둘러보니 집의 가장자리 근처에 나뭇가지 하나가 뻗어 나와 있었다. 몸을 옆으로 구부렸다. 그러자 사다리가 휘청거렸다. 아래를 보니 바닥이 한참 아래에 있었다. 떨어지면 목이 부러질 수도 있는 높이였다. 나는 다시 고개를 들어 나뭇가지를 바라보고는 조금 더 길게 손을 뻗었다. 이번에는 손가락 사이로 나뭇가지를 잡을 수 있었다. 창고 문소리가 나는지 귀를 기울였지만 들려오는 건 오로지 내 심장이 쿵쿵거리며 뛰는 소리뿐이었다. 가지를 끌어당겼다. 사다리가 밑에서 흔들리는 바람에 숨이 가빠졌다. 나는 잠잠해질 때까지 기다렸다 다시 한 번 시도했다. 잘되지 않아 앞뒤로 꺾어 나뭇가지가 나무껍질 한 겹으로 대롱대롱 매달리게끔 했다. 꺾인 나뭇가지를 어느 정도 돌려 카메라의 렌즈를 가렸다.

나는 재빨리 사다리에서 내려와 잔디를 가로질러 문을 두드렸다.

"잠깐만."

그는 문을 열고 그 열린 틈을 몸으로 막고 섰다. 뒤로 희미한 전등

빛이 흘러나오고 있었다.

"무슨 일이야?"

"그냥 여기서 뭘 하는지 궁금해서요."

그의 입가가 짜증으로 일그러졌다.

"일하는 중이야."

나는 발끝을 들어 안을 보려 했지만 그가 창고 밖으로 나와 문을 닫았다.

"안에 뭐가 있어요?"

"아무것도 없어, 케이트. 그냥 일을 하려고 만든 개인 공간이야. 우리의 선택지를 살펴보고 있었어."

카메라를 보고 있었던 걸까? 짐이 손목시계를 흘끔 보고는 말했다.

"곧 갈게. 오늘 저녁은 특별한 식사를 하자. 함께 있는 시간을 즐기자. 이곳에서 좋은 추억을 만들고 싶어. 그나저나 오늘 기분은 어때?"

그의 억지웃음이 마음에 걸렸고 부자연스러운 억양에 소름이 끼쳤다. 무슨 일이 생길 것이다. 바로 오늘 저녁에.

"기분은 괜찮아요."

"잘됐구나."

"가서 책 읽어야겠어요. 참, 내 휴대폰 준다고 하지 않았어요?"

휴대폰을 사용하면 추적될 위험이 있지만 일단 지금은 비행기 탑승 모드로 해놓고, 탈출할 때 쓰면 될 것이다.

"지금은 안 될 것 같아, 케이트."

그는 돌아서서 다시 창고 안으로 향했다.

"모든 것이 바뀌었어."

"무슨 뜻이에요? 나에게 보여줘요."

"그럴 수가 없어, 케이트. 그냥 가서 저녁이나 준비하고 있어. 곧 갈게."

그는 창고 안으로 들어가서 문을 닫아버렸다.

나는 집 안으로 들어왔다. 불안이 엄습해왔고, 신경이 날카롭게 곤두섰다. 뭐든 해야 한다. 이 기회를 놓칠 수 없다.

보가 달려와 내 다리에 찰싹 달라붙었다. 부엌 싱크대 밑 찬장을 열어 비스킷을 주었다. 보는 그것을 게걸스럽게 먹어댔다.

슬슬 화가 나기 시작했다. 설령 짐이 나에게 진실을 말해주지 않더라도 내 스스로 찾아낼 것이다. 나는 방에서 아이소의 신용카드를 가져왔다.

아직 조금은 졸리고 나른했지만 내 안에서 무언가가 누그러지는 듯한 느낌이 들었다. 계획을 진행시켜야 한다. 비행기를 예약하고 내가 위험에 빠지지 않았다는 증거를 찾아야 한다. 짐이 거짓말을 하고 있다는 증거, 나를 벌주려고, 아니면 자기 옆에 붙잡아두려고 이곳으로 끌고 왔다는 증거를 찾아야 한다. 아니, 어쩌면 내가 범죄 현장에서 그를 목격한 유일한 목격자여서 경찰에게 가지 못하게 하고 있다는 증거가 있을 수도 있다. 아이소의 인터넷을 쓰면 이 모든 것을 찾을 수 있을 것이다.

다음으로 여권이 있어야 한다. 짐의 침실을 한 번 더 뒤져봤지만 여권은 없었다. 분명 창고에 있을 것이다. 여권을 확보하는 건 쉽지 않은 일이 될 듯했다. 마지막으로 공항까지 갈 교통편을 확보해야 한다. 이 단계에서 아이소의 도움이 필요하다. 1차 계획에 차질이 없으면 아이소에게 짐이 나를 조종하고 있다는 증거를 보여줄 수 있을 것이다. 그가 위험인물이라는 사실을 경찰에 알릴 수 있을 만큼 증거가 충분하면 그도 동조할 것이다. 그렇지 않으면 멜버른으로 돌아가 오명을 씻어야 한다.

나는 계속 달렸다. 목이 타들어가고 가슴이 아팠다. 다리에 쥐가 났다. 그래도 최대한 빨리 해변으로 내려가 다시 언덕을 올라 아이소의 집까지 갔다. 대문 사이를 통과해 현관문을 두드리자 문이 열렸다.

"에비."

아이소는 문턱에 서 있었다. 인사도 없이 그저 내 이름만을 불렀다. 조금 쌀쌀맞은 것 같다.

"안녕."

내가 말했다. 이제껏 생각지도 못했던 사실이 떠올랐다. 컴퓨터를 쓰려면 어떻게 해야 할까. 갑자기 나 자신에게 화가 치밀어 올랐지만 이내 가라앉았다. 나는 지금 여기에 있고, 해야 할 일을 할 뿐이다.

"산책하러 나왔는데, 전화를 써도 될까 해서."

"전화를 쓴다고?"

“응. 삼촌이 나갔는데 전화를 해야 해서. 문을 잠그고 나왔지 뭐야.”

“아, 그래. 들어와서 집 전화기 써.”

“아니야.”

미소를 지으려니 압정으로 입을 고정시킨 듯한 기분이 들었다.

“그냥 네 휴대폰을 쓰면 안 될까?”

“내 휴대폰?”

아이소가 인상을 찌푸렸다.

“음, 그래…… 알겠어. 그런데 지금 배터리가 없어. 혹시 충전될 때까지 기다렸다 써도 된다면…….”

“컴퓨터는 있어? 이메일을 보내면 될 것 같아.”

“에비.”

그는 문틀에 기대어 말했다.

“무슨 일이야?”

“아무것도 아니야.”

살짝 웃으며 말했다. 바보같이 굴지 마, 케이트.

“괜찮아. 그냥 인터넷을 좀 쓰려고 그래. 전화가 아니라 인터넷. 괜찮지?”

그의 파란 눈이 나를 쏘아봤다.

“그럼 처음부터 그렇게 말하면 되잖아.”

‘인터넷은 외부는 물론 브라우저 이용 내역과 ISP 기록으로 추적 당할 수 있어.’

짐의 말이 귓가에 맴돌았다.

"5분이면 끝나. 그 정도만 쓰면 돼."

"이봐. 아휘나 일 들었어."

나는 침을 삼켰다. 아이소가 그 일을 어떻게 알고 있지? 오늘 아침의 일인데. 마을 전체가 나에게 적대적이다. 짐이 모두를 바꿔놓았다.

"무슨 말이야?"

나는 놀란 척하며 물었다.

"네가 아휘나를 겁줬다며. 걔네 부모님이 상당히 충격을 받은 모양이야. 네가 그 어린애를 집에 가뒀다고……."

"그렇지 않아, 아이소. 믿어줘. 나는 그냥 아휘나를 돕고 싶었어. 보살펴주고 싶었던 것뿐이야."

그의 화가 조금은 누그러진 것 같았다.

"새로운 곳에 정착하는 게 어렵다는 건 알아. 너희 집에서도 이런 저런 일들이 일어나고 있을 테지. 하지만 네가 하는 말에는 신경을 써야 해. 그리고 너의 행동이 누군가를 겁줄 수도 있다는 사실도 항상 염두에 둬야 해."

"겁을 준다고?"

그의 말은 내가 마치 짐처럼 그 낡은 집에 아휘나를 감금한 것처럼 들렸다. 물론 아휘나를 못 나가게 하고 집 안에 있게 하려고는 했지만 그래봐야 불과 몇 분이었다. 결코 겁을 주려던 게 아니었다. 그저 도우려고 했던 것이다.

"그 애 부모님이 화를 내고 있어, 에비. 그래도 지금은 괜찮은 것 같지만. 괜히 말했네. 그래서 내 컴퓨터를 쓰고 싶다고?"

"응."

이미 10분을 허비했다. 짐은 아직 창고에 있을까? 지금은 열쇠를 가지고 있지 않아서 아마 내가 어디에 있는지는 모를 것이다.

아이소가 몸을 돌리며 말했다.

"들어와."

그는 나를 영수증과 책들로 어질러진 책상이 있는 방으로 안내했다. 나방이 좀을 먹은 커튼이 창을 덮고 있었다.

컴퓨터는 천천히 켜졌다. 나는 뒤에 서 있는 아이소에게 말했다.

"잠시 시간을 좀 줄 수 있어?"

"물론이지."

그는 눈썹을 치켜올리며 말했다.

"차 한 잔 마실래?"

"고마워. 설탕은 넣지 말고 우유만 넣어줘."

그는 방문을 닫고 나갔다. 그가 통화하는 소리가 들려왔다. 누구에게 전화하는 걸까?

컴퓨터가 부팅이 된 후에 브라우저를 열어 내 이메일 계정으로 들어갔다. 새로운 메일이 174통이나 와 있었다. 거의 한 달 동안 쌓인 것이다. 재빨리 훑어보니 대부분이 읽을 필요가 없는 것들이었다.

페이스북으로 가봤다. 하지만 내 비밀번호로 로그인이 되지 않았다. 짐이 변경했거나 내 계정을 없앤 것이 분명하다. 인스타그램도 마찬가지였다.

다음으로는 수요일 아침 비행기를 검색했다. 만일 여권을 찾지 못한다면 아이소가 내일 데려다주고 나서 여권을 새로 발급해야 하기 때문에 오클랜드에서 1박 2일간 머무르게 될 것이다. 아침 9시 15분에 떠나는 비행기가 있었다. 비행기 뒤쪽 좌석을 선택하고, 탑승객 정보란에 내 진짜 이름을 적어 넣었다. 결제 창이 떠서 아이소의 신용카드를 꺼냈다. 카드 번호를 적고 있는데 현관문 소리가 들려 재빨리 카드를 집어넣고 확인 버튼을 클릭했다. 요금은 439달러였다. 아이소에게 이 돈을 갚겠다고 마음속으로 다짐했다.

마지막으로 구글로 들어갔다. 가장 무서운 순간이었다. 마음을 단단히 먹고 키보드를 눌렀다.

케이트 베넷 톰 모로

엔터를 누르자 검색 결과가 화면에 표시되었다. 뜨거운 담즙이 배에서 올라와 목구멍까지 차올랐다. 침을 힘겹게 삼켰다. 화면에 뜬 내 사진은 예전 모습이 아니라 머리를 짧게 자른 사진들이었다. 오늘 아침 아휘나를 등에 업고 있는 사진도 있었다. 아이소 옆에서 크래커를 타고 있는 사진도 있었다. 마치 휴가를 즐기고 있는 것처럼 보였다. 등에서 땀이 줄줄 흘러내렸다. 그들은 내가 어디에 있는지 알고 있다. 물론 다른 사진들도 있었다……. 경찰이 노란 테이프 너머에서 무언가에 몸을 숙이고 있었다. 헤드라인은 '섹스 동영상 그리고 폭행'이었다. 저 장소를 나는 알고 있다. 우리만의 장소, 바로 그곳이다.

정말이었다. 공포가 서서히 고개를 들었다. 짐이 말한 것 중 적어도 한 가지는 진실이었던 것이다. 기사를 다시 읽었다.

화요일 이른 아침, 한 남자가 머리를 심하게 다쳐 중태에 빠졌다……

나는 페이지를 닫고 다른 페이지를 열었다. 그것은 그로부터 며칠 지난 후의 이야기였다.

……현실적으로 회복될 가능성이 없어 가족은 지난밤 생명 유지 장치를 끄기로 결정했다.

짐이 거짓말을 하지 않았다는 또 다른 증거였다. 더 최근의 기사도 있었다. 이틀 전의 기사였다. 그날은 짐이 집을 비운 날이다.

경찰은 검은색 벤츠가 범죄 현장으로 향하는 모습이 찍힌 새로운 CCTV 영상을 확인하고 있다. 전해진 바에 의하면 경찰은 운전자를 특정하였다고 한다.

나는 그들이 영상에서 무엇을 찾았는지 알 수 있었다. 그들은 차를 타고 있는 나를 보게 될 것이다. 짐은 그 일이 일어났을 때 이미 그곳에 있었다. 기억 속에서 나는 차에 혼자 타고 있었다. 이제 알겠다. 짐이 나에게 누명을 씌운 것이다. 그는 미디어에 계속 내 사진을 흘리며 내가 불안정하고 미쳐서 살인을 저질렀다고 뒤집어씌운 것이다. 이게 모두 그의 계획이라면 어떻게 되는 걸까?

금방이라도 체포하러 들이닥칠지도 모른다.

나는 또 다른 링크를 클릭해서 이전 뉴스를 열었다. 짐과 윌로우, 나와 톰, 네 명의 얼굴 사진이 있었다. 스크롤을 내리니 또 다른 사진이 나왔다. 휴대폰으로 멀리서 찍은 것처럼 화질이 좋지 않았다. 페이스북에 올라온 사진인 듯했다. 사진 속 인물은 분명 나였다. 하지만 얼굴과 손에는 피가 묻어 있었다. 밤이 아니라 낮이었다. 내 모습은 마치 영화에 나오는 미치광이 살인마 같았다. 거리의 누군가가 찍은 사진임에 틀림없다.

아이소가 걸어오는 소리가 들렸다. 신용카드는 내 주머니 속에 있다. 나는 인터넷 사용 기록 목록을 열어 지난 1시간의 기록을 모두 삭제했다.

"괜찮아?

아이소는 문을 열고 들어와 찻잔을 책상 옆에 내려놓으며 말했다.

"엄마가 전인치유인지 뭔지 하는 사이트를 열어놓지 않았어야 할 텐데."

그의 목소리에는 확신이 없었다. 마치 자기도 좋아하지 않는 물건을 팔아야 하는 절박한 판매원 같았다.

'숨을 쉬어, 케이트. 제발. 진정해. 준비를 해야 해.'

나는 머리를 비우고 숨을 쉬는 데 집중했다.

'하나, 둘, 셋, 넷…….'

아이소가 놀란 얼굴로 나를 보고 있었다. 몸이 떨리고, 숨이 점점 가빠졌다.

내쉬고. 하나, 둘.

"에비. 괜찮아? 에비?"

나는 찻잔을 들어 올리다 안에 든 차를 쏟아 손가락을 데고 말았다.

"조금만 더 시간을 줄 수 있을까?"

내가 말했다. 경찰은 내가 그를 죽였다고 믿는 것이 확실했다. 나를 체포할 증거가 충분했고, 짐은 나를 그들에게 넘길 것이다.

"에비, 나는…… 너를 내버려둘 수 없어. 울고 있잖아."

볼을 만졌더니 축축했다.

"떠나야 해."

"누구에게서?"

그가 말했다.

"어디에서?"

"난……"

그에게 말할 수 없었다. 그는 이미 내가 정상이 아니라고 생각하고 있었다. 히치하이킹을 했던 날, 나는 그의 집에서 도망쳤다. 아휘나도 나가지 못하게 했다. 그런 내가 살인 사건의 주요 용의자라는 사실을 알면 그는 어떻게 할까? 짐이 이 모든 것을 조종하고 있다는 사실을 그도 알아야 한다.

아이소의 눈이 휘둥그레졌다.

"세상에, 에비. 무서워. 왜 그래?"

"그들이……"

그는 내가 앉은 의자 옆에 앉아 내 등을 쓰다듬었다. 그의 얼굴이 내 얼굴 가까이에 있었다.

"뭐야, 에비?"

"그들은……"

문을 두드리는 소리가 났다. 다급하게 두드리는 소리였다.

"그들은 내가 사람을 죽였다고 생각해."

"누구를?"

"그들은 내가 죽였다고 생각해."

두드리는 소리가 더 크게 들렸다.

"잠깐만."

하지만 나는 계속 말했다.

"전부 그가 계획한 거야."

짐이 방을 나가 문을 열었다. 남자 목소리였다. 다급하고 큰 목소리였다. 짐이었다. 아이소가 말하는 소리가 들려왔다.

"그럼요, 그럼요. 들어오세요."

그가 말했다.

"에비는 여기 있어요."

마치 소리만 들을 수 있고 움직일 수는 없는 외딴 곳에 있는 것 같았다.

"에비."

짐이 말했다. 돌아보니 그의 입술은 굳게 다물어져 있었고 얼굴은 창백했다. 그의 표정을 읽을 수가 없었다.

"개 때문에 왔어. 지금 당장 가야 해."

그는 가장 친한 친구가 떠내려간 강을 쳐다보는 남자처럼 나를 보았다.

"일이 벌어졌어."

이전 <

30

유리 파편과 주먹들의 대혼란. 비명 소리. 날아다니는 병들. 내 기억 속 파티는 알코올과 뇌진탕의 향연이었다. 물론 전부 기억할 수도 없거니와, 기억이 아니라 그저 상상일 수도 있다. 내가 그날의 일을 제대로 아는 일은 결코 없을 것이다. 내가 들은 모든 이야기들을 종합하면 이렇다.

멍한 표정으로 휘청거리며 머리에서 피를 흘리고 있는 나를 발견하고 구해준 사람은 윌로우였다. 나는 저항할 수 있는 상태가 아니었다. 나는 그 폭력적인 상황에서 빠져나온 것에 감사할 뿐이었다. 윌로우가 자기 아빠에게 전화를 하자 그가 바로 차를 끌고 왔다. 그는 차에서 내려 비틀거리는 나를 도와주었다. 나를 앞좌석에 태우고 피가 흐르는 내 머리를 차에 있던 스웨터로 감싸주었다. 피가 흐르는 내 두개골과 집 근처까지 흩날리는 싸움의 불길 사이에 사람들이 곤란해 하는 모습을 상상했다.

"잠들게 하지 마. 뇌진탕일 때는 자면 안 돼."

윌로우의 아빠가 말했다.

"얘, 이대로 집에 못 가요."

윌로우는 발음은 불분명했지만 단호하게 말했다.

"이대로 가면 얘네 아빠가 앨 죽이려고 할 거예요."

"응급실로 가려고 했어."

내 치마가 들춰졌을 때 윌로우가 지었던 그 교활한 웃음이 생각났다.

우리는 병원 대기실의 하얀 형광등 불빛 아래에 앉아 기다렸다. 병원에는 사람이 많아 북적댔다. 대부분의 사람이 술에 취한 것 같았다. 윌로우의 아빠가 일어나 화장실에 가자 윌로우가 내 쪽으로 더 가까이 다가왔다.

"케이트."

그녀가 내 손을 잡더니 말했다.

"괜찮아?"

나는 그저 어깨만 으쓱했다.

"정말 미안해, 케이트. 내 마음 알아줘. 네가 나 말고 톰을 선택해서 너무 화가 났어. 변명이 될 수 없다는 거 알지만, 내 가장 친한 친구를 잃고 싶지 않아. 내가…… 질투한 것 같아."

윌로우의 아빠가 우리 쪽으로 다가왔다.

"지금은 그 얘기 하지 말자."

내 목소리는 의도했던 것보다 화가 많이 난 것처럼 들렸다.

"그럼 내일? 내일 어때?"

"나도 모르겠다."

그때 간호사가 나를 재빨리 진료실로 데리고 갔다. 그녀는 나의 오른쪽 귀 위쪽 찢어진 부분을 의료용 솜으로 닦아주었다. 따끔거리는 느낌에 움찔했다. 솜에 계속해서 피가 배어들었다. 간호사가 상처가 있는 부분의 머리카락을 잘랐다. 머리카락이 다 잘라졌을 때쯤 의사가 바늘을 들고 들어왔다. 바늘이 머리에 몇 번 찔리자 감각이 없어졌다. 상처가 꿰매지자 피부가 살짝 땅기는 느낌이 들었다.

결국 새벽 2시가 되어서야 머리에 붕대를 감고 불안정한 걸음걸이로 병원을 나올 수 있었다. 윌로우의 아빠가 나를 차까지 부축해주었다. 윌로우는 이미 앞좌석에 앉아 자고 있었다.

"우리 집으로 가는 게 좋겠다. 지금 이 시간에 너희 집으로 가는 건 별로 좋지 않은 것 같아."

윌로우의 집에 도착하자 윌로우는 바로 침대로 직행했다. 그녀의 아빠는 나를 소파로 데려가서 누이고 머리 밑에 베개를 받쳐주었다. 그리고 부엌에서 아이스팩을 가져와 병에 맞아 부어오른 부위에 올려주었다.

"병원에서 제 머리를 잘랐어요."

내가 슬픈 듯 말했다.

"아주 조금 자른 것뿐이야. 티도 별로 안 나."

그가 말했다. 아주 다정한 목소리였다.

"하지만 혹시 모르니 사진을 한두 장 찍어두는 게 좋겠어. 아침에 경찰에 갈지도 모르잖아."

머리가 쿵쿵 울리고 시야도 초점이 맞지 않았다. 졸음이 가득한 눈이 파르르 떨렸다. 윌로우의 아빠는 나를 가볍게 흔들며 내 어깨에 손을 올렸다.

“간호사가 가벼운 뇌진탕이 있을 수도 있다고 했으니 아직 자면 안 돼. 잠시 깨어 있어야 해, 알겠지?”

머리를 너무 많이 움직이지 않도록 조심하며 나는 천천히 고개를 끄덕였다.

“간호사가 그리고 또 뭐라고 했더라. 기억이 나질 않으니 인터넷으로 다른 증상을 확인해야겠다.”

그는 주머니를 톡톡 두드리며 말했다.

“혹시 내 휴대폰 봤니?”

“아니요.”

나는 바지 주머니에서 내 것을 꺼냈다.

“전화해보실래요?”

그는 내 휴대폰을 가져가 그의 것에 전화를 걸었다. 얼마 지나지 않아 소파 밑에서 진동이 울렸다. 그는 소파 아래를 더듬어 휴대폰을 찾아내고는 인터넷 브라우저를 열어 검색했다.

“여기에서는 눈이 부으면 잠을 자면 안 된다고 하는구나.”

그는 내 턱을 감싸 쥐고는 내 눈을 들여다보았다. 그의 손바닥은 아주 부드럽고 따뜻했다.

“운이 좋아서 이 정도로 끝난 것 같네.”

그가 부드럽게 말했다. 나도 그의 말에 동의했다.

“이것보다 훨씬 더 심한 꼴을 당할 수도 있었죠.”

“네 눈 말이다. 눈이…… 진하구나. 사랑스러워, 케이트.”

나는 그에게 기댔다.

"졸려요."

나는 술기운과 피곤함에 절어 감상적이고 잠겨 있는 목소리로 말했다.

"더 나빠지지 말아야 할 텐데. 아직 어지럽니?"

"모르겠어요."

그는 손을 내 엉덩이에 대고 나를 똑바로 당겨 그의 어깨에 바싹 기대게 했다. 아이스팩이 미끄러져 내리자 그가 잡아 다시 내 머리에 대주었다. 우리는 잠시 이야기를 나눴다. 그는 나에게 톰에 대해 물었다.

"톰이요?"

"미안하다. 톰에게서 메시지가 10개 정도 와 있는 걸 봐버렸구나. 부재중 전화도 몇 통 왔고. 네 남자 친구냐?"

"네."

그리고 덧붙였다.

"그런 셈이죠."

"그 친구는 파티에 안 왔어?"

"왔어요."

그의 몸이 긴장하는 것이 느껴졌다.

"그럼 네가 병을 맞고 있는 동안 그 친구는 어디에 있었던 거냐?"

톰은 어디 간 걸까? 나를 데리고 나온 사람이 왜 톰이 아니라 윌로우의 아빠인 걸까? 도망갔나? 아니면 싸웠나?

"모르겠어요. 싸움이 시작되고 난 다음에 자리를 떠났어요."

"그래? 너를 두고 갔단 말이야?"

"처음에는 톰이 있었는데 질투를 해서요. 그래서 싸웠어요."

"싸웠다고?"

그가 말했다.

"너희들이 몇 살이나 됐다고 싸우냐."

피곤이 나를 무겁게 짓눌렀다. 방이 빙글빙글, 천천히 돌기 시작했다. 하지만 아직 자고 싶지 않았다. 그와 이야기를 나누고 싶었다.

"톰은 제가 다른 남자애들이랑 얘기하는 걸 좋아하지 않아요. 화가 나서 다른 남자애들한테 절 가지라고 했어요."

"그것 참 나쁜 놈이네. 내가 이런 말 했다고 신경 쓰진 마라. 네가 그 친구 소유물도 아니잖아."

"그냥 취해서 그런 거예요."

내가 말했다.

"케이트."

그는 부드러운 목소리로 말했다. 나는 내 머리 위에 있던 그의 손을 내 어깨에 내려놓고 그의 옆에 앉았다. 그는 아이스팩을 내려놓고 내 엉덩이로 손을 가져갔다. 옷이 다리까지 올라오는 바람에 그곳에 자리하고 있는 흉터가 드러났다. 톰은, 질투에 사로잡힌 톰은 내 곁을 떠났다.

"조심하렴. 남자의 마음은 깨지기 쉽단다."

"으음."

엉덩이에 있던 그의 손이 스르르 미끄러져 허벅지로 옮겨왔다. 면과 참나무 향이, 우리 집 냄새가 났다.

4부

끝을 생각하며

지난 한 달 동안 충격적인 상황이 다시 일어날지도 모른다는 생각에 사로잡힌 적이 얼마나 있었는가?

0 – 전혀 없다   1 – 거의 없다   2 – 가끔 있다   3 – 자주 있다

4 – 항상 그렇다

31

3RA 모닝 응답쇼 대본

사회자 3RA 응답쇼를 듣고 계십니다. 데스 홀더입니다. 오늘은 범죄에 대한 이야기를 나누고 있습니다. 멜튼에 있는 조 님과 전화 연결이 됐습니다.

청취자 좋은 아침입니다, 데스.

사회자 호크스번 공원 사건에 대한 정보가 있다고 하신 걸로 알고 있습니다. 지난 한 달 동안 세상과 담을 쌓고 지낸 게 아니라면 이 사건을 모르는 사람은 없을 것 같은데요. 하지만 이 사건에 연루된 소녀, 케이트 베넷은 사라졌습니다. 그녀가 연루됐다고 의심되는 사건이 발생한 이후에 말입니다.

청취자 맞습니다.

사회자 물론 많은 억측들이 있습니다만, 조 님은 어떤 이야기를 들려주실 건가요?

청취자 음, 지난밤에 친구들과 함께 술집에 갔었어요. 그중 한 명이 뉴질랜드에서 왔죠.

사회자 그렇군요. 출장이었나요? 아니면 여행?

청취자 4주 동안 여행을 갔다 왔어요. 스키 타고 술 마시고, 뭐 그런 여행이었죠.

사회자 좋습니다. 그런데 그게 케이트 베넷과 무슨 연관이 있습니까?

청취자 이 친구가 비행기 좌석 무료 업그레이드를 받았어요. 그런데 비즈니스석에 누가 앉아 있었는지 아세요?

사회자 엘튼 존은 아니겠죠?

청취자 물론 엘튼 존은 아닙니다. 후드티와 청바지로 꽁꽁 싸매고 창밖을 바라보던 사람은 보머 베넷의 딸이었습니다.

사회자 당신 친구가 이야기를 지어내기 좋아하는, 그런 사람은 아니죠?

청취자 아니에요. 하지만 CCTV에 찍힌 그 차를 확보했다면서요. 보셨어요?

사회자 네 봤습니다.

청취자 검은 벤츠였죠. 그럼 이제 누가 그 검은 벤츠를 소유하고 있는지 맞혀보시겠어요?

사회자 그게 누구죠?

청취자 보머 베넷이 CCTV 영상에서 나온 차량과 동일한 차를 몰고 있다고 인터넷에서 봤어요. 장담합니다만 이 CCTV 영상에 속 운전자는 케이트 베넷이 틀림없을 겁니다.

사회자 솔직히 말해 그건 그저 소문이긴 하죠.

청취자 글쎄요. 그 소녀는 뉴질랜드에 있어요. 내 친구가 사건 하루 이틀 뒤에 비행기에서 그녀를 봤어요. 한 달 동안 거기에서 지내는 거라면 아주 즐거운 휴가를 보내고 있는 거거나 해외로 도피한 거죠.

사회자 〈시드니 모닝 헤럴드〉에서 지난주에 기사를 냈어요. 뉴질랜드에서 찍힌 듯한 사진들과 함께 실려 있었어요. 사진의 배경이 정확하게 뉴질랜드의 어디인지는 모르지만 말입니다. 하지만 전부터 거기에 있다가 그 이후에 이동했을 수도 있죠. 그녀는 용의자도 아니고 실종자로 등록된 것도 아닙니다. 이 시점에서는 모든 것이 탁상공론에 불과합니다.

청취자 그녀는 분명 정신이 이상한 겁니다. 그건 확실하죠.

사회자 그녀의 정신 상태에 대해서는 아무도 명확하게 말해줄 수 없습니다. 하지만 그 소년과 연관된 건 확실한 것 같군요.

청취자 사태가 점점 커질 겁니다. 명심하세요. 아직 끝난 게 아니에요.

사회자 동감합니다. 이야기 즐거웠습니다. 이 사건에 대한 더 많은 제보 부탁드립니다. 주의사항도 함께 말씀드립니다. 우리는 그 어떤 사적인 보복을 장려하는 게 아닙니다. 이는 오히려 여러분이 범죄에 연루되지 않으면서도 주요 인물이 될 수 있는 방법입니다. 그리고 보머 베넷에 대한 존경심을 바탕으로 하는 말입니다만, 이 모든 것이 오해이길 바라고 그의 딸이 나타나 모든 일을 정리해주기를 바라고 있습니다. 잠시 후에 날씨와 그 밖의 소식 전해드리겠습니다. 그 뒤 우리는 말하는 시위자들이 될 것입니다. 사회의 골칫거리를 근절하기 위해서 공권력을 행사하는 것이 정당할 때는 언제일까요? 하실 말씀이 있으십니까? 잠시 후, 여러분의 전화를 받도록 하겠습니다.

> 이후

32

"차에 타, 지금 당장."

나는 주저했다.

"지금 이게 장난하는 것 같아? 그 개를 죽이고 싶어?"

나는 짐과 아이소를 뒤로하고 현관을 나가 차가 있는 쪽으로 갔다. 보가 뒷좌석에 가로로 누워 있었다. 내가 가까이 다가가도 미동하나 없었다.

조수석의 문을 열고 차 안으로 들어갔다. 보의 꼬리가 좌석을 두 번 두드렸다. 그러고는 고개를 살짝 들고 내 눈을 바라보았다. 보는 아직 살아 있었다. 하느님, 감사합니다. 손으로 머리를 쓰다듬자, 보의 꼬리가 다시 한 번 움직였다. 하지만 일어나지는 못했다. 힘이 하나도 없고 무기력해 보였다.

현관문이 다시 열리고 짐이 서둘러 뛰쳐나왔다. 그는 운전석에 앉아 문을 세게 닫은 후 차를 출발시켰다. 차가 유턴을 했다. 바퀴가 진흙에 미끄러졌지만 그대로 길 입구로 나갔다. 대문을 닫으려 멈추지도 않았다. 그는 속도를 줄이지 않았다. 뒷좌석에 있던 보가 그대로 쭉 미끄러졌다.

"조심해요!"

내가 말했다.

"조심하라고?"

그가 잠시 길에서 눈을 떼고 내 말을 되뇌었다.

"조심? 지금 나에게 조심하라고 말한 거냐?"

그가 거칠게 방향을 바꾸는 바람에 차가 덜컹덜컹 흔들렸다. 잠시 길 앞에 누가 서 있으면 어떡하지 하는 생각이 들었다.

"속도 좀 줄여요. 무섭단 말이에요."

내가 애원했다.

"보가 죽으면 다 네 탓이야, 케이트. 알고는 있는 거야?"

그가 누구에 대한 이야기를 하는 건지 잠시 동안 혼란스러웠다. 뒷좌석을 돌아보았다. 보의 눈은 반쯤 감겨 있었다.

"내가 뭘 어쨌는데요?"

"내가 찬장 꼭 닫으라고 몇 번을 말했어? 귀에 딱지가 앉을 정도로 말했잖아."

"대체 무슨 일인데요?"

"창고에서 나와서 너를 찾으러 갔는데, 집 안 어디에도 없더군. 또 미친 짓거리를 했겠거니 했지."

그는 손바닥의 불룩한 부분으로 한쪽 눈을 비볐다.

"보니까 싱크대 아래 찬장 문이 열려 있었어. 보의 비스킷을 두던 데 말이야. 거기에서 쥐약이 들어 있던 노란 포장지를 발견했어."

나는 찬장 문을 닫았다. 분명히 닫았다. 또 짐이 속임수를 쓰는 걸까?

"난 어떻게 찾았어요?"

“뭐?”

“내가 여기 있는 건 어떻게 알았냐고요?”

“네가 여기 있는지 알고 온 건 아니야. 그냥 네가 갈만한 데를 사방팔방 다 돌아다닌 거야.”

나는 뒷좌석으로 손을 뻗어 보의 옆구리를 쓰다듬었다. 하지만 보는 꿈쩍도 하지 않았다.

“약을 먹은 지 1시간 이상 지났어. 인터넷을 찾아보니 약을 먹고 나서 2시간 이내에 증상이 나타날 거라고 했어. 상태가 썩 좋지는 않은 것 같아. 너는 그놈의 개 한 마리도 제대로 돌보지 못하는군. 보만 불쌍하게 되었어.”

차는 이제 우리가 머무는 장소로 이어지는 언덕을 올라가고 있었다. 내가 물었다.

“어디로 가는 거예요?”

“너를 집에 내려놓고 갈 거야. 믿음이 안 가서 어디 같이 나갈 수가 있어야 말이지.”

“집이요? 그럴 시간이 어디 있어요?”

“너 때문에 이렇게 된 거잖아. 그나마 가까운 마을 밖 동물병원을 찾았어. 보를 즉시 데리고 오라고 했어. 오늘이 우리가 함께 지내는 마지막 밤일 텐데. 네가 다 망쳤어.”

그가 다시 한 번 거칠게 핸들을 꺾었다. 그가 핸드브레이크를 잡아당기자 안전벨트를 맨 몸이 앞으로 튀어나갔다.

"마지막 밤이라고요? 그게 무슨 말이에요?"

그는 내 말을 무시했다.

"서둘러. 어서 방으로 가."

나는 다시 한 번 손을 뒤로 뻗어 보의 머리를 쓰다듬었다. 그러고는 차에서 내려 집으로 향했다. 짐도 내 뒤를 따라 집으로 들어와 복도를 성큼성큼 가로질러 갔다. 내가 말했다.

"가요. 시간이 없잖아요."

짐이 내 뒤에 있는 문을 쾅 하고 세게 닫고는 어딘가로 걸어갔다. 서랍이 열리고 곧 거칠게 닫히는 소리가 들려왔다. 그 후 짐은 다시금 복도를 가로질러 돌아왔다. 지금 이 순간에도 차 안에 있는 보는 점점 죽어가고 있는데, 뭘 하고 있는 거지?

드릴 소리가 들렸다. 자물쇠를 다시 달고 있는 것이다. 짐이 소리를 뚫고 외쳤다.

"우리는 내일 여길 떠날 거야."

"무슨 짓을 한 거예요? 당신이 그를 죽인 거죠? 그렇죠?"

"케이트, 대체 뭘 기억하고 있는 거야? 내가 들고 있던 벽돌 색은 무슨 색이었지?"

빨간색. 그는 빨간 벽돌을 들고 있었다.

나는 흐느꼈다.

"전 그저 뉴스를 보고 싶었어요. 무슨 일이 있었는지 알고 싶었다고요."

"네가 정말로 보고 싶다고 했으면 내가 보여줄 수 있었어. 이제 방 안에서 네가 보에게 무슨 짓을 했는지 곰곰이 생각해봐."

"아니. 아니야. 저, 전 분명 문을 닫았어요. 내가 알아요."

또 일어나고 말았다. 나는 이것에 약하다. 슬픔은 우리를 약하게 만든다. 보를 내 품에 안고 싶었다. 그 작은 소망이 파도처럼 밀려와 나를 흔들었다. 현관문이 닫히고 엔진 소리가 나더니 차가 이곳을 떠났다. 동시에 보도 이곳을 떠났다.

이제 보가 내 다리에 내뿜는 따뜻한 입김을 느낄 수 없다. 나를 바라보는 촉촉한 눈을 볼 수 없다. 보의 앞발이 나무 바닥을 긁는 소리도 들을 수 없다. 침대에 몸을 던지자 침대 커버에서 퀴퀴한 공기가 훅 퍼져 나왔다. 에너지가 고갈되고 친숙한 불안감이 안에서 치밀어 올라왔다.

왜 짐은 항상 창고에 있을까? 왜 집 안에 없었던 걸까? 이건 그의 또 다른 장난일까? 〈시드니 모닝 헤럴드〉, 〈헤럴드 선〉, 〈허핑턴 포스트〉 등의 신문에 기사가 실려 있었다. 멜버른에 나를 위한 것은 아무것도 없지만 내 오명을 씻을 기회는 있다. 경찰에게 뭐라고 말할까? 내가 기억하는 것을 말하면 경찰은 짐을 조사할까? 짐이 벽돌을 들고 있었던 걸까? 그렇다. 그는 벽돌을 들고 있었다.

나는 멜버른행 비행기를 예약했다. 공항에 가서 목적지를 다른 곳으로 바꿀 수도 있을 것이다. 모든 호주 사람들이 짐에게 설득당해 내가 살인자라고 믿고 있고, 그래서 결국 멜버른에 가도 감방에 갇혀 지내야만 한다면, 진짜로 유럽이나 남미로 가야 할지도 모른다. 어쨌든 간에 지금 내게 필요한 건 여권이다. 그것을 찾으려면 창고에 들어가야만 한다.

나는 자리에서 일어나 창가로 가서 마당을 내려다봤다. 해가 지면서 뒷마당에 그림자가 길게 드리워져 있었다. 창문을 열자 서늘한 공기가 피부에 닿았다.

사다리는 여전히 그 자리에 있었다. 아직 나뭇가지가 마당 쪽을 향한 카메라를 가리고 있는지 흘낏 본 후 사다리를 타고 내려갔다. 계단 아래 땔감 옆에 있던 도끼를 들고 잔디밭을 성큼성큼 가로질러 창고로 향했다. 정확히 조준하지 않고, 내가 뭘 하고 있는지에 대한 생각도 하지 않은 채 도끼를 휘둘렀다. 있는 힘껏 내리친 도끼의 날이 쇠문에 부딪쳤다. 근처 나무에 앉아 있던 새들이 푸드득 날아갔다. 다시 한 번 손잡이 위를 향해 도끼를 내리쳤다. 우두둑 하는 소리가 나고서 한 번 더 내리치니 문이 열렸다. 창고 안은 어두컴컴했다. 그 어둠 속으로 발을 내딛었다. 무언가가 내 얼굴에 닿았다. 그것을 찰싹 쳐냈지만 다시 휙 돌아와 내 얼굴에 닿았다. 그것은 전선이었다. 잡아당기니 백열전구에 불이 들어와 창고 내부를 밝혔다.

창고 안에는 서류 캐비닛과, 오래된 찬장, 종이와 펜들이 널려 있는 책상이 있었다. 그 가운데 무언가를 발견했다. 얇고 긴 총열과 나무로 된 개머리판을 가진 물체. 문이 바람에 흔들리며 무언가의 죽음에 흐느껴 우는 듯한 소리를 냈다. 찬장 뒤쪽에 총이 세워져 있었다. 조심스럽게 다가가 손을 뻗어 차가운 쇠로 만들어진 총열을 만져보았다. 천장에 달린 불빛이 흔들리면서 모든 그림자가 요동쳤다. 학교에서 한 학기 동안 총에 대해 배운 적이 있다. 매주 화요일마다 플라스틱으로 만들어진 가짜 총으로 안전 절차를 훈련하고, 실제 총을 만지기 전에 겨냥하는 법을 배웠다. 이 총은 다르게 보였다. 나는 총을 들어 노리쇠를 뒤로 당겼다. 비어 있었다. 적어도 총을 장전해두고 가진 않은 모양이다.

나는 탄약 상자를 찾아 손에 든 총과 함께 밖으로 꺼냈다. 그가 찾지 못하도록 이것들을 숨겨야 한다. 그가 이 총을 가지고 있는 이유는 단 하나다. 나는 총을 들고 있는 손을 이웃집 울타리 너머로 내밀고는 그것을 떨어뜨렸다. 총이 떨어지면서 잔가지가 부러진 듯, 뚝 하는 소리가 났다. 총이 땅에 떨어지지 않고 덤불 위로 떨어진 것이리라. 그러고 난 뒤 탄약을 버렸다.

창고로 돌아가는 동안 가슴이 벌렁벌렁 뛰었다. 캐비닛을 열려고 했지만 열리지 않았다. 맨 위쪽을 보니 비어 있는 열쇠구멍이 있었다. 나는 다시 도끼를 손에 들었다. 이제 멈출 수 없었다. 도끼날이 열쇠구멍을 강타했다. 모서리에 쇠 경첩이 달려 있었지만 서랍은 열리지 않았다. 더욱 세게 내리쳤다. 도끼를 휘두를 때 나는 소리에 몸이 움찔했다. 결국 맨 위에 있는 서랍이 열렸다.

서랍 안에 있는 깨진 와인 병에서 와인 향이 훅 풍겨왔다. 다른 술

병들도 있었다. 아래쪽 서랍을 열려고 했지만 꼼짝도 하지 않아 도끼로 비틀어 열었다. 그곳에는 아주 많은 양의 서류가 들어 있었다. 나는 그것을 꺼내 불빛에 비춰 보았다. 온갖 서류에 붉은 와인 얼룩이 묻어 있었다. 재빨리 그 내용을 살펴보았다.

깨진 두개골…… 길가에서 발견되다……

사진도 있었다. 자동차 열쇠를 들고 나와 차를 운전했던 그날 밤이 생각났다. 길과 도로 전체가 노란 포스트잇으로 도배된 모습을 찍은 사진도 있었다. 내 사진도 더 있었고, 동영상의 한 장면을 프린트한 사진, 우편함에 있던 것과 똑같은 사진도 있었다. 우편함에 사진을 넣은 사람은 아이소의 친구 믹이 아니라 짐이었다. 그는 이것들 중 하나를 우편함에 넣고 나머지는 나중에 또 쓰려고 가지고 있었던 것이다. 나에게 겁을 주기 위해 사진을 이용한 것일 거다. 그게 아니라면 이 사진들을 두고 간 건 다른 사람이고, 짐이 이것들을 모아 내가 보지 못하게 감춘 것일까? 다른 사람이 이 모든 진상을 알고 있을 가능성은 있을까?

그때 편지봉투가 눈에 들어왔다. 내가 쓴 편지들이었다. 그것은 그가 티리아나에게 건넨 편지였다. 즉, 티리아나 또한 짐과 한통속이었던 것이다. 마을 전체가 공모해 나를 함정에 빠뜨린 것이다.

피가 거꾸로 솟구치는 것만 같았다. 내 숨소리, 서랍이 미끄러지며 내는 달가닥거리는 소리, 창고의 문이 바람에 흔들리며 내는 소리, 이 모든 것들이 너무도 크게 들렸다.

나는 찬장 문을 열고 가장 위에 있는 선반을 더듬었다. 손에 작고 딱딱한 것이 닿았다. 지갑인가? 꺼내보니 지갑이 아니라 여권이었다. 첫 페이지를 펼쳤다. 내 얼굴이 나왔다. 내 여권이었다. 갑작스럽게 내 여권과 재회한 것이다. 나는 여권을 바지 주머니에 쑤셔 넣고 찬장을 계속해서 뒤졌다.

다음 선반에서 발견한 건 여러 권의 잡지였다. 그 잡지들은 모두 똑같은 것이었다. 그리고 잡지에서 뜯어낸 듯한 페이지도 있었다. 그것은 내가 갖고 있는 잡지에서 사라졌던 페이지였다. 그가 오려내 여기에 감춘 것이다. 내 얼굴도 있었고 톰의 얼굴도 있었다. 얼굴이 동그랗고 머리가 긴 사진 속 나는 훨씬 행복해 보였다. 지금의 내 모습과는 완전히 딴판이었다. 짐은 분명 이 잡지를 전부 다 사들여서 내가 볼 수 없게 했을 것이다. 기사의 내용은 섹스 동영상에 관한 것이었다. 아마 짐이 잡지를 모두 사들인 탓에 마을 사람 중 이 기사를 읽은 이는 없을 것이다.

제일 아래쪽 선반에는 가위, 칼, 면도날 같은 것들이 있었다. 모두 짐이 집에서 치워버린 날붙이들이다.

그때 문에서 삐걱거리는 소리가 나고 방 안의 불빛이 변했다.

"뭐 하고 있는 거야?"

심장이 박동을 멈췄다. 뒤를 돌아보지는 않았다. 꿈쩍할 수조차 없었다. 도끼는 문 옆에 있었다. 그의 주먹이 날아올 것을 대비해 몸을 움츠렸다. 내가 사라지는 것 같은 느낌이 들었다. 눈앞에 보이는 장면이 흐려졌다. 눈을 감고 숨을 쉬었다. 도망도, 싸움도 없다. 그저 체념뿐이었다.

이전 <

33

"넌 정말 고집불통이야."

동네 카페에서 마치 데이트라도 하는 듯이 교활하게 웃으며 톰이 말했다. 나는 창문 근처 구석 자리에 앉아 있었다. 톰이 탁자 위로 손을 뻗어 내 손을 움켜잡았다. 그 손을 떨쳐내고 싶은 충동이 들었지만 가까스로 마음을 추슬렀다. 내가 뇌진탕이 온 것도, 머리를 꿰맨 것도 전부 그의 질투 때문이었는데, 그로부터 일주일이 지났는데도 아직 톰의 사과를 받지 못한 것이다. 나는 머리가 빠져 덧댄 부분을 아빠가 알아채지 못하게 숨기려고 강박적으로 머리를 빗어댔다. 애초에 큰 싸움이 일어나게 된 원인은 톰이 시작한 말다툼 때문이었다. 하지만 그 결과는 다 내가 떠안고 말았다. 나를 버리고 가버린 그가, 지금 나에게 농담을 하고 있는 것이다.

"아직도 머리가 아파, 톰."

나는 엄지손톱을 잘근잘근 씹으며 창밖으로 지나가는 사람들을 보았다.

"그래서 그다음에 어떻게 된 거야? 전화를 안 받아서 내가 얼마나 걱정했는지 알아?"

나는 그에게 시선을 돌렸다.

"윌로우가 날 챙겨줬어. 잠은 걔네 집 소파에서 잤고."

윌로우의 아빠가 내 가까이 앉아 긴 팔로 나를 안았다. 내 목에 그의 입김이 느껴졌다. 그가 나를 원한다는 걸 알고 있었다. 나는 그것이 내게 주는 느낌, 권력감을 갈망했다.

"윌로우? 그럼 둘이 다시 친하게 지내기로 한 거야?"

톰의 목소리에 짜증이 묻어났다. 나는 그에게 잡혀 있던 손을 빼냈다. 순식간에 화가 치밀어 올랐다.

"윌로우가 나를 구해줬어. 그리고 우리가 친하게 지내건 말건 무슨 상관이야? 중요한 건 윌로우는 그 자리에 있었고, 너는 없었다는 거지."

내 목소리가 커졌다.

"대체 어디 있었어? 내가 피를 흘리면서 뇌진탕을 일으키고 있을 때, 너는 어디 갔었던 건데?"

흥분을 가라앉히려 했지만 우리 둘 사이의 무언가가 변해 있었다. 내 앞에 있는 남자는 내가 동경하던 톰이 아니었고, 내가 안다고 생각했던 톰이 아니었다. 톰이 고개를 떨궜다.

"나는 몰랐어. 일이 워낙 순식간에 벌어져서 말이야."

"하지만 네가 벌인 일이야. 네 잘못이라고. 모르겠어? 네가 질투에 눈이 멀어서 이런 일이 일어난 거잖아. 거기서 네가 냉정을 잃지만 않았어도 아무 일도 일어나지 않았을 거야."

"하지만 그 자식들과 시시덕거린 건 너잖아."

소리를 지르는 것을 참으려고 이를 악물고 입술만 움직여 말을 이었다.

"내가 정말 그랬으면 어쩔 건데? 만일 그렇다면 네가 그렇게 행동한 게 정당하다는 거야? 내 머리가 이렇게 찢어져도 싸다는 거야?"

카페 안에 있는 손님은 우리와 다른 테이블에 앉아 있는 가족이 전부였다. 가게에 정적이 흘렀다.

"케이트, 내가 너를 다치게 한 게 아니야. 그 자식들 아직 잡을 수 있어. 경찰에 가서 신고하자."

"아니. 절대 안 돼. 아빠가 이 일을 알게 되면 큰일 나. 나는 그 파티에 가지 않은 거야."

어깨 너머로 손님 몇 명이 더 카페로 들어오는 것이 보였다.

"그래서 할 말은 그게 다야? 사과도 안 하시겠다?"

"좋아. 네가 다친 건 정말 안됐어. 하지만 너에게도 어느 정도 책임이 있어."

지금 탁자를 뒤엎고 나가버리면 톰이 뭐라고 지껄일까?

"사과 좋아하시네. 톰. 너는 미안하다의 '미' 자도 꺼내지 않았어."

그러자 톰이 말했다.

"사과는 내가 아니고 그놈들이 해야지. 그런 족속들은 맨날 이렇게 교묘하게 모면하려 든다니까."

"그냥 미안하다고 하면 되잖아. 나를 다치게 한 거 말고 그렇게 멍텅구리처럼 행동해서 미안하다고 하라고."

눈물이 터져 나왔다.

"야."

그가 다시금 손을 뻗었지만 나는 소매 안으로 손을 감춰버렸다. 바리스타가 커피머신 너머로 우리를 쳐다보고 있었다.

"울지 마, 케이트. 내가 나빴어. 됐지? 그날 밤 바보같이 굴어서 미안해. 제발. 사람들이 쳐다보잖아."

나는 바리스타를 힐끔 보고는 입모양으로 '미안해요'라고 말했다.

그런데 내가 대체 왜 미안한 걸까? 울어서? 화를 내서? 잘못한 건 톰이다. 남자들은 자기가 잘못하고서도 능숙하게 사과를 받아낸다.

"괜찮아. 우리는 괜찮을 거야."

하지만 나는 괜찮지 않았다. 우리 사이에 무언가가 변했고, 그 변화가 좋은 것인지 확신할 수 없었다. 톰이 집에 데려다주었지만 나는 그에게 키스하지 않았다.

방에 올라와 휴대폰을 꺼내 최근 통화 목록을 보았다. 그의 번호를 찾았다. 그는 파티가 있었던 그날 새벽 2시 39분에 전화했다. 내가 그의 품 안에서 잠들고 윌로우의 침대 위에서 아침을 맞이한 그날 밤에.

● ● ●

나는 마당의 유칼립투스 나무 아래 누워 있었다. 처마 밑에서 까치 한 마리가 깍깍 울어댔다. 나는 손가락으로 총 모양을 만들어 그 새를 조준해서 쏘는 시늉을 했다.

"탕."

새는 끄떡도 하지 않았다. 그늘이 닿지 않아 햇빛을 받은 발목이 따뜻했다. 나는 휴대폰 너머로 나뭇가지와 하늘을 응시했다.

디지털 세상에서의 소통은 어딘지 현실처럼 느껴지지 않는 부분이 있다. 나는 그런 생각을 하며 내가 보낸 메시지들을 쓱 훑어보았다. 나의 메시지는 이곳과는 다른 세상에 존재하고, 또 그 메시지는 내가 아닌 다른 누군가가 보낸 것 같은 느낌이 들었다. 그곳에서 나는 언제나 행복하고 자유로운 존재다.

'케이트. 나한테 메시지를 보내는 게 좋은 생각일까?'

'메시지를 주고받는 게 잘못된 일인가요?'

'우리 둘에게 나쁜 영향을 끼칠지도 몰라.'

'괜찮지 않을까요? 아무도 모르잖아요. 전 그 사실이 좋아요. 그리고 당신이 좋아요.'

나는 쇄골과 가슴이 보이는 각도에서 사진을 찍었다. 사진 속 나는 예뻤다. 입술은 약간 벌어졌고, 짙은 색 머리가 풀밭에 펼쳐져 있었고, 역광을 받아 눈을 가늘게 뜨고 있었다. 나는 숨을 죽이고 전송 버튼을 눌렀다.

● ● ●

다시 친구로 지내자는 윌로우의 제안을 받은 후, 그녀와 마주치는 일 없이 일주일이 지났다. 윌로우가 만나자고 하자 나는 두말없이 응했다. 사실 내가 진짜로 보고 싶었던 건 그녀의 집에 있는 다른 사람이었지만. 물론 이 사실을 윌로우가 알 필요는 없었다. 나는 일부러 톰이 관심을 구걸하는 것 같다며 싫어하는 얇은 검은색 상의와 꽉 끼는 검은색 청바지를 입었다. 그저 평범하게 쇼핑을 나가는 거에 비해서는 조금 과하게 차려입었다는 건 스스로도 알고 있었지만 그래도 그에게 잘 보이고 싶었다.

문을 열어준 사람은 윌로우의 엄마였다. 윌로우는 방에서 옷을 갈아입는 중이었다. 나는 거실에서 기다리기로 했다. 소파에 앉아 내 심장 소리를 의식하고 있으니 배가 간질거렸다. 윌로우 아빠의 기척은 느껴지지 않았지만 진입로에 그의 차가 주차되어 있었다. 잠시 후 나는 화장실에 가는 척하며 그의 서재를 지나갔다. 내가 여기 온 걸 그는 알고 있을까?

그때 발소리가 들려 뒤를 돌아보니 그가 방으로 다가오고 있었다.

"안녕, 케이트."

달콤하고 따뜻한 그의 목소리가 나를 감쌌다.

"안녕하세요."

나는 들릴 듯 말 듯한 목소리로 말했다. 그의 책상을 손가락으로 쓰다듬었다. 그가 가까이 다가와 섰다. 그를 마주보니 심장이 쿵쾅거리며 방망이질하듯 뛰었다. 나는 입술을 핥았다.

그는 복도를 한번 힐끔 보더니 속삭이듯 무언가를 말했다. 나는 그 말을 들으려고 한 걸음 더 가까이 다가갔다.

"계속 네 생각만 했어."

너무 솔직하고도 직접적이었다. 톰의 입에서 나오기를 기대했던 말들을 지금 여기서 듣고 있다니, 어쩜 이리 역설적인 일이 다 있을까. 볼이 빨갛게 달아올랐다.

"저도 그 느낌 알아요."

그가 이곳을 지나가려면 나와 그가 닿을 수밖에 없을 정도로 우리는 가까이 있었다.

"머리가 정말 아름답구나."

그가 말했다.

"잘라볼 생각은 안 해봤니?"

"긴 게 좋아요."

"단발이어도 괜찮을 것 같은데."

계단을 내려오는 발소리가 났다.

"윌로우가 오는 모양이구나. 네가 내 서재에 있는 모습을 보여서 좋을 건 없지."

그는 다급한 기색 없이 말했다.

내가 숨도 쉴 수 없을 정도였다는 걸 그는 알고 있을까? 만약 우리 둘이 서재에 함께 있는 모습을 윌로우에게 들키면 어떻게 되지? 나는 걸음을 옮기다가 문가에서 잠시 멈춰 서서 뒤를 돌아보았다.

그의 눈이 내 몸을 훑었다.

'좋았어.'

그날 밤 나는 메시지를 받았다.

'오늘 정말 멋지더구나, 케이트.'

34

우리는 함께 커피를 마시러 가기로 했다. 이런 이유라면 우리가 만나는 걸 누군가에게 들켜도 그럴듯한 변명을 할 수 있기 때문이었다. 그저 우연히 카페에서 만났다고 하면 된다.

나보다 먼저 카페에 와 있던 그는 한쪽 발목을 반대편 무릎에 올려놓은 채 신문을 읽고 있었다. 나는 손으로 머리를 뒤로 모아 잡고서 창문에 비친 내 모습을 확인한 뒤 안으로 들어갔다. 카페는 사람으로 북적였다.

"안녕, 케이트."

그가 일어나서 내 볼에 키스했다. 순간 나는 현실을 인식하게 되었다. 그 어떤 친구의 부모님도 나에게 이런 식으로, 마치 또래인 양 인사하지 않았다.

"앉아."

나는 카페라테를 주문했다. 그의 앞에 놓인 블랙커피는 이미 반 정도 줄어 있었다. 얼마나 오래 기다린 걸까? 나는 그의 열쇠 옆에 놓여 있던 선글라스를 집어 들었다.

"아저씨 거예요?"

나는 선글라스를 한번 써보며 말했다. 그리고 얼굴에서 스르르 미끄러지는 선글라스를 손으로 받치며 물었다.

"어때요?"

그는 웃으면서 말했다.

"세련돼 보여."

그는 신문을 접어서 탁자 위에 올려놓았다.

"뭐 좀 먹을까?"

나는 어깨를 으쓱했다.

"딱히 배는 안 고파요."

"그럼 간단한 걸 시키자."

내가 시킨 커피가 나오자 설탕을 넣고 저었다. 그는 당근 케이크를 주문했다.

"그래, 학교생활은 어떠냐?"

"학교요? 괜찮아요. 그냥 좀…… 지루하죠."

"내년엔 어떻게 할 거야? 계획은 있고?"

"대학에 가서 건축을 공부하고 싶어요."

그의 진한 눈썹이 치켜올라갔다.

"건축이라. 내 형제가 건축가인데 원하면 연락처를 알려줄게. 건축가가 무슨 일을 하는지 알 수 있을 거다. 힘들지만 보람 있는 일이지."

아빠는 내 꿈이 무엇인지, 내가 뭘 하고 싶은지에 대해 물어보지 않았다. 그리고 그의 형제, 진짜 건축가를 만나보라는 제안은 윌로우도 단 한 번도 하지 않았다.

"너무 멋진 제안이네요. 감사합니다."

"뭘 그런 걸로. 그리고 대학 다니면서 일을 하고 싶으면 그쪽 사무실에서 일할 수 있게끔 얘기해줄게. 전화 받는 일이 고작이겠지만 그래도 좋은 경험이 될 거야. 건축가가 실제로 어떻게 일하는지 알 수 있을 테니 말이다."

당근 케이크와 포크 두 개가 나왔다. 그는 포크를 들어 케이크 끝부분을 잘라서 먹었다.

"저를 소개해주신다면야 정말 좋죠."

나는 커피를 홀짝홀짝 마셨다. 내가 원하는 만큼 달진 않았지만, 여기서 설탕을 더 넣는다면 그의 눈에 내가 어린아이로 비춰질 것만 같았다.

그가 앞으로 몸을 숙였다. 곱슬곱슬한 짙은 색 앞머리가 이마로 흘러내렸다.

"그래, 케이트. 톰과는 어떻게 돼가고 있어?"

나는 포크를 들어 케이크를 작게 잘라 입으로 가져갔다.

"톰이요?"

그가 미소를 지었다.

"둘 사이에 문제가 있는 것 같았는데."

"맞아요. 그리고 아직 그 문제는 해결되지 않은 상태고요."

그는 다시 포크로 케이크를 잘라 먹었다.

"그래, 어떻게 될 것 같아?"

"헤어질까 생각 중이에요."

나는 내 말이 현실이 될 것임을 알고 있었다. 나는 아직 톰에게 화가 나 있었다. 그의 집에서 보냈던 밤에 느꼈던 특별한 감정도 무언가가 변해버렸다. 예전의 좋았던 때로 돌아간다는 건 상상도 할 수 없었지만, 적어도 휴식을 가지긴 해야 할 것 같았다.

그는 고개를 살짝 낮춰 내게 좀 더 가까이 다가왔다.

"음, 네게 있어 최선의 선택을 해야 해. 네 앞에는 찬란한 미래가 펼쳐져 있으니 말이다. 그 미래에 톰이 없는 거라면 늦기 전에 빨리 조치를 취해야 할 거다."

"이제 1년이 돼가요. 꽤 긴 시간이었던 것 같아요. 그래서 떨쳐내기도 힘들어요."

그가 한 손을 테이블 위에 올렸다. 누가 우릴 봐도 상관없었다. 나는 손을 뻗어 검지로 그의 손을 만졌다.

"만약 저랑 같은 상황이었다면 어떻게 하시겠어요?"

"어려운 질문이구나."

나는 아무 말 없이 그의 말을 재촉했다.

"네가 진심인 것 같으니 나도 진지하게 대답하지 않으면 안 되겠구나. 젊은 시절 누군가를 만났고, 그를 사랑한다 믿고 있다고 하자."

그가 말을 시작했다.

"서로가 서로에게 완벽한 상대라고 생각하겠지. 하지만 시간이 갈수록 양보하고 있는 자신을 발견하게 될 거야. 꿈꾸던 것, 계획하던 것을 포기하고 친구들을 잃게 되자 비로소 깨닫는 거지. 옛날처럼 행복하지 않다는 사실을. 그러면 의심하기 시작할 거야. 예전에 사랑에 빠졌던 그 사람이 자신이 결혼한 사람과 정말로 같은 사람인지를. 하지만 변화하는 것이, 아니(그는 이 말을 하며 손을 흔들었다), 아무개라고 해두자. 아무개가 너무도 두려운 거야."

나는 톰에게 느꼈던 감정들, 일기장에 써내려간 단어들을 떠올렸다. 그리고 그것들을 지금의 내 느낌과 비교해봤다.

그는 가게로 들어오는 사람에게 눈길을 주다가 다시 나를 바라보고 말했다.

"가정을 이루고 의심은 더 커져가고, 후회도 커져가지만, 이제 더 이상 둘만의 문제가 아니게 됐지. 어떤 결정을 내리더라도 그 영향을 받는 건 비단 두 사람뿐만이 아니야. 그렇게 몇 년이 흐르고 점점 거리가 멀어지지. 곧 단호하게 결정을 내릴 용기를 갖게 될 거라고 생각하지만 그러는 사이에 점점 늙어가고 서로에게 분노하기 시작하는 거야. 둘의 관계에서 기쁨이나 사랑은 전혀 없고 그저 의무감에 함께 있는 것뿐이야."

그는 말을 이었다.

"그러고는 스스로에게 약속을 하는 거야. 딸이 18살이 되면, 그 아이가 성인이 되면 오래 전에 하려고 했던 일을 해내겠노라고. 왜냐하면 후회가 아직 남아 있거든. 후회는 사라지기는커녕 오히려 커져가기만 했지. 내가 무슨 말 하는지 알겠니?"

"네."

몇 달 후, 윌로우는 18살이 된다. 그리고 나는 내가 무엇을 해야 하는지 알게 되었다. 나는 미소를 지으며 그와 손깍지를 꼈다.

● ● ●

톰의 엄마가 문을 열어주었다. 온다는 말도 없이 와서 그런지 톰은 샤워를 하고 있었다. 윌로우 아빠와 이야기를 나눈 후 용기를 내 카페에서 곧장 여기로 왔다. 그의 방에서 기다리는데 책상 위에 열려 있는 노트북이 눈에 들어왔다. 나는 해변으로 여행 갔을 때와 공원에서 찍었던 사진 몇 장이 갖고 싶었다. 내가 헤어지자고 말해도 톰이 사진을 보내줄까? 아니면 내가 직접 가져가야 하나? 나는 내가 제일 좋아하는 사진 몇 장을 휴대폰에 옮겨 담기로 했다.

나는 노트북 앞에 앉았다. 바탕화면에는 영화 파일 몇 개가 있었다. '사진' 폴더를 찾아서 클릭했다. 수백 장의 사진이 펼쳐졌다. 어디에서 찍은 사진인지 알 수 있었다. 테니스 코트에서 찍은 사진도 있었고, 해변에서 찍은 사진도 있었다. 브라이튼 해변의 모래밭에서 잃어버린 선글라스를 끼고 있는 사진도 있었다. 검은색 접시로 얼굴 반쪽을 가리고 있는 사진도 있었다. 끝까지 내려가니 또 다른 파일이 있었다. 파일 이름은 '학교 잡동사니'였다. 호기심에 그것을 클릭하니 내 사진들이 나왔다.

한 사진 속 나는 어깨까지 내려오는 갈색 머리를 하나로 묶고 차분한 미소를 띠고 있었다. 잇몸이 보였고 눈은 감은 채였다. 나는 이 감정을 사랑했다. 사진을 찍을 때 톰이 했던 말들. 누군가가 나를 원하고 있다는 것을 알 때의 짜릿함. 자기애를 넘어 자유를 느꼈다. 톰의 렌즈는 윌로우가 내뱉었던 독기 가득한 말들의 해독제였다. 셔터를 누르는 것은 한순간이지만 렌즈는 고통을 치유하는 연고가 되고 남과 다르다는 데서 오는 괴로움과 타인의 시선을 막아주는 방패가 되어주었다. 하지만 지금은 그때의 흥분과는 정반대의 감정이 일었다.

나는 계속해서 스크롤을 내렸다. 댐에서 찍었던 사진들이 있었다. 한 남자가 일부러 핸들을 꺾어 차가 통째로 물속으로 곤두박질쳤던 그곳. 남자가 뒷자리에 세 아들을 태운 채 물속으로 직행한 뒤 본인은 차가 가라앉는 동안에 헤엄쳐 빠져나온 사건이었다. 나는 좋은 사진을 구성하는 요소가 뭔지는 몰랐지만 톰이 안목이 있다는 것만은 확실히 알 수 있었다. 나는 샤워기의 소리가 멈출 때까지 계속해서 스크롤을 내렸다.

내 사진이 있었다. 본 적 없는 사진이었다. 사진 속 나는 마치 빛을 가리듯이 한 팔로 얼굴을 가린 채 톰의 침대에서 자고 있었다. 다음 사진을 클릭했다. 내 다리 사이를 확대해서 찍은 사진이었다. 얼굴이 달아올랐다. 이번엔 동영상이 나왔다. 동영상 아이콘 위에 커서를 두고 망설이고 있는데 톰이 복도로 나오는 소리가 들렸다. 동영상을 보고 있을 시간은 없었다. 내 안에서 새로운 감정이 끓어올랐다.

왜 이것이 아직 남아 있는 것일까. 나는 이 동영상이 무엇인지 알고 있다. 이것은 여기에 남아 있으면 안 되는 것이다. 이것은 그 추운 날 아침에 비춰 든 빛과 함께 진즉에 사라져야 할 경험이고 기억이었다. 그날 잠에서 깼을 때 나는 '그거 지울 수 있어?'라고 물었다. 그리고 톰은 '벌써 지웠어'라고 답했다. 분명히 그렇게 말했는데. 그런데 왜 아직도 이것이 남아 있는 거지?

나는 노트북을 닫고 침대 위에 앉았다. 그때 허리에 수건을 두른 톰이 방에 들어왔다.

"케이트. 깜짝 놀랐잖아."

"그래, 정말 놀랍지."

화가 스멀스멀 치밀어 올랐다.

"뭐가?"

그가 내 얼굴을 바라보았다.

"왜 그래?"

"아무것도 아니야."

나는 이를 악물었다.

"아니, 파티에서 있었던 일 때문에 아직도 나한테 화나 있는 거야? 미안하다고 했잖아. 더 이상 뭘 원하는 거야?"

"그건 이제 됐어."

나는 아직 톰의 진심 어린 사과를 받지 못했기 때문에 화를 내야 마땅했지만, 나는 여기에 그와 헤어지기 위해서 온 것이다. 끓어오르는 화를 폭발시키기에는 적절한 때가 아니었다.

그는 노트북을 흘끗 보고는 책상에 앉아 그것을 열었다.

“훔쳐본 거야?”

그가 나를 돌아보며 말했다.

“왜 그런 사진을 찍은 거야?”

“나는 사진가야. 나도 몰라. 그냥 좋은 작품이 될 거라고 생각했어.”

“찍어도 되냐고 물어보지도 않았잖아.”

그는 작고 무시무시한 콧소리를 냈다. 그것은 웃음이 아니라 숨소리였다.

“네가 얼마나 아름다운지를 상기시켜주는 사진을 갖고 있는 게 뭐가 잘못이야? 대부분의 여자애들은 껌뻑 죽는다고. 네가 내 곁에 없을 때 네 모습을 보고 싶었던 것뿐이야.”

“그게 요점이 아니잖아.”

나는 목소리가 격해지지 않게, 감정을 억누르려고 무진 애를 썼다. 내가 노트북을 때려 부수기 전에 그가 모든 사진을 삭제하기를 바랐다.

“동영상 말이야. 그건 정말 사적이고, 내밀한 순간이잖아. 그리고 넌 분명 지웠다고 했어.”

나는 더 이상 참을 수가 없었다. 계속 숨을 쉬어야 했다.

“왜 거짓말을 한 거야?”

“음, 카메라에서는 지웠어. 이미 다 복사해뒀거든.”

“그게 거짓말이지 뭐야.”

"네가 카메라에서 지울 수 있냐고 물어봤잖아."

"네가 컴퓨터에 이미 다 옮겨놨다는 걸 몰랐으니까 그랬지. 내 동의도 받지 않고……"

"동의? 그럼 한번 동영상 보면서 확인해볼까? 네가 동의했는지……"

"내 말 아직 안 끝났어. 난 그 파일을 지우지 않고 두자는 데 동의한 적 없어. 너를 믿었는데. 네가 아무리 돌려 말해도 내가 그 동영상을 삭제하기를 원했다는 건 분명한 사실이야. 그리고 그 동영상을 가지고 있는 것도 원하지 않았어. 하지만 너는 아직도 그걸 가지고 있잖아."

"철 좀 들어라, 케이트. 나는 그저 특별했던 그 시간을 기억하기 위한 내 나름대로의 방법을 썼을 뿐이야. 그래, 좋아. 지울게. 그러니까 걱정하지 마."

"그 사진들은? 자고 있는 내 모습을 찍은 사진 말이야. 톰, 넌 그게 얼마나 소름끼치는 일인지 알기나 해?"

"소름끼친다고?"

그는 그 듣기 싫은 콧소리를 다시 한 번 냈다.

"네가 나보고 사진 찍어달라고 했잖아."

"나는 자고 있었어!"

"내가 찍어도 되냐고 물었더니 그러라고 했잖아."

"거짓말이야. 터무니없는 거짓말 좀 작작 해. 술에 취해서 자고 있을 때 내 벗은 모습을 찍은 거잖아. 섹스 동영상도 지우겠다고 하고서 가지고 있고."

말을 하다 보니 화가 머리끝까지 뻗쳐올랐다. 말을 하면 할수록 그가 얼마나 혐오스러운 인간인지 다시금 알게 되었다. 그가 얼마나 나를 존중하지 않았는지 깨달았다.

"그때 네가 취해서 기억을 못하는 거야. 네가 노트북을 훔쳐보지 않았으면 이런 일도 없었을 거 아냐."

화가 분노로 변했다. 내 목소리는 높아지기보다 오히려 차분했고, 차가우면서 맹렬했다. 내 마음 깊숙한 곳에서부터 나오는 말이었다.

"감히 나를 비난하지 마."

"내가 네 걸 맘대로 훔쳐보면 네 기분이 어떨 것 같아?"

톰이 책상 위에 둔 내 휴대폰을 낚아챘다.

"말해봐, 기분이 어떨 것 같냐고!"

나는 침대에서 튀어 올라 휴대폰을 뺏으려고 했다. 톰은 나를 밀쳐내고 메시지를 열었다. 그러더니 갑자기 안색이 변해서 침대로 왔다.

"이게 뭐야?"

톰이 다그쳤다. 나는 앉으려고 했지만 그가 나를 계속해서 세게 밀치는 바람에 넘어지고 말았다. 울고 싶었다. 내가 울음을 터뜨리자 그도 따라 울기 시작했다.

"이거 누구야?"

그의 얼굴이 일그러졌다.

"아무도 아니야."

"말해."

그가 말했다. 그의 목소리의 모든 떨림이 날카로운 파편이 되어 나를 찔렀다.

"대체 누구야? 너한테 메시지랑 사진을 보내는 이 늙은 개자식 누구냐고?"

그의 목소리가 힘없이 낮아졌다.

"이 자식이랑 잤어?"

"그런 식으로 말하지 마. 우리 관계를 더럽히지 마."

"죽여버릴 거야. 그 자식 죽여버릴 거야."

"동영상 지워, 톰. 당장 지우라고."

그는 고개를 가로저었다.

"나가."

소리를 지르는 그의 목소리에는 고통이 배어 있었다.

"꺼지라고!"

그가 일어나자 수건이 미끄러졌다. 우습게도 내 앞에서 맨몸을 보이는 것이 부끄러운 듯 그는 수건을 와락 움켜잡았다.

"당장 꺼져, 케이트."

그의 눈과 코에서 눈물과 콧물이 흘렀고 어깨에는 핏줄이 돋아 있었다.

"네가 정말 미워!"

나는 자리에서 일어나 노트북을 향해 걸어갔다. 톰은 슬픔에 겨워 정신을 못 차리고 있었다. 먼저 배신한 건 톰이다. 동영상을 지우지 않고 갖고 있었으니까.

톰이 나를 다시 한 번 세게 밀쳤다. 톰은 나보다 훨씬 힘이 셌고, 분노가 점점 차오르고 있었다.

"나한테 손대지 마."

나는 이를 악물고 소리쳤다.

"감히 나에게 손대지 마."

"더러운 계집애. 네가 창녀라는 건 알고 있었어."

내 흉터가, 내 발가벗은 몸이 그의 컴퓨터 안에 있었다.

"지워!"

분노가 폭발했다. 나는 앞으로 돌진해서 그를 밀치고 그의 얼굴을 할퀴었다. 그가 나를 뒤에서 밀었다. 복도에서 발소리가 들렸다. 톰의 엄마였다.

나는 두 발로 섰지만 시야가 흐려졌다. 나는 그에게 다시 돌진했다.

● ● ●

머리를 부딪친 건지 아닌지는 알 수 없었지만 정신을 차려보니 밖에 있었다. 나는 톰의 집 대문을 주먹으로 쾅쾅 치고 있었다. 손끝과 코에서 피가 흘러나오고 있었다. 갑자기 주변을 의식하고는 문을 두드리던 손을 멈추고 한 발짝 뒤로 물러나 나를 추슬렀다. 주위를 둘러보니 내 휴대폰이 잔디밭에 떨어져 있었다. 집 안에서 밖으로 내던져진 것 같았다. 길 건너편 이웃 주민이 창문 너머로 나를 쳐다보고 있었다. 옆집에서 일하던 인부들도 나를 빤히 바라봤다. 무슨 일일까? 잠시 까무러친 건 뇌진탕의 후유증일까? 깨진 병조각이 내 뇌에 박히기라도 한 걸까?

집으로 오는 내내 눈물이 얼굴을 타고 흘러내렸다. 다시는 좋은 일이 생기지 않을 것만 같았다.

그 이후 톰에게서는 아무런 소식도 없었다. 전화도 해보고 페이스북으로 메시지를 남기기도 했다. 우리의 관계가 끝난 건 확실했지만 내가 왜 화가 난 건지 그도 알아야 했다. 나에게 중요한 건 그것이었다. 자신이 무슨 짓을 저질렀는지 자각하고 그것이 나를 배신하는 행위였으며, 그러므로 모든 것을 지워야 한다는 것을 깨달아야 했다.

내게 무슨 일이 생겼다는 것은 아빠도 알고 있었다. 하지만 아빠는 내게 어떤 질문도 하지 않았다. 그저 내가 처음으로 맺은 관계가 끝난 것을 내 나름대로 슬퍼하게끔 해주었다. 나는 어둡고 고요한 방에 틀어박혀 텔레비전만 줄창 봤다. 윌로우의 아빠에게 메시지를 보냈다.

'헤어졌어요.'

‘그래. 쉽지 않았을 거야. 그렇고말고.’

‘시간이 훌쩍 지나서 마음이 편해졌으면 좋겠어요.’

‘탈출구가 필요한 모양이구나.’

하지만 지금의 내게는 욕정에 쏟을 기력조차 없었다. 죄책감, 공포, 분노에 사로잡혀 있었다.

‘당분간은 메시지 주고받지 말아야 할 것 같아요.’

그와 동시에 윌로우가 나에게 메시지를 보냈다.

‘톰 인스타그램 방금 봤어. 너 괜찮아? 늙은 남자가 누구야?’

하트와 윙크 이모티콘과 함께 보낸 윌로우의 메시지를 보고 나는 온라인에서 심각한 일이 터진 것을 알게 되었다. 톰이 인스타그램에 슬픈 얼굴이 캡션인 온통 검은색으로 칠해진 이미지를 올렸다. 그 아래에는 대답 타래가 이어졌다.

‘깜짝 놀랄 일이 벌어졌는데, 그들은 놀라지 않는다.’

‘무슨 일인데?’

톰이 댓글에 대답했다.

'여친이 늙은 남자들에게 빠졌어.'

'더러운 년.'

'그런 년은 잊어.'

톰의 친구들에게서 몇 건의 메시지가 와 있었다.

'너 돌았냐?'

'어떻게 톰한테 그런 짓을 할 수 있어? 더러운 년.'

이들은 톰이 나에게 무슨 짓을 했는지 알기나 할까?

며칠 후, 나는 페이스북과 스냅챗, 인스타그램을 지워버렸다. 잠잠해질 때까지 SNS와 거리를 두고 모습을 숨긴 채 살아가기로 했다. 윌로우의 아빠에게서 또 다른 메시지가 와 있었다.

'케이트. 얘기 좀 할 수 있겠니? 급한 일이야. 만날 수 있을까?'

나는 대답하지 않았다.

나는 아빠가 얼마나 알고 있는지 궁금했다. 처음 며칠 동안 아파서 학교에 못 가겠다 했을 때, 사실은 내가 아프지 않다는 사실을 알고 있었을까? 아니면 그보다 더 많은 것을 알고 있을까? 윌로우 아빠와 메시지를 주고받고 있다는 사실을 알고 있을까? 아빠는 내 어깨를 어루만지며 슬픈 표정을 지었다. 나는 아빠가 가져다준 따뜻한 치킨 수프와 책에 손 하나 대지 않았다.

그 주가 끝나갈 즈음, 누군가가 우리 집 현관문을 두드렸다. 나는 내 방에 있었고 아빠가 문을 열었다. 윌로우의 목소리가 들려왔다.

"안녕, 윌로우. 오래간만이네."

"케이트 있어요?"

윌로우가 인사도 없이 대뜸 물었다.

"지금 자고 있어. 몸이 안 좋거든."

"당연히 그렇겠죠."

윌로우는 화가 나 있는 것 같았다. 설마 그녀도 알게 된 걸까?

"그래. 너한테 전화하라고 할까?"

"아니요. 그냥 곧 다시 보러 올 거라고 전해주세요."

그날 밤에 메시지가 왔다.

'네가 무슨 짓을 했는지 다 알아. 모두가 알고 있어. 어떻게 그럴 수 있어? 톰의 친구가 알아냈고 걔가 소문 다 퍼뜨렸어. 우리 엄마는 집을 나갔어. 우리 가족이야. 우리 아빠라고! 장난이 아니야, 케이트. 내 인생을 네가 다 망쳐놨어.'

1시간 동안 나는 답장을 쓰려고 했지만 결국 한마디도 쓸 수 없었다. 어쨌든 우리는 섹스를 하지도 않았고, 윌로우 아빠의 말에 의하면 그들의 결혼생활은 자연스럽게 끝났다고 했다. 그에게서 온 부재중 전화가 한 통 있었다. 하지만 나는 그에게 메시지를 보내지 않았다.

● ● ●

학교에서 나에게 다가오는 사람은 아무도 없었지만, 나를 좇는 시선을 느낄 수 있었다. 윌로우의 말은 정말이었다. 소문은 빠르게 퍼져나갔다. 이 동네는 이런 스캔들을 피하기에는 너무도 좁은 곳이었다. 톰과 윌로우 모두 윈저 여학교에 친구가 있어서 그들 모두가 온라인으로 연결돼 있었다.

처음에는 다른 여자아이들이 나를 동정하고 있는 줄 알았다. 하지만 그것은 오해였다. 그들의 감정은 실은 굴욕감, 혹은 경외감과 비슷한 것임을 깨달았다. 내 멍청함에 대한 경외감이었다. 모든 것이 너무도 고요하고 조용했다. 모두가 입과 귀를 손으로 막고 소곤소곤 비밀이야기를 했고, 내가 지나갈 때면 눈썹을 치켜올렸다. 바람에 귓속말들이 들려오기라도 하면 오한이 들었다. 한때 친구였던 타라와 아니카도 내가 그들 쪽으로 걸어가자 재빨리 자리를 피했다. 친구는 필요없다고 속으로 되뇌었다. 내년에는 대학에 갈 것이다. 새로운 친구를 사귀고 새로운 생활을 시작할 것이다. 조금만 참으면 된다.

건물을 지나는 한 걸음 한 걸음이 힘들었다. 창녀라고 누군가 낮게 뇌까렸다. 방금 전 지나친 여학생 무리를 돌아보았지만 아무도 내게 시선을 맞추지 않았다. 성추행과 왕따는 최대 정학까지 당할 수 있을 정도로 엄격하게 처벌되었다. 저 여학생들이 나를 괴롭혔다고 선생님께 말할 수도 있을 것이다. 하지만 내가 선생님께 말한다고 해서 무엇이 달라질까? 결국 더 나빠지기나 할 것이다.

그날의 1교시는 생물이었다. 교실에 들어가자 도니쉬 선생님이 냉소적인 말을 할 때처럼 눈썹을 치켜올렸다. 하지만 그는 아무 말도 하지 않고 그저 교실 뒤쪽의 빈자리를 보며 고갯짓을 했다. 누군가가 내게도 들릴 정도로 큰 목소리로 창녀라고 중얼거렸다. 몇 명이 그 말을 듣고 키득키득 웃었다. 도니쉬 선생님도 소문을 들었을까. 아마 소문을 알고 있다고 해도 반응하지 않았을 것이다.

창녀. 내 머릿속의 나사가 느슨해져서 덜그덕거리는 소리가 나는 것만 같았다. 다른 여학생들이 내 입장을 이해하지 못하는 게 화가 났다. 톰이 나에게 무슨 짓을 했는지를 알면 태도가 바뀔까? 이런 생각이 점점 부풀어 올라 소리도 들리지 않았고, 글자도 눈에 들어오지 않았다. 그저 인상을 쓰고 앉아 있을 뿐이었다. 결국 용기를 내서 손을 들었다.

"그래, 케이트, 나가도 좋아."

나는 화장실에 들어가 울었다. 5분 동안 그러고 있었나. 아니, 어쩌면 30분이 지났을지도 모르겠다. 나는 종이 울릴 때까지 화장실에 앉아 있었다. 교실에 돌아오니 가방이 열려 있었다. 맨 위에 노트 귀퉁이를 찢어 쓴 메모가 있었다.

우리는 네가 뭔 짓을 했는지 알고 있어. 부탁인데, 제발 죽어줘.

나는 짐을 챙겨 교실을 나왔다.

홀로 건물을 가로질러 가는데 타라가 내 옆으로 다가왔다. 가라앉는 배에 달라붙는 진드기. 사교계의 사다리를 올라가기 위해 타인의 얼굴을 짓밟는 자. 그것이 타라였다. 그녀가 내게 팔짱을 끼고 기대며 말했다.

"있지 케이트, 이상한 소리를 들어서 그러는데 말이야. 너 진짜 그런 거야?"

나는 팔짱을 풀고 다시 걸어갔다.

"뭐, 어쨌든 나는 봤어."

그녀가 내 뒤통수에 대고 말했다.

"모두가 그걸 봤어."

봤다니?

대체 뭘 봤다는 거지?

5부

어둠 속의 남자

지난 한 달 동안 트라우마를 겪고 있는 사건이 갑자기 떠오르거나 기타 해리성 반응을 경험한 적이 얼마나 있었는가?

0 – 전혀 없다　1 – 거의 없다　2 – 가끔 있다　3 – 자주 있다

4 – 항상 그렇다

35

호크스번에서 의식불명 상태로 발견된 17세 소년을 둘러싼 의문점

빅토리아 경찰은 아직 모두가 잠들어 있던 화요일 이른 아침 도심 한복판에서 어떻게 이 10대 청소년이 의식불명이 되었는지 밝혀내기 위해 여러 사실들을 조합하고 있다.

톰 모로, 17세. 그는 둔기에 의한 외상으로 뇌에 과도한 출혈을 일으켜 중태에 빠져 현재 멜버른 성 빈센트 병원에 입원해 있다.

경찰은 외상의 주요 원인을 찾고 있으며 아직 폭행 가능성을 배제하지 않고 있다고 수사관이 밝혔다.

모로는 촉망 받는 사진가로, 내년에는 세계 일주를 할 계획이었다. 그를 가르친 교사에 따르면 멜버른 남자 고등학교 졸업반인 그는 매우 똑똑하고 외향적인 성격이었다고 한다.

데이터 복원을 통해 나온 그의 휴대전화 문자 메시지에 의하면 사고 당시 그는 전 여자 친구를 만나러 가는 길이었던 것으로 보인다.

모로는 호크스번에 있는 그의 집 밖에서 발견되었고, 경찰은 목격자를 찾고 있다. 피터 콜린스 경감은 이에 관해 이와 같이 말했다.

"라클란 애비뉴, 벨파크 드라이브, 도커스 로드 혹은 라클란 애비뉴와 도커스 로드 사이의 호크스번 공원 주변에서 수상한 차량이나 인물을 보신 목격자나 이에 관한 정보를 갖고 계신 분을 찾고 있습니다."

경찰은 사건이 새벽 1시에서 3시 사이에 일어났다고 추정하고 있다.

현재 주변 지역의 CCTV를 확인하는 중이며, 이에 대한 정보나 사건에 대한 제보는 범죄 예방 자선단체인 '크라임 스토퍼스'로 연락하면 된다.

> 이후

36

그를 마주 볼 수가 없었다. 나는 바싹 긴장한 채 앞으로 다가올 일에 각오를 했다.

"에비?"

에비. 나는 폐에 머금고 있던 공기를 단번에 내뿜고 숨을 몇 번 쉰 후 고개를 돌렸다.

"아이소."

문 사이로 들어오는 외풍으로 백열전구가 여전히 조금씩 흔들리고 있었다. 가뜩이나 좁은 공간에 아이소가 문을 막고 서 있으니 갑자기 폐소공포증이 몰려왔다.

"뭐 하고 있는 거야? 너희 삼촌이 네가 개에게 독을 먹였다고 하더라고."

"나 가봐야 해."

"세상에."

아이소는 망가진 문과 여기저기 도끼 자국이 난 창고 안을 살펴보고 말했다.

"쥐를 죽이려고 이런 건 아니겠지?"

그는 신경질적으로 웃었다.

"아니. 아니야."

나는 그를 지나쳐 문 밖으로 나갔다. 그도 내 뒤를 따라 나왔다.

"삼촌은 어디 가셨어?"

"동물병원. 그건 그렇고 시간이 없어. 지금 당장 떠나야 해. 내 생각엔 삼촌이 일부러 보에게 약을 먹인 것 같아. 내 탓을 하려는 거야. 멜버른에서도 자기가 사람을 죽이고 나한테 뒤집어씌운 것 같아."

"우리 집에서는 사람들이 네가 죽였다고 생각한다고 했잖아. 그런데 이번에는 삼촌이 죽였다는 거야? 망상 아니야?"

"망상이라고? 내가 지금 없는 말을 만들어낸다는 거야?"

"너희 삼촌이 여기 사람들이랑 몇 번 싸운 거 알아. 자전거 단 아이들을 쫓아가서 그중 한 명이 도랑으로 떨어져 다친 적도 있지. 하지만 그렇다고 해서 그가 살인자가 되진 않아."

"그는 내 삼촌이 아니야, 아이소."

"뭐라고?"

"내 삼촌 아니라고. 그를 삼촌이라고 하지 마."

나는 그와 눈을 마주쳤다.

"나를 진심으로 걱정한다면 내가 이 마을에서 당장 떠나게 해줘."

"경찰에 신고하자."

"멜버른에서 나를 기다리는 사람이 있어. 멜버른에 가야 해. 그러려면 먼저 오클랜드로 가야 해."

그는 까칠하게 난 수염을 긁었다.

"누구야?"

"뭐?"

“멜버른에서 기다리는 사람이 누구냐고.”

나는 그 질문에 놀랐다.

“왜?”

“뭐가?”

“그게 중요해?”

그는 잠시 화가 난 것처럼 보였다.

“그냥 궁금해서 그래. 남자 친구 같은 사람이야?”

“이럴 시간 없어, 아이소. 차 안에서 얘기하면 되잖아.”

“네가 사람을 죽였다며, 에비. 네가 말하기를……”

“아니, 사람들이 그렇게 생각하고 있다는 말이야. 내가 죽인 게 아니고 그가, 짐이 죽인 거야. 그가 모든 것을 통제하고 있어.”

“나랑 같이 경찰서에 가자.”

“경찰은 안 돼.”

아이소가 이를 악물고는 곁눈질로 도로를 슬쩍 본 후 다시 내 쪽으로 고개를 돌렸다. 나를 바라보는 저 시선이 무엇을 내포하고 있는지 나는 잘 알고 있다. 걱정과 불안, 그 사이의 무언가가 담긴 시선. 그는 나를 믿지 않는다. 그의 눈에 비친 나는 그저 정신 나간 여자애일 뿐이다.

“안 돼.”

나는 그의 손목을 잡고 말했다.

“안 돼. 나를 믿어야 해, 아이소. 나를 오클랜드까지 데려다줘. 지금 당장 가야 해."

차 한 대가 길을 올라오는 소리가 들려와 우리는 깜짝 놀랐다. 붉은 비상등이 주위를 밝혔다.

"제발, 아이소. 나를 여기서 꺼내줘."

"그와 이야기해볼게."

차가 진입로로 들어왔다.

"아이소, 안 돼."

내 목소리에서 절박함이 묻어났다.

"가야 해. 지금 당장!"

모든 일이 너무도 빠르게 진행되고 있었다. 차가 멈추고 그 안에서 짐이 나왔다.

"도대체 무슨 짓이야?"

문이 소리를 내며 닫혔다. 그는 곧장 아이소에게로 가 주먹으로 그의 멱살을 잡고 얼굴 가까이 끌어당겼다. 그러고는 팔을 뒤로 당겼다. 금방이라도 주먹을 휘두를 태세였다. 아이소는 손바닥을 올리고 얼굴을 돌려 곧 날아올 그의 주먹에 대비했다.

짐은 아이소를 때리지 않으려고 애를 쓰고 있었다. 그의 얼굴이 분노로 시뻘겋게 달아올랐다.

"그녀에게서 떨어지라고."

짐이 말했다. 그는 아이소를 도로 쪽으로 끌고가 자갈길 위에 내동댕이쳤다.

"이봐요, 진정 좀 해요. 그러려던 게 아니……"

"쟤는 아프다고, 알겠어? 제대로 된 판단을 할 수 없는 상태란 말이야. 이야기를 지어내고 있다고. 지금 쟤의 모든 삶이 거짓이라고. 지금 넌 병이 든 애를 이용하려 드는 거라고."

"알겠어요."

아이소는 진정시키듯 손을 그의 앞에 두었다.

"알겠어요. 저는 그저 도와주고 싶어서 그랬어요. 전혀 몰랐어요."

그는 이제 내게 올 것이다. 나는 청바지에 넣어두었던 여권을 관목 아래로 몰래 던졌다.

"내가 저 아이를 잘 지켜봐달라고 부탁했지? 그런데 내가 없는 사이에 이렇게 몰래 와서는…… 대체 뭐야? 저 아이에게 원하는 게 뭐야?"

그가 내게 시선을 던졌지만 도저히 그의 눈을 마주할 수 없었다. 도망갈 수도 있겠지만 멀리 가지 못할 것이다. 창고를 보면 그가 무슨 짓을 할까?

아이소는 일어나서 손에 묻은 돌들을 털어냈다.

"죄송해요. 이렇게 참견하려던 건 아니었어요."

한 가닥 기억이 스쳐지나갔다. 짐이 싱크대에서 손을 씻고 있었다. 찰나의 기억이었지만 그것이 그날 밤의 기억이라는 것은 알 수 있었다. 그는 손을 씻고 있었던 것이다.

움푹 꺼진 눈이 내 얼굴을 살폈다. 그의 처진 볼이 슬픈 웃음을 짓고 있었다. 그는 지난 한 달 동안 10년은 늙어버린 것 같았다. 늦게까지 깨어 있던 밤들. 이제 모든 것을 이해할 수 있었다. 그도 악몽을 꾸고 있었던 것이다.

"보는 어디 있어요? 괜찮은 거예요?"

"기다려봐야지. 하지만 어찌 됐든 간에 보가 우리에게 돌아오는 일은 없을 거야."

"왜요?"

"음, 넌 네 갈 길을 가야지, 케이트. 우리는 집에 갈 거야."

"거짓말."

"나도 거짓말이었으면 좋겠지만, 사실이야."

그는 문을 보며 고갯짓을 했다.

"어서 안으로 들어가자. 이게 우리의 마지막 밤이 될 거야."

나는 부엌으로 가 의자에 앉았다. 명치끝이 아파왔다. 도끼는 아직 창고 안에 있었다. 지금 내 손에는 나를 보호해줄 무기가 없었다.

그는 손으로 얼굴을 문질렀다.

"네가 보고 싶을 거야. 그리고 아주 힘들겠지."

그가 말했다.

"내가 보고 싶을 거라고요?"

"정말로 힘들 거야."

그가 말했다. 그는 손을 내 이마에 댔다. 지금까지 그는 나에게 수많은 거짓말을 했고, 지금도 거짓을 내뱉고 있다.

"그들이 너를 끌고 갈 거야. 이제 더 이상 너를 보호해줄 수가 없구나."

"나를 잡아가게 하지 않을 거잖아요. 그냥 나를 속이려고 하는 말 아니에요?"

방은 고요했다.

"그만, 됐어."

그가 말했다. 분노가 끓어올랐다.

"내 편지도 부치지 않았잖아요. 편지를 부치면 그가 내게 올 거라는 걸 알아서 그랬죠? 내가 당신을 남겨두고 가는 걸 원치 않았던 거예요. 또 날 속인거야."

"이제 현실을 직시해야 해, 케이트. 더 이상 이 짓을 계속할 순 없어. 너도 이제 어른이 돼야 해. 더 이상 돌려 말하지 않을게."

그는 내 어깨를 잡고 가까이 다가와 속삭이듯 말했다.

"네 남자 친구는 죽었어. 기억나니? 톰에게 무슨 일이 있었는지 기억나?"

기억이 나를 강타했다. 내 눈이 젖어들었다. 나는 숨을 쉬었다. 명확하게 생각났다. 엎드려 누워 있는 톰의 모습. 연석에 내동댕이쳐진 그의 두개골.

"내가 망할 톰을 죽였어, 케이트. 너는 그저 거기에 서서 지켜보고 있었지."

이전 <

37

화면을 계속 보고 있을 수가 없었다. 몇 초만 봐도 욕지기가 나 욕실의 변기를 부여잡고 구역질을 해댔다. 나오는 건 담즙뿐이었다.

얼굴을 보지 않아도 동영상 속 여자가 나라는 것을 알 수 있었다. 내 허벅지의 분홍색 구름 모양의 흉터만 봐도 알 수 있다. 배신감과 분노가 독처럼 혈관으로 퍼져나갔다. 어떻게 이럴 수가 있을까? 나에게 어떻게 이런 짓을 할 수 있을까? 정말이지 어리석었다. 이런 것을 찍게 두다니. 그를 믿다니. 정말이지 어리석음의 극치다. 그 당시 학교에서는 온라인에 올리는 것들이 무엇인지, 누구와 만나는지, 사진이나 동영상을 어디에 올리고 있는지에 대한 경각심을 가지라고 가르쳤다. 하지만 우리가 사랑하고 신뢰하는 사람들에 대해서, 그들이 하는 행동에 대해서는 제대로 경고해주지 않았다. 나와 톰의 숨 가쁜 밀회를 담은 영상은 전 세계로 퍼져나갔다. 카메라를 들고 이 동영상을 찍고 있는 장본인이 바로 톰이었기에 그의 얼굴은 나오지 않았다. 오로지 내 얼굴만이 만천하에 공개된 것이다. 이제, 앞으로의 나의 인생에 행복이라는 단어는 없을 것이다. 가족을 이룰 수도 없을 것이고, 직업을 가질 수도 없을 것이다.

아빠와 나는 이 화제로 대화를 나누지 않았다. 대신 아빠는 변호사 폴과 이에 대해 이야기를 나눴다. 폴은 우리 가족과 수년간 친분을 쌓아온, 아빠가 신뢰하는 사람이었다. 나는 폴도 동영상을 봤다고 확신했다. 아빠는 경찰에 연락했다. 아빠는 분명 동영상을 보지 않았다. 하지만 그는 그것이 무엇인지 알고 있었고, 거기에 내가 나왔다는 사실만으로도 충분했다. 아빠는 내 인생이 변해버린 것을 알고 있었다. 내가 더 이상 자신의 어린 딸이 아니며 적극적으로 섹스를 하는 젊은 성인이 된 것에 아빠는 실망했을까?

나는 한때 톰을 사랑했다. 하지만 사랑은 변하기 쉽다는 것을 너무도 빨리 알아버렸다. 분노는 잦아들지 않았고, 환각이 보였다. 나는 그에게 상처를 주고 싶었다. 그도 내가 느끼고 있는 고통과 곤혹감을 느끼기를 바랐다.

월요일 저녁 아빠와 폴이 톰의 부모님과 그들의 변호사를 만나러 나간 후, 윌로우의 아빠에게 메시지를 보냈다. 나는 그에게 만나야 한다고 전했다. 아빠에게는 이 일에 대해서 터놓고 말할 수가 없었다. 하지만 윌로우의 아빠에게는 말할 수 있을 것 같았다. 그는 톰에게서 받지 못한 위로를 준 사람이고, 아빠와의 사이에서 부족했던 소통을 채워준 사람이었기 때문이었다.

기다리고 또 기다렸다. 하지만 답장은 오지 않았다. 몇 년 전에 선물로 받은 오래된 위스키 병들이 있는 진열장으로 가서 한 병을 꺼내 뚜껑을 열었다. 목에 불이 나고 눈에 눈물이 흐를 때까지 병나발을 불었다. 심한 기침이 튀어나와 잦아들 때까지 몸을 숙이고 콜록거렸다.

또 한 모금 길게 들이켰다. 열기와 에너지가 팔다리로, 손끝으로 전해져왔다. 또 한 모금, 또 한 모금. 마시면 마실수록 술을 목구멍으로 넘기는 것이 편해졌다.

병을 들고 소파에 앉아 뉴스를 틀었다. 말하는 사람의 얼굴이 화면에 비춰졌다. 화면이 삼분할 되어 세 명의 비평가들이 나왔다. 나는 소파에 누워 그들이 말하는 걸 듣고 있었다. 한 남자의 목소리가 섹스하고 있는 자신의 모습을 찍지 못하도록 내가 자존감이 높았어야 한다고 했다. 그러니까 나에게 책임이 있다는 말이었다.

"……확실히 누구라고 이 자리에서 이름을 말할 수는 없지만 소문은 소셜미디어를 통해서 확산되고 있습니다. 그저 이 사건의 중심에는 호주 스포츠 커뮤니티에서 아주 유명한 회원이 있다는 것만 말씀드리겠습니다."

또 다른 목소리가 거들었다.

"저도 같은 소문을 들었어요. 아버지의 신상을 보니 이 소녀가 더 지각이 있었더라면 하는 생각이……"

"그건 피해자를 비난하는 겁니다."

세 번째 목소리가 반대했다.

"솔직히 말해서, 롭, 당신은 근거 없는 억측에 먹잇감을 던져주고 있어요. 성관계에 합의하고 그 행위를 찍는 것에 동의했다는 것이 그 동영상을 공개해도 된다는 것에 동의하는 것과 같은 의미는 아닙니다. 이걸 이해해야……"

나는 리모컨으로 소리를 무음으로 바꿨다.

계속해서 들이켰다. 평상시라면 아빠와 나 모두 침대에 누워 있을 시간이었다. 나는 학교 과제 때문에 초조해하며 친구들에게 메시지를 보내고 있을 거고, 아빠는 다음 날 아침에 입을 옷가지와 시계와 속옷을 침대 발치에 준비해두고 팔굽혀펴기를 하고 있을 시간이었다.

나는 윌로우 아빠에게서 온 메시지가 있는지 확인했다. 아직 아무런 답장이 없었다. 나는 또 메시지를 보냈다. 여러 개의 물음표만 쳐서 보냈다. 또 한 모금 길게 들이켰다. 톰에게 메시지를 보냈다.

'네가 미워, 톰. 애초에 너를 만나지 않았으면 좋았을 텐데. 네가 사라졌으면 좋겠어.'

눈물이 차올랐다. 무언가를 기대하는 것조차 할 수 없게 되었다. 내 인생은 끝났다. 톰에게서 답장이 왔지만 보지 않았다.

부엌에 가서 과도를 꺼냈다. 칼날을 손목에 대고 눌렀다. 처음에는 살살 누르다가 나중에는 핏방울이 맺혀 올라올 정도로 세게 눌렀다. 숨이 가빠졌다. 이보다 더 세게 누를 수가 없었다. 나에게는 요령이 없었다.

나는 칼을 떨어뜨리고 손바닥을 의자 위로 떨어뜨렸다. 눈이 감기고, 가슴이 떨렸다. 휴대폰을 들어 윌로우의 아빠에게 다시 메시지를 보냈다.

'제가 견딜 수 있을지 모르겠어요. 그냥 끝내고 싶어요. 내가 느끼는 고통을 그도 느꼈으면 좋겠어요. 제발 도와주세요.'

나는 톰에게 온갖 고문을 가하는 모습을 상상했다. 분노가 점점 부풀어 올랐다. 이 세상에 존재하는 모든 고통을 상상했지만, 결국 내 힘만 빠질 뿐이었다. 고통이 내 뇌를 가득 채워 모든 생각을 집어삼켰다.

병을 입술에 대고 가능한 한 많은 양의 술을 목구멍에 쏟아부었다. 손목의 피가 병에도 조금 묻어 혀를 대니 위스키 맛에 섞여 쇠맛이 났다. 톰이 아무런 벌도 받지 않는다는 생각을 하니 가만히 앉아 있을 수가 없었다. 나 혼자 이럴 순 없었다.

계속 술을 마시고 있는데 아빠가 집으로 돌아왔다. 아빠의 시선이 처음에는 병으로, 그 다음에는 내 얼굴로 돌려졌다.

"뭐 하고 있는 거니, 케이트?"

나는 내 손목에 생긴 빨간색 자국을 내려다봤다. 아빠의 얼굴이 창백해졌다. 아빠는 내 손목을 잡고 뚫어지게 쳐다봤다. 금방이라도 울 것 같은 얼굴이었다.

"안 돼. 제발 케이트. 안 돼. 이러면 안 돼. 또 이럴 순 없어."

'또 이럴 순 없어.'

"이건 톰이 잘못한 거야."

나에게가 아니라 아빠 자신에게 하는 말처럼 들렸다.

“그 개자식이 네 인생을 망쳤어.”

아빠는 병을 치웠다. 아빠가 욕실 찬장을 여는 소리가 들려왔다. 분명 소독약과 붕대를 찾고 있는 것일 거다.

나는 톰의 메시지를 읽었다.

‘얘기 좀 하자. 그곳에서 만날 수 있어? 나도 지금 갈 테니까.’

30분 전에 나도 지금 갈 거라 보냈으니 어쩌면 벌써 와 있을지도 몰랐다.

나는 아빠가 부엌 의자에 놓고 간 열쇠를 들고 차고로 갔다. 몸이 휘청거렸다. 운전석에 앉아 시동을 걸었다. 멀지 않은 곳이니 금방 도착할 것이다. 이번에야말로 그가 한 짓에 대한 앙갚음을 해줄 기회였다.

차는 이전에 몰았을 때보다 반응이 더 느려진 것 같았다. 후진하니 무언가 긁는 소리가 났다. 차 옆쪽으로 벽돌담을 스치고 지나간 것이었다. 도로에서 기어를 바꿀 때 아빠가 집에서 뛰어나와 나에게 달려왔다. 나는 아빠를 피하기 위해 방향을 틀어 액셀을 밟았다. 백미러에 달리고 있는 아빠의 모습이 비춰졌다. 아빠가 아무리 뛰어도 나를 따라잡진 못할 것이다. 다시 고개를 들고 보니 아빠는 보이지 않았다. 길 한쪽으로 주차된 차를 피하기 위해 방향을 틀었다. 점점 집중하기가 힘들어졌다. 톰이 내 인생을 망쳤다. 내 미래의 가능성, 야망, 꿈을 그가 모두 앗아간 것이다. 커지는 분노와 함께 속도를 높였다.

> 이후

38

그 장면은 너무도 선명해서 눈에 선했다. 머리를 내리치자 톰이 쓰러졌다. 한 손에 벽돌을 든 짐이 그곳에 서 있었다. 침대에 누워 머릿속으로 이 장면을 계속해서 재생하고 있었다. 그때 짐의 큰 골격이 문가를 가득 메웠다.

"어떻게 할 생각이에요?"

짐은 내가 비행기를 예약한 것을, 여권을 되찾은 것을 알고 있을까?

"계획은 하지 않……"

"거짓말 말아요. 이제 거짓말은 지긋지긋해요."

"미안해."

"그건 제 질문에 대한 답이 아니에요."

"나는 예전으로 돌아가고 싶을 뿐이에요. 그뿐이라고요. 멜버른에 가면 톰이 살아 있을 거라고 생각했어요. 이게 불가능한 일이란 거 알아요. 하지만 내 오명을 씻어내고 정상적인 생활을 영위할 수 있을 거라고 생각했어요."

이렇게 말은 했지만 이것이 말도 안 된다는 건 나도 알고 있었다.

"내일이면 이 모든 게 끝날 거야, 케이트. 알겠니? 미안하지만 더 이상은 이런 짓을 할 수가 없구나."

대체 뭐가 끝난다는 말일까? 감금이? 아니면 내 인생이?

"너는 한 달 동안 7킬로그램이 쪘어. 네 몸이 건강해지면 정신이 제대로 돌아올 줄 알았지. 그런데 그렇지 않았어."

그는 우울해 보였다.

"그래서 너는 내일 새로운 곳으로 가게 될 거야. 거기서 모든 게 잘 풀리기를 바랄 수밖에 없어."

"제가 어디를 가는데요?"

"지금은 생각하지 말자. 내일 일은 내일 생각해."

나는 침을 삼키고 웃음을 지었다.

"불을 피울까요?"

"안 하는 게 좋을 것 같구나. 여기에서 잠을 좀 자는 게 좋겠다."

그는 주머니를 뒤지더니 파란 마름모 모양 알약을 꺼냈다.

"지금 이 약을 먹어둬."

짐은 내가 알약을 입에 넣는 모습을 지켜보았다. 하지만 나는 그 약을 잠옷 상의 위로 교묘히 떨어뜨리고 삼키는 시늉을 했다.

"입 벌려봐."

입을 벌렸다.

"잘했어. 이제 쉬어."

짐이 문을 닫고 자물쇠를 잠갔다.

"화장실 가고 싶으면 문을 두드려."

그가 말했다. 방 밖에서 말한 탓에 조금 작게 들렸다.

짐이 욕실에 들어가 샤워하는 소리가 들려왔다. 침대 옆 탁자 위에 놓인 책에 눈길을 주었다.

'그를 믿지 마.'

내가 놓친 무언가가 있다. 어쩌면 그는 경찰에게 내게 해준 말과는 다른 말을 하고 있는 건 아닐까? 자기가 저지른 범죄 때문에 나를 붙잡아놓고 이제는 나를 경찰에 넘기려는 건 아닐까? 일이 갑작스럽게 다급해진 것 같았다. 새로 발견된 CCTV 증거 때문일까? 아니면 내가 진실에 너무 가까이 다가간 탓일까?

나는 책을 들고 아기인 내가 찍힌 사진을 빼서 빤히 들여다보았다. 그리고 다시 한 번 문장을 읽었다.

'그를 믿지 마.'

도끼가 제격일 것이다. 한 번 세게 내리치면 모든 게 끝난다. 아니면 총을 사용할 수 있을까? 어떤 결정을 내리건 간에 실행은 오늘 밤에 해야 한다. 침대에 누워 어떻게 해야 할지 계획을 짰다. 밤에 다시 한 번 사다리를 타고 내려가야 한다.

엄마에 대해 생각했다. 엄마가 살아 있었다면 나는 지금 어떻게 살고 있을까? 나는 고문과도 같은 고통이 없는, 그리고 엄마의 병도 없는 삶을 살 수 있었을 것이다.

뒷문이 열리는 소리가 나 창문을 내다보았다. 짐이 휴대폰을 귀에 대고 잔디를 가로질러 가고 있었다. 그의 입 사이에는 마른 행주와 마이크가 있었다.

열린 창고의 문 앞에서 짐의 걸음이 멈췄다. 이제 그는 내가 한 일을 보게 될 것이다. 그는 휴대폰을 내리고 내 방 창문을 올려다 보았다.

나는 마음의 준비를 하고 다가올 고통을 기다렸다.

39

문이 거칠게 열렸다. 그는 두 걸음만에 다가와 나를 꽉 붙잡았다.

"그거 어디 있어, 케이트?"

나는 저항하지 않았다. 그는 내 팔을 등 쪽으로 비틀어 올렸다. 어깨가 쪼개지는 것 같았다. 그는 내 손목을 묶고, 침대 머리판 쪽으로 나를 밀쳤다. 눈물이 볼을 타고 흘러내렸지만 눈물을 닦으려 손을 움직이는 것조차 할 수 없었다.

"장난은 그만해, 케이트. 이건 아주 심각한 일이야."

짐은 두 손으로 내 머리를 잡고는 면전에 대고 소리쳤다.

"어디 있는지 말해!"

나는 그의 시선을 피했다. 그는 내 머리를 흔들었다.

"나를 봐."

그는 내가 그와 눈을 마주칠 때까지 나를 흔들었다. 그는 안경을 쓰고 있지 않았다.

"왜 이런 짓을 하는 거예요?"

나는 흐느끼며 말했다.

"저를 죽일 건가요?"

"총으로 무슨 짓을 하려고 한 거냐, 케이트?"

"뭐라고요?"

그의 눈에 분노의 불꽃이 일었고, 콧구멍이 벌렁거렸다.

"모르는 척하지 마."

짐이 침을 삼켰다. 마치 목 전체가 확장되었다가 수축되는 것 같았다. 그의 눈에서 눈물이 한 방울 흘러내렸다.

"무슨 짓을 하려고 하냐고? 나는 네가 그녀와 다르기를 바랐어."

대체 누구와 다르기를 바랐다는 거지?

이것은 거짓된 눈물이다. 그는 나를 속이기 위해서라면 어떤 짓도 할 것이다.

"미안해요. 미안하다고요. 그러니까 그냥 날 혼자 내버려둬요."

내가 애원했다.

"아니, 나는 네 곁을 떠나지 않을 거야. 총을 어디에 뒀는지 말할 때까지 여기에 있을 거야."

나는 얼굴 근육이 내 마음과는 반대로 움직이는 것을 느꼈다. 턱이 굳어졌다.

"무슨 총이요?"

"창고에 들어갔다는 거 알아. 거기서 그걸 가져간 것도 알고 있고. 어디에 뒀는지 말하기 전까지는 이 방을 나갈 수 없을 테니 그리 알아."

"무슨 소리 하는 거예요?"

"네가 그 총을 가지고 있으면 안 돼."

"그 총은 나 때문에 산 거잖아요. 나를 죽이는 데 필요하니까."

짐이 실성한 듯 웃었다.

"이젠 지쳤어. 더 이상 못해먹겠다. 뜬눈으로 밤을 지새우고, 다음 날 네가 죽은 걸 발견하는 일은 도저히 못하겠어."

손목을 묶고 있는 끈이 강하게 조여들었다. 손가락이 마비가 될 지경이었다.

"아파요."

"안 풀어줄 거야. 너무 위험해."

"부탁이에요. 손에 감각이 없어졌어요."

짐이 방을 나갔다. 그가 마당으로 나가 사다리를 오르는 소리가 들렸다. 드릴 소리가 창밖 나무들 사이로 요란하게 들렸다.

그는 손에 펜치를 들고 이 방에 돌아왔다. 내 팔꿈치를 잡아끌어 나를 엎드리게 했다. 딱 하는 소리가 들리더니 끈이 잘리고 손목이 자유로워졌다.

"손을 앞으로 내밀어."

나는 시키는 대로 했다.

그는 다시 전선으로 아까보다 느슨하게 내 손목을 묶었다.

"마지막 기회야, 케이트. 총은 어디에 있니?"

"몰라요."

내가 말했다. 그가 뺨을 때렸다. 턱이 옆으로 돌아가고 정신이 갑자기 혼미해졌다.

"빌어먹을, 대체 어디에 뒀냐고!"

그의 손바닥에 내 피가 묻어 있었다.

"계속해요. 죽여봐요. 톰을 죽인 것처럼 나도 죽여보라고요."

짐은 나의 잠옷 옷깃을 붙잡고 나를 들어 올려 벽에 몰아붙였다.

"총은 어디에 있어?"

나는 그의 얼굴에 침을 뱉었다. 침과 피가 그의 코를 타고 흘러내렸다. 그가 나를 놓자 나는 벽에 기대 미끄러져 내려왔다. 그는 서랍을 한꺼번에 다 빼내 거꾸로 뒤집었다. 그러고 나서는 매트리스를 들어 올려 침대 바닥을 드러냈다. 그 바람에 나는 바닥으로 굴러떨어졌다. 그는 옷장으로 가서 문을 발로 찼다. 발이 문을 뚫고 들어가자 천둥 같은 소리가 나며 문이 쪼개지고 파편이 날아갔다. 다시 한번 그가 발로 차니 문이 앞으로 열렸다. 내 옷과 탈출용 가방, 신발이 방 저편으로 날아갔다. 그는 커튼레일에 달려 있던 커튼을 찢었다. 레일의 한쪽 끝이 벽에서 떨어져 나가 축 늘어졌다.

"젠장, 어디에 둔 거야?"

"제가 아니에요. 제가 가져가지 않았다고요."

짐이 쿵쾅거리며 방을 뛰쳐나갔다. 나는 그가 다시 발을 절기 시작한 것을 알아챘다. 무릎에 다시 문제가 생긴 것이다. 문이 쾅 하고 닫혔다. 난장판 한가운데에 나만이 남겨졌다. 따귀를 맞은 탓에 아직도 머리가 얼얼했다. 자물쇠가 잠겼다.

그는 한때 나의 아빠였고…… 그녀의 남편이었던…… 살인자다.

6부

양쪽

가족 중에 정신 건강에 문제가 있는 사람이 있습니까?

_ 예　_ 아니오　_ 모름

이전 <

40

코치는 내게 잠시 럭비를 멀리하고 혼자만의 시간을 가지라 했다. 케이트를 돌볼 사람이 필요했고 벨라는 그 일을 할 수 있는 사람이 아니었다. 이 때문에 나의 선수로서의 커리어가 절정을 찍어야 마땅할 때, 나의 모든 계획이, 모든 목표가 허무하게 사라져버렸다. 벨라는 아예 침대에 똬리를 틀고 누워 케이트의 사진을 책갈피 삼아 책이나 읽었다.

내가 볼 때 벨라는 정말이지 인생을 편하게 살고 있었다. 심리 상담을 받으러 가는 것 빼고는 한 주 내내 집에만 있었다. 나는 부모님을 여의고 슬픔의 무게를 느끼며 살아왔다. 내가 절망과 피로감에 시달리는 동안 정작 벨라는 노력조차 하지 않았다. 아이에게 조금이라도 관심을 가지면 큰일이 나는 걸까? 본인은 침대에서 한 발짝도 나오지 못하면서, 어떻게 케이트를 잘 키워달라고 기대할 수 있는 걸까?

5년 전, 케이트가 태어나고 몇 주가 지났을 때의 그녀의 모습이 생각났다. 아이를 살짝 안고 부드럽게 손등으로 아이의 뺨을 만지던 모습. 벨라는 케이트를 어루만지며 가끔 눈물을 흘렸다. 그것은 기쁨이나 감사의 눈물이 아니었다. 그 눈물에 담긴 의미는 전혀 다른 것이었다.

나는 아이를 낳은 후 바로 약물 치료를 재개하라고 말했지만 벨라는 그런 화학 약품을 먹고 모유 수유를 하고 싶지 않다고 했다. 유동식은 고려조차 하지 않았다. 어디선가 모유가 신생아에게 매우 중요하다는 말을 봤기 때문이다. 그 당시 런던에서 벨라의 언니 리지가 와 있었는데, 그녀는 평소보다 '나빠졌다'는 의미를 담아 '산후'라는 단어를 썼다. 마치 내가 그녀와 만난 청소년 시절부터 벨라에게 슬픔이란 없었다는 것처럼. 리지는 또 소위 '거물 제약회사'에 대한 자신의 관점을 밀어붙였다. 그녀에게는 유기농 식품과 '자연주의 생활'이 양약보다 좋은 강장제였다. 리지는 섣부른 생각만 우리에게 남겨두고 런던으로 떠나버렸다. 시절 좋을 때만 언니 노릇을 하던 그녀가 그 이후 멜버른에 오는 일은 없었다.

첫해는 우리 둘 모두에게 힘들었다. 케이트는 건강했고, 천연 유기농 우유 유동식을 찾아낸 것도 뒷받침되어 마침내 벨라가 약물 치료를 재개하게끔 설득할 수 있었다. 하지만 한 달을 채 채우지 못했다. 그녀는 짙은 안개 속에서 사는 것 같다고 말했다.

그때 이후로 우리 가족의 모든 일은 벨라를 중심으로 이루어졌다. 기분이 좋아 보일 때도 그녀의 몸에는 흔적이 남아 있었고, 끔찍한 말들이 일기장을 빼곡히 채웠다.

육체적 고통은 내 괴로움에 대한 주석이다.

이 아픔을 내가 얼마나 견딜 수 있을까?

나는 벨라의 바람을 무시한 채 처방전을 받고 약을 타서 그녀의 몸에 약을 투여할 계획을 짰다.

다른 곳에 두었던 걸까, 아니면 다른 페이지를 펼쳐놨던 걸까. 내가 그녀의 일기장을 읽고 있다는 사실을 벨라가 알아버렸다. 그녀는 불타는 성냥처럼 화를 냈지만 그 불길은 매우 빠르게 사그라들었다.

"어떻게 그럴 수 있어? 그건 내 사적인 생각이야. 어떻게 내 신뢰를 이런 식으로 깨뜨려?"

벨라가 울음을 터뜨리자 나는 그녀를 안고 등을 토닥여주었다. 그녀가 내 품 안에서 말했다.

"있지, 제임스. 오늘 약국에서 빌이 전화했어. 재주문한 게 거의 다 됐으니 새로운 처방전을 가져오라고 하더라. 하지만 그동안 내가 처방전을 받은 적이 없거든."

나는 숨을 들이마셨다. 다음에 무슨 말이 나올지 알고 있었다.

"나한테 약을 먹이고 있었던 거지?"

"벨라, 당신은 약을 먹어야 해. 케이트도 있잖아."

"어떻게 그런 말을 할 수 있어? 나는 매일, 모든 순간 우리 아기를 생각해. 내가 여기에 있는 건 오로지 케이트 때문이라고."

"그게 무슨 말이야?"

"당신이 하자는 대로 했는데 효과가 없잖아. 우리는 할 만큼 했어."

• • •

케이트가 다리에 입은 화상은 내 잘못도 있지만 벨라의 잘못도 있었다. 보모였던 엘로이즈가 포트시의 집으로 오기로 되어 있었는데, 아프다고 연락해왔다. 당시 벨라는 극도로 어두운 시기를 보내며 극심한 고통을 호소해 병원에 입원해 있었다. 온수통은 주말에 고칠 예정이었는데 케이트가 미지근한 물속에 앉아 내 이름을 부르며 물이 너무 차갑다고 한 것이다.

나는 내가 한번 고쳐보려고 차고에서 무릎을 꿇고 온도계를 보면서 고장 난 부분이 어딘지 찾아보고 있었다. 자리에서 일어났을 때 그것이 눈에 들어왔다. 내 골프채 뒤에 이제껏 보지 못했던 비닐봉지가 있었다. 케이트가 다시 소리를 질렀다. 하지만 방금 발견한 비닐봉지에서 눈을 뗄 수가 없었다. 가방 안에는 몇 미터나 되는 호스와 마스킹테이프가 들어 있었다. 이 물건들에 자동차를 더해보니 '어딘가 경치 좋은 곳에 가서 편안하게 영원히 깨지 못할 잠에 드는 계획'이라는 방정식이 완성되었다.

이것이 차고에 있는 이유는 단 하나였다. 벨라가 여기에 둔 것이다. 모든 것을 준비했지만 마지막에 포기한 것일까. 아니, 어쩌면 더 안 좋은 상황일 수도 있다. 만반의 준비를 끝내고 조만간 시도하려는 것일지도 모른다. 배가 콕콕 찌르듯 아팠다. 갑자기 분노가 치밀어 올랐다. 벨라는 나를 믿지 않는다. 그러니 나에게 절대 말하지 않을 것이다. 어떻게 우리 딸을 두고 떠날 생각을 했을까? 벨라는 내가 케이트를 혼자 키우기를, 그리고 케이트에게 엄마가 끝까지 견디지 못했다고 설명하기를 바라는 것이다.

"아빠!"

케이트가 길게 늘어지는 소리로 나를 불렀다. 케이트의 목소리에는 분노의 눈물이 섞여 있었다. 진정할 수가 없었다. 급히 집으로 들어가 비닐봉지를 던져버리고 그 안에 들어 있던 것들은 쓰레기통에 버렸다. 커다란 수프 냄비에 물을 넣고 끓였다. 나는 손가락으로 머리카락을 빗었다. 벨라는 자기가 무엇을 하려 했는지를 부인할까? 나는 아직 정신이 없었고 손도 부들부들 떨렸다. 케이트가 다시 나를 불렀다.

"조금만 기다려. 고쳐줄게!"

물은 충분히 뜨거운 것 같았다. 냄비에서 김이 올라오고 있었다. 나는 냄비를 들고 욕실로 가서 그 안의 물을 부었다. 케이트가 비명을 질렀다.

"왜 그래? 뭐야, 케이트? 말을 해."

케이트의 허벅지는 피부가 까지고 길게 물집이 잡혀 있었다. 그제서야 내가 한 짓을 깨달았다. 나는 배수구로 손을 뻗었지만 물이 너무 뜨거운 탓에 잡을 수가 없었다. 케이트를 욕조에서 꺼내 팔로 안아들고는 샤워기가 있는 아래층으로 내려왔다. 우리 위로 차가운 물이 떨어졌고, 케이트가 울부짖었다.

"괜찮아, 우리 아가. 괜찮을 거야."

케이트의 비명 소리는 멈추지 않았다. 병원에서도 계속됐다. 언제까지고 계속됐다.

• • •

그 일이 일어난 게 2주 전이었다. 병원에서 지낸 후 벨라의 상태는 좋아졌다. 케이트와 소통을 하려는 노력을 봐도 알 수 있었다. 케이트는 화상 입은 곳을 자랑스럽게 보여주었다. 그 나이대의 아이들은 타인과 다르다는 것을 그다지 신경 쓰지 않는다. 하지만 그 자랑스러운 감정이 수치심으로 바뀌는 것은 시간문제였다.

그날 저녁, 몇 달 만에 벨라와 관계를 가졌다. 그녀가 나를 끌어당겨 격하게 키스하고, 내 셔츠를 머리 위로 잡아당겨 벗겼다. 마치 10대가 된 듯한 기분이 들었다. 언뜻 벨라는 진심으로 행복해 보였지만, 그녀를 내려다보니 예의 그 무심한 얼굴이 보였다. 내가 안쪽을 찌를 때마다 그녀는 얼굴을 찡그렸다. 일을 치른 후 우리는 서로를 껴안고 누워 있었다. 그녀는 내가 잠이 든 줄 알았겠지만 나는 그녀가 훌쩍이는 소리를 듣고 있었다. 그녀의 눈에서 흐르는 뜨거운 눈물이 내 가슴을 적시는 것이 느껴졌다.

다음 날 오후에 나는 벨라를 심리치료사에게 데려다주었다. 작별의 키스나 인사도 없이 그녀는 멍한 눈을 한 채 건물 안으로 들어갔다. 나는 집으로 돌아가기 전 잠시 문을 바라보며 그녀가 확실히 안으로 들어갔는지 눈으로 직접 확인했다. 그리고 바로 케이트를 데리러 탁아소로 향했다.

케이트가 뒤로 땋은 머리를 폴짝폴짝 흔들며 문에서 달려와 내 팔에 안겼다.

"아빠한테 뽀뽀해야지."

케이트가 내 볼에 뽀뽀했다.

"엄마 보러 갈 준비 됐어?"

상담소 뒤쪽에 차를 주차했다. 벨라의 상담은 45분 전인 1시 15분에 시작됐다. 곧 벨라가 문을 열고 나타날 시간이었다. 나는 뒷좌석에 있는 케이트를 돌아보았다. 케이트는 창밖을 보고 있었다. 5분이 지나고 10분이 지났지만 벨라는 나타나지 않았다.

무언가 잘못됐다. 온몸에서 끔찍한 무언가가 느껴졌다.

"여기서 조금만 기다려. 아빠가 엄마 데리고 올게."

나는 차 문을 잠그고 서둘러 입구로 걸어갔다. 접수원은 통화를 하고 있었다. 그녀가 나를 올려다보았다.

"루이스 박사님 사무실이 어디입니까?"

"잠시만요."

접수원이 수화기에 대고 말했다. 그리고는 수화기를 손으로 막고 나를 올려다보았다.

"루이스 박사님 사무실이 어디입니까?"

재차 물었다.

"박사님은 환자와 상담 중이세요."

안도감이 번졌다. 벨라는 아직 안에 있는 것이다.

"알겠습니다. 감사합니다. 오래 걸릴까요?"

"죄송합니다만, 누구신가요?"

"아내를 찾아 왔습니다. 곧 끝나야 할 시간이라서요."

접수원은 시계를 보고 나에게 말했다.

"루이스 박사님은 40분에 예약된 상담을 진행하고 계세요."

모든 것이 한꺼번에 무너졌다. 분명 벨라를 데려다주고 그녀가 안으로 들어가는 것까지 확인했다. 오늘은 화요일이다. 매주 화요일마다 예약이 돼 있었다. 그냥 길이 엇갈린 것뿐일까.

"벨라 베넷은 아직 상담 중인가요?"

"네?"

"제 아내가 1시 15분에 루이스 박사님과 상담 예약이 잡혀 있었어요. 아내가 상담실에 들어갔는지 알고 싶어요."

"그건 환자 개인적인 일이라……"

나는 그녀의 말을 끝까지 듣지 않고 곧장 접수대를 지나 상담실의 문을 열고 다녔다.

"벨라, 벨라."

그녀의 이름을 불렀다. 처음 문을 연 방에는 환자와 의사가 있었다. 접수원이 또각또각 소리를 내며 내 뒤를 따라오는 소리가 들렸다.

“이보세요. 저기요.”

하지만 나는 멈추지 않았다. 다음 방의 문을 여니 루이스 박사가 맞은편에 앉아 있는 어떤 남자와 상담을 하고 있었다. 그들은 모두 내가 불쑥 문을 열어 놀란 모양이었다.

“아내가 언제 떠났죠?

“죄송합니다만, 무슨 말씀이시죠?

“벨라요. 제 아내 말입니다. 아내를 데리러 왔습니다.”

“벨라.”

루이스 박사는 안경을 벗으며 말했다.

“벨라는……”

그녀는 벽시계를 보며 말을 이었다.

“……거의 30분 전에 떠났어요. 남편 분이 조금 일찍 와서 함께 딸을 데리러 간다고 했어요.”

“갔다고요?”

나는 대답을 기다리지 않고 건물에서 뛰쳐나와 차 문을 서둘러 열었다. 주차장을 나와 도로로 진입했다. 차는 많지 않았다. 나는 벨라가 어디로 갔는지 알고 있었다. 그녀보다 그곳에 먼저 도착해야만 한다. 분명 택시를 타고 갔을 것이다. 나는 케이트를 뒤에 앉힌 채로 고속도로로 질주했다. 안전벨트를 매고 있는 케이트의 눈이 공포로 휘둥그레졌다.

"아빠, 엄마는 어디야? 어디 있어?"

"지금 만나러 가는 길이야, 우리 아가. 걱정하지 마."

차는 거의 날듯이 달렸고, 액셀을 밟을 때마다 타이어 소리가 크게 났다. 트럭 옆을 지날 때는 거의 부딪힐 뻔했다. 뒤에 있던 차가 시끄럽게 경적을 울려댔다. 이를 악물고 신호등이 파란색으로 바뀌기를 초조하게 기다렸다. 두려움과 슬픔이 뒤섞여 분노가 되어 내 목을 조르고 있었다. 어떻게 우리를 이렇게 살게 할 수 있을까? 왜 벨라는 나에게 말하지 않았을까?

1시간 정도 걸려 포트시에 도착했다. 나는 곧바로 문으로 돌진했다. 문은 잠겨 있지 않았다. 벨라가 와 있는 것이다.

눈에 먼저 띈 것은 거실에 깔린 러그에 묻은 짙은 색 얼룩이었다. 타일 바닥이 젖은 것처럼 반짝거렸다. 올려다보니 넘쳐흐른 물이 난간 사이로 뚝뚝 떨어지고 있었다. 급하게 달린 탓에 미끄러지고 발이 꼬여서 넘어졌지만 멈출 수 없었다. 다시 일어나 욕실로 절뚝거리며 다가갔다. 문 아래로 물이 넘쳐흐르고 있었다. 손잡이를 돌렸지만 움직이지 않았다.

"벨라."

나는 필사적으로 그녀의 이름을 불렀다.

"벨라, 문 열어!"

문을 발로 찼지만 꿈쩍도 하지 않았다. 다시 한 번 있는 힘껏 세게 찼다. 무릎이 터질 듯이 아팠다. 손잡이를 내리치자 문이 열렸다. 욕조에서 물이 넘쳐흐르고 있었다. 심장이 멈췄다. 벨라에게 달려갔다. 벨라는 눈을 감고 팔을 밖으로 내민 채 떠 있었다. 그때 물이 장밋빛이라는 사실을 알았다. 무릎을 꿇고 욕조에서 벨라의 몸을 끌어당겼다. 소리를 질렀다.

"안 돼, 안 돼. 제발. 안 돼, 벨라."

나는 그녀의 차가운 입술에 귀를 댔다. 목소리가 들려왔다. 하지만 그것은 벨라가 아니라 케이트의 목소리였다.

"엄마?"

> 이후

41

바다에 내려앉은 안개가 마을을 집어삼켰다. 마을은 잠에 취해 있었지만 나는 잠들지 않았다. 방 안을 서성거리며 경계를 늦추지 않으리라 결심했다. 짐(어떻게 그렇게 빨리 그를 아빠가 아니라 짐으로 생각하게 됐는지 놀라웠다)은 몇 시간 전에 내 곁을 떠났다. 아마 총을 찾고 있으리라. 아이소가 그것을 가져갔다고 생각하고 있을 수도 있고, 어쩌면 자고 있을지도 모른다.

아무도 없는 밤, 파도를 타고 한마디가 들려왔다. '도망쳐. 도망쳐. 도망쳐.' 그는 톰을 죽였다. 다음에는 나를 죽일 것이다.

서랍이 다 빠진 서랍장을 지나다가 그 안에 든 빛나는 무언가를 발견했다. 몇 주 전에 숨겨놓은 여분의 차 열쇠였다. 나는 그것을 집어들었다. 내 손은 아직 전선으로 묶인 채였다. 풀려고 했지만 너무 꽉 묶여 있었다. 전선을 이빨로 물어뜯고 열쇠의 톱니로 갈았더니 마침내 줄이 끊어졌다. 안도감이 밀려왔다. 손을 자유롭게 움직일 수 있게 되었다.

살인을 계획하는 사람들은 종종 두개골의 단단함을 간과하곤 한다. 극도의 힘을 가하면 뼈에 금이 갈 것이다. 하지만 두개골이 부서지지 않고 뇌에는 별다른 타격을 입지 않아 심한 트라우마를 입은 채 살아남는 경우가 허다하다. 두개골을 완전히 부수려면 집중적이고 계속적인 공격을 해야 한다.

집 안에서는 아무런 소리도 나지 않았다. 시간은 새벽 2시에서 4시 사이일 것이다. 나는 잠옷에서 운동복 바지와 후드로 갈아입고 난장판이 된 방 안에서 탈출용 가방을 찾았다. 다시 침대를 조립해서 침대커버 밑에 옷을 넣어 사람 형상을 만들었다. 내 목숨을 구해줄 작은 장치였다. 카메라의 붉은 점이 방 귀퉁이에서 나를 보고 있었다. 렌즈의 초점을 흐리게 하는 방법은 모르지만 아마도 이제 그럴 필요가 없을 것이다. 짐은 이 장면을 휴대폰으로 볼 수 있다. 만약 그가 이곳에 있었다면 지금 당장 올라왔을 것이다.

아침이 되어 내가 사라진 것을 알게 되면 그는 바로 카메라에 녹화된 장면을 볼 것이다. 어둠 속에서 나는 붉은 빛을 올려다보았다.

'당신 때문이야.'

어둠 속에 선 나는 아마 초록색 형체로 보일 것이다. 눈은 하얗게 빛나서 유령처럼 보이겠지.

창문은 바깥쪽에서 두 개의 나사로 잠겨 있었다. 나는 베개를 가져와 나무 창틀에 대고 눌렀다. 숨을 참고 몸을 뒤로 젖혔다가 최대한 힘을 실어 어깨로 부딪쳤다. 얼마간 숨을 몰아쉬고 다시 한 번 나무 창틀에 부딪쳤다. 어깨가 아팠지만 효과가 있었다. 무언가 깨지는 소리가 들려왔다. 창문 한쪽 구석에 금이 간 것이다.

무겁게 숨을 쉬며 문을 열었다. 고함이나 발소리가 들릴까 했지만, 아주 고요했다.

바깥은 안개가 짙어서 땅도 제대로 보이지 않았다. 탈출용 가방을 서리가 앉은 풀 위로 떨어뜨렸다. 그리고는 창문으로 나와 발을 디딜 사다리를 찾았다. 발을 더 밑으로 내렸지만 사다리가 없었다. 다시 창틀을 꽉 잡고 올라오려고 했지만 손이 미끄러지는 바람에 아래로 떨어지고 말았다.

아주 짧은 비행이었다. 몸이 공중에서 꺾였다. 쪼개지는 듯한 고통이 이어졌다. 어깨에서 찌르는 듯한 아픔이 느껴졌지만 온 힘을 다해 비명을 참았다. 너무 아파서 토할 것 같았다. 고개를 들었더니 어지러웠다. 일어나려는데 두통이 느껴졌다. 발바닥에 무게를 실으니 다리를 타고 충격이 올라와 작은 움직임도 심하게 고통스러웠다. 나는 차라리 기어가려고 몸을 낮췄다. 소리를 지르지 않으려면 이게 최선이었다.

탈출용 가방을 등에 멘 채 이를 악물고 살얼음이 낀 풀밭을 가로질렀다. 집 측면으로 가서 성한 다리로 서서 여권을 떨궈놓은 관목으로 점프해 갔다. 손끝으로 주위를 더듬었다. 나뭇잎, 차고 딱딱한 흙, 나뭇가지……. 마침내 여권의 감촉이 느껴졌다.

'가자, 케이트. 움직여.'

나는 여권을 가방에 넣었다. 고통을 견디며 비틀거리면서 차로 갔다. 문을 열고 운전석에 앉아 가방을 무릎 위에 놓았다.

차는 운전하기 쉬울 것이다. 전에도 해봤으니까. 하지만 한 팔로도 할 수 있을까? 나는 열쇠를 꽂아 시동을 걸었다. 시동 소리를 들으니 마지막으로 차를 운전했던 때가 생각났다. 톰이 달려오는 것이 보였다. 그의 머리가 뒤로 젖혀졌고 길가에 쓰러진 몸은 꼼짝도 하지 않았다.

'하지만 난 아니야. 내가 한 게 아니야.'

그를 죽인 건 짐이었다. 그가 인정했다. 그는 내가 그를 죽였다고 믿게끔 하려고 내내 나를 조종했다.

전조등이 자동으로 켜졌다. 운전석이 따뜻해지고, 창문에 낀 서리가 사라지고 있었다. 바깥은 안개가 너무 짙어 집도 제대로 보이지 않았다. 기어를 후진으로 넣고, 액셀에 발을 올렸다. 하지만 차는 움직이지 않았다. 바퀴만 헛돌고 있었다.

'가, 가라고.'

집 안에서 불이 켜졌다.

'젠장, 움직이라고.'

나는 더 세게 액셀을 밟았지만 차는 움직이지 않았다. 곧 그가 올 것이다. 그의 실루엣이 부엌을 지나 현관문으로 오는 것이 보였다.

차는 마치 자기 의지를 가진 것처럼 뒤로 나아갔다. 한 손으로는 운전대를 빨리 돌릴 수가 없었다. 바닥에 쿵 하고 부딪히고, 좌석에 심하게 부딪혔다. 액셀을 밟았지만 바퀴만 헛돌 뿐이었다. 차는 나무에 부딪혀 있었다. 그가 오고 있다.

나는 문을 열고 나왔다. 진입로를 나와 가방을 품에 안고 굴렀다. 관목 사이로 기어가서 집 옆으로 달렸다. 그때 현관문이 열렸다.

나뭇잎 사이로 짐이 보였다. 그는 손전등을 켜서 가만히 서서 진입로를 비췄다. 나는 숨을 참았다.

"어디에 있어?"

그는 차 주위를 돌면서 창문을 비췄다.

곧 그는 휴대폰을 귀에 대고는 전화를 걸었다.

"경찰이죠……? 안녕하세요. 신고를 하려는데요……."

그는 잠시 말을 끊었다 다시 이었다.

"누군가가…… 아, 제 딸이…… 방금 제 차를 훔치려고 했어요. 차를 나무에 박고 달아났습니다. 총을 가지고 있을 겁니다……."

이것은 속임수다. '조카'가 아니라 '딸'이라고 했다. 진짜로 경찰에 신고하는 것이 아니다. 그저 지금 경찰에 신고하고 있다고 내가 여기게끔 하려는 것이다.

"마케투요."

그가 말했다. 그가 진입로로 가까이 와서 나는 집 쪽으로 가까이 붙었다.

"예, 소총이요……. 얼마나 걸릴까요? ……아닙니다. 딸은 저를 해치지는 않을 겁니다. ……제가 걱정하는 건 딸아이입니다."

'총을 가지고 있을 겁니다.'

총. 그렇다. 나에게는 총이 필요하다.

"좋아요, 좋습니다. 그럼 빨리 와주십시오."

그는 집 안으로 들어갔다.

경찰이 올까? 전화는 진짜 같았지만 분명 거짓말이다. 이제껏 그는 뉴질랜드 경찰과 연루되지 않으려고 했는데 왜 이제 와서 연락을 하겠는가? 이건 그저 나를 더 고립시키기 위한 책략이다. 이것으로 나는 자기 아빠의 차를 훔치려고 한 살인자가 되었다.

관목의 날카로운 잎이 옷 사이를 뚫고 들어왔다. 관목 사이에 쭈그려 앉아 어떻게 해야 할지 생각하니 소름이 돋았다. 당장은 아이소의 집으로 도망갈 수 있을 것이다. 그는 내가 짐에 대해 하는 말을 믿기 시작한 것 같았다. 오로지 그만이 내 유일한 희망이었다.

나는 숨어 있던 곳에서 살금살금 나와 잔디밭을 가로질러 총을 버려둔 울타리 쪽으로 갔다. 울타리에 다다른 뒤 몸을 추슬렀다.

'계속 가, 케이트. 멈추면 안 돼.'

성한 다리에 의지해서 일어났다. 균형을 잡으려고 잠시 몸을 낮춰 나무 울타리에 허리를 기대고 있었다. 그러다가 손이 미끄러져 넘어지고 말았다. 딱딱한 땅에 몸이 부딪혔다. 등을 펴고 누웠다. 숨을 쉴 때마다 폐가 타들어가는 것 같았다. 관목으로 기어가서 빛나는 총신을 찾았다. 소총을 쥐고 탄약 상자도 찾았다.

이제 필요한 모든 것을 갖췄으니 몸을 숙이고 이웃집으로 가면 된다. 발을 뗄 때마다 전기 충격을 당하는 것 같은 통증이 몸을 관통했다. 도로로 나오니 뒤쪽 아래에서 소리가 들렸다. 차가 출발하는 소리였다. 그의 차인 걸까? 나무에서 떨어져 나오면서 금속이 긁히는 소리가 들렸다.

나는 할 수 있는 한 빠르게 비틀거리며 움직였다. 뒤를 돌아보니 전조등 불빛에 눈이 부셔 앞이 보이지 않았다. 나는 길을 따라 나 있는 풀숲 사이로 뛰어들었다. 거기에 누워 주머니를 더듬어 탄약 상자를 꺼내고 총신에 있는 노리쇠를 뒤로 당겼다. 빈 공간에 총알을 넣고 다시 노리쇠를 밀어 잠갔다. 이제 장전된 것이다.

차가 미끄러져 오다가 조금 떨어진 길 가장자리에서 멈췄다. 문이 열렸다가 닫혔다. 손전등 빛이 도로 양쪽의 잎사귀를 비추고 지나갔다. 나는 왼손으로 총을 잡고 도로를 향해 조준했다.

'내가 방아쇠를 당길 수 있을까?'

그는 다시 차에 타서 천천히 길을 따라 움직이고 있었다. 나는 가만히 있었다. 숨을 쉴 엄두조차 나지 않았다. 아드레날린이 뿜어져 나왔다.

아까보다 더 가까운 곳에 차가 멈췄다. 부르릉 하는 엔진 소리가 들릴 정도였다. 손전등 불빛이 어둠 속에서 빛났다. 참을 수가 없었다. 관목이 내 몸 때문에 흔들리는 것 같았다. 불빛이 내 머리 바로 위를 스치고 지나갔다. 양손으로 총을 조준하려 하니 오른쪽 어깨가 불에 데인 듯 아팠다. 숨을 멈췄다. 내 허벅지 사이로 따뜻한 것이 흘러나와 내 앞에 고였다. 그는 나를 발견하는 즉시 죽일 것이다. 내 안의 낯선 자가 내 팔과 다리를 조종하고 있었다. 내 몸은 순수한 본능으로 가득 차 있었고, 내 영혼은 그저 이를 방관할 뿐이었다.

빛이 다시 내가 있는 쪽으로 움직였다. 앙상한 관목과 촘촘하지 않은 나뭇가지는 나를 숨겨주지 못했다. 오직 안개만이 내 모습을 가려줄 뿐이었다. 적막이 나를 감쌌다. 내 안의 낯선 이는 이제 통제되고 있었다. 숨은 안정되고 총은 소리 없이 광원을 향해 있었다. 방아쇠를 당겼다. 파열음에 깜짝 놀랐다. 반동이 일었다. 총신이 당겨졌다. 그 어떤 생각도, 감정도 없었다.

메아리가 저 아래 만을 가로질러 들려왔다. 개들이 짖기 시작했다. 처음에는 한두 마리였지만 점점 더 많아졌다. 동물의 거친 숨소리가 가까이 다가왔다. 하지만 이내 그것이 나의 숨소리라는 것을 깨달았다.

나는 노리쇠를 열어 또 다른 총알을 넣었다. 다시 조준해서 방아쇠를 당겼다. 이번 폭발은 더 컸다. 손과 팔이 너무 떨려 총을 들 수 없을 정도였다.

손전등 불빛이 그대로 땅으로 떨어졌다. 몇 초인지 몇 분인지, 아니면 몇 시간인지, 내가 얼마 동안 이러고 있었는지 알 수 없었다. 총알 하나를 더 넣기 전에 어느 정도의 시간이 걸린 것인지 알 수 없었다.

내가 그를 쏜 것이다.

나는 관목에서 나와 길을 내려갔다. 중간에 올려다보니 하얀 개가 있었다. 세 발 달린 개는 이상하리만치 우아한 발걸음으로 내 앞의 길을 비춰주었다. 다시 보니 개는 이미 사라지고 없었다.

나무 사이에서 아침을 알리는 새들의 지저귐이 들려왔다. 이제 사람들도 잠에서 깨어날 것이다. 길었던 밤이 끝나려고 하고 있었다.

아이소의 집이 보일 즈음, 나의 몸은 고통과 피로로 인해 굳어 있었다. 한쪽 팔이 천근만근 무거웠고, 다친 다리는 땅에 질질 끌렸다. 하지만 이제 다 왔다. 현관문을 열고 비틀거리며 들어갈 때 눈물이 흘러내렸다. 이것은 자유의 눈물일까? 아니면 기쁨의 눈물인 걸까? 춥고 어둡고 차가운 밤을 가시게 해주는 따뜻한 물처럼 안도감이 밀려왔다. 내가 어째서 그를 쏴야만 했는지 사람들은 이해할 수 있을까? 나도 어쩔 수 없었다. 그를 죽이지 않으면 내가 죽었을 테니까.

현관으로 가니 방범등이 켜졌다. 나는 총을 내려놓고 성한 팔을 올려 마지막 힘을 짜내 문을 두드렸다.

42

아이소는 잠옷 차림이 아니었다. 이걸 이상하게 여겼어야 했다. 뒤를 돌아 주위를 둘러봤다면 집의 그늘에 가려진 곳에 또 다른 차가 주차돼 있는 걸 알아챘을 텐데. 아이소는 나를 보고서도 별 반응을 하지 않았다. 그저 눈을 미묘하게 움직이고 입술을 살짝 벌렸을 뿐이었다. 그의 시선이 마치 떨어지는 깃털의 궤적을 지켜보듯 천천히 아래로 내려가 나의 몸을, 내 몸에 난 상처를 훑었다.

"아이소."

내가 침울하게 말했다.

"세상에."

아이소가 앞으로 나오며 말했다. 그리고는 손을 뻗어 내 손에 들린 총을 가져갔다. 그는 총의 노리쇠를 열고 총알을 뺀 후 문 옆에 세워두었다.

몸이 피로와 추위로 덜덜 떨렸다. 아이소는 나를 붙잡고 내가 안으로 들어갈 수 있도록 도와주었다.

"들어가서 불 옆에 앉아."

"그가 나를 못 가게 했어. 나를 죽이려고 했어."

"쉬."

그가 말했다.

"우리가 도와줄게."

지금은 불을 피우기에는 이른 시간이었다.

"그가 나를 때리고 가뒀어. 이렇게 할 수밖에 없었어, 아이소."

나는 마치 그가 죽은 것처럼 과거로 말하고 있었다.

"에비, 괜찮아."

아이소가 나를 거실로 안내하며 말했다. 그러고는 조금 큰 소리로 말했다.

"그녀예요."

도나가 거실에서 중얼거리는 소리가 들렸다.

'누구와 이야기하는 거지?'

"우리는 네가 오길 기다리고 있었어."

아이소가 말했다. 거실 문을 여니 열기가 훅 끼쳐왔다. 불꽃이 맹렬히 타오르고 있었다. 처음에 이곳에 왔을 때가 기억났다. 내게 목욕을 시키려고 했던 것이 기억났다. 뜨거운 욕조. 욕조였다.

수도꼭지를 잠그지 않아 계속해서 쏟아져 나온 물이 엄마의 가는 목까지 차올랐다. 새빨간 물. 나는 엄마의 몸이 떠 있는 모습을 기억한다. 얼굴은 축축했고, 눈은 감겨 있었다. 나는 엄마와 아빠의 딸이다. 엄마는 우울증을, 아빠는 분노를 달고 살았다. 어느 하나를, 혹은 둘 모두를 선택한다.

"미안, 케이트."

아이소가 말했다.

케이트. 그는 내 진짜 이름을 알고 있었다.

무언가가 잘못됐다. 배 속에서 무언가가 날카롭게 찌르는 느낌이 들었다.

"정말 미안해."

그리고 그 이유를 나는 곧 알게 되었다.

이전 <

43

안개 속에서 낯선 사람들이 지나가는 것처럼 기억의 편린들이 머릿속을 떠돌아다녔다. 고개를 돌려 차창의 시원함을 느꼈다. 한 손에는 휴대폰이 들려 있었다. 차가 빠르게 가로등을 지나가자 어둠 속에서 간간이 불빛이 번쩍였다. 이건 꿈일까 아니면 나의 기억일까?

다시금 한 줄기 빛이 비쳤다. 차가운 공기 속에 차 문이 열리고, 나는 어둠 속으로 나왔다. 아빠가 거기 있었다. 그리고 나는 다시 차 안에 있었다. 아빠가 문을 열고 차 뒷좌석에 벽돌을 실었다.

다시 잠이 들었다 깨어나니 차고로 돌아와 있었다.

"휴대폰은 어디 있어요?"

"여기."

뇌에 구멍을 뚫는 것 같은 두통이 느껴지더니 시야가 흐려졌다. 목구멍이 마치 데인 것처럼 아팠다. 나는 여전히 아빠 차 안에 있었다. 레인지로버가 아니라 벤츠였다. 손이 떨렸다. 아니, 손이 떨리는 게 아니라 진동이 울리고 있었다. 내려다보니 '수지'라는 이름이 휴대폰 화면에 떠 있었다. 수지, 그러니까 톰의 엄마가 전화를 한 것이다. 나를 미워하면서 왜 전화를 한 걸까? 나는 전화를 받지 않았다. 무언가 잘못됐다. 그것을 밝혀내야 했지만 마음이 무거웠다.

전화가 끊어졌지만 얼마 안 있어 다시 걸려왔다.

집 문이 열리는 소리가 들렸다. 아빠가 차고로 돌아오고 있었다.

나는 눈을 감고 자는 척을 했다. 그러고는 아빠를 볼 수 있게끔 아주 살짝만 눈꺼풀을 들어 올렸다. 차문이 열렸다 닫혔다. 앞 유리창을 가로질러 가는 아빠의 모습이 보였다. 그는 손에 무언가를 들고 있었다. 빨간 벽돌이었다. 차고의 불이 꺼지고 문이 닫혔다. 아빠는 나를 차에 남겨두고 가버렸다.

> 이후

44

"케이트."

그 목소리다. 나에게 급히 다가오고 있는 남자는 짐이었다.

"안 돼, 안 돼, 안 돼."

"쉬."

나는 뒤로 물러났지만 짐이 나를 와락 잡아채더니 품으로 끌어당겼다. 어찌나 꼭 껴안았는지 폐에 들어 있던 공기가 전부 빠져나갈 것만 같았다. 하얗고 뜨거운 칼날이 내 어깨를 파고드는 듯한 느낌이었다.

"네가 무사해서 천만다행이야. 내가 얼마나 걱정했는지 알아?"

그가 나를 놓아주자 나는 뒤로 물러섰다. 무언가 딱딱한 것에 부딪혔다. 벽 쪽으로 쓰러져 그대로 바닥에 미끄러졌다. 짐은 내 옆에 웅그리고 앉아 부드러운 손길로 내 얼굴을 어루만졌다.

"내가 전부 설명했어, 케이트. 네가 누구인지, 네게 무슨 일이 일어난 건지. 이 사람들도 톰에 대해서 알고 있어."

그는 내 눈을 깊이 들여다보았다.

"너는 살인자가 아니야."

나도 알고 있다. 살인자는 당신이지 않은가.

"아니요."

나는 아무도 못 듣지 않을까 싶을 정도로 작은 목소리로 말했다.

"아니, 제발 그러지 말아요. 제발요."

"매일 생각해본단다. 내가 달리 행동할 수 있지 않았을까 하고. 하지만 이제 와서 어떻게 할 순 없다는 걸 깨달을 뿐이었지. 너는 마치 그 일이 일어나지 않은 것처럼 행동했어. 약도 끊어버렸지. 밤의 어둠 속으로 사라지기도 했어. 여자아이를 유괴하려고도 했잖아."

"이건 거짓말이에요. 이 사람이 거짓말하는 거예요!"

"넌 그 일을 인정하지 않았어. 미디어도, 도시도 모두 네 비밀을 알고 싶어 했지. 그건 네가 감당하기에는 너무 큰 시련이었어. 그래서 내가 모든 것을 통제할 수 있는 곳으로 떠날 생각을 한 거야. 네가 그날 밤의 기억들을 천천히, 조금씩 끄집어낼 수 있도록 도와주려고 했어……. 하지만 그러지 못했지. 너는 나에게 총을 쐈어. 나를, 다름 아닌 네 아빠를 죽이려고 했어."

짐이 한숨을 내쉬었다. 안경 너머의 눈은 피곤한 기색이 역력했다. 그는 여전히 가면을 쓰고 있었다. 지금 이 순간에도. 살짝 벌어진 그의 입술 사이로 혀가 날름거렸다. 그는 지금 관객을 앞에 두고 연극을 하고 있는 것이다.

"거짓말! 당신이 톰을 죽였어. 당신이 그랬다고 이미 인정했잖아."

나는 소리 질렀다. 짐은 아이소의 엄마를 돌아보며 어깨를 으쓱했다. 마치 '내 말이 맞죠?'라고 말하듯이. 아이소의 엄마는 팔짱을 끼고 슬픈 눈으로 바라보고 있었다.

"케이트, 너는 나를 쐈어. 무슨 짓을 했는지 알겠니? 내가 이제껏

해왔던 일은 모두 너를 보호하기 위한 것들이었는데, 너는 나에게 등을 돌렸어."

"거짓말이에요. 거짓말, 거짓말, 거짓말!"

나도 내가 고함을 치고 있다는 것을 알고 있었지만 멈출 수가 없었다. 아이소의 얼굴에는 깊은 슬픔이 새겨져 있었다. 하지만 그 감정은 나를 향한 게 아니었다. 그의 슬픔은 그를 위한 것이었다. 짐이 이긴 것이다.

나는 허둥지둥 일어나 도망가려 했지만 다리가 꺾이고 말았다. 나는 더 크게 소리 질렀다. 아이소와 짐이 나를 막으려고 앞으로 달려왔다.

"구급차를 불러야 할 것 같아요."

아이소가 말했다.

"안 돼. 너무 오래 걸릴 거야. 내가 바로 병원으로 태우고 가야겠다."

"제가 따라갈까요?"

"괜찮을 거야."

짐이 말했다.

"두 사람 모두 도와줘서 고마워요. 케이트의 상태는 알려줄게요."

아이소의 시선이 짐의 얼굴에 머물렀다.

"좋아요. 그럼 적어도 차에 태우는 건 도와드릴게요."

도나가 앞으로 나와 나를 보며 말했다.

"얘야, 하느님은 우리가 감당할 수 있는 시련만 주신단다."

그녀의 따뜻하고 너그러운 웃음을 보니 그녀는 누구의 엄마도 될 수 있을 것 같다는 생각이 들었다. 나의 엄마도 될 수 있을 것이다.

짐과 아이소가 나를 차에 태웠다. 나는 다리를 절었다. 통증과 피로로 정신이 혼미했다.

"아이소."

나는 추하면서도 절박한 목소리로 말했다.

"제발. 너는 잘못 생각한 거야. 너도 한편이야? 톰을 알고 있었던 거야? 알고 있었지, 그렇지?"

아이소는 내 오른쪽 팔꿈치를 잡으며 나를 붙든 손을 바로잡았다. 순간 엄청난 통증이 밀려와 머릿속이 하얘졌다. 소리를 지르려고 입을 열었더니 어둠이 나를 집어삼켰다.

몸이 흔들린다. 통증이 몰려온다. 엔진 소리가 들려온다.

나는 눈을 깜빡였다. 손을 들어 올리려 했지만 할 수 없었다.

안전벨트가 내 몸을 휘감고 있었다. 나는 뒷좌석에 있었고, 손은 전선으로 묶여 있었다.

"깼구나."

그가 백미러로 나를 보며 말했다.

"네가 내 말을 듣기만 했어도 이렇게까지는 하지 않았을 거야. 우리가 함께하는 마지막 순간을 행복하게 보낼 수 있었을 텐데."

그의 표정이 변했다. 더 이상 진실하고 솔직한 모습이 아니었다. 다시 통제하고 조정하려 드는 본연의 모습으로 돌아왔다.

"아무래도 내 잘못인 것 같아."

짐이 목을 가다듬었다.

"우리가 함께 이겨낼 수 있을 거라고 생각했어. 하지만 올가미는 점점 조여들었고, 결국 나 아니면 너, 둘 중 하나인 상황이 되어버렸어."

다시금 통증이 덮쳐왔다. 온몸에서 불꽃이 터지는 것 같았다. 어깨는 감각이 없었다. 그저 안전벨트랑 부딪히며 나는 탁탁 하는 소리로 어깨에 얼음이 매어져 있다는 것만 알 수 있었다. 차창 너머로 지나가는 풍경이 낯설었다.

"여긴 어디예요?"

"우리의 새로운 집으로 가는 중이야, 케이트. 더 이상 네가 해로운 짓을 할 수 없는 곳이지. 여기에서라면 다른 사람의 인생에도, 네 인생에도 해를 끼치지 못할 거야."

그가 말을 이었다.

"아주 작은 거짓말이 너를 가장 고통스러운 진실로부터 보호해줄 거야. 우리에게는 기억이 있지만 그 기억을 바꾸고 계속 살아갈 수 있어."

"당신이 톰을 죽였어."

"그럴 수밖에 없었어."

"왜? 왜 여기로 온 거예요?"

"넌 불안정해지면 아무한테나 뭐든 털어놓을 위험이 있었으니까. 너는 무슨 일이 있었는지 기억을 못해. 머리가 정상이 아니야. 너는 점점 진실에 다가갔지만 진실은 너무도 뜨거웠지. 네가 그것에 닿았다면 또다시 네 안에 갇혀버렸을 거야."

그가 숨을 쉬었다.

"비밀을 누설할 위험이 있는 사람은 너뿐이라고 생각했어. 너는 너무 불안정했으니까. 어쩌다 실수로 내뱉어버릴 수가 있잖아."

"나도 죽일 건가요?"

"케이트. 모든 게 너를 보호하기 위한 거였어. 내가 한 모든 것들이 말이야. 걱정되어서 잠도 잘 수 없었지. 카메라와 GPS에서 눈을 뗄 수 없었어. 탈출에 성공하는 듯했어. 하지만 어떤 놈이 CCTV 영상이라는 말도 안 되는 물건을 가지고 온 거야. 그 집 문 앞에서 거리를 찍은 영상이었어. 벤츠가 찍혀 있었어. 우리가 경찰에 한 진술을 부정하는 영상이었지. 우리가 함께 집에 있었다고 진술했으니까. 그리고 경찰이 갑자기 조각을 맞춰나가기 시작했어. 네가 톰의 집으로 차를 몰고 가는 모습을 본 거야."

피로와 함께 불안감이 몰려왔다. 나를 구속하고 있는 것을 풀고 싶었다. 나는 몸을 비틀며 소리를 질렀다. 그는 한숨을 쉬고는 우회로로 방향을 틀었다.

"차로 뭘 하려고 했던 거냐, 케이트. 넌 나를 총으로 쏴 죽일 뻔했어. 하지만 그것보다 더 심각한 건 차야. 도대체 뭘 하려고 그런 거냐? 차를 타고 절벽으로 돌진해서 바다에 뛰어들려고?"

짐이 천천히 고개를 흔들었다.

"아니에요. 그냥 돌아가고 싶었어요……. 집으로 가고 싶었어요."

"방으로 들어갈 때마다 딸이 목을 맨 건 아닌가 하는 생각이 드는 내 심정이 이해가 돼? 아니면 손목을 그은 건 아닐까 하는 생각이 드는 기분을 알겠냐고? 그 대가를 상상이나 할 수 있어?"

"나는 절대 그런 짓 안 해요. 절대로요."

"약속해, 케이트. 아무리 상황이 안 좋아도, 절대 그런 짓은 하지 않겠다고 약속해."

그가 갈라진 목소리로 말했다.

"절대, 절대 그러지 않을게요. 그러니 제발 저를 풀어주세요."

"정확히 뭘 기억하고 있는지 말해봐. 내가 벽돌을 들어서 톰을 때린 건 기억나지, 그렇지? 딱 한 번이었어. 그렇게 세게 때린 것도 아니야. 누군가 물어보면 그렇게 말해야 해. 그렇게 된 거라고. 알겠지? 그래, 이제 네가 기억하고 있는 걸 말해봐."

나는 기억이 나지 않았지만 거짓말을 했다.

"네. 다 기억나요. 톰이 당신을 화나게 했어요. 그가 싸움을 걸었어요."

나는 뭐든 말할 것이다. 이 모두가 탈출을 위한 것이다.

"톰이 당신을 치려고 벽돌을 들었는데, 당신이 톰의 손에서 벽돌을 뺏었어요."

그의 턱이 굳어지고는 움찔했다. 눈이 천천히 깜빡였다. 마치 무언가를 깨달은 것 같았다. 다음 순간 그는 울고 있었다.

"내가 그랬어, 케이트. 너를 차 안에 두고 네가 이 사건에 연루되었다고 여기게끔 일을 꾸민 거야. 넌 나를 막으려고 했지만 그때는 이미 너무 늦었던 거지."

그는 심하게 코를 훌쩍였다. 나는 뭐라 말할 수 없었다. 얼음이 녹아 물이 되어 등을 타고 흘러내렸다.

"부탁 하나만 하자. 네 아빠로서 하는 마지막 부탁이야. 오늘 하루만은 정말 차분하게 있어주겠니? 날 위해 그리해줄 수 있겠니? 그리고 우리가 헤어질 때가 오면 마지막으로 나를 한 번 안아주고 키스해주렴. 소리도 지르지 말고, 히스테리도 부리지 않고. 그냥 나와 예전의 케이트로서 말이야. 내 발에 발을 얹고 내 손을 잡고 웃으며 아장아장 걷던 그 어린아이로서. 내 손이 이 세상 최고의 손인 양 웃었던 그때처럼."

짐은 다시 코를 훌쩍이고는 미소를 지었다. 그의 볼에는 눈물이 흘러내렸다. 그의 목소리가 조금 높아졌다.

"너는 나의 전부야. 너를 위해서는 뭐든 할 거야. 네 엄마가 죽었을 때, 세상에는 우리 둘뿐이었어. 그렇지 않니, 아가야?"

나는 깨달았다. 진실은 중요하지 않다는 것을.

45

비행기에서 한 걸음 나오니 사복을 입은 경찰관이 한쪽에서 나를 기다리고 있었다. 그들은 다른 승객들이 보는 앞에서 나에게 수갑을 채웠다. 모두 끝났다. 그들이 나를 잡은 것이다. 이것은 피할 수 없는 일이었다. 우리가 해외로 도피한 건 별 도움이 되지 못했다. 경찰은 물론이고, 언론에서조차 우리가 어디로 갔는지 정확히 알고 있었던 것 같다. 도망갔다고 해도 그리 멀리 가지도 못했던 것 같긴 하지만.

나는 지난 한 주 동안 병원 관계자에게 이메일을 보냈다. 케이트에게 적절한 입원 환자 프로그램을 결정하기 위해 평가서를 검토해야 했다. 병원 사람들도 내가 본 것을 보면 케이트가 자살 시도를 할 거라는 사실을 알아차릴 것이다. 나는 케이트를 데리고 호주로 올 수 없었다. 그런 위험을 감수할 수는 없었다. 외상 후 스트레스 증후군, 분노로 인한 기억상실, 약물과 알코올 등 기억상실의 원인은 많다. 하지만 나는 케이트가 무엇 때문에 기억을 상실했는지, 그 원인을 정확히 알고 있었다.

내가 멜버른에 도착할 때면 케이트의 이모 리지가 오클랜드로 오고 있을 것이다. 그녀와는 10년 동안 만나지도 못했다. 만일 다른 선택지가 있었다면 나도 굳이 그녀에게 연락하지 않았을 것이다. 그녀는 자기 동생이 가장 필요로 할 때 그녀 옆에 있어주지는 못했지만, 적어도 지금은 조카를 위해 노력은 하고 있다. 리지는 케이트가 그녀와 함께 영국으로 갈 수 있을 만큼 몸이 회복될 때까지 그게 얼마나 걸리건 간에 함께 오클랜드에 머물 것이다. 바라건대 그녀가 자진해서 그 일을 하고 있다고 말할 수 있으면 좋겠다. 어쩌면 진짜로 그녀가 이 일을 진심으로 하고 싶다 생각할지도 모르는 법이다. 실상은 그 누구도 알 수 없으니 말이다. 하지만 나는 리지가 일을 확실히 하게끔 향후 3년 동안 매년 상당한 돈을 주겠다고 했다. 케이트는 21살이 되면 가족 신탁금을 받게 될 것이다.

처음 호주를 떠났을 때가 눈에 선했다. 우리는 출발 라운지에 앉아 있었다. 내 등에서는 식은땀이 흘러내렸고 손을 가만히 두지 못했다. 톰은 케이트에게 직접 편지를 보냈다. 경찰이 찾아온 그날 아침 우편함에서 그 편지를 발견해서 내 노트북 가방에 쑤셔 넣었다. 마치 누군가가 그 전날 밤에 일어난 일을 폭로해 엉망으로 만드려는 것 같았다. 물론 그것은 십중팔구 톰이 하루나 이틀 전에 거기에 두었던 것이고, 그저 우리가 우편함을 확인하지 않았던 것뿐이리라.

뉴질랜드행 비행기를 기다리는 동안 나는 경찰이 언제고 나타날 것이라 생각했다. 그렇지만 마케투에 도착하기만 하면 당분간은 별걱정 없이 지낼 수 있으리라는 것을 알고 있었다. 내가 모든 것을 통제하고, 온 생각을 쥐어짜서 케이트가 다시 건강해질 방법을 찾는 것이다. 나는 무슨 일이 생겼는지, 왜 그런 일이 일어난 것인지를 케이트가 이해하도록 돕고 싶었다. 무자비한 언론과 비판, 조사로부터 케이트를 보호해야 했다. 우리가 상처받지 않을 실낱같은 기회는 언제나 있었지만 사람들은 항상 억측만으로 음모론을 만들어냈다. 소셜미디어, 신문과 뉴스에서 떠도는 온갖 쓰레기 같은 이야기가 케이트의 머릿속을 어지럽게 만들 것이다.

무엇보다도 그날 밤의 이야기에 맞도록 케이트의 기억을 짜 맞춰야 했다. 단 하나뿐인 진정한 이야기. 그것에 금이 가거나 잘못된 부분이 생기게 할 수는 없었다. 케이트의 마음은 생각보다 더 많이 망가져 있었고, 여전히 알고 있다는 징후를 보이고 있었다. 그때 나는 톰의 생명 유지 장치가 제거된 것을 알게 되었다. 이제 중상해죄가 아니라 살인죄가 된 것이다. 그리고 조사 진행이 급물살을 타게 되었다.

사복 경찰은 나를 데리고 세관에 줄 서 있는 사람들 곁을 지나갔다. 내가 지나가자 한 꼬마가 휴대폰을 꺼내 들었다. 그들은 나를 밖으로 끌고 가 위장 경찰차의 뒷좌석에 앉혔다. 차로를 돌아 시내로 들어간 경찰차가 도착한 곳은 세인트 킬다 경찰서였다. 거기서 그들은 복도를 지나 의자 네 개와 탁자 한 개가 놓인 잿빛 취조실로 나를 데리고 갔다. 나는 변호사 폴을 불렀다. 경찰은 친절하게도 수갑을 풀어주고 커피를 마시겠냐고 물었다. 그러고는 내 럭비 경력을 물었다. 폴은 분명 정장에 타이를 매고 기다리고 있었을 것이다. 5분도 채 안 되었을 때 그가 문을 열고 들어왔기 때문이다. 폴이 내 손을 잡았다. 그리고 정식 심문이 시작됐다. 우선 이름, 시간, 장소 등 사전 정보에 대한 질문을 받았다.

내가 체포되었다는 것을 알고 있느냐는 질문에 그렇다고 대답했다. 진짜 재미있는 부분은 이제부터 시작이었다.

"벽돌로 무엇을 했는지 말씀해주시겠습니까?"

"어떻게…… 어떻게 벽돌에 대해서 아셨습니까?"

그들은 나를 잡아왔다. 누군가가 귀띔을 해주었을 것이다. 그들 얼굴에 다 쓰여 있었다.

마케투에서 폴에게 전화했을 때, 그는 증거가 있다고 말했다. 폴은 정신 문제와 유죄협상과 사법거래에 대해 말했다. 합리적 의혹에 대해서도 언급했다. 하지만 내가 자백하겠다고 하자 그는 달라진 어조로 "그들이 달려들 거예요. 그러지 말아요" 하고 말했다.

진실이 규명되려 할 때, 내가 모조리 자백한다면 나를 호의적인 눈으로 볼 수도 있을 것이다. 그러면 케이트가 아빠를 비난하는 증언을 하게 될 비극을 피할 수 있을 것이다.

아무런 특징 없는 잿빛 방 안 삭막한 빛 아래 경찰 한 명과 셔츠에 넥타이를 맨 형사가 앉아 있었다. 테이프가 돌아갈수록 그들의 질문이 빨라졌고, 나는 계속해서 말했다.

나는 그 사건이 있기 전 케이트가 얼마나 힘든 날들을 겪었는지 설명했다. 심신이 피폐해진 나머지 자살까지 시도했다는 것도 말했다. 그 일이 있던 밤, 케이트의 손목에 칼로 벤 자국을 보았다. 그 아이의 엄마를 발견했던 끔찍했던 그날이 메아리처럼 떠올랐다.

"손목을 그은 사진도 보여드릴 수 있고요, 얼마나 깡말랐는지도 사진을 보시면 알 수 있을 겁니다. 그리고 자기 머리에 무슨 짓을 했는지도 말이죠."

바로 그것이 내가 그날 밤 그토록 화가 났던 이유라고 설명했다. 아내를 잃은 것과 같은 방식으로 케이트를 잃을까 두려웠다고.

나는 사전 준비에 대해 설명했다. 톰의 부모와의 만남은 별 성과를 내지 못했다. 우리는 이후에 어떻게 할지를 논의하기 위해 폴, 그리고 그들이 선임한 변호사를 대동하고 만났다. 그들은 이 만남을 '중재'라고 불렀다. 비즈니스 세계에서 나는 '모루'라는 별명으로 통했다. 이는 협상을 할 때 꿈쩍도 하지 않는 것에서 유래한 것이었다. 하지만 그날 밤은 합리적인 모습을 보이려 했다. 모로 집안은 아들의 위치가 위태롭다는 것을 이해하고 있었다. 톰은 17살짜리를 찍은 동영상을 동의도 없이 유포한 것이다. 만일 우리가 이에 대해 고소한다면 그는 감방에 갈 것이다. 하지만 그 여자는 마치 케이트에게도 톰 만큼의 잘못이 있다는 양 말했다.

"하지만 저에게도 나름의 계획이 있었어요. 저는 톰을 만나 남자 대 남자로서 이야기하고 싶었습니다. 톰이 이 일로 감방에 가기를 바라지 않았어요."

내가 설명했다. 나는 손바닥을 내려다보며 케이트를 생각했다.

"톰이 메시지를 보냈을 때, 케이트는 소파에서 자고 있었어요. 기회가 왔다 생각했죠."

형사는 몸을 앞쪽으로 구부리며 한쪽 귀를 내 쪽으로 기울였다. 넥타이가 셔츠에서 떨어지며 축 늘어졌다.

"그에게 뭐라고 말할 작정이셨습니까?"

"전 그저 톰에게 겁을 좀 주고 싶었던 것뿐입니다."

내가 대답했다.

"겁을 줘서 사실을 말하게 하려고 했어요. 내 딸에게 그런 짓을 한 후에…… 어쨌든, 그 메시지를 발견하고 케이트 대신 제가 나가기로 결심했습니다. 케이트가 깨어나서 그 메시지를 본 줄은 몰랐습니다. 차를 타고 절 따라오는지도 몰랐지요. 케이트는…… 운전을 할 수 있는 상태가 아니었어요."

"그게 무슨 말이죠?"

"술을 마시고 있었거든요."

"술에 취해 있었다는 겁니까?"

"네, 그렇습니다."

"그다음에 어떻게 됐는지 계속 말씀해주시죠."

나는 숨을 깊게 내쉬었다.

"제가 젊었을 때 무슨 진단을 받았습니다. 간헐적 폭발장애라고 하더군요. 상담도 받았고 몇 년 동안 조절을 잘 하고 지냈습니다만, 가끔 분노에 휩싸일 때가 있습니다. 너무 심할 때는 기절을 하기도 합니다. 그래서 그날 밤 일도 드문드문 기억하고 있습니다."

이 정보가 그들에게 각인되도록 잠시 기다렸다가 다시 말을 이었다.

"톰은 자기 집 근처에 있었어요. 그건 기억하고 있습니다. 그런데 케이트가 아니라 제가 온 것을 보고는 화가 난 것 같았습니다. 꼭지가 돌았다고나 할까요?"

"그래서 어떻게 하셨습니까?"

"톰이 저를 밀쳤습니다. 저는 무릎이 좋지 않아서 그가 밀었을 때 살짝 넘어졌어요. 일어나서 보니 톰이 손에 무언가를 들고 있었어요. 벽돌이었죠."

"톰이 벽돌을 들고 있었던 거군요."

"맞습니다."

"그래서요?"

"저는 뒷걸음질 쳤습니다. 아시겠지만 톰은 덩치가 컸어요. 저보다도 크고 힘도 황소처럼 셌지요. 전 조금 겁이 나긴 했지만 점점 화가 났습니다. 이야기를 하려던 것뿐이었는데, 무기를 들다니요. 그는 계속해서 꺼지지 않으면 나를 때리겠다고 했습니다."

"그가 당신을 때리겠다고 했나요?"

"그렇습니다. 그리고 진짜 그걸 실행에 옮겼죠."

"당신을 때렸다는 건가요?"

"네, 그러려고 했죠. 벽돌을 제게 휘둘렀어요. 그리고 이때 기억이 흐릿해요. 그 모습에 정말 화가 나서 그에게서 벽돌을 빼앗은 게 기억납니다. 그리고는 기억이 없습니다."

"당신이 벽돌로 그를 때렸습니까?"

"그런 것 같습니다. 정신을 차리고 보니 아주 힘겹게 숨을 쉬고 있었어요. 벽돌은 아직 제 손에 있었고 톰의 머리는 연석 위에 있었습니다. 거기에 피가 고여 있었죠."

"피는 어디에 있었나요?"

"그의 머리 주변에요. 배수로랑 보도에도 있었습니다. 벽돌에도 피가 묻어 있었지만 그건 제 손에서 나온 피라고 생각합니다."

"당신도 피를 흘렸나요?"

"손바닥을 긁힌 것 같았어요. 아마 벽돌을 뺏으려고 할 때 상처가 난 것 같습니다."

"그를 때린 후 그에게 손을 댔습니까?"

"아뇨. 확실히 톰은……. 음, 저는 그가 이미 죽었다고 생각했습니다."

"그 후에 어떻게 했습니까?"

"차가 오는 소리가 들려서 도망갔는데 그곳으로 온 차가 제 차더군요. 저는 그녀가 톰을 보기 전에 차를 세우라는 신호를 보냈습니다."

"'그녀'라는 건 당신의 딸, 케이트를 말하는 건가요?"

"그렇습니다. 톰을 못 봤다고, 산책 중이었다고 이야기 했습니다."

"제 의뢰인과 잠깐 둘이서 대화할 시간을 가질 수 있을까요?"

폴이 끼어들었다. 그의 붉은 뺨은 대화를 거듭할수록 점점 더 빨개졌다.

"괜찮아요, 폴."

내가 말했다.

"이렇게 얘기하려고 여기 온 거예요."

나는 다시금 형사 쪽으로 고개를 돌렸다.

"벽돌을 가지고 있었습니까?"

"예, 벽돌을 가지고 있었어요."

경찰들이 시선을 교환했다.

"벽돌을 가지고 차를 탔습니까?"

"네. 톰을 심하게 다치게 하려는 의도는 아니었습니다. 절대 그를 죽이려고 한 게 아니었어요. 하지만 그가 저를 공격하려 할 때는 저도 방어를 해야 했어요. 제가 한 짓을 케이트가 모르게 하고 싶었어요. 그런데 다행스럽게도 케이트는 술을 마셨죠. 물론 그때 당시에 술을 마시고 있었다는 게 아니고 술로 떡이 된 상태였다는 말입니다. 눈도 제대로 뜨지 못할 지경이었어요. 그래서 딸아이를 뒷좌석에 앉혔는데, 바로 잠이 들더군요."

내가 한 짓을 그녀가 모르게 하고 싶었다…….

나는 케이트에게 화상을 입힌 그날을 결코 잊을 수 없었다. 그 작은 다리에 물집이 퍼지고, 눈물 범벅인 얼굴로 소리를 질렀다. 병원에서 의사와 간호사가 그녀를 진정시켜야 했다. 진실은 변하지 않지만 기억은 변한다. 나는 그녀에게 화상은 엘로이즈 때문에 입은 것이라 했다. 그리고 모든 이야기가 그렇듯이 우리가 이야기한 모든 것, 내가 묻고 대답한 모든 것이 케이트의 기억과 교묘하게 결합하여 그렇게 변한 것이다. 나는 다시 이런 일이 일어난다 하더라도 똑같은 행동을 할 것이다.

이것은 마치 정신의 방어기제 같은 것이다. 케이트는 이 모든 시련을 잊게 될 것이다. 우선 무엇을 기억하고 있는지 이해해야 한다. 그리고 그것을 분해해서 재구성한다.

그날 경찰이 떠나자 케이트가 나에게 물었다.

"톰에게 무슨 일이 일어난 거예요? 누가 톰을 때렸어요?"

나는 그날 밤 그녀의 기억을 분해할 필요가 없다는 것을 깨달았다. 그녀는 기억 자체가 없었다. 나는 그저 기억이 사라진 곳과 다시 시작한 곳이 어디인지를 발굴하고 찾아내기만 하면 되었다.

"어젯밤에 머리를 부딪쳤다고 하는구나. 두개골이 깨졌대."

얼마 후 케이트는 내 노트북으로 한 탭에는 뉴스를, 또 다른 탭에서는 위키피디아를 열어두고 인간의 뇌에 대한 정보를 찾았다.

"그 후 집으로 운전해 왔습니까?"

형사가 물었다.

"네."

"어떤 길로 오셨습니까?"

"도커스를 돌아오느라 오래 걸렸습니다. 30분쯤 운전하면서 최대한 그 현장에서 멀리 떨어지려고 했어요. 그러고는 주유를 위해 멈췄습니다."

그들은 다시 시선을 교환했다. CCTV에 주유소에 세운 차에서 나와 기름을 넣는 내 모습이 찍혔을 것이다. 그동안 케이트는 앞좌석에 앉아 자고 있었다.

"베넷 씨, 지난주 금요일에 만났을 때, 당신에게 톰 모로가 죽은 날 밤에 당신 차를 운전하는 딸의 모습이 담긴 CCTV 사진을 보여주었습니다. 그때는 심문을 위해 딸을 데려오겠다고 하셨는데 왜 마음이 바뀌신 거죠?"

"저는 케이트가 두려웠습니다. 제가 톰에게 한 짓을 케이트가 알아낼까 두려웠어요. 케이트는 기억이 돌아오고 있었어요. 당신들이 닦달하지 않아도 이미 충분한 고통을 겪고 있는데, 그것도 모자라 평생을 아빠를 감방에 처넣었다고 생각하며 살게 하라는 말입니까?"

더 젊은 쪽 경찰이 의자에 등을 기댔다. 형사는 턱을 긁으며 내 얼굴을 보았다.

"그래서, 그 무기, 그러니까 벽돌이죠. 어디에 있습니까, 베넷 씨?"

나는 침을 삼켰다.

"집 지하실에 있습니다."

그들은 이 말을 듣자마자 허리를 꼿꼿이 세우고 앉았다. 그들은 이미 벽돌이 어디에 있는지 알고 있지만 연극을 하고 있었던 것이다.

"함께 가면 보여줄 수 있습니까?"

그들은 사건이 해결되었다고, 성공적인 기소를 할 수 있다고 기대하고 있었다. 대부분의 사람들처럼 경찰도 기쁘게 해야 할 상사가 있고, 그 상사를 기쁘게 하려면 나쁜 놈들을 잡아들여야 하는 것이다. 나는 오로지 내 딸을 보호하고, 그녀가 항상 행복하게 지내는 것만을 바랐을 뿐이다. 하지만 그럼에도 불구하고 나 자신이 나쁜 놈이라고 생각했다.

인터넷에서 본 바로는 벽돌에서는 지문을 찾기가 어렵지만, DNA는 훨씬 쉽게 채취할 수 있다고 한다. 경찰들은 벽돌에서 나와 톰의 DNA를 찾아낼 것이다.

46

오늘도 다른 날처럼 약을 먹고 창문 옆 볕이 드는 곳에 앉아 바람에 흔들리는 나무를 바라보며 음식이 오기를 기다린다. 이곳에 도착해서 처음으로 알게 된 것은 여기의 모든 사람이 나와 비슷하다는 사실이었다. 우리는 정상적인 사람들처럼 함께 앉아서 이야기한다. 아무도 의자에 묶여 있거나 하지 않고, 사람들도 대체적으로 친절하다. 어떤 면에서는 학교와 비슷했다. 우리에게는 정해진 일정이 있다. 내 순서가 되면 듣고 말해야 한다. 시간을 조율할 수는 없지만 별로 상관은 없었다.

점심 식사 후에는 제스를 만난다. 그녀는 나에게 많은 질문을 해댄다. 내가 계속해서 삶을 영위할 수 있게 해주는 질문이다. 그녀는 내가 지금 어떤 기분인지, 어떤 생각을 하고 있는지, 과거를 떠올리면 몸 안에서 어떤 일이 생기는지 같은 질문을 한다. 그러고는 내 기분을 0에서 5까지의 숫자로 등급을 매기게 한다.

어제 텔레비전에서 아빠가 나왔다. 사진기자들에게 둘러싸인 아빠는 고개를 숙이고 있었다. 앞으로 뻗은 팔에는 수갑이 채워져 있었다. 화면 아래 설명이 나왔다.

호주 럭비의 전설 제임스 보머 베넷이 살인죄로 기소되다.

나는 아직도 안에서 분노와 화가 스멀스멀 올라오는 것을 느낀다. 대체 누구에게 화를 내고 있는 걸까? 톰은 죽었고 나는 살아 있다. 그 동영상을 보고 공유한 그 모든 남자들에게 화를 내고 있는 걸까? 내가 왜 그렇게 화가 났는지 아무도 물어보지 않아서 화가 난 걸까? 나는 파티에서 윌로우가 '그 흉터를 모두에게 보여줘'라고 말하며 내 치마를 들췄을 때 얼마나 화가 뻗쳤는지 기억한다. 하지만 이제 그 분노는 마치 다른 사람의 것처럼 멀게 느껴졌다. 나는 그것을 관찰했다. 그리고 그 무력함에 웃음이 났다. 화를 내는 것은 시간과 에너지의 낭비였다. 그것이 여기에서 하는 생각들이다. 나쁜 감정들을 건전한 방식으로 없애는 것이다.

제스는 내 생각과 느낌을 공책에 적어보라고 했다. 그리고 오늘 만남에는 그 공책을 가지고 왔다. 손 글씨가 엉망인 이유는 아직 삼각건을 하고 있기 때문이다. 제스는 반드시 해야 할 필요는 없지만 불편하지 않다면 그 내용을 읽어달라고 했다. 내가 이해할 수 있는 방식으로 트라우마를 일으킨 사건을 받아들이는 것이 우리가 목표로 해야 하는 가장 중요한 것이라고 했다. 아빠가 톰을 죽였기 때문에 내가 톰을 죽이는 것은 불가능하다. 하지만 가끔 내 안에서 무언가 떨쳐낼 수 없는 느낌이 들곤 한다. 아빠는 내가 그곳에 있었을 때에 대해 계속해서 말했다. 아빠가 손에 들고 있던 벽돌에 대해서 무엇이 기억나는지. 그리고 아빠가 톰에게 무슨 짓을 했는지. 하지만 계속해서 날 괴롭히는 그 느낌은 사라지지 않았다.

제스는 이것을 생존자 죄책감이라고 했다. 그녀의 말에 의하면 아빠가 살인자라는 사실과 한때 내가 사랑했던 사람이 죽었다는 사실은 누구든 받아들이기 어려운 일이고, 그렇기 때문에 이 생각이 머릿속을 옭아매고 있다고 했다. 우리는 이런 현실 세계의 상황을 이겨내기 위한 방법을 찾고 있었다. 거짓 기억, 트라우마로 유발되는 정신질환, 양극성장애와 같은 것들은 내게 있어서는 완전히 새로운 언어였다. 내가 곧 다시 건강해질 거라는 그녀의 말을 믿는다. 그러면 리지 이모가 나를 영국으로 데리고 갈 수 있을 것이다. 모든 것을 두고 떠날 수 있을 것이다.

이전 <

47

'얘기 좀 하자. 그곳에서 만날 수 있어? 나도 지금 갈 테니까.'

나는 차가운 밤공기 사이를 걸었다. 손을 뒤로 뻗어 차 문을 부드럽게 닫았다. 그러고는 컨버스화의 끈을 새로 묶고, 코트 깃을 올렸다. 기온이 떨어져 서리가 내려앉은 거리의 가로등은 거대한 오렌지색 구체로 보였다.

안개 속에서 무언가 소리가 들려왔다. 발소리였다. 어둠 속에서 형체가 나타났다.

"케이트?"

나는 큰 소리로 불렀다. 발소리가 점점 더 가까워졌다. 그리고 그 형체가 가로등 밑을 지나쳤다. 순간 얼굴이 보였다.

신경을 타고 온몸에 전류가 흘렀다. 맥박이 빠르게 뛰는 것이 느껴졌다. 그녀였다.

케이트의 모습은 평소와는 다른 듯했다. 머리는 헝클어져 있었고, 눈은 풀려 있었다. 얼굴에는 표정 하나 없었고, 살짝 벌어진 입술 사이로 숨을 내쉬고 있었다. 몸에서는 시큼한 술 냄새가 뿜어져 나왔다.

"케이트? 너 괜찮아?"

그녀는 아주 가까이 서 있었다. 나는 고개를 숙여 그녀가 손에 들고 있는 것을 보았다. 벽돌이었다. 그녀의 손 안에 있어서 그런지 무척이나 커보였다.

"뭐 하는 거야?"

나는 다시금 케이트의 뒤쪽을 보았다. 그녀 아빠의 차인 벤츠가 도로에 세워져 있었다. 케이트가 몰고 온 것이리라.

"케이트."

목소리가 떨렸다.

"지금 네 모습 무서워. 이 모든 일에 대해 이야기 좀 할 수 있을까?"

그리고 그가 나타났다. 케이트의 아빠였다. 그가 우리에게 달려오고 있었다. 마치 그림자처럼 아무런 소리도 내지 않고. 젠장.

"케이트, 대체 이게 뭐야?"

대답이 없었다. 케이트의 목에 힘줄이 튀어나와 있었다.

심장이 방망이질 쳤다. 안으로 들어가야만 한다. 그가 가까이 오고 있었다. 나는 그녀를 지나쳐 집으로 향했다. 아직 그가 나와 몇 미터 떨어져 있을 때 그의 목소리가 들려왔다.

"그러지 마, 케이트! 내려놔!"

뭘 하지 말라는 걸까?

내 뒤에서 발소리가 들려왔다. 그리고 다음 순간, 케이트의 동물처럼 울부짖는 소리가 고막을 때렸다. 엄청난 일격이 나를 강타했다. 다리가 흐느적거렸다. 생각할 시간도 없이 내 팔과 다리가 움직이지 않았다. 나는 쓰러지고 있었다. 검은색과 붉은색이 보였다. 그리고는 아무것도 보이지 않았다.

영국에 있는 리지 이모의 아파트에서 살고 있는 지금, 나의 의식은 훨씬 또렷해졌다. 이제 더 이상 그렇게 많은 알약을 먹지 않아도 된다. 가끔 윌로우의 아빠가 생각난다. 결혼생활도 끝난 지금, 그는 어디에 있을까? 모든 일은 거기에서부터 시작되었다. 파티에서 나에게 끔찍한 짓을 했던 윌로우에게 복수하려고 계획한 것이었다. 그녀는 무사히 지나갔다고 생각했을 것이다. 그렇게 나에게 창피를 주었다고 생각했을 것이다. 처음부터 그에게 눈독을 들였던 건 아니었다. 하지만 그가 나에게 관심을 기울이자 좋은 생각이 났다. 연결고리가 있었다. 나는 정말로 그를 좋아했다. 하지만 내 욕망이 사그라져도 그는 여전히 나에게 열중하고 있었던 것이다. 이것은 기회라고 생각했다. 나는 톰이 메시지를 볼 거라고는 생각도 못했고, 그런 식으로 반응할 줄도 몰랐다. 내가 윌로우에게 보낸 편지들은 그녀의 아빠에게 보낸 것이기도 했다.

서재에 누워 음악을 들으며 보내던 오후가 그리워. 우리가 모든 것을 버리고 함께 도망쳤다면 어떻게 됐을까?

윌로우는 자기가 했던 그 비열한 말들을 후회한다고 했고, 나는 마지막에 그녀의 조언을, '화내지 말고 당한 만큼 갚으라'는 조언을 받아들였다.

나는 내가 왜 그런 짓을 했는지 윌로우가 알고 있는지 궁금했다. 윌로우는 자기가 무슨 짓을 했는지 기억이나 할까? 모두가 내 흉터를 봤다는 사실을 기억하고는 있을까? 그녀의 가족이 붕괴되면서 윌로우가 얼마나 상처받았는지 궁금했다.

물론 우리 가족도 고통받았다. 나는 가끔 예전의 아빠가 그립다. 가끔 현재 아빠가 어떻게 살아가고 있을지에 대해 생각해보기도 한다. 어느 날 아빠를 찾아가 그를 용서한다고, 모든 것을 용서한다고 말할 것이다.

● ● ●

이건 꿈이다. '갈라진 도로 사이에서 풀이 자라나듯이 기억이 돌아올 것'이라고 아빠는 말했다. 내가 알고 있는 어떤 기억들은 거짓으로 재구성될 것이다.

그날 밤의 냄새, 교외의 고요함, 하늘의 별들, 차가운 공기. 이건 꿈 그 이상이다. 너무도 선명하고 생생하다. 알고 있다. 이것은 내 기억이다. 그리고 그곳에 톰이 있다. 나는 화가 나 있다. 내 팔과 다리가 분노로 불타오르고 있다. 내가 말했듯이 몸이, 그리고 나의 손끝이 기억하고 있다. 벽돌에서 나온 모래의 감촉. 뼈가 으깨지는 소리. 그 기억은 육체적인 것이다. 떼어내면 피가 나오는, 딱지와도 같은 것이다.

콜 미 에비

초판1쇄 인쇄 2020년 7월 15일
초판1쇄 발행 2020년 7월 24일

지은이 J.P. 포마레
옮긴이 이순미

발행인 신상철
편집장 신수경
편집 정혜리 김혜연
디자인 디자인 봄에
마케팅 안영배 신지애
제작 주진만

발행처 (주)서울문화사
등록일 1988년 12월 16일 | 등록번호 제2-484호
주소 서울시 용산구 한강대로43길 5 (우)04376
편집문의 02-799-9346
구입문의 02-791-0762
팩시밀리 02-749-4079
이메일 book@seoulmedia.co.kr

ISBN 979-11-6438-037-4 (03840)

• 책값은 뒤표지에 있습니다.
• 잘못된 책은 구입처에서 교환해 드립니다.